U0918983

THE
SECRET
SPEECH

Tom Rob Smith

[英]
汤姆・罗伯・史密斯◎著
蔡中恒◎译

秘密演讲

江苏文艺出版社
JIANGSU LITERATURE AND ART
PUBLISHING HOUSE

图书在版编目（CIP）数据

秘密演讲 /（英）汤姆·罗伯·史密斯（Smith, T. R.）著；
蔡中恒译. —南京：江苏文艺出版社，2012.11
ISBN 978-7-5399-5498-1

Ⅰ. ①秘… Ⅱ. ①史… ②蔡… Ⅲ. ①长篇小说 - 英国 -
现代 Ⅳ. ①I561.45

中国版本图书馆CIP数据核字（2012）第189400号

著作权合同登记号：图字：10-2012-417号

THE SECRET SPEECH

上架建议：外国文学

秘密演讲

作　　者：（英）汤姆·罗伯·史密斯（Tom Rob Smith）
译　　者：蔡中恒
责任编辑：刘　佳
特约策划：张应娜
特约编辑：王秀荣
版权编辑：李彩萍
版式设计：李　洁
封面设计：吕彦秋
出版发行：凤凰出版传媒股份有限公司
　　　　　江苏文艺出版社　http://www.jswenyi.com
印　　刷：北京世纪雨田印刷有限公司
经　　销：新华书店
开　　本：787mm × 1092mm　1/16
字　　数：308千字
印　　张：19.5
版　　次：2012 年11月第1版
印　　次：2012 年11月第1次印刷
书　　号：978-7-5399-5498-1
定　　价：32.00元
（若有质量问题，请致电质量监督电话：010-84409925）

目录　秘密演讲 The Secret speech

苏联莫斯科

1949年6月3日

在伟大的卫国战争中，为了保卫斯大林格勒，他炸毁了卡拉赫的大桥，用黄色炸药装填了数家工厂，将其炸成瓦砾。他还点火焚烧无力防守的炼油厂，燃油形成的火柱冲天而起，将天空切割得支离破碎。有可能被纳粹德军征用的一切，他都要赶紧摧毁。他的同胞为家乡的惨状而潸然泪下，但他却带着可怕的满足感来审视这片荒野。敌人只会得到一片荒地、焦土和尘烟笼罩的天空。他使用身边的任意材料进行即兴破坏——诸如坦克外壳、玻璃瓶、从翻转过来的废弃军用汽车上吸出的汽油——进而获得了“值得国家信赖的男人”的称号。他从不慌张，无论是在极寒的冬夜里，还是在齐腰深的湍急河流中，他在极端环境下工作从不出差错，总在战斗第一线。对他这种阅历丰富、气度非凡的人来说，今天的工作只是例行公事罢了。不用慌张，头上也没有呼啸而过的子弹。不过他的双手，在业内被誉为磐石的双手，此刻却在颤抖。滴滴汗珠滚进他的眼睛里，逼得他用衬衫衣角轻轻擦去。他觉得不舒服，觉得自己回到了新手时期，叶卡布斯·杜瓦金——这位五十岁的战争英雄，仿佛第一次执行炸毁教堂的任务。

还有一处要放炸药，就是他正前方的至圣所，原本放着圣坛的地方。主教的御座、圣像、烛台——所有东西都搬走了，就连墙上的金叶子也被刮了下来。教堂现在空无一物，只有埋在地基下、捆在柱子上的黄色炸药。教堂被洗劫一空，只剩下一片宽广而令人敬畏的空间。中间的圆顶镶嵌了彩色玻璃，宛如王冠一般高高在上，充沛的阳光射入，仿佛圆顶就是天空的一部分。叶卡布斯仰起头，张开嘴，对头上五十米高处的圆顶赞叹不已。从高处的窗户射入的一束束阳光，照亮了即将被炸毁成无数油漆碎片的壁画。离叶卡布斯坐着不远的地方，阳光遍布光滑的石砖地，仿佛一只张开的金色手掌在努力触摸叶卡布斯。

叶卡布斯喃喃自语：

——这儿不存在上帝。

他又说了一遍，这次声音更洪亮，在穹顶内回荡。

——这儿不存在上帝！

现在是夏天，所以这里光线明亮。但这说明不了什么，这不是神明的旨意，光亮没有任何意义。叶卡布斯想得太多了，这才是问题所在。他不信上帝。他试着回忆起国家批判宗教的言论：

宗教存在于自私的年代。

而上帝大公无私。

这栋建筑并不神圣，也不受神佑。叶卡布斯应当只将其看成石头、玻璃和木料——长一百米，宽六十米。教堂这座古旧建筑不事生产，起不到实实在在的作用，是由早已不存在的社会为了过时的理由而建造起来的。

叶卡布斯往后挪了挪，用手摸过清凉的石板，这些石板被成千上万的做礼拜的拜神者的脚踩过，几百年来持续不断，变得光滑。一想到马上要做的事情的重要性，仿佛就真有什么堵住了叶卡布斯的喉咙。这种感觉一闪而过，叶卡布斯觉得自己累了，也够了。通常这种规模的爆破行动都有一个小组来协助他，工作可以一起分担。但这一次叶卡布斯只让他手下的人负责外围——没必要划分责任，没必要让其他的同事卷入其中。不是所有人都像他这样思路清晰，不是所有人都在脑子里摈弃了宗教情感。叶卡布斯不想让别人带着矛盾的心情在他身边工作。

五天来，日出而作日落而息，叶卡布斯安放好了所有炸药包——巧妙地确保爆炸的时候能让教堂从内部坍塌，圆顶干净利落地垂直下落。这次爆破一点儿也不混乱，准备工作井然有序，叶卡布斯的手艺也炉火纯青，他一直为他的这项绝活而自豪。教堂在他眼中就是一次独一无二的挑战，不涉及道德拷问，只是智力上的考验。这座教堂有一座钟楼和五个镀金圆顶，最大的圆顶架在礼拜堂上面，足有八十米高。今天精心安排的爆破行动一成功，就会成为他职业生涯的完美句号。完成这次行动后，他就可以提前退休。有人甚至说他会获得列宁勋章，因为他做了一件别人都不想做的事情。

叶卡布斯摇摇头，他不该在这儿，不该做这种事情。他应该装病，应该逼着别人来安放最后的炸药。这不是英雄该做的工作。照迷信的说法，做这种事可能会招致诅咒，但如果不做，就会给他带来大得多也现实得多的危险。叶卡布斯有家人要保护——妻子和女儿——他非常爱她们。

圣索菲亚大教堂围墙外一百米的地方拉了警戒线，拉扎尔就被挡在警戒线外。他站在人群中，脸上肃穆的神情与四周的激动喧闹形成鲜明对比。拉扎尔觉得周围的人像是来围观公开处决死刑的，没有什么理由，只是想看看这种大场面，打发时间而已。这里有种狂欢的气氛，人们的谈话中流露出期盼的气息。孩子们坐在爸爸的肩上，上下摇摆，迫不及待地想看到稀奇的景象。教堂满足不了他们，教堂的崩塌才能满足他们的娱乐心理。

路障前面专门架了一块平台，一队拍电影的人在上面忙着安放三脚架和摄影机，在平台上可以站得更高一点儿。他们在讨论从哪个角度能更好地拍摄下爆破过程，尤其要确保把五个圆顶都拍进来。他们也在认真讨论圆顶的木料会在空中互相碰撞的时候粉碎，还是要等到落地的时候才粉碎。最后他们得出结论，这要取决于专家在里面安放炸药的手艺。

拉扎尔期盼人群中会有为此黯然神伤的人。他左顾右盼，搜寻志同道合的人——远处有对夫妇没出声，脸上没有什么血色；一位老妇人站在后面，一只手揣在口袋里，像是藏了什么东西，也许是十字架吧。拉扎尔想把这群人分开，把哀悼者和狂欢者分开。这座存在了三百年的老教堂即将消失，拉扎尔想和能够领会教堂价值的人站在一起。这座教堂依照高尔基市的圣索菲亚大教堂设计和命名，在内战和世界大战中都幸免于难，近年来因轰炸而造成的损坏应当是保护的理由，而不是摧毁的借口。拉扎尔轻蔑地读着《真理报》上声明“教堂结构不稳定”的文章。这种声明只不过是借口，只是用大堆错误的逻辑让爆破行为变得冠冕堂皇而已。国家已经决定炸毁教堂，更糟糕的、糟糕到顶的是，东正教会也赞同这项决定，他们和国家都声称这是出于实用主义的考虑，不涉及意识形态。他们列出了一大串有利于拆除教堂的因素：纳粹德军的袭击给教堂造成了损坏，而整修教堂内部的高昂费用也难以承担。此外，教堂位于城市中心，这块土地上更需要一项至关重要的建设工程。权力高层达成了共识，这座水准平平的莫斯科教堂应该被拆除。

藏在可耻决定身后的是懦弱。那些教会的权威代表，在卫国战争的时候就鼓舞教徒团结在斯大林周围，现在这些权威代表成了国家的工具，克里姆林宫的一部分。这次爆破行动就展现出了他们的屈服。同意炸毁教堂不是出于什么理由，只是他们想在国家面前卑躬屈膝罢了：自折羽翼来证明宗教无害、温顺且已被驯服，用不着再加以迫害了。拉扎尔明白这种政治上的牺牲：毁掉一座教堂，不是比毁掉所有教堂要好吗？作为年轻人，拉扎尔目睹了这些变化：神学院变成工人住的工房；教堂变成宗教批判的展览厅；圣像变成柴薪；牧师下狱，受尽折磨，还被判刑。是继续遭受迫害还是盲目阿谀奉承，就看你怎么选了。

叶卡布斯听见聚在外面的人发出的声音，那是他们等待好戏开场的喧哗声。他现在应该结束了，但在刚过去的五分钟里，叶卡布斯一动不动，只是盯着最后要安放的炸药包，什么都没做。他听到身后的门嘎吱作响，回头一看，是他的一位同事兼朋友。那人站在门口，踩在门槛上，像是不敢走进来的样子。那人喊了一声，声音在教堂里回荡：

——叶卡布斯！怎么了？

叶卡布斯回答道：

——马上就好。

他的朋友犹豫了一下，口气缓了下来，又说道：

——晚上一起喝酒吧，就我俩，庆祝你退休怎么样？第二天一早起来你会头痛，不过今晚你会飘飘欲仙。

对他的朋友尝试安慰他的举动，叶卡布斯报以一笑。内疚感再沉重也敌不过一场宿醉，会过去的。

——给我五分钟。

之后，叶卡布斯的朋友就走了，留下他一个人。

叶卡布斯模仿拜神者的样子跪下，身上流着汗水，手指滑滑的。他擦擦脸，但没什么效果，衬衫湿透了，无法吸收更多汗水。搞定工作！然后他就不用再工作了。明天他就可以带着小女儿在河边散步，给她买东西，看着她笑逐颜开的模样。到了下周末，叶卡布斯就会忘掉这座教堂，忘掉五个镀金圆顶，忘掉冰冷的石砖地带来的感触。

搞定工作！

叶卡布斯抓住雷管，蹲下身子去拿炸药包。

彩色玻璃被炸飞了，所有窗户一起爆裂，空中充斥着五颜六色的碎片。教堂坚固的后墙化为一片尘烟，参差不齐的石块在空中画出弧线，然后砸到地上，压坏草地，朝着人群滚去。脆弱的栅栏无法提供任何保护，砰的一声就被石块砸开了。拉扎尔左右的人都倒了下去，他们的腿被石块砸中了。那些坐在爸爸肩上的小孩儿现在捂着脸，他们的脸被呼啸而过的石块和玻璃碴给划伤了。人群仿佛变为一个整体，整齐划一地后退、蜷缩、躲藏在彼此身后，害怕更多碎片砸到他们身上。没人会料到发生这种事，好多人还不知道爆炸是从哪个方向来的。摄影机还没有调试完毕，还有一些工作人员在爆炸半径内，人们低估了半径，或者说人们误判了爆炸的威力。

拉扎尔站在那里，耳朵嗡嗡作响。他盯着空中冒起的尘烟，等待尘埃落定的时刻。烟雾变淡，人们看到教堂的墙上有了一个大洞：一个人宽、两个人高。仿佛一个巨人不小心用靴尖把教堂踢了个大洞，然后又充满歉意地把脚缩回，让教堂的其余部分得以幸存。拉扎尔抬头看着镀金圆顶，他周围的每个人都这么看着，大家脑子里只有一个问题：这些圆顶会倒吗？

拉扎尔不用看也知道，摄制组正在争先恐后地让摄影机运转。他们擦去镜头上的灰尘，连三脚架都不用了，拼命去捕捉这段镜头。如果他们把教堂崩塌的镜头漏掉了的话，不管怎么开脱，他们都有可能小命不保。尽管现场很危险，但他们没人跑开，还是牢牢地钉在原地，连稍稍倾斜或是小小颠簸这种最轻微的变动都不放过，仿佛连伤者的呻吟都被消声了。

那五个圆顶没有倒塌，似乎对身下卑微混乱的世界漠不关心。教堂依然矗立，它赢了那些流血、受伤、哭泣的人群。正如此前天空变得烟尘弥散一样，拉扎尔肯定地感觉到气氛变了。疑问浮出水面，是否有突如其来的爆炸插了进来，阻止了这次犯罪？围观的人群开始散去，先是几个人慢慢离开，然后剩下的人也如此效仿，越来越多的人急匆匆地走了，没人想再看热闹。拉扎尔忍住笑意：这群人作鸟兽散，而教堂幸存了下来！他把视线转向那对夫妇，想和他们一起分享此刻。

站在拉扎尔正后方的男人和他靠得非常近，几乎要贴到他身上了。拉扎尔没注意到这人什么时候来的，这人面带笑容，眼神却很冷峻。他没穿制服，也没出示证件，但他无疑是国家安全部的人，秘密警察，MGB[①]的特工——得出这种推论，不是因为他外表上展露出来的东西，而是因为他外表上缺失的东西。左右都是受伤的人，但是这个男人对他们没有兴趣，他一直站在人群中监视人们的反应。拉扎尔露馅了：本该高兴的时刻，他露出了伤心的表情；本该伤心的时刻，他露出了高兴的表情。

那男人带着淡淡的笑容开口说话，冰冷的视线一直没有从拉扎尔身上挪开。

——小小的挫折而已，一起意外，很容易就能解决。你应该留下来：也许今天还会爆破。你想留下来，不是吗？你想看到教堂倒塌吗？这会相当壮观啊。

——是的。

拉扎尔谨慎地回答道。这也是事实，他的确想留下来，但是他不想看到教堂倒塌，当然他不会这么说。那男人继续说道：

——这儿会变成世界上最大的室内游泳池之一。孩子们能健康成长。我们的孩子能有健康的身体，这是件好事。你叫什么名字？

这是最平常的问题，但也是最令人恐惧的问题。

——我叫拉扎尔。

——做什么的？

---

① 苏联国家安全部。

撕去闲聊的伪装，谈话变成了公开审讯。是卑躬屈膝还是头破血流，是见机行事还是坚持信念——拉扎尔必须做出选择。他的确有的选，因为他不像他的其他教友一样，一眼就能看出身份来。拉扎尔没有必要承认他是一名神父。东正教圣议会的前检察官弗拉基米尔·李沃夫就曾主张，神父不必在穿着上和普通人区分开——就是说他们可以脱去法衣，剪短头发，和普通人在穿着上一致。拉扎尔也赞成这种主张，所以他的胡须被修剪过，穿着也很普通，这样就可以对特工撒谎。拉扎尔可以不承认自己的职业，期望撒谎能够保护自己。他可以说自己在一家鞋厂工作，或者自己是个做家具的木匠——反正不说真话。特工正在等着他回答。

同一天

在他们刚认识的那几周时间里，阿尼西娅并没想太多。马克西姆只有二十四岁，是莫斯科神学院的研究生。神学院1918年停办过，最近又作为宗教机构复兴的一个项目而重新办学。阿尼西娅比马克西姆大六岁，已经结婚了。在马克西姆心目中，她是难以得手的尤物。阿尼西娅认为马克西姆没有什么性经验，害羞，时常自省。他从没参加过教堂之外的社交活动，也没有什么朋友和家人——甚至都不在莫斯科住。他逐渐迷恋上阿尼西娅，没什么好吃惊的。阿尼西娅容许马克西姆的视线在她身上流连忘返，也许阿尼西娅也因为他的凝视而欣喜，但是她绝没有鼓励马克西姆的意思。马克西姆误会了她的默不作声，认定阿尼西娅允许自己追求她。就因为这个，所以马克西姆有足够的自信抓着阿尼西娅的手说道：

——离开他。和我一起生活。

阿尼西娅一直确信马克西姆没有勇气来做两人一起私奔这类幼稚的白日梦。不过阿尼西娅错了。

马克西姆高调地选择了她丈夫的教堂来越过从个人幻想到公开追求的界限。绘有使徒、恶魔、先知和天使的壁画在朦胧的壁龛上裁定两人的禁忌之举。马克西姆抛弃了一切，他肯定会被逐出宗教团体，再无赎罪的希望。马克西姆的恳求真实而诚恳，可惜他判断错误，阿尼西娅觉得可笑到了极点，并选择了最为错误的一种回复方式：令人吃惊地扑哧一笑。

马克西姆还来不及说话，沉重的橡木门就猛地关上了。阿尼西娅吓了一跳，转身看到了她丈夫拉扎尔正匆忙朝他们走来，步伐快到了极点。这种举动只能让阿尼西娅认为拉扎尔误解了现在的情景，以为他抓住了妻子不贞的证据。阿尼西娅推开马克西姆，但这种突然的举动只加重了自己的罪恶感。不过拉扎尔走近的时候，阿尼西娅意识到和她结婚十年的丈夫其实是被其他事情所困扰。拉扎尔屏住呼吸，抓住阿尼西娅的双手——在几秒钟之前被马克西姆抓着的双手。

——我在人群中被认出来了。一个特工问讯了我。

拉扎尔说得很快，声音在颤抖，事情的紧迫性让阿尼西娅把马克西姆的提议抛到一边。她问道：

——你被跟踪没有？

拉扎尔点点头。

——我藏在了娜塔莎·纽瑞娜的公寓里。

——然后呢？

——特工还在外面，我只能从后门溜出来。

——他们会逮捕娜塔莎，然后审问她吗？

拉扎尔捧起阿尼西娅的双手，贴在自己脸上。

——我害怕。我不知道该去哪里，我不该去找她的。

阿尼西娅抱住拉扎尔的双肩。

——如果他们必须逮捕娜塔莎才能找到我们的话，那我们还有点儿时间。

拉扎尔摇摇头。

——我对特工说了我的名字。

阿尼西娅明白了，拉扎尔不想撒谎。他不想和自己的信念妥协，不会为她妥协，也不会为其他任何一人。信念重于他们的生命，拉扎尔本不该去看教堂爆破的：阿尼西娅提醒过他，冒这种险没有必要。人群肯定会被监视，而拉扎尔会成为显眼的围观者。拉扎尔没在意她的话，他的一贯作风都是说要考虑阿尼西娅的话，但是从不放在心上。难道阿尼西娅没有恳求他不要疏远那些教会权威人士吗？以他们的地位，他们足以同时与国家和教会为敌吗？但是拉扎尔对政治上的合纵连横不感兴趣：他只想说出自己的想法，就算这会让他遭受孤立。他公开批评主教和政客的关系，他顽固倔强，什么都没跟阿尼西娅说，就要求阿尼西娅支持他的立场。阿尼西娅崇拜拉扎尔，认为他是正直的男人。但是拉扎尔并不欣赏阿尼西娅。她比拉扎尔年轻，结婚的时候她只有二十岁，而拉扎尔是三十五岁。当时阿尼西娅经常怀疑拉扎尔是否真的会和她结婚，因为拉扎尔是一名白牧师[①]，倘若发誓要过清教徒的生活，这种行为本身就是带有改革意味的声明。改革的思想感染了他，正好契合了他自由洒脱的性格。阿尼西娅一直准备着有一天被国家吞噬。但真到了这一天，她却觉得自己被欺骗了。她一直在为拉扎尔的观点付出代价，可是从未被允许影响这些观点或做出什么贡献。

拉扎尔把一只手放在马克西姆肩上。

——你最好回神学院举报我们。我们马上要被逮捕，所以只有举报我们，才能让你撇清关系。马克西姆，你还年轻，就算你逃走的话也没人会看轻你。

拉扎尔提议马克西姆逃跑，这是个沉重的建议。拉扎尔居高临下地为软弱的男人和女人提供了合适的妥协方法。拉扎尔的道德优越感令人窒息，这建议没有给马克西姆提供一条生路，反而让他陷入困境。阿尼西娅插话进来，努力让自己的声音保持友好。

——马克西姆，你必须离开。

马克西姆的反应非常激烈。

——我必须留下。

之前被阿尼西娅轻蔑一笑之后，马克西姆变得倔强顽固、义愤填膺。阿尼西娅说了一句拉扎尔不明白的双关语：

——求你了，马克西姆，忘了发生的一切吧，你留下来也帮不上什么忙。

马克西姆摇摇头。

——我意已决。

阿尼西娅注意到了拉扎尔的笑容。毫无疑问，拉扎尔喜欢马克西姆，他把马克西姆护于翼下，没有察觉到马克西姆迷恋阿尼西娅的事情，只关注马克西

① 东正教中一种理应结婚的身兼祭司之职的僧侣。

姆的经文知识和哲学观念上的不足。拉扎尔很高兴马克西姆做出了留下的决定，并认定马克西姆留下来是受他影响。阿尼西娅走近拉扎尔。

——我们不能让他冒生命危险。

——我们不能强迫他离开。

——拉扎尔，这场抗争和他无关。

这场抗争也和阿尼西娅无关。

——他自己做了决定，我尊重他的决定，你也必须尊重。

——这是愚蠢的决定！

拉扎尔将自己殉道者的形象强加给马克西姆，羞辱了自己的妻子，也让马克西姆身陷困境。拉扎尔吼道：

——够了！我们没时间了！你希望他平安无事，我也是。但如果马克西姆想留下，那就留下。

拉扎尔急忙朝石制的圣坛走去，慌慌张张地把圣坛清空。和他的教堂有关的所有人都有危险。拉扎尔能够为阿尼西娅或者马克西姆做的事情寥寥无几：因为他们和拉扎尔关系太密切了。但是对拉扎尔的教友来说，他们信赖拉扎尔，也曾经对拉扎尔吐露过自己的恐惧——对他们的名字保密，这是至关重要的。

圣坛被清空之后，拉扎尔抓住圣坛的一边。

——推！

马克西姆没什么好办法，只能顺从地用力推圣坛。粗糙的石头基底在石板上划过，缓缓移到一边，露出一个地窖。这是一间暗室，二十年前在教堂遭到最猛烈攻击的时候建造的。石板被移开，露出来的地面被仔细挖掘过，并用木头支撑防止下陷。这里挖掘出了一米深、两米宽的空间，里面有个金属箱子。拉扎尔俯下身子，马克西姆也跟着他一起抓住箱子的另一边，把箱子抬了起来，放在石板上准备打开。

阿尼西娅打开盖子。马克西姆蹲在她身边，抑制不住声音当中的惊讶。

——乐谱？

箱子里塞满了手写的乐谱。拉扎尔解释道：

——曲作者来这里做过礼拜，他是个年轻人，比你大不了多少，是莫斯科音乐学院的学生。有一晚他过来找我们，说他马上要被逮捕，非常害怕，害怕他的作品会被毁掉。所以他把他写的曲子托付给我们，当中大部分作品都已被定罪为反苏维埃歌曲。

——为什么？

——我不知道，他也不知道。他没处可去，没有家人和朋友可以信任，所以他来找我们。我们同意保管他一生创作的作品。很快他就消失了。

马克西姆注视着这些乐谱。

——这些曲子……好听吗？

——我们没有听人弹过，不敢给别人看或请人弹给我们听。这样做会有人怀疑的。

——你不知道这些曲子听起来是什么样的吗？

——我不懂乐谱，我妻子也不懂。但是马克西姆，你没抓住重点。我答应帮忙，不是因为他谱写了优秀的作品。

——但是你冒了生命危险，如果这些东西毫无价值的话……

拉扎尔纠正了他的说法。

——我们不是保护这些纸，而是保护他们生存的权利。

拉扎尔的厚颜无耻让阿尼西娅非常生气。那个讨论中的年轻作曲者找的其实是她，而不是拉扎尔。她去求拉扎尔，说服他保管这些乐谱。但是在复述这个故事的时候，拉扎尔对他的怀疑、焦虑闭口不提——还把阿尼西娅弱化到了普通支持者的位置。阿尼西娅想知道拉扎尔是不是意识到了他在编造历史，也许他只是不自觉地想突出自己的重要性，重新构造出以他为中心的故事。

拉扎尔拿起整叠没装订的乐谱，一共大约两百页。乐谱中也夹了一些有关教堂事务的文件，还夹了藏起来的圣像正品，教堂里用的是复制品。拉扎尔迅速把乐谱分成三份，检查了一下，确保一首曲子的乐谱不会被分开。他的计划是把这些乐谱分成差不多的三份偷偷带出去，一分为三之后，多多少少也能把这些乐谱的一部分保存下来。难点在于分别找到三处藏匿乐谱的地方，这需要三个人在他们没有见过作曲者、没有听过这些曲子的情况下，准备为纸上的音符牺牲生命。拉扎尔知道他教区里的很多人愿意帮忙，但很多人也有可能处在某种监视下，所以就这个任务来说，他们需要的是苏维埃的完美公民，这人的公寓从不被搜查。可是，就算这样的人存在，他也不会帮助他们。阿尼西娅提出一系列建议。

——马特尔米安·瑟尔佐夫。

——他太多嘴了。

——阿迪木·纳克耶夫。

——他会同意，保存这些乐谱，然后害怕，不知所措，最后把乐谱烧了。

——纽拉·娜塔莉娅。

——她会说“好”，但会因为这个要求而恨我们。她会吃不好睡不着。

最后只有两个名字是大家都赞同的。拉扎尔决定把其中一份乐谱藏在教堂，他把乐谱和圣像一起放回箱子里，然后把圣坛推回原位。因为拉扎尔最有可能被跟踪，所以阿尼西娅和马克西姆准备带着他们手上的乐谱去那两个地方，而且要分头离开。阿尼西娅准备好了。

——我先走。

马克西姆摇摇头。

——不。我先。

阿尼西娅忖度着他这样做的用意：如果马克西姆可以成功脱身，那么她也可以。

他们举起木制粗门闩，打开大门。阿尼西娅察觉到了马克西姆的犹豫，毫无疑问他害怕了，终于明白了自己所处的困境。拉扎尔和他握手，马克西姆越过拉扎尔的肩膀看着阿尼西娅。握完手后，马克西姆朝阿尼西娅走去，阿尼西娅给了他一个拥抱，然后看着他隐没在夜色中。

拉扎尔关上门，背着手锁上，重申了这项计划：

——我们等十分钟。

阿尼西娅和拉扎尔单独待在一起，她在教堂前面等待。拉扎尔也过来了。让阿尼西娅吃惊的是，拉扎尔没有祈祷，而是握住了她的手。

十分钟过去了，他们朝大门走去。拉扎尔把门闩移开。这些乐谱装在一个旅行袋里，挂在她肩上。阿尼西娅走出门，他们已说了再见。她转身沉默地看着拉扎尔关上她身后的门，听到门闩归位的声音。阿尼西娅朝街上走去，一边留意着窗户上的面孔和阴影里的移动。突然有一只手抓住了她的手腕，阿尼西娅吃惊地转身。

——马克西姆？

他在这儿做什么？他把乐谱带到哪儿去了？教堂后面传来一个声音，尖厉而急躁：

——里奥？

阿尼西娅看到一个穿着黑色制服的人——MGB的特工。他身后还有很多人，像聚在一起的蟑螂。阿尼西娅的疑问消失了，只是把注意力集中到那人喊出来的名字上面：里奥。只需要这么一个词，谎言的结就解开了。怪不得他在莫斯科没有家人和朋友，怪不得他和拉扎尔一起做日课的时候那么安静，怪不得他对经文哲学等知识一无所知，怪不得他想先离开教堂——不是为了保护她，而是为了让监视的人提高警惕，准备逮捕他们。他是契卡干部，秘密警察。他在玩弄阿尼西娅和她的丈夫，渗透到他们生活中的方方面面，不仅从他们身上，还从和他们有共鸣的人身上收集尽可能多的情报，以此来打击教堂内部残余的反抗者。引诱阿尼西娅也是他领导交代下来的任务？他们把阿尼西娅归类为弱者，认为她容易上当，所以就指示这个英俊的特工改头换面，变成马克西姆来操纵她？

他说得很慢，语调亲热，仿佛两人之间什么也没有发生似的：

——阿尼西娅，我给了你一次又一次机会。跟我走，我已经安排好了，他们对你不感兴趣，他们要逮捕的是拉扎尔。

他温柔而关切的声音让人大吃一惊。之前他让阿尼西娅跟他走的请求根本就不是天真的幻想，而是一直都在这位特工的算计之中。他继续说道：

——接受我给你的意见，举报拉扎尔吧。我可以帮你撒谎，我能保护你。他们也是这个想法，就算你忠贞不渝也起不了什么作用。

里奥的时间快用完了。阿尼西娅明白，不管她怎么看待里奥，里奥都是她唯一的生存希望，坚持自己的信念会让她一无所获。里奥的领导尼古拉·鲍里索夫朝他们走来。他四十来岁，身材仿佛上了年纪的举重运动员，虽然还强壮，但因为酗酒过度，皮肤已经松弛了。

——她合作吗?

里奥伸出手，用眼神恳求阿尼西娅把袋子交给他。

——给我?

但阿尼西娅却用叫喊来回答，尽可能大声地喊出来:

——拉扎尔!

尼古拉上前一步，用手背打了她一耳光。他对手下人喊道:

——行动!

有人带了斧头来砍教堂大门。里奥看到了阿尼西娅脸上的憎恨。尼古拉从她手里扯过了袋子。

——他一直想救你，你这不知悔改的婊子。

阿尼西娅身子前倾，在里奥耳边低声说道:

——你一厢情愿地认为最后我可能会爱上你，对吧?

特工抓住了她的胳膊，把她拉了回去。阿尼西娅对里奥露出恶毒的笑容:

——今后也没有人会爱你。没有人!

里奥转身背对阿尼西娅，为她将要被带走而感到绝望。尼古拉把一只手放在他肩上安慰他。

——她恐怕很难解释清楚自己不是叛徒。现在这样还要好些，对你来说要好些。还有很多女人，里奥，女人总是有的。

里奥就这样结束了他的第一次逮捕行动。

阿尼西娅错了。里奥得到了国家的爱。他不想得到一个叛徒的爱:那不是爱。欺骗和背叛是特工的手段，里奥有合法的权力来使用它们。他的国家就是建立在背叛之上的。在成为MGB的特工之前，里奥是军人，在抗击法西斯主义的战争中，他明白了欺骗的极大必要性。就算是最可怕的事情，也可以用为最高利益服务的理由来解释。

里奥走进教堂。拉扎尔没有试图逃跑，而是跪在圣坛旁边祈祷，等待他的命运。一看到里奥，他那视死如归的气质便消失了。在明白发生什么事的那一瞬间，拉扎尔好像老了好几岁。

——马克西姆?

从他们认识以来，这是拉扎尔第一次向里奥寻求答案。

——我的名字是里奥·斯特帕诺维奇·德米多夫。

拉扎尔沉默了几秒钟。最后他说道:

——你是大牧首介绍给我的……

——克拉西科夫大牧首是个好公民。

拉扎尔摇摇头，不敢相信这个事实:大牧首竟然是告密者。地位崇高的宗教人士把一个间谍送到他身边，他是个祭品，像圣索菲亚教堂一样被奉献给国家。拉扎尔真傻，他提醒别人要小心，教导别人要注意安全，却没想到自己身边就有个MGB特工，拿着笔在记录情报。

尼古拉向前一步。

——剩下的乐谱在哪里?

里奥指指圣坛。

——地下。

三个特工把圣坛推到一边，露出箱子。尼古拉问道:

——他还对你说过其他人的名字吗?

里奥答道:

——马特尔米安·瑟尔佐夫。阿迪木·纳克耶夫。纽拉·娜塔莉娅。莫伊谢伊·谢马什科。

拉扎尔盯着里奥的脸，从震惊转化为厌恶。里奥走到他面前:

——眼睛盯着地下!

拉扎尔没有动。里奥把拉扎尔的头往下按。

——看地下!

拉扎尔又仰起头。这一次里奥动手打他。拉扎尔的嘴角慢慢裂开了，他仰起头，血一滴滴落下。他看着里奥，眼神中混杂了厌恶和蔑视，仿佛在质问里奥。里奥回答道:

——我是个好人。

里奥抓住拉扎尔的头发，不停地打他，仿佛上了发条的士兵一样，重复着打人的机械动作，一直不停，直到自己的指节受伤、胳膊酸痛、拉扎尔的一侧脸被揍成了软柿子。里奥最后停手，放开拉扎尔的时候，拉扎尔直接倒在地上，嘴里流出的血聚成一摊，仿佛一个对话气泡框。

尼古拉用一只胳膊拦住里奥，看着拉扎尔被人抬出去，只留下从圣坛到大门的一条血迹。尼古拉点燃了一支烟。

——国家需要我们这样的人。

里奥麻木地擦去裤子上的血，说道：

——我们撤退之前，我想检查一下教堂。

尼古拉理解了这个提议表面上的意思。

——你真是个完美主义者，很好。不过动作快点儿，今晚我们要大醉一场。你两个月都没喝酒了！你一直过着教士一样的生活！

尼古拉被自己的笑话逗笑了，他拍拍里奥的后背，然后走了出去。剩下里奥一个人，他走到被移开的圣坛前，眼睛盯着那个地窖。箱子和泥墙的空隙中还夹了一页纸，里奥俯身把纸捡起来。这是一页乐谱。他的眼睛扫过这些音符，觉得还是不要让他们知道这儿还掉了一页乐谱比较好。里奥把纸举到旁边的烛火上，看着这页纸化为黑烟。

七——年——后

莫斯科

1956年3月12日

苏伦·莫斯克温是一家小型学术印刷社的主任。不过他可谓是恶名远扬，因为他们印刷的教材质量非常差，只是用污迹斑斑的油墨印在薄到不能再薄的纸上，最后把纸堆在一起，书脊上抹上胶水就完事大吉，这样的书翻几小时就会开裂。不过这并不是因为苏伦很懒或者能力平庸，事情根本不是这样，他每天早上很早就开始工作，一直工作到深夜才下班。印刷出来的书那么粗糙，是因为原材料都是由国家分配下发的，学术出版的内容会受到仔细审查，所以他们在资源使用上并没有优先权，不得不用最差的纸在最短的时间印出数目庞大的教材。这个程序一直没变，劣迹斑斑的名声让苏伦觉得极为尴尬，但他也无能为力。有笑话是这么说的——如果你的手指被油墨弄脏了，那么老师和学生就会讽刺你，说你被莫斯克温的书缠上了。他被人嘲笑之后，羞愧得不敢从床上爬起来，吃也吃不好，整天喝酒，还把酒瓶子塞在书架后面的抽屉里。苏伦·莫斯克温现年五十五岁，他意识到了自己新的一面：他受不了被大众嘲笑的感觉。

苏伦检查了莱诺铸排机[1]，为自己工作上的失败感到沮丧。这时他看到一个年轻男子站在门口。苏伦充满戒备地对那男子说道：

——谁啊？干什么来的？没有通报就到这儿来，这可不正常。

那男子走了进来，他穿着一件长外套，围着一条廉价的黑色围巾——这是

① 一种排字机的商标名，能将金属字符铸排成整行，而不是一个个的字符。

学生的典型装束。他拿着一本书，递给苏伦。苏伦夺过那本书，准备迎接更多抱怨。他看了一眼封面：是列宁写的《国家与革命》。他们上周才新加印了一版，是一两天前发下去的。这个人大概先看到了什么错误吧。在这种意义重大的著作里面出现印刷错误，那可是一件严重的事情：要在斯大林时代，这种错误足以被判刑。学生探身过来打开那本书，轻轻翻开前面的部分。印在扉页上的是一张黑白照片。学生说道：

——下面的文字介绍说这是列宁的照片，但是……你自己看吧……

照片上的男人一点儿都不像列宁，他靠在一堵墙上，那是一堵光秃秃的白墙。他头发蓬乱，眼神涣散。

苏伦嘭地把书合上，转头对学生说道：

——你觉得我在印刷的一千本书上都用了这张错误的照片？你是谁？叫什么名字？你为什么做这事？我的问题在于原材料有限，而不是粗心大意！

苏伦把书推回去，戳中了学生的胸膛。他脖子上的围巾也松开了，露出了文身的一角。看到文身苏伦愣了一下，文身和学生的典型形象并不相符。只有黑手党这种职业匪徒才会在皮肤上刺这样的文身。

苏伦的愤慨之情让男人受惊了，他抓住苏伦犹豫的时机赶紧逃跑。苏伦敷衍了事地追了几步，手里仍然拿着那本书，眼睁睁看着那个神秘的身影消失在夜色当中。他心神不宁地关上门，锁住。照片困扰了他。苏伦拿出眼镜，打开书凑近观察照片上的脸：那双惊恐万分的眼睛。就像幽灵船从浓雾中缓缓驶出一样，苏伦逐渐回想起了这个人。他的脸看起来很熟悉，头发蓬乱、眼神涣散是因为他被逮捕，而且是刚从床上被拖起来。苏伦认得这张照片，因为这张照片是他拍的。

苏伦并不一直经营印刷社，其实他之前是MGB的工作人员。他为MGB忠诚服务了二十年，作为秘密警察的职业生涯比他的一些上级都还要长。他做了各种各样的杂事——打扫牢房，给犯人拍照——他卑微的官衔反而是个优点，让他可以聪明地避开更多的责任，不被人注意，远离高层一轮又一轮的大清洗。他一直抢着做困难的事情，坚定地履行自己的职责。当年他可是令人生畏的男人，没人敢开他的玩笑，他们不敢。因为伤病，苏伦不得不退休，尽管补偿丰厚、生活舒适，但他发现自己闲不下来。无所事事躺在床上的时候，他就会胡思乱想，回想起过去的事，脑海里浮现出和这本书上面一样的面孔。只有让自己保持忙碌，用约会和会议来填充自己，才能解决这个问题。苏伦需要一份工作，他不想追忆过往。

他合上书，把书放进口袋里。今天怎么会发生这种事？不可能是单纯的巧合。他在印刷书或者杂志方面质量堪忧，所以他没想到自己居然会收到命令要印刷一份重要的国家文件。没有人告诉他这份文件的性质，但是重要的任务就意味着要用优质的原材料——好纸和好墨。活到一把年纪，他终于有机会来印刷一些值得他自豪的东西。他们晚上会把文件送过来，不过似乎有怨恨他的人在他正要时来运转的时候暗中搞破坏。

他离开印刷厂车间，匆忙回到办公室，把头上稀疏的银发仔细梳到一边，穿上自己最好的衣服——这种衣服他只有两件，一件是平日里穿的，一件是特殊场合穿的。这就是特殊的场合。今天他不需要别人叫他起床，他比他妻子醒得还早。他一边哼着歌一边刮了胡子，吃了一顿丰盛的早餐，这是他这周以来第一次吃早餐。然后他早早地来到印刷厂，从抽屉里拿出伏特加倒进了水槽，然后花了一整天时间做清洁、拖地、除尘，还擦干净了莱诺铸排机上的油渍。他在读大学的两个儿子过来看他的时候，办公室的转变给他们留下了深刻的印象。苏伦提醒他们，保持工作环境的整洁是一项重要的原则，工作地点是一个人展现身份和自我意识的地方。他们同苏伦亲吻告别后，祝愿他顺利完成神秘的新任务。在苏伦多年的秘密工作和近些年的失败生涯之后，他的儿子们终于有理由为他感到骄傲了。

苏伦看了看表，现在是晚上七点。他们随时都有可能到达。苏伦应该忘记刚才那个陌生人和照片的事情，这无关紧要。那人不可能干扰苏伦的心思。突然苏伦希望自己没倒掉那些伏特加，喝点儿酒的话就能让自己平静许多。不对，喝了酒的话他们会从苏伦的呼吸中闻到酒味。还是不喝酒，宁可心里紧张一点儿吧——这样也能让人觉得苏伦在严肃对待这项任务。他拿起一瓶克瓦斯，那是由黑麦发酵而成的不含酒精的饮料：只能喝这个了。

他动作匆忙，失去了酒精的滋润反而让他的行动不协调，失手打翻了装有字母模子的一个盘子。盘子从桌上掉下来，那些字母模子在石板上撒了一地。

叮叮当当

苏伦的身子僵硬了。他仿佛不是站在办公室里，而是站在一条狭窄的砖石走廊上，一边是一排铁门。他回想起了这个地方：奥里奥尔监狱。伟大的卫国战争爆发的时候，他在那儿当过警卫。德军的快速推进迫使他们撤退，他和他的同事接到了一个命令，要求清理监狱里的囚犯，不给纳粹德军留下任何志同道合的新成员。德国的斯图卡式俯冲轰炸机轰炸了大楼，德国的装甲车也炮击了大楼，这时他们面临的逻辑问题就是：如何在十几分钟之内，在每间牢房塞满几百个政治犯的情况下，清除二十间牢房里的犯人。他们已经没有时间枪决或者绞死犯人了。苏伦想了个主意，可以用手榴弹，每间牢房扔两个。他当时走到走廊尽头，拉开钢铁小栅格，把手榴弹扔进去——叮叮当当——手榴弹砸在混凝土的地面上，就发出这种声音。苏伦关上小栅格，这样里面的犯人就无法把手榴弹扔出来了。然后他从走廊跑回，躲避爆炸。他想象着那些犯人在黑暗中摸索手榴弹的样子：用脏兮兮的手拿着手榴弹，努力把手榴弹从设了栅栏的小窗户里扔出来。

苏伦用双手紧紧捂住耳朵，仿佛这样就能终结这段回忆。不过噪声仍在继续，越来越大，手榴弹砸在混凝土地面上，一间牢房连着一间牢房。

叮叮当当叮叮当当

苏伦喊道：

——够了！

他把双手从耳朵上移开的时候，才意识到有人在敲门。

3月13日

受害人的喉咙被野蛮地切开了，伤口很深，参差不齐。死者脖子的其余部分反倒没有伤痕，给人一种杂糅了野蛮和精确的矛盾观感。考虑到袭击的野蛮程度，切口左右两边扩散的血液非常少，血迹的形状像个小天使。看来凶手把死者打倒在地，按在地上猛砍，直到苏伦·莫斯克温——五十五岁、小型学术印刷社的主任——断气多时。

他的尸体是今早被他两个儿子发现的，弗塞沃洛德和阿克夫森蒂。因为苏伦一直没回家，所以他们来这间办公室找苏伦。他们忧心忡忡地联系了民警，民警到这儿来发现办公室被洗劫一空：桌子的抽屉都被拉了出来，地上撒了一地的纸，档案柜被强行打开。民警将其归结为一起搞砸了的抢劫案。在发现死者七小时之后，直到快傍晚的时候，民警才联系了谋杀案部门。这个部门的领导就是MGB的前特工，里奥·斯特帕诺维奇·德米多夫。

里奥已经习惯了这种拖延。三年前他破获了四十四个孩子的连环谋杀案，凭借这个案子的影响，他创立了谋杀案部门。

因为这个部门本身的理念，他们和一般民警部门的关系比较紧张。合作飘忽不定，谋杀案部门的存在让很多民警和KGB[①]的特工不满，他们私下觉得，无论是对他们的工作，还是对国家的声誉来说，这个部门的存在都是一种无法接受的指责。实际上他们也是对的，里奥创建这个部门的动机，也是出于对他以前特工生涯的抗议。在他以前的职业生涯中，他逮捕了许多公民，仅仅是凭借领导下发的打印名单，他就逮捕了很多人。相反，谋杀案部门追求的是证据和真相，而不是政治化的表象。里奥的职责是把每件案子的真相呈送给领导，至于他们看到真相准备怎么做，那是他们的事。里奥个人的愿望是，希望有一天，他能在自己的逮捕名单上取得平衡：让有罪的人多过无辜的人。不过就算是保守的估计，里奥也还有很长的路要走。

谋杀案部门获得的自由导致了他们工作的高度保密性。他们直接向内务部[②]负责，仿佛是犯罪调查办公室下面的一个秘密分部。大多数人仍然需要相信社会正在发展当中，他们的信念是：犯罪率正在下降。所以自相矛盾的事实会被过滤，远离大众的视线。没有人能接触到谋杀案部门，因为没有人知道这个部门的存在。正因为如此，里奥不能大张旗鼓地要求大众提供情报，或是要求目击证人挺身而出，因为这些举动无疑是在宣扬犯罪的存在。里奥获得的自由非常特殊，他一直尽全力和自己过去当秘密警察的经历洗清关系，但是现在

① 克格勃，全称为苏联国家安全委员会，前身是MGB。
② 苏联及东欧一些国家的警察部门，这些国家的“公安部”就叫作“内务部”。

他发现自己是另一种形式的秘密警察。

一看到莫斯克温的死状，里奥就下意识觉得不安，他研究起犯罪现场，视线集中在椅子上。椅子随随便便地放在桌子前面，座位稍稍有点儿歪。里奥走到椅子前俯下身子，用手指摸了摸一条木椅腿上的细裂缝，然后又试着在椅子上坐了坐，把后背往后靠。那条木椅腿马上就倒了，椅子也坏了。如果曾经有人坐在椅子上的话，那椅子早就坐坏了。但这条椅子却放在桌子旁边，仿佛随时可用的样子。

里奥把注意力转回到尸体上。他拿起死者的双手，上面没有伤口，也没有抓痕——一点儿自卫的迹象都没有。里奥跪下来凑近死者的脖子。脖子上几乎没有完好的皮肤，只有靠近地板的那一块皮肤还算完整，没有遭到反复猛砍。里奥拿起一把刀，插进死者的脖子，然后用刀尖挑出一小块完好无损的皮肤。这块皮肤上有瘀青，颜色昏暗，在刀尖上缩成一团。里奥正准备站起来的时候，注意到了死者制服上的一个口袋。他俯下身子，从口袋里掏出一本薄薄的书——列宁的《国家与革命》。就算还没翻开这本书，里奥也能看出来这本书在胶装上有点儿问题：多粘了一页进去。里奥翻到这一页，看见一张照片，上面是个头发蓬乱的男人。尽管里奥不认识这个人，但他知道这是什么照片——光秃秃的白墙，嫌疑人一脸茫然的表情。这是逮捕时拍的照片。

这种复杂的异常状况让里奥迷惑了，他站了起来。这时帖木儿·内斯特洛夫走进房间，注意到了这本书。

——很重要？

——我不确定。

帖木儿是里奥最亲密的同事兼朋友。他们友情的产生方式朴实无华。他们没有在一起喝过酒，也没有对工作之外的事情相互打趣聊天——他们在一起合作，典型的表现是长时间的沉默。对那些喜欢嘲笑挖苦的人来说，他们可能会觉得两人之间有什么怨恨。里奥比帖木儿年轻大概十岁，尽管他以前在帖木儿手底下做事，经常很正式地称呼帖木儿为内斯特洛夫将军，但现在里奥却成了帖木儿的领导。客观地说，在他们一起创造的功绩当中，里奥得到的更多。有人含沙射影地说里奥牟取暴利、自私自利而且汲汲于功名。但是帖木儿一点儿也不嫉妒，官衔的问题并不重要，他为他的工作而骄傲。迁居到莫斯科，在等待名单上等到花儿也谢了的时候，他们一家终于分配到了一套现代化的公寓，有热水和二十四小时供应的电力。不管他们表面上的关系如何，他们都是生死之交。

帖木儿朝工厂车间走去，那里放着的莱诺铸排机像是巨大的机器昆虫。

——死者的两个儿子来了。

——带进来。

——那他们老爹的尸体就这样放着？

——嗯。

那两个儿子在里奥还没来得及询问他们的时候，就被民警送回家了。里奥为让那两个儿子再看到他们父亲的尸体而道歉，但是他信不过民警传来的二手信息。

弗塞沃洛德和阿克夫森蒂被传唤上来，两人都是二十出头的样子。他们并排站在门口。里奥做了自我介绍。

——我是里奥·德米多夫警官。我知道这样很难为你们。

他们两人都没去看父亲的尸体，只是盯着里奥。长子弗塞沃洛德开口说道：

——我们已经回答了民警的问题。

——我的问题不会耽误太多时间。房间和你们早上发现的时候一样吗？

——是的，是一样的。

弗塞沃洛德包办了所有回答，阿克夫森蒂仍然保持沉默，视线偶尔飘忽不定。里奥继续说道：

——椅子是放在桌边的吗？如果有打斗的话，椅子应该早就弄坏了。

——打斗？

——你们的父亲和凶手难道没打斗过？

一片沉默。里奥继续说道：

——椅子坏了。一坐上去就会倒。把一条坏椅子放在桌子旁边，不觉得奇怪吗？根本没办法坐嘛。

两个儿子看向椅子。弗塞沃洛德问道：

——你叫我们回来就是说椅子的事？

——椅子很关键。我认为你们的父亲踩着椅子上吊。

这种推论是可笑的，他们应该义愤填膺才对，但他们却保持沉默。里奥知道自己击中了要害，便继续阐述他的理论。

——我认为你们的父亲是上吊自杀的，也许用的就是在工厂里的一根横梁。他站在椅子上，然后踢开了脚下的椅子。你们今早发现了他的尸体，把尸体拖到这儿来，把椅子放回原处，没注意到椅子已经坏了。你们有一个人，或者两个人一起，把尸体的喉咙割开，为的是掩盖脖子上绳索的勒痕。而办公室也被布置成入室抢劫的样子。

两个儿子是前途无量的大学生。自杀事件会终结他们的事业，毁掉他们的前途。自杀，尝试自杀，沮丧——就算是你对别人说你想终结生命——这一类的事情都会被解读为对国家的诽谤。自杀和谋杀一样，在往更高级社会的进化过程中没有立足之地。

两个儿子明显不知道自己有没有能力否认这项指控。里奥的口气缓了下来。

——验尸就能发现他的脊椎受损。我会像调查谋杀案一样来调查这桩自杀事件。他自杀的原因困扰了我，似乎他想掩盖你们不能理解的什么事情。

次子阿克夫森蒂开口了，这是他第一次开口：

——我割开了他的喉咙。

这个年轻人继续说道：

——我把他的尸体放了下来。我知道这对我们的生活意味着什么。

——你们知道他为什么自杀吗？

——他一直酗酒。对工作感到沮丧。

他们开始诉说真相，当然这并不完整，他们从头到尾都显得茫然无知，话不经大脑就说出来了。里奥又强调了重点。

——五十五岁的人不会因为读者手上沾了油墨就自杀，你们的父亲经受过比这严重得多的打击。

长子发火了。

——我辛苦学习四年，为的就是当个医生。全完了，没有医院肯要我的。

里奥带着他们走出办公室，来到工厂车间，这里看不到他们父亲的尸体。

——你们的父亲一整晚都没回家，直到今天早上你们才开始担心。就是说你们知道他会工作到很晚，否则你们昨晚就会不安了。这么说的话，为什么这儿没有准备用来打印的纸呢？这里有四台莱诺铸排机，但是一张纸都没有放。这里看不出要印刷东西的任何迹象。

他们走到巨大的机器旁边。每台机器前面都有一个像打字机一样的装置，有一个字母面板。里奥对两个儿子说道：

——你们现在需要朋友。我不能不调查你们父亲的自杀事件，但我会向领导请示，不让这件事妨碍到你们的事业。时代不同了：你们父亲犯下的错误没必要牵连到你们身上。但我也不是白帮你们的忙，你们要告诉我发生了什么事。你们的父亲印刷的是什么东西？

次子阿克夫森蒂耸耸肩。

——他在印刷什么国家文件。我们也没看。我们把他放好的纸都毁掉了，他没有印完。我们觉得，他也许是因为马上要印刷一本粗制滥造的杂志，所以觉得灰心沮丧吧。我们把铸排机上的纸都烧了，什么也没留。真相就是这样。

里奥不死心，指着机器。

——他用的是哪台机器？

——这台。

——把操作过程演示一下。

——可是我们把一切都毁掉了。

——快。

阿克夫森蒂看了一眼他哥哥，明显是在征求他哥哥同意。他哥哥点了点头。

——你在机器上打字的时候，机器后面就会把字母模子收集起来，把每一行文字组成一块独立的模子，中间加入空格键模子。一行模子做好之后，就用熔化的铅锡合金将其黏合到一起，组成一个铅字条。铅字条就放在这个排字盘上，直到打满一整页。之后这份钢页会附上油墨，然后在纸上面滚一圈——就印出来了。不过我们之前已经说过了，我们把所有纸都毁掉了，什么也没留下。

里奥走到机器旁边。眼睛注意着机器操作的过程，一直看着机器收集模子的流水线过程。他问道：

——我打字的时候，字母模子就会在这个排字盘里面集中？

——是的。

——这儿没有完整的铅字条，应该被你们销毁了。不过你看这个排字盘里面有一半铅字条，没有成行的。

里奥指着那一排做到一半的字母模子。

——你们父亲刚好打了一半。

两个儿子探头看着机器。里奥是对的。

——我想把这几个词打出来。

长子开始敲空格键。

——我在后面加入空格，就能把这一行的长度补齐，得到浇铸好的铅字条。

一个个表示空格的字母模子加在这一行后面，直到排字盘填满。压料柱塞把融铅压进模子里，最后得到一块工整的铅字条——这就是苏伦·莫斯克温生前打下的最后几个词。

这块只有一行的铅字条侧立着，上面的字母因为倾斜的角度而看不到。里奥问道：

——烫吗？

——不烫。

里奥拿起这一行铅字条放在排字盘里。他在铅字条上面印上油墨，然后用一张白纸盖在上面按下去。

同一天

里奥坐在家里厨房的桌子上，盯着那张纸。苏伦·莫斯克温生前最后印的文件上，只剩下三个词：

埃赫是在严刑逼供之下

里奥读了一遍又一遍，视线一直没离开。脱离了上下文，这些词无疑只能起到催眠的效果。里奥摆脱了催眠的影响，把这张纸放到一边，拿起皮包平放在桌上。皮包里面有两份机密档案。为了得到这两份档案，他向领导申请了许可证。拿到第一份档案并不难，因为那是苏伦·莫斯克温的档案。不过第二份档案牵涉到了一些问题，因为里奥要查阅的是罗伯特·埃赫的档案。

打开第一份档案，里奥感受到了苏伦过往的重量，翻阅的页数越多，这种感受就越深。莫斯克温以前是国家的秘密警察——契卡干部——和里奥一样，但是比里奥工作的时间长多了，成千上万的同事都被枪决，但他却能安安稳稳地工作。档案中包含一份名单，上面是莫斯克温在他工作期间告发的人。

内斯特·余洛夫斯基。邻居。被处决。

罗扎利娅·赖斯纳。朋友。判刑十年。

雅科夫·布罗克。零售商人。判刑五年。

卡尔·尤里特斯基。同事，警卫。判刑十年。

工作十九年，他告发的人在档案中就写满了两页纸，差不多有一百个名字——而且他还告发过一个亲戚。

艾奥纳·拉狄克。表兄弟。被处决。

里奥注意到了一个技巧。这些告发日期看似杂乱无章，但其实大多数集中在一个月内，然后接下来几个月都没什么事。这些混乱之中的空档是经过深思熟虑的，隐藏了仔细的计算。他要证明自己对国家的忠诚超过了对亲人的爱，所以大义灭亲告发他表兄弟。为了给他的告发名单渲染可靠性，苏伦牺牲了自己的表兄弟，免得别人指控他只会告发对他无关紧要的人。莫斯克温是完美的幸存者，这种人不像要自杀的人。

里奥核实了苏伦·莫斯克温之前工作的时间和地点，吃惊地把后背靠在椅子上。他们曾经是同事：七年前两人都在卢比扬卡工作。不过他们的工作没有交集，至少里奥想不起来了。里奥是调查员，负责逮捕罪犯，跟踪嫌疑人。而莫斯克温是警卫，负责运送犯人，监禁犯人。里奥尽最大努力避开底层的审讯牢房，仿佛那层地板可以保护他，让他对地下日复一日发生的事情眼不见心不烦。如果莫斯克温的死是因为负罪感，那么在一切都时过境迁之后，究竟是什么激发了他的极端感受呢？里奥合上文件夹，把注意力转向第二份档案。

罗伯特·埃赫的档案更厚更重，封面上盖了“机密”的印章。那些文件都紧紧地捆在一起，仿佛密封了什么有毒物质在里面。里奥把绳子解开，埃赫这个名字很熟悉。里奥瞥了一眼文件，发现埃赫1905年就是党员了。那时候革命还没爆发，共产党员不是被流放，就是被处决。埃赫的履历毫无瑕疵：他是前中央政治局候补委员。但就算如此，埃赫在1938年4月29日仍然被捕，坦白地说，这种人不会是叛徒。但是埃赫招供了，审讯记录就在档案里，上面连篇累牍地记载了他反苏维埃的活动。里奥以前起草过太多预先准备好的供词，当时还没意识到这也是特工工作的一部分。供词上面的常见词语提醒了里奥——这是他们内部的风格，可能每个犯人都会在这种模板上签名。里奥快速往后翻，看到埃赫在狱中所写的一份声明，表明自己无罪。和供词相反，在赞扬党的基础上，这份声明充满了人性、绝望和同情，申明了他对国家的热爱，还胆小谨慎地指出逮捕他是不公正的。里奥读到这一段，几乎无法呼吸：

> 我没有经受住乌沙科夫和尼古拉也夫对我使用的严刑和虐待，特别是乌沙科夫，他乘我的脊椎骨骨折后还没有愈合之机，让我受到难以忍受的痛苦，逼着我诬告自己和别人。

里奥知道接下来发生的事情。1940年2月4日，埃赫被枪决了。

瑞莎站起来看着他丈夫。里奥的心思都在那些机密档案上，没注意到瑞莎的存在。里奥现在的样子——脸色苍白，神情紧张，缩起身子护住一些机密文件，手握别人的命运——正是他们不愉快过往的一个切面。瑞莎忍不住就要像过去经常做的那样，从里奥身边走开，避开他，无视他。糟糕的回忆如潮水一般向她汹涌而来，让她极度恶心。瑞莎努力抵抗这种感觉，里奥已经不是那种人了，她不再为他们的婚姻困扰了。瑞莎走过去，伸出一只手放在里奥肩膀上，想安慰这个她学着去爱的男人。

瑞莎碰到里奥的时候，里奥缩了一下，他没注意到瑞莎进了这个房间。在无意识的情况下，里奥的想法完全暴露出来：他突然起身，身下的椅子吱吱作响。两人视线相对，里奥看到了瑞莎眼中的不安。里奥不愿意瑞莎再有这种感觉，他应该向瑞莎解释自己在做什么，因为刚才里奥又回到了老样子：沉默、藏了心事。里奥抱住瑞莎，把她的头靠在自己肩上，他知道瑞莎正在偷偷看着那些档案。里奥解释道：

——有个人自杀了，MGB以前的特工。

——你认识？

——不。我不认识。

——你必须调查？

——自杀被视为——

——我的意思是……必须是你来调查？

瑞莎希望里奥把这件案子放下，和MGB再无瓜葛，藕断丝连也不行。里奥缩回了身子。

——调查不会花太长时间。

瑞莎缓缓点头，然后转移话题。

——女孩儿们都在床上了，你要不要给她们讲故事？也许你很忙？

——不，我有空。

里奥把文件收进公文包。他走过妻子身边的时候亲了她一下，但瑞莎用一根手指挡住了他的吻，注视着他的双眼。瑞莎没说什么，移开手指和里奥接吻——仿佛这个吻彰显了里奥神圣而牢不可破的承诺。

里奥走进卧室，把档案藏了起来——这是他的老习惯。不过他又改变了主意，把档案抽回来，放在桌子一边，瑞莎应该想看看这两份档案。然后里奥急忙经过走廊来到他女儿的卧室，边走边舒缓自己脸上紧张的神情。最后里奥挂着灿烂的笑容打开了门。

里奥和瑞莎收养了两姐妹。左娅现在十四岁，埃蕾娜七岁。里奥朝埃蕾娜的床走去，在床边坐下，从书柜里抽了一本书。尤里·斯特鲁加茨基写给儿童看的故事书。里奥打开书，大声朗读起来。左娅马上打断他的话：

——我们听过这个故事。

左娅顿了一下，然后补充道：

——第一次听的时候我们就很讨厌它。

那则故事讲的是这么回事：一个小男孩儿想成为一名矿工。男孩儿的父亲是一名矿工，死于一次事故。所以男孩儿的母亲很害怕男孩儿也步他父亲的后尘。左娅是对的，里奥以前读过这个故事。左娅傲慢地总结道：

——最后那个儿子挖出了比别人多得多的煤，成了民族英雄，用自己的荣誉来告慰父亲的在天之灵。

里奥合上书。

——你说得对。这故事不好。不过左娅，你在家里怎么说都没关系，不过在外面就要小心。表达自己的政治观点，就算是儿童故事这样的小事，也是很危险的。

——你要逮捕我吗？

左娅接受了里奥是她监护人的事实，但因为她父母的死，她永远不会原谅里奥。里奥并没有以父亲的身份自居，左娅也正式地称呼他为里奥·德米多夫，尽可能地让两人保持距离。左娅抓住一切机会提醒里奥，和他生活在一起是出于现实的考虑，把他作为一种手段——来给她妹妹提供舒适的物质条件，让她从孤儿院里解脱出来。无论是在家里，还是在郊游、一天旅行或者吃饭的时候，左娅都不让自己感动。她的美丽和冷酷并存，表情中看不到一丝柔情，无休止的忧愁似乎对她来说是至关重要的。对鼓励左娅走出阴影这种事，里奥也起不了多大作用。他希望在某些时候彼此的关系能慢慢改善。里奥仍然在等待，如果有必要的话，他可以永远等下去。

——不，左娅，我不会再做这种事。而且以后永远也不会做。

里奥探起身子抽出一本《儿童文学》杂志，这本杂志是面向全国儿童发行的。里奥没来得及读故事，左娅就插话道：

——你怎么不自己想个故事呢？我们喜欢听的，是吧，埃蕾娜？

埃蕾娜刚到莫斯科的时候才四岁，年纪很小，所以可以更快适应生活的变化。埃蕾娜和姐姐左娅不同，她在学校里交朋友，学习也很刻苦。她容易被称赞打动，所以努力获得老师的赞美，取悦每个人，也包括她的新监护人。

埃蕾娜不安起来。她知道姐姐的声调里有一种希望她同意的味道。她必须做出选择，所以为难地稍稍点头。里奥嗅到了危险的气息，回答道：

——我们还有很多故事没读过，我保证能找到一个我们都喜欢的。

左娅并没变得温和。

——那些故事都一个样。给我们讲点儿新的吧，自己想个故事。

——我害怕自己讲的故事不好听。

——你都不试一下吗？我爸爸就会讲各种各样的故事。故事发生在偏远的农庄，冬天的农庄，地面上覆盖了一层雪，附近的河流也结冰了。故事可以这样开始，从前有一对小女孩儿，她们是姐妹……

——左娅，停下。

——姐妹和她们的爸爸妈妈生活在一起，快乐无比，直到有一天有个穿着制服的人来逮捕了他们，并且——

里奥打断了她的话：

——左娅？停下吧？

左娅看了看她妹妹，停下了。埃蕾娜在哭，里奥站起来。

——你们都累了，明天我再找一些更好看的书，我保证。

里奥关上灯，带上门走出去。在走廊里他安慰自己说事情最终会变好的。左娅需要的，只是多一点儿的时间。

左娅躺在床上，聆听着她妹妹的呼吸声——舒缓、柔软的呼吸。当她们和父母一起生活在农庄的时候，四个人都挤在一间小房间里，四周是厚厚的土墙，里面靠烧柴火取暖。左娅睡在埃蕾娜身边，身上盖着粗劣的手缝毯子。妹妹睡觉时的呼吸声意味着安全：意味着父母就在她们身边。但这种感觉不属于这套公寓，不属于里奥就在隔壁房间里的公寓。

左娅不容易入睡。她会在床上躺上几小时，胡思乱想直到精疲力竭。她是唯一在意真相的人，唯一拒绝遗忘的人。左娅起床让自己放松一下，身旁妹妹还在睡觉，公寓都在沉寂当中。她轻轻走到门边，眼睛已经适应了黑暗。她用手摸索着墙壁通过走廊，厨房的窗户里透出外面街灯的灯光。她像小偷一样机敏地打开一个抽屉，握住刀柄，感受到刀的重量。

同一天

左娅把刀刃平贴在大腿上，朝里奥的卧室走去。她缓缓推开卧室的门，让自己有足够的空间侧身进去。她悄无声息地走在木地板上，房间的窗帘被拉上了，黑漆漆的，但左娅知道房间的布局，知道该怎样走才能走到里奥身边。里奥就睡在较远的那侧。

左娅站在里奥面前，扬起刀。尽管她看不到里奥，但可以在脑海中勾勒出里奥的轮廓。她不能把刀刺进里奥的腹部：毛毯会阻碍刀子。她得把刀子刺进里奥的脖子，尽可能地刺入，以免里奥有机会制伏她。左娅伸出刀子，用完美的手法向下按着刀子。左娅从刀刃上感觉到了里奥的胳膊和肩膀——就把刀子抬起来，让刀尖直接触在里奥的皮肤上，压出小小的凹痕。放正位置之后，左娅要做的就是双手握住刀柄，猛力一刺了。

左娅不定期举行这种仪式，有时一周一次，有时一个月也做不了一次。第一次是在三年前，就在左娅和她妹妹从孤儿院搬到这套公寓里不久，那个时候左娅做梦都想杀死里奥。那天里奥带她们去动物园，她和埃蕾娜都没去过动物园，在那里她们见到了以前从来没见过的奇珍异兽，左娅也暂时忘掉了那段回忆。也许逛了还不到五分钟或十分钟，左娅就喜欢上了这次游玩。左娅笑了，里奥从没见过她笑，左娅很高兴，但这并不重要。左娅看着里奥和瑞莎在一起，这对快乐的夫妻仿造了一个家庭，他们在伪装，在撒谎。左娅明白这两人想悄悄偷走她父母的位置，但她无能为力。那天在回家的电车上，左娅觉得自己的负罪感非常强烈，让她觉得恶心、想吐。里奥和瑞莎认为她是因为吃了甜点，而电车又让她晕车的缘故。那天晚上左娅发烧了，躺在床上哭，挠自己的双腿直到出血。她怎能这么轻易就背叛了对父母的记忆呢？里奥相信他可以用新衣服、珍馐佳肴、日常游玩和巧克力来赢得左娅的爱——真可怜。左娅发誓自己再也不会忘记父母。只有一种方法才能证明：拿起刀下定决心杀死里奥。那个时候左娅也是站在这儿，也在准备下手杀人。

对父母的回忆驱使左娅来到这个房间，但也正因为对她父母的回忆，左娅才没有杀死里奥。他们不希望左娅的双手沾上里奥的血，他们希望左娅照顾好妹妹。左娅无声地哭泣，她顺从了父母的愿望，允许里奥活着。她时不时地拿着刀子走到这里，并不是说她改变主意，也不是为了报仇，更不是为了杀人，左娅只是在纪念她的父母，换种说法来说，她从未忘记父母。

电话铃响了。左娅吃惊地后退一步，刀子从手上滑落，当啷一声掉到地板上。左娅跪下来在这一块黑暗中拼命摸索着，想把刀子找回来。里奥和瑞莎也被电话铃声惊醒了，翻身的时候床嘎吱作响。他们在找电灯开关，而此时左娅只能靠双手在地板上拼命摸索。电话铃响了第二次，左娅别无办法，只有把刀子留在这里，连忙绕过床跑向门口，从门缝中溜了出去，刚好躲开亮起的灯光。

里奥坐起身子，脑子里还是一团糨糊，杂糅了梦境和现实——眼前有人影闪过，但似乎又没有。电话铃在响。这个时候打电话来只能是工作上的事情。里奥看了看表：差不多半夜了。他瞥了一眼瑞莎，瑞莎醒着，等着里奥去接电话。里奥咕哝着说了声抱歉的话，然后下了床。门微开着。他们睡觉前不都是把门关好了的吗？也许这一次没关好吧，没关系，里奥朝着走廊走去。

里奥拿起听筒。电话另一端的声音非常急促响亮。

——里奥？我是尼古拉。

尼古拉这个名字现在对里奥来说没有印象。里奥没有回话。为了让里奥回想起来，这人又说道：

——尼古拉，你以前的领导！你的朋友！里奥，难道你忘了吗？我给你分派了第一项任务！那个神父，想起来没，里奥？

里奥想起来了。他有好长时间没听到尼古拉的消息了。这人和里奥现在的生活毫无交集，他打电话来的举动令里奥生气。

——尼古拉，现在很晚了。

——很晚了？你怎么了？以前这个时候我们还没开始工作呢。

——之后没这么干了。

——好吧，之后没这么干了。

尼古拉的声音昏昏欲睡，然后他又说道：

——我要见你。

他声音含糊，喝醉了。

——尼古拉，你干吗不睡上一觉，有事我们明天再说呢？

——今晚必须说。

他声音嘶哑，快要吼出来了。

——出了什么事？

——和我见面，求求你了。

里奥想拒绝。

——在哪里？

——你的办公室。

——我三十分钟到。

里奥挂上电话，不安的感觉消磨了他的怒气。如果没有什么原因的话，尼古拉不会来联系他。里奥回到卧室，看到瑞莎也坐起来了。里奥耸耸肩，解释道：

——以前的一个同事。他想和我见一面，还说必须是今晚见面。

——什么时候的同事？

——是……

里奥不想把这句话说完。

——不知道什么地方的就打电话来？

——他喝醉了。我会跟他说清楚的。

——里奥……

瑞莎话没说完。里奥点点头。

——我也不喜欢这样。

里奥抓起自己的衣服匆忙穿上。就在他准备出发，系鞋带的时候，看到床下有什么东西在闪光。里奥好奇地俯下身子把那东西拿了起来。瑞莎问道：

——怎么了？

这是一把大厨刀，厨刀附近的地板上有一道凹痕。

——里奥？

——没事。

他该把厨刀拿给瑞莎看看。

瑞莎准备俯身下来看的时候，里奥站了起来，把刀藏在身后，转身把电灯关掉了。

走在走廊上，里奥把刀刃平放在自己手掌上。他看了一眼两个女孩儿的卧室，朝门口走去，轻轻推开门。房间里漆黑一片，两个女孩儿都躺在床上睡着了。里奥退出去，轻轻关上门的时候，对着埃蕾娜舒缓而微弱的呼吸声笑了笑。里奥驻足仔细聆听，却没听到左娅发出的任何声音，她一直屏住呼吸。

3月14日

因为速度过快，里奥的车滑进了一个转角，车胎滑过黑色的冰面。他缓缓松开油门，将车开回路中央，背部由于焦虑而被汗水浸湿。到达谋杀案部门办公室时他松了一口气。停下车，把头靠在方向盘上休息。车内没有开暖气，他的呼吸形成了薄雾。现在是凌晨一点。街道空无一人，被零落的积雪覆盖着。不想去想诸如卧室的门为何半开、他的女儿为何要装睡、他的床下为何有一把刀的问题，里奥匆忙出门的时候忘戴帽子手套，此刻身子不禁开始颤抖。

这些问题当然还是可以解释的——简单直白地解释。可能是他开着门了，可能是他的妻子出过卧室，返回时忘了关门。至于左娅为何装睡，可能是他听错了。事实上，她有必要一定在睡觉吗？如果她醒着也非常合情理，她可能是被电话吵醒后有点儿恼火地躺在床上，试图再次睡着。至于刀……他不知道，他没有办法思考了，但肯定会有一个单纯的理由，即使现在还完全没有头绪。

他跨出汽车，摔上门，向办公室走去。谋杀案部门位于莫斯科河畔区，在河的南侧，正是工厂密集的区域。谋杀案部门楼下是一家大型面包房。这个地理位置和他们的工作必须保持在公众视线之外的要求一样充满讽刺意味。办公室被标为第十四纽扣厂，使得里奥一直很好奇其他十三个工厂发生了什么。

走进摇摇欲坠的接待台后，可以看见地板布满了纵横交错的面粉脚印。里奥走上楼梯，在脑海中过了一遍当晚发生的事情。他成功解释了三件事情中的两件，但是第三件——那把刀——根本无从解释。这件事得等到早上他和瑞莎谈过才行。眼下，尼古拉突如其来的电话更令人关注。里奥必须全神贯注，为何六年都杳无音信的人会突然在半夜醉醺醺地给他打电话，乞求见他一面。他们之间没有任何关联，不存在友情，除了那一年，1949年——他刚进国家安全部的那一年。

尼古拉在楼梯的顶端等着里奥，垂头丧气的模样简直像一个流浪汉。看到里奥后他站直身体。他的大衣剪裁得体，也许是在国外做的，却因为没护理好而邋遢不堪。他的衬衫没有扣好，肚子凸了起来。他长胖了，掉了头发，看起来又老又疲惫。他的脸因为忧虑皱成一团，眼睛周围都是皱纹。他全身散发着烟味、汗味和酒味，与无处不在的面包烘焙味一混合，形成了令人作呕的气味。里奥伸出手，尼古拉推开，拥抱了里奥，就像一个被从山腰救起的人一样紧抓着他。这是来自一个有着无情名声的男人的充满恐惧的拥抱。

当里奥想起地板上的划痕时，他的注意力忽然被分散了。为什么他会忘了那个细节？因为那不重要。划痕可能是许多东西造成的，也可能已经在那儿很久了。他没必要注意到这些移动家具时留下的划痕。然而在他内心，他隐约觉得刀和划痕有某种联系。

尼古拉开始喋喋不休地说起来。里奥漫不经心地听着，打开部门办公室的门，领着他的客人走进去。坐下来以后，他双手交互握紧，手肘撑在桌子上听尼古拉说话，却一个字也没听进去。好一番调整后，他捕捉到了一些随机的碎片——有关寄来的照片的事情。

——里奥，那是被我逮捕的人的照片。

里奥的大脑中已经丝毫容不下尼古拉的说辞了。他慢慢意识到一件可怕的事情，其他思绪都被挤到一旁。刀落在地上，刀尖先插入地板，随后刀子弹到床下。无论是谁拿着刀子，都是被突然的声响——意料之外的电话惊吓到才弄掉的。她逃出房间，太过匆忙而忘记关上门。

她

即使是将所有线索串联起来的现在，他也很难吐出唯一的合理结论：拿着刀的人是左娅。

他站起身走到窗边，推开窗子。冷空气扑面而来。他站在窗边盯着夜空，不确定过了多久，身后的响声才使他想起来办公室里还有别人。他转过身，想要道歉，却吞下了想说的话。

尼古拉，这个教导他残酷是必要美德的人，正在哭泣：

——里奥？你都不在听。

脸颊上挂着泪珠，尼古拉又忽然笑了起来。这让里奥想起了他们每次逮捕任务结束后必有的庆祝酒席。今晚尼古拉的笑声却有所不同，更为脆弱。曾有的狂妄自大不复存在。

——你想忘掉那一切，不是吗，里奥？我不怪你。我愿意付出任何代价来忘掉那些。那将是多美好的一个梦啊……

——对不起，尼古拉。我在想别的事情，家庭琐事。

——你采纳我的建议了……家庭，太好了。家庭很重要。没有了家人的爱，人一无所有。

——我们可以明天再谈吗？明天我们不那么疲惫的时候？

尼古拉点头，站了起来。他在门边停了一下，看着地板。

——我很……羞愧。

——别这么想。我们都有喝多的时候。明天再聊吧。

尼古拉盯着他。里奥以为他又要笑了，但这次他转过身向楼梯走去。

里奥很庆幸又能独处，又能专心思考了。他再也装不下去了。尼古拉的存在无时无刻不在提醒着他左娅的可怕失败。他从没说起她父母被射杀的那天发生了什么。他一直尝试把过往扫到一边。这把刀是呼救的信号。他必须有所举动来拯救他的家庭。和左娅谈话是解决问题的手段。他必须立刻就和她谈话。

同一天

尼古拉走在外面，他的靴子在薄雪里下陷。感觉到肚子暴露在寒冷之中，他把衬衫塞进裤子——他的眼睛已很难聚焦，他的身体左右摇摆，就好像身在船的甲板上。尼古拉为什么会给自己以前的部下打电话？他期待里奥能做什么？或许他只是来找个伴儿，不是随随便便任何一个喝醉了的伴儿。他希望被一个有共同耻辱经历的人陪伴，一个在指责他的同时无法超脱其外的人陪伴。

我很羞愧。

里奥应该比其他人更好地理解这句话。共同的耻辱应该让他们走到一起，使他们变为兄弟。里奥应该用手臂环住他，说：我也是。他是否这样轻易就忘了他们的历史？不，他们只是处理方法不同而已。里奥换了一个全新且高尚的工作，用一块名为体面的温暖肥皂擦洗沾满鲜血的双手。尼古拉的应对方法则是喝到晕过去，不是为了刺激，而是为了攻击自己的记忆。

有人不允许他遗忘，寄给他那些被押在白墙上的男女的照片，他们的头发都被剪短，露出脸。开始他虽然知道这是所有监狱官要求的逮捕照片，却没有意识到这些照片的主题。每周都会有一捆照片寄来，随后变成一天一捆，每天都有，放在信封里扔在他家门前。看过这些照片，他逐渐想起他们的名字，发生的对话——零星的记忆，由一个人的逮捕牵连到另一人的审问和其他人的处决的粗糙拼贴。照片积累成堆，他开始怀疑他是否真的逮捕了手中的这么多人。然而事实上，他知道，他逮捕的只会比照片上的更多。

尼古拉想坦白忏悔，想恳求宽恕。但没有人要求盘查他，没有人要求道歉，没有人教他如何补救。第一个信封上写有他的名字，妻子拿给他。他在她面前随意地打开。她问到信的内容时他撒谎了，把照片藏了起来。从那时开始，他不得不偷偷打开它们。结婚二十年了，他的妻子依然不知道他的工作。她知道他曾是国家安全部的官员，但除此之外，她所知甚少。或者她只是故意视而不见。他不在意她是否故意，他只是珍视她的不知情——他依赖着她的不知情。当他注视她的双眼，他能看到自己没有资格获得的爱。如果她知道了，如果她看到了这些被他逮捕的人的脸，如果她看到了被审讯了两天之后的人们的脸，她的眼中就会有恐惧。对于他的女儿们，情况也是一样。她们和他一起说笑。她们爱他，他也爱她们。他是个细心耐心的好父亲，从没有大声呵斥过她们，从不在家里喝酒——在家他总是一个好人。

有人想把这一切都偷走。最近几天信封上已经不写他的名字了。

任何人都有可能打开这些信封：他的妻子、女儿。尼古拉开始不敢走出家门，以免自己不在时有东西寄到。他让家人发誓把所有信件包裹都拿给他，不管上面是否写了名字。昨天他就在女儿房间的床头柜上发现了一个空白信封。他的好脾气开始消失不见，因为愤怒变得狂暴，暴躁地追问女儿们是否看了信的内容。她们哭了，为尼古拉突然的转变感到困惑，说她们把信放在床头柜上只是代为保管。尼古拉看到她们眼中的恐惧，心碎不已。这时他决定向里奥求助，国家应该抓住这些迫害他的罪犯。他为国家服务了好多年，他是一个爱国者，有平静度日的权利。里奥可以帮上忙：他有一支调查队可供支配。他们俩都应该有兴趣去追捕这些反叛者，一切就如从前。只是里奥不愿去调查。

天已破晓，店员们来到面包房。他们停下脚步，盯着门口的尼古拉。尼古拉咆哮道：

——怎么了？

他们什么都没说，在几米外缩成一团，却没从他身边通过。

——你们在审判我？

这群店员一脸茫然。尼古拉得回家，只有在家，那唯一的地方，他是被爱着的，他的过往无足重轻。

家就在不远的地方。他蹒跚着穿过空旷的街道，希望在他不在的这段时间，没有新的包裹寄来。他停住脚步。他的呼吸很不顺畅，就像一条生病的老狗。这里有别人，有其他声音。他回首凝望，有脚步声——他非常确定，是硬鞋跟敲击在石板路上的声音。他被跟踪了。尼古拉踉跄着向阴影里走去，努力睁大眼睛寻找人影。他们跟着他，他的敌人们在跟踪他。就像尼古拉曾经追捕他们一样，他们在追捕他。

尼古拉跑了起来，尽快向家的方向跑去，绊了一跤，又重新站起来跑，大衣缠在膝盖上。他又改变主意，开始在四周打转。尼古拉要在这场游戏中抓住他们。他知道这些把戏，他曾经用过。现在他们在用他的手段对付他。尼古拉盯着被黑暗包围的角落，他也曾训练MGB新兵往这样的地方躲藏。他喊道：

——我知道你们在那儿。

声音在看似空无一人的街道上回荡。对行人而言街道空空荡荡，但尼古拉在这方面是专家。他挑衅的话语并不长，逐渐消失在空气中：

——我有孩子，两个女儿。她们爱我！她们不该遭这种罪。你伤害我的同时也在伤害她们。

孩子们出生时他还是MGB官员。每天在逮捕父亲母亲、儿子女儿后回到家，给家人晚安吻。

——那其他人呢？有上百万的捉捕过你们的人，如果你们全都杀了，就一个人也不剩了。所有人都牵扯在内！

人们被他的呼叫声吸引到窗边。他可以指出哪所房子中有前任军官和警卫。穿着制服的人是明显的目标，还有把囚犯拉往古拉格的火车司机，处理文书工作的文员，烧饭打扫的杂役。体制要求所有人都同意，即是他们什么都不做地表示同意。什么都不做已经够了。和依赖志愿者一样，他们依赖不抵抗。他不要做这只替罪羊。这不是他一个人的责任，这是所有人共同犯下的罪行。他一次又一次地自责，每天每分钟都回想着曾做过的可怕的事情。骚扰他的人不满足于此，他们想要更多。

尼古拉感到害怕，转身疯狂地拼命奔跑。他的腿被大衣缠住，一头扑在泥泞的积雪上，大衣浸满了脏水。他慢慢站起来，膝盖不住地颤抖，裤子也被撕破了。尼古拉又跑了起来，水从大衣上被甩下来。不久他又摔了一跤。这次他哭了起来，精疲力竭地发出了可怕的呜咽声。他翻滚了一下，仰面躺着，把大衣脱了下来，此刻大衣重到无法想象的程度。大衣是他很多年前从一家特供商店里买来的，他一直以之为傲，这是他地位的象征。现在他不再需要它了，他一步也不想踏出家门，他要锁上门拉紧窗帘。

尼古拉终于抵达他住的公寓街区。他一边喘气流汗一边走进走廊，污水从衣服上滴下来。他倚靠在墙上，湿透了的身体在墙上留下了水印。尼古拉检视街道，希望能瞥到跟踪他的人。他们太过狡猾，尼古拉一个人都没看见，只好爬上楼梯，不料一脚踩滑，然后四肢乱划着爬了起来。越接近家门，他便越放松。他们没有办法穿过墙碰到他，家是他的避难所。仿佛自己服下了镇静剂，尼古拉开始理智思考。他醉了，反应过度了，这便是全部。当然，这些年他一直在树敌。人们对他的成功嫉恨不已。如果他们所能做的不过就是给他寄点儿照片，那他根本就不用担心什么。大多数人——这个社会——尊敬他，重视他。他喘着气，到达目的地，摸索着钥匙。

门前放着一只包裹，大约有三十厘米长、二十厘米宽、十厘米高，用棕色的纸包着，绳子整齐地捆着。包裹上没有名字，没有标签，只有墨水画在纸上的十字架。尼古拉跪了下来，用颤抖的手拉开绳子。里面是一个盒子，盒子表面写着：

禁止印刷

尼古拉掀起盖子。没有照片，取而代之的，是一叠整齐印刷的纸，一大堆文件，超过一百页。最顶端是一封信。他捡起信浏览了起来。收信人是尼古拉的名字：这是一封政府来信，要求把这份报告散发到全国上下每所学校、每座工厂、每个工人团体和青年团体。尼古拉困惑地放下信，拿起报告。他仔细读完第一页，一直摇着头。这不可能是真的。这是一个谎言，一个恶毒的伪造品，意在把他逼疯。这不可能是国家发行的，他们不可能散布这样一份文件，不可能。

无罪

受害者

拷问

这些字样不可能印成白纸黑字出现在国家批准的散发到每个学校工厂的文件上。如果让尼古拉抓到了这出煞有介事的恶作剧的始作俑者，他一定会处决他们。

尼古拉不自觉地把他在读的纸张揉成一团，抛到一边。他开始撕下一张一张的纸，把它们撕成条，把这些碎片扔到一边。他停了下来，向前倾，蜷成一个球，头抵住没读过的那些纸，喃喃自语道：

——这不可能是真的。

这怎么可能是真的？但这些文件在这里，有一封盖了政府公章的信，包含着只有政府才知道的信息，附有来源、引用和参考文献。尼古拉还以为保持缄默的约定会永久有效，现在结束了。这不是玩笑。

这份报告是真的。

尼古拉站起来，碎纸散落一地。他打开门走进公寓，把碎纸留在公共走廊里。他是否锁上门、是否拉紧窗帘都无所谓了，他的家不再是避难所，再也没有所谓的避难所了。很快每个人都会知道，每个学生和工人都会读到这份报告。不光是知道，他们将得到允许和鼓励，公开谈论此事。

他拉开卧室的门，俯视熟睡的妻子。她侧卧着，枕着手臂，她很漂亮。他爱慕自己的妻子。他们过着完美的特权生活，有两个美好的快乐的女儿。他的妻子从来不因尼古拉觉得丢脸，因为她所知道的尼古拉是一个忠实的丈夫，一个甘愿为家庭赴死的温柔男人。尼古拉坐在床边，用手指抚摸着她苍白的手臂。他不能忍受她知道真相后的表现，他妻子会对他改变看法，保持距离，追问他或者更糟糕的是，保持沉默。她的沉默将会让他无法忍耐。她所有的朋友都会追问不休。她会被人指指点点。她知道了多少？她一直知道吗？不如让自己不要活着看她受辱，不如让自己在此刻死去。

只是他的死亡不会改变任何事情。她还是会发现。但她醒来会发现尼古拉的尸体，她会痛苦哀悼。然后，她会读到那份报告。虽然她会出席他的葬礼，但她依旧会想知道他做过的事情。她会回想他们一起度过的时刻，他碰她的时候，他对她示爱的时候。他是否就在几小时前谋杀了别人？她的房子是不是用血买来的？也许，最终，她甚至会相信他死有余辜，自杀不光对他，对他们的女儿来说也是件好事。

尼古拉拿起枕头。他的妻子很强壮，一定会挣扎。虽然尼古拉身材走形了，但他依然有自信制伏她。尼古拉小心地躺在床上，他妻子相应地移动过来，感受他的身体，毫无疑问她很高兴尼古拉回家了。她翻过身，笑了。尼古拉觉得自己不能再看她的脸，他必须趁着自己还未慌张的时候就赶紧行动。尼古拉迅速地压下枕头，不想看见她睁开眼睛。他竭尽全力把枕头向下压，但她很快抓住枕头，抓住他的手腕抓挠着。这毫无作用，尼古拉不会松手的——她没法让尼古拉松手。他妻子放弃试图让他放手的做法，开始在枕头下扭动身体，想要挣扎出来。尼古拉跨坐在她身上，用双腿锁住她的身体，让她待在原地无法乱动，同时紧压着枕头。他妻子被压制住了，无法挣脱，渐渐虚弱下来。她的手不再挠他，仅仅是握住他的手腕，直到松弛无力，落在身体两侧。

尼古拉一动不动地坐在她身上，在她不动弹后仍然压着枕头数分钟。最终，尼古拉倒在床上向后仰去，放开手，枕头留仍在她脸上。尼古拉不想看她充血的双眼。他想回忆起她满怀爱意的表情，伸手到枕头下面为她合上双眼。尼古拉的手指在她的脸庞上游离，逐渐接近她的瞳孔——稍稍有点儿黏热的表面。他仔细合上她的眼睑，挪开枕头，俯视着她。她很平静。他躺在她身边，用双手搂住她的腰。

尼古拉几乎因为力竭而睡着。他摇摇头保持清醒。事情还没做完。他站起来，整理床单，捡起枕头，走到客厅，转弯走向两个女儿的卧室。

同一天

左娅和埃蕾娜都睡着了。里奥可以听见她们起伏的呼吸声。适应了黑暗，他小心地在身后关上门。他不能做一个失败的父亲。让谋杀案部门被关掉好了，让他的房子和特权被剥夺好了，总有办法能拯救他的家庭，没有比这更重要的事情。他相信，即使这个家庭里存在诸多问题，但这个家庭给彼此提供了最好的机会。他无法想象家人不在一起的未来。确实，两个女儿对瑞莎更为亲近，显然他们之间的障碍不是因为领养，而是因为里奥的过去。他很天真地以为仅仅依靠时间就可以改善他和埃蕾娜、左娅的关系，就如同透视一样，远处的事件会显得小而不那么重要。甚至现在他也在用委婉的说法——事件——用这个词来形容谋杀她们的双亲。他们被射杀的那天，左娅的愤怒之情依旧鲜明。他必须直面她的仇恨，而不是否认。

左娅侧睡着，面朝墙壁。里奥伸出手，搭在她肩膀上，温柔地把她翻转过来。他本意是想让她缓缓从梦里醒来，但左娅笔直地坐了起来，紧张地躲开他的手。里奥无意识地把另一只手也搭上她的肩，想要阻止她移开。他所做的都是出于好意，是出于为他们两人的考虑。他有话要告诉她。他努力保持慎重而令人安心的语调，低声说道：

——左娅，我们需要谈谈，我们两个。这不能再拖了。如果等到早上，我又会找到理由拖到明天的。我已经拖了三年了。

左娅什么都没说，一动不动地盯着他。尽管里奥在厨房琢磨了至少一小时到底应该说什么，那些仔细计划过的词句还是消失了。

——你到过我卧室，我发现那把刀了。

他发现切入的主题是错的。他在这儿是为了谈一谈自己的过失，而不是指责她。他试图把话题扭转回来。

——首先，我要说明，我现在和以前不同了。我已经不是那个去你父母农场的官员了。同样你要记住，我试图救你的父母，但失败了。我会背负着这个失误活下去。我不能使他们复活，但我给你和你妹妹提供了机会。这就是我对这个家庭的看法。不论对于你，对于埃蕾娜，还是对于我，都是一个机会。

里奥停住了，沉默着，看她是否会嘲笑这则声明。但左娅没动也没说话，她嘴唇紧闭，身体僵硬。

——你不能……试一下吗?

左娅终于颤抖着开口:

——放手。

——左娅，别不高兴。只要告诉我你在想什么。诚实一点儿。告诉我你想要我做什么。告诉我你想让我变成什么样的人。

——放手。

——不，左娅，求你了，你得理解这有多重要。

——放手。

——左娅……

他的声音变高了，紧张而且绝望。

——放手!

他吓了一跳，抽回手。左娅像个受伤的动物一般啜泣着。事情怎么会变成这样?他不敢相信自己的慈爱居然会吓退她。这不是他预想的样子。他在试图表达自己对她的爱。她把好意甩回在他脸上。她不光毁了他的努力，她在毁坏所有人的一切。埃蕾娜想成为家庭的一员，他一直知道。她握住他的手，她微笑，放声大笑。她想要过得开心一些。只有左娅固执地拒绝看到他的转变，幼稚地攀附着仇恨不放，就好像那是她最喜爱的玩偶一般。

里奥闻到了味道，这才发现床单都被浸湿了。尽管如此，他也花了一两秒才意识到左娅尿床了。他站起来，一边后退一边喃喃道:

——没事，我会清理的。不用担心。这是我的责任，怪我。

左娅摇着头，什么也不说，只用手压着太阳穴、挠着脸颊。里奥的呼吸急促了起来，为自己的爱造成了这番痛苦感到困惑。

——左娅，我会清理床单的。

左娅摇着头抓住了沾有尿液的床单，就好像床单能保护她免受他的伤害一般。埃蕾娜也醒了，大哭起来。

里奥朝门走去，又转过身。他没办法把左娅这样留在房间里。但是，当他就是问题本身时，他该怎样解决问题呢?

——我只是想爱你，左娅。

埃蕾娜看看左娅，再把视线转向里奥。她是因为左娅的激烈反应才醒的。左娅恢复了冷静，平静地对里奥说：

——我自己洗床单。我自己做，不用你帮忙。

里奥离开房间，留下了那个他想笼络，结果却坐在尿液和泪水中的小姑娘。

里奥慢慢从房间走到厨房，喝得酩酊大醉。他把文件收起来时，看见莫斯克温印刷社的一页文件，好像是他特地留下来的一般：

埃赫是在严刑逼供之下

这页纸真是最合适不过的陪伴物品，提醒着里奥以前的职业，让他一生都活在其阴影下的职业。数分钟前他还认为那是对某种未来不可想象而打消的想法，现在回想起左娅在卧室里的反应，也不得不重新考虑起来。这个家庭有可能四分五裂。

是不是因为他太过急切地想让大家在一起，从而蒙蔽了双眼? 这就是在强行揭开左娅无法愈合的伤口上的疤，用仇恨与苦涩感染她。当然，如果她没有办法和他一起住下去了，埃蕾娜势必也会离开。这对姐妹生死不离。除了给她们找个新家，里奥别无选择。得找一个和政府机关没有关联，也许不在莫斯科，而是在一个政府力量不是那么明显的小镇上的家。他和瑞莎或许需要搜寻合适的监护人，见一见未来的家长，考虑一下他们是否能做得更好，是否能让孩子们快乐。而这些，里奥全都无法做到。

瑞莎来到门边。

——发生什么了?

她从卧室走出来，还不知道刚才的尿床、对话，以为一切是因为尼古拉——尼古拉的电话和午夜会面。里奥的声音因情绪激动而嘶哑了。

——尼古拉醉了，我让他清醒的时候我们再谈。

——这就花了一晚上？

他在等什么？他应该让她坐下，解释给她听。

——里奥？怎么了？

他发誓不会再保守秘密。但是他无法承认，努力了三年想要扮演好一个父亲的角色，却只收获了左娅的敌意。他无法承认在半夜把她叫醒，卑微地祈求她接受他父亲的身份。他很害怕。这个家庭的分裂或许会让瑞莎迟疑究竟该站在哪边。她会和孩子们在一起，还是会选择他？他当了许多年MGB官员，她为此轻视他和他所象征的国家权力。相反，她毫无保留地爱着埃蕾娜和左娅。她对他的爱很复杂，对她们的爱却很单纯。做抉择的时候，她或许会选择回想起他曾是怎样的人。里奥的内心深处有一部分坚信他和瑞莎的关系依赖于他扮演父亲的角色。三年来，里奥第一次对瑞莎撒谎。

——没什么。只是再见到尼古拉有些震惊，只是这样。

——孩子们醒了吗？

——我回来的时候她们醒了。抱歉。我对她们说了对不起。

瑞莎点点头，望着走廊。

她拿起印刷社的那张纸。

——你最好在孩子们来之前把这些收起来。

里奥把文件拿回他们的卧室。他躺在床上休息，看着瑞莎离开厨房去叫女孩子们起床。他紧张到一种不舒服的程度，等着瑞莎发现真相。里奥的谎言只不过是缓刑，瑞莎会听到左娅解释事情始末的。

他抬头，很惊讶地看见瑞莎很自然地从卧室走出来，什么也没说就回到厨房。几秒后左娅也出来了，抱着床单走进浴室，把床单扔进浴缸，打开热水冲洗。左娅没有告诉瑞莎。她不想瑞莎知道。里奥让她窘迫不已，她仇恨这件事更甚于仇恨他。

里奥站起来，走进厨房问道：

——左娅在洗床单？

瑞莎点点头。里奥接着说道：

——她不用这样的。我可以安排清理。

瑞莎降低声音。

——我想她有点儿小意外，别管她，行吗？

——行。

埃蕾娜先走进来，坐了下来，一言不发，她的纽扣扣错位了。里奥向她微笑。她探究着他的微笑，仿佛微笑中暗含什么未知和威胁的内容。埃蕾娜没有笑。他能听见左娅的脚步在走廊看不见的地方停住了。

左娅走进里奥的视线范围，穿过房间直视着他。她的视线扫过正在忙着搅拌燕麦的瑞莎，然后是正在吃东西的埃蕾娜。她明白他也没有说出来。那把刀是他们的秘密，尿床是他们的秘密。他们是在这个错误的家庭里串通一气的同谋。左娅不准备把这个家拆散，她对埃蕾娜的爱强过她对里奥的恨。

左娅像一只小巷子里的猫一般小心地跑到自己的座位上。她没有碰自己的早饭。里奥也什么都没吃，只是搅拌着碗里的燕麦，没法抬起头。瑞莎没有在意他们的异常。

——你们俩都不想吃饭？

里奥等着左娅回答。她什么都没说。里奥开始吃饭了，左娅随即站起来，把她碰都没碰的碗放进水槽。

——我不舒服。

瑞莎站起来，检查了下她的体温。

——你还能去上学吗？

——能。

姐妹俩离开了桌子。瑞莎走到里奥身边。

——你今天怎么了？

里奥确信一旦自己开口，就会忍不住哭出来。所以他什么都没说，双手在桌下互握着。

瑞莎摇摇头，去帮两个女儿的忙。大门前一阵忙乱，大家忙着穿上大衣准备离开。门开着，瑞莎拿着一个用棕纸细绳包好的包裹回到厨房。她把它放在桌子上后走了出去。大门砰的一声关上了。

里奥坐着没动。几分钟后，他慢慢地探出身子，把包裹拉到面前。他们住着机关大院，信件通常是送到大门口，这个包裹却被留在自家门口。这个包裹大约三十厘米长、二十厘米宽、十厘米高。没有署名没有地址，只有墨水画的十字架。打开棕色包装纸后，盒子表面写着：

禁止印刷

同一天

地铁车厢里并不拥挤，但埃蕾娜紧紧握着瑞莎的手，好像害怕她们会被挤散。两个女孩儿都安静得不同寻常。里奥今早的举动让她们不安。瑞莎不明白他怎么了。平时他在她们周围总是小心翼翼，今天却任由她们在早餐时间看到他深受折磨而恍惚不已的样子。瑞莎让里奥把文件收起来，也是暗示他打起精神，他照做了，回到厨房时却还是乱糟糟的，一言不发地瞪着女孩儿们，两眼充血，看上去失魂落魄、凌乱不堪。自从里奥当年作为秘密警察执行通宵任务后，瑞莎好多年没见到这样的表情了。那时他筋疲力尽却不能去睡觉，只是安静地坐在阴暗角落思索，好像在脑中一遍遍重复前一晚发生的事。那段时间里奥从来不说自己的工作，她却知道里奥在大肆逮捕别人，瑞莎也为此敌视过他。

那样的日子已经过去了。他变了，瑞莎再确定不过。他冒着生命危险摆脱这份午夜逮捕人员然后逼供的工作。国家安全机构依然存在，更名为克格勃，依然存在于每个人的生活中，不过里奥拒绝了加官晋爵的诱惑，不再为它效命。他冒着更大的风险开办了自己的谋杀案部门。每天晚上他都会讲自己工作上的事，一部分是为了征询瑞莎的意见，一部分是为了表现他的部门与MGB不同，但最主要的，还是为了证明他们之间已经没有秘密。不过只有瑞莎的肯定还是不够。每次看到他和两个女孩儿相处，瑞莎都会觉得他像童话中被诅咒的角色，只有她们亲口说出的“我爱你”才能打破他过去经历的黑魔法。

尽管反复受挫，尽管左娅用故意对瑞莎热情而对里奥冷淡这种手法来折磨他，他也从来没有嫉妒过瑞莎与埃蕾娜、左娅间的关系。过去的三年里他一直忍耐着反抗与无礼，从没有失控，接受了所有的敌意，仿佛这就是他应得的。

面对往事时，女孩儿们是他唯一的救赎。左娅知道他的想法，拼命对抗。他越是需求她的爱，她就越恨他。瑞莎不能指出这个矛盾，也无法让他放松一点儿。他一度对共产主义着迷，而此刻他对家庭着迷。他费解的乌托邦变小了，变得具象了，不再能包容整个世界，而是只由四个人组成。

列车在TsPKiO站停了下来，站名的全称是高尔基中央文化休息公园（Tsentralnyl Park Kulturyi Otdykha Imeni Gorkovo）。女孩儿们第一次听到广播系统严肃地读出这个站名时笑了出来。无意间想起这件可笑的事情，左娅露出了一直深藏的微笑。在那一瞬间，瑞莎瞥见了她童真快乐的一面。几秒后她的微笑就消失不见了。瑞莎为此感觉痛心，她内心的纠葛情绪不少于任何人。她和里奥不能有自己的孩子，收养是她变为母亲的唯一途径。虽然里奥受过秘密警察的培训，但瑞莎现在比里奥更擅长隐藏想法。她做了一个策略上的决定，一定要小心，不让孩子们时常察觉出她们对于她有多重要。她不焦躁不客套地对待她们，提供所有的基础条件——学校、衣服、食物、出游、作业。尽管瑞莎和里奥在用不同的方式尝试，他们却有共同的梦想，梦想着建立一个快乐的、充满爱的家庭。

瑞莎和女孩儿们在奥斯托任卡街和诺沃克雷姆斯基街拐角处的站口走出地铁，沿着扫开积雪的小路走向各自的学校。瑞莎本想让两个女孩儿就读自己任教的学校，这样她们三人就能在一起。但学校权威人士或者更高级别的官员认为左娅应该上1535公立中学。因为这所学校只收中学生，埃蕾娜只好上另外一所小学。瑞莎曾经抗议过，既然多数学校既收小学生又收中学生，就没有必要把她们分开。她的要求被拒绝了。在上学的血亲应当和国家建立起密切联系，而不是依赖家庭。因为有了这条规定，所以对于瑞莎而言能在1535公立中学找到工作是件很幸运的事。为了保持这一优势，她撤销了之前的申请。这样她至少能看着左娅。尽管埃蕾娜年纪更小，明显也对大城市里的新学校这一环境更为紧张，瑞莎却更担忧左娅。她在学习进度上已经落后了很多，以前村庄里的学校不及现在学校的水平。毫无疑问，她很聪明。但她的才智未被发掘，纪律性也不太好，而且不同于埃蕾娜，左娅一直拒绝尝试融合进新环境，她似乎把保持孤立视作原则。

小学由革命前的一栋贵族府邸改造而成。瑞莎在校外毫无必要地整理好了埃蕾娜的制服。最后，她把埃蕾娜拉近，抱着她说道：

——一切都会好的，我保证。

开始的几个月里，埃蕾娜一和左娅分开就号啕大哭。尽管她逐渐习惯了和左娅分开八小时，但在每天放学时，她无一例外地在校门口焦急地等待重聚。她每次在见到姐姐时的激动从未减少，就像她们已经分别了一年一般。

左娅拥抱了埃蕾娜一下，埃蕾娜急忙走进学校，在门口停了一会儿挥手作别。她一进去，左娅和瑞莎就沉默着走向公立中学。瑞莎抵抗着询问左娅的诱惑。她不想让左娅在上课前焦虑。即使是最简单的询问也会让她产生防备之心，引发她一整天的举止混乱。如果被问及学校作业，左娅会认为这是对她学业的隐晦责问。如果被问及同班同学，左娅会认为这是在说她拒绝交朋友。唯一可以谈论的话题是左娅的运动才能。她又高又强健。毫无疑问她讨厌团体项目，没法服从指令。个人项目则完全不同——她游泳和跑步都很棒，是学校同龄人里最快的。但她拒绝参加竞赛。如果参加了，她会故意输掉比赛，不过她的自尊不允许她做最后一名，所以她一般会故意跑个第四名。不过有时她也会弄错时机，或者在比赛的氛围中一时忘我，得个第三名，甚至第二名。

1535公立中学建于1929年，设计方正死板，是为了新时代学生而设计的新建筑，用来展现在学习的道路上众人平等的寓意。在距离大门二十米处左娅停了下来，站在原地盯住前方。瑞莎弯下身。

——怎么了？

左娅垂下头，小声说道：

——我很伤心。我一直觉得很伤心。

瑞莎咬住嘴唇，止住想哭的冲动。她把手放在左娅的手臂上。

——告诉我，我能做什么。

——埃蕾娜不能回到那个孤儿院，绝对不能回去。

——谁都不会走的。

——我想让她和你在一起。

——她会的。你也会，你当然会，我非常爱你。

瑞莎从来没敢大声说出这句话。左娅抬起头，仔细地看她。

——和你生活在一起……我本可以很开心的。

她们从来没有这样对话过。瑞莎必须很谨慎，如果她说错一句话，回答错一个问题，左娅又会再次紧闭心扉，她也许不会再有第二个机会了。

——告诉我你想要我做什么。

左娅考虑了一下。

——离开里奥。

左娅睁大美丽的眼睛，仔细观察瑞莎每一个细微的反应。左娅露出期待听到可以不用再见里奥的表情。她在要求瑞莎和里奥离婚。她究竟是在哪里学到了有关离婚的事情？这个话题很少被提起。国家在斯大林的带领下变得不太宽容，离婚非常困难，耗资巨大，而且是一大耻辱。过去，瑞莎曾假想过很多次没有里奥的生活。左娅是否察觉到过去的怨恨有所残留，并对此寄托希望？如果她认为瑞莎一定不会同意，她还敢这样问吗？

——左娅……

瑞莎有着给这个女孩儿她所要的全部东西的欲望。但同时她还小，她需要家长的管教，她不能随便提出古怪的要求并期望它们成真。

——里奥已经变了。我们今晚，你、我和他，谈一谈吧。

——我不想和他谈。我不想见他。我不想听到他的声音。我要你离开他。

——但是，左娅……我爱他。

左娅脸上的期望消失不见了。她的表情变得冷漠。她一语不发地开始奔跑，把瑞莎甩在后面，急忙穿过大门。

瑞莎望着左娅消失在学校里。她不能去追左娅，她们不可能当着其他学生的面谈话，而且也太迟了。左娅会保持沉默，拒绝回答问题。那个瞬间已经过去了，机会已经错过。瑞莎给了她答案——“我爱他”。瑞莎用冷酷和隐忍回应左娅的问话，左娅好像囚犯一般听到了自己的死刑判决。懊恼着不该这么快给出斩钉截铁的回答，瑞莎走进学校。她无视和她擦肩而过的老师学生，思索着左娅的梦想——没有里奥的生活。

她走进教学楼里的职员室，无法集中注意力，晕乎乎又有点儿错乱。她看到她有一个包裹。包裹上还附有一封信。她打开信，扫了一眼。这封教育部寄来的信要求她对所有年级的学生宣读这份文件。她撕开棕色的包装纸，盒子表面写着：

禁止印刷

她打开盖子，拿起厚厚一叠整齐印刷的纸张。作为一个政治老师，她时常收到材料和应当传输给学生的教导。她把读完的信揉成一团扔进垃圾桶，却发现垃圾桶里装满了类似的文件。其他老师肯定也收到了同样的内容，每个班都会有个报告要听。已经有些迟了，瑞莎拿起盒子，急忙走出去。

到了教室，她发现学生们因为她的晚到正在聊天。一个班有三十个学生，年纪在十五六岁。班上多数人自她三年前来到这个学校便是她的学生。她把文件放在桌上，解释说他们今天将会听一份来自领导赫鲁晓夫的报告。掌声消失后，她开始大声读起来。

——苏联共产党第一书记尼基塔·谢尔盖耶维奇·赫鲁晓夫，于1956年2月25日，苏共二十大闭幕会议上做的特别报告。

这是斯大林去世后的第一次会议。瑞莎提醒学生，共产主义革命正在全球进行，这是一次全世界各国共产党密使的聚集，同样也有苏联领导人。瑞莎为接下来一个小时的陈腔滥调和自吹自擂做好心理准备，却不禁担心起左娅，她不太可能不打架就熬过这一天。

很快她的注意力又回到她在读的材料上。这不是一份普通的报告。开场没有常见的对苏维埃伟大胜利的描写。在读到第四段的时候，她的手紧紧抓住文件，停了下来，不敢相信她面前的句子。教室里很安静。她用不确定的语调读道:

——现在，我们关心的，是一个对我们党的现在和将来都有重大意义的问题，那就是对斯大林的个人崇拜是怎样逐步形成的，它怎样在一定阶段上变成一系列极其严重地歪曲党的原理，歪曲党的民主和革命法制的根源。

她震惊了，往后翻去，想看看还有什么，默读道:

——除此以外，他的洞察力还表现在，他及时地从斯大林的身上看出一些不良品质，这些不良品质在后来造成了严重后果……

她的职业就是颂扬国家，告诉孩子们国家总是正确、优秀和正义的。如果斯大林要为个人崇拜负责，瑞莎就是这一过程的工具。她可以分辩说教这些谎言是因为学生有必要学会奉承崇拜国家，如果不会这些套话，他们很有可能被怀疑。学生和教师间的关系基于信任。她双手赞成这个前提，并非是如同传统意义上的说出实话，而是说了他们有必要去听的实话。这个报告让她变成了一个骗子。她抬起头，看见学生因为无法立刻理解这些暗喻而困惑了。但他们最终还是会理解。他们会明白她不是一个模范导师，而是当权者的奴隶。

门被撞开了。尤利娅·佩什科娃老师正站在走廊里，她满脸通红，嘴张着，惊骇到说不出话的程度。瑞莎站起来：

——怎么了？

——快过来。

尤利娅是左娅的老师。瑞莎感到一阵恐惧。她放下报告，让学生坐在自己座位上，跟着尤利娅走出走廊，走下楼梯，却得不到一个清晰的回答。

——发生什么事了？

——是左娅。是这个报告。我正在读，然后她……你还是自己看吧。

她们到了教室。尤利娅后退一步，让瑞莎先进去。她打开门。左娅正站在老师讲台上。讲台被推到了墙边。所有的学生都在教室另一头，尽可能地在远离她的地方扎成一堆，好像左娅携带着什么传染性的病毒。她脚边是报告的纸张和玻璃碎片。左娅骄傲地站着，一副胜利的姿态，双手沾满鲜血，紧紧握着从墙上撕下来的海报。海报上印着斯大林，下方写着：

所有孩子的父亲

左娅爬上桌子是为了把这张海报撕下来，她把玻璃框砸碎，弄伤了双手，又把海报撕成两半，斯大林的照片被斩了首。她的双眼闪耀着胜利的光芒。她举起沾着血的海报，好似在挥舞着战败者的尸体：

——他不是我的父亲。

同一天

尼古拉公寓外面的公共走廊上还残留了一些印有秘密报告的碎纸片。看到这些被撕坏的纸，瞄了眼上面写的话，里奥抽出了枪，身后的帖木儿也做了相同的动作。里奥踩着这些纸前进，最后握住了门把手。公寓没锁，他用手肘轻轻推开门，两人进入了空无一人的房间。这里没有任何被骚扰的迹象，通往其他房间的门都关着，除了一扇门——通往浴室的门。

浴缸里的水快要溢出来了，水面一片血红，尼古拉的脑袋和他丰满多毛的肚子露了出来，在水面上形成孤岛。他的眼睛和嘴巴都张开了，一副吃惊的样子，仿佛迎接他死亡的是天使而不是恶魔。里奥俯身看着他以前的领导，这人教给里奥的所有恶习，让里奥在过去三年的时间里努力摒弃。帖木儿叫了一声：

——里奥……

帖木儿并没用里奥副手的口气。里奥站起来，跟着帖木儿走进相邻的卧室。

两个女孩儿看起来像是在睡觉，毯子裹住她们的身体，一直覆盖到脖子。如果现在是晚上，这样寂静的房间会让人觉得很自然。但现在是中午，阳光从窗帘之间的缝隙投射进来，这时房间里的景象就不自然了。两个女孩儿都面向墙壁，后背相互靠着。姐姐光滑的长发散落在枕头上。里奥把她的头发拨开，摸了摸她的脖子，上面还残留着一丝温度，是温柔地裹在她身上的厚羽绒被保留下来的。她身上并没有伤口。至于妹妹，还不到四岁，也摆成了和她姐姐一样的姿势。妹妹身体冰凉，比起姐姐，她娇小的身体失去热量的速度更快。里奥闭上眼睛，他本可以拯救这对姐妹。

隔壁卧室里是尼古拉的妻子，阿里亚德娜。她的尸体也和那对姐妹一样，被摆放成相似的睡姿。里奥对她有些了解。七年前，在完成逮捕行动之后，尼古拉常常拉着里奥一起吃饭。不管多晚，阿里亚德娜都能做好饭，在里奥和尼古拉执行了野蛮的任务之后，殷勤而礼貌地接待他们。这些饭局在刻意证明家庭空间的价值，这里不存在残忍的工作，他们可以在这里维持幻想，而尼古拉也不过是一名恩爱妻子的普通丈夫。里奥坐在阿里亚德娜的梳妆台旁，打量着象牙和兽骨制成的梳子、香水、化妆粉——这些奢侈品是阿里亚德娜因为她无私的贡献而得到的奖赏。阿里亚德娜对尼古拉工作的事情一无所知，她没意识到，这种无知的状态并不是可选项，而是她生存下来的必要条件。尼古拉无法容忍他的家庭以任何形式介入工作中。

对你妻子守口如瓶。

里奥还是个年轻后辈的时候就知道这条警告，在他完成第一次逮捕行动之后，尼古拉就悄悄告诉了他，算是作为一种提醒或是保密准则。里奥觉得自己学到了一课：就连最亲密的人也不要相信。但其实尼古拉并不是这个意思。

里奥没法在公寓里再多待一刻，起身迈着蹒跚的步伐离开这些尸体，匆忙来到公共走廊上，靠着墙深呼吸，盯着残留的赫鲁晓夫的秘密报告。这份报告被人送来放在尼古拉家的大门口，是想置他于死地。昨晚尼古拉回到家的时候看了一小部分报告，大部分放在盒子里没动过。报告中有一页纸被撕碎了。尼古拉觉得自己能彻底摧毁这些言论吗？就算他脑子里闪过了这个念头，一起送来的公文也会终结他的这种想法。这份报告被印刷、分发，这封公文里所写的内容给尼古拉传递了一个信息：他过往生涯中的秘密已经不再由他自己掌控了。

里奥看了一眼帖木儿。在帖木儿加入谋杀案部门之前，他在民警部门工作，负责抓捕醉鬼、小偷、强奸犯。当然民警也有可能去抓捕政治犯，只是帖木儿很幸运，这种差事没有落到他头上，至少他没在里奥面前承认自己做过这种事情。

帖木儿极少有情绪失控的时候，但现在明眼人都能看出他的愤怒。

——尼古拉这个懦夫。

里奥点点头，的确如此。尼古拉害怕到了极点，所以没办法面对这些责难。对他来说，家庭就是他的生命。没有家人陪伴他就活不下去，没有家人陪伴他就死不安宁。

里奥从报告中抽出一页纸，在他眼里这张纸宛如刀枪——是最厉害的杀人武器。今天早上报告送到里奥那里之后，他读了这份秘密报告。里奥为报告当中公开抨击的言论而震惊，他马上就意识到，既然报告送到了他那里，那么报告也会送到尼古拉那里。目标是明确的：这些人应该为报告上描述的罪行负责。

楼梯间传来一串沉重的脚步声。克格勃的人来了。

克格勃的特工进了公寓，不加掩饰地流露出对里奥的蔑视。里奥已经不是他们的一员，脱离了他们的行列。为了经营谋杀案部门，里奥拒绝和他们共事，而自打这个部门创立开始，克格勃的人就一直在游说让其关门大吉。克格勃的人认为忠诚高于一切，在他们眼中，里奥的罪行简直是不可饶恕——他是叛徒。

带队的领导是弗洛尔·帕宁。他是里奥在内务部的领导，管辖谋杀案部门。帕宁五十多岁，外表英俊，衣着得当，散发出迷人的魅力。虽然里奥没看过好莱坞的电影，但他觉得好莱坞的演员就是帕宁这种类型的。帕宁通晓多种语言，以前是驻外使节，在斯大林的统治时期因为身处海外而得以幸存。有传言说他从不喝酒，每天锻炼，每周理发。很多官员以自己普通的出身为荣，所以不注重外表，不修边幅，和他们相比，帕宁的整洁实在是可耻。帕宁谈吐温柔有礼，毫无疑问他是赞成赫鲁晓夫秘密报告的那一派官员。他背后有很多人说他坏话，有人声称像他这样孱弱的人根本不可能在斯大林时代存活下来。他的双手非常柔软，指甲非常干净。里奥确定帕宁会把这句话当成对他的赞美。

帕宁迅速研究了犯罪现场，然后对克格勃的特工下令：

——禁止任何人离开大楼，清点其他公寓的人数，核对他们的居留记录，确保每个人的去向清楚。禁止任何人上班，已经离开的人要带回来讯问。讯问每个人——看看他们看到了什么听到了什么。如果你们怀疑这些人在撒谎，或者有所隐瞒，就带他们去牢房继续审讯。不要用暴力，不要威胁，只需让他们明白我们的耐心是有限的。如果他们知道什么事情……

帕宁停顿了一下，补充道：

——我们就个别处理。还有，我需要的是能够自圆其说的故事，把所有细节说圆，但和谋杀完全不沾边。明白了吗？

为了让特工贯彻编造合理谎言的指令，帕宁又补充道：

——这四个人不是被谋杀的，他们被逮捕，孩子送到了孤儿院。散播一下他们有过反动言论的传言，叫你们手下的人在附近的社区散播一下。关键问题在于，尸体运送出去的时候不能被人看到。有必要的话，就清街。

对社会大众来说，让他们相信整个家庭被逮捕，再也不会出现，比相信一个退休的MGB特工被人杀死在家里更好。

帕宁转向里奥。

——你昨晚见了尼古拉?

——他半夜给我打电话，我吃了一惊。我五年多没和他说过话了。他忐忑不安，醉醺醺的，想和我见一面。我同意了。那时候我累了，时间也很晚了。见面的时候他说话语无伦次，我就跟他说回家吧，等他清醒了我们再来聊。那是我最后一次见他。他回家的时候在门阶上发现了赫鲁晓夫的秘密报告。有人把报告放在那儿，是为了打击他，不过这事让我觉得，今早把这份报告放在我门阶上的人说不定是同一个。

——你读过那份报告吗?

——读过，所以我才来这儿。我感觉太凑巧了，尼古拉打开报告的时候，报告也刚好送到我这里。

帕宁转身盯着血池中的尼古拉。

——尼基塔·赫鲁晓夫发表这份报告的时候，我就在克里姆林宫。那几小时里没有人离开，大家沉默无声，不敢相信这是真的。只有极少数人参与了报告的起草，这些人是从主席团里选出来的。报告事先没有走漏任何风声，苏共二十大开了十天，都是无关紧要的议程，代表们还在歌颂斯大林的名字。但在最后一天，外国代表已经准备回国的时候，我们被召集起来开秘密会议，赫鲁晓夫相当享受这次会议，他怀着一种激情来承认过往的错误。

——向全国人民承认?

——他声明，这些话不能传出克里姆林宫，否则整个国家的名誉会被摧毁。

里奥的声音中流露出无法抑制的愤怒。

——那为什么有几百万份副本在市面上流传?

——赫鲁晓夫撒了谎。他希望人们知道他是第一个拨乱反正的人，这样他就可以青史留名，是第一个批判斯大林但没有被处决的人。考虑到那些反对报告的人的感受，这份报告被禁止印刷。当然，之后报告大范围的传播让这项规定变得荒唐可笑。

——但赫鲁晓夫是斯大林一手提拔上来的啊。

帕宁笑了。

——我们都有罪，不是吗?赫鲁晓夫也察觉到了这点。他选择性地承认错误，从很多方面来说，这是老掉牙的谴责手法。斯大林十恶不赦，而我清白无瑕。我是对的，他们都错了。

——赫鲁晓夫对大家说哪些人应该憎恨，而我和尼古拉就是这类人。他在妖魔化我们。

——也许是向整个世界展示我们的怪兽本性。我也是当中一员，里奥。每个卷入其中的人，每个让这种制度运转的人都有这样真切的感受。我们现在谈论的不是只有五个名字的名单，而是千百万人，他们要么为虎作伥，要么被逼无奈。你有没有考虑过这种可能性：有罪者甚至比无辜者还多？无辜者反倒成了少数派？

里奥瞥了一眼正在检查两个女孩儿尸体的克格勃特工。

——一定要抓到把报告送给尼古拉的人。

——你有什么线索吗？

里奥打开笔记本，抽出一张叠好的纸，这是从莫斯克温的印刷机上抢救下来的。

埃赫是在严刑逼供之下

帕宁看这页纸的时候，里奥从尼古拉这儿的报告副本中抽出一页纸，指着当中一行：

埃赫是在严刑逼供之下，在事先拟好的审讯记录上签字。

帕宁认出了那相同的十个字[1]。

——第一页纸是从哪儿得来的？

——一家印刷厂。管理的人叫苏伦·莫斯克温，是MGB的退休人员。我确定有人把报告送到了他手里。他两个儿子都声称他接了一份政府订单，要印刷一万份材料。但我找不到订单的蛛丝马迹，所以我认为订单并不存在：这只是谎言。有人跟他说这是政府的订单，把秘密报告给了他。他连夜工作、排

① 原文为“*Under torture, Eikhe*”。三个词，此处为照顾汉语习惯略作修改。

版，一直排版到这几个字的时候，他决定自杀。那些人把秘密报告给他的时候，就知道报告会产生这种影响。同样的，他们把报告也送到了我和尼古拉手里。昨天尼古拉跟我说有人给他送了一些照片，上面全是他以前逮捕的人。莫斯克温也被别人当面送了照片，搞得他心烦意乱。

里奥拿出那本列宁的著作，把替换了列宁肖像，变成犯人照片的那一页翻开。

——我确定有人和我们三个人都有关系——苏伦、尼古拉和我——那人最近从监狱获释，是受害者的……

里奥顿了一下，说道：

——亲人。

帖木儿问道：

——你在MGB工作的时候，逮捕过多少人？

里奥想了想，有时候他逮捕一家人——一晚上把六个人一锅端了。

——三年的时间……逮捕了几百人吧。

帖木儿的惊讶之情溢于言表，因为这是很大的数目。帕宁问道：

——你认为犯人会送照片来吗？

——他们现在不怕我们了，再也不怕了。我们反而怕他们。

帕宁拍拍手，把几个特工召集起来。

——搜查公寓，我们要搜查一叠照片。

里奥补充道：

——尼古拉肯定小心藏起来了，不能让他的家人发现这些照片，这点很关键。他以前也当过特工，对藏东西这种事擅长得很，也知道人们找东西时习惯找哪些地方。

特工有条不紊地搜查了每个房间，尼古拉住的公寓很奢华，他花了好些年来配备家具、设计风格。但只用了不到两小时，特工就把他的家翻了个底朝天。为了搜查床底、把地板切开，尼古拉两个女儿的尸体和他妻子的尸体被放在卧室中央，上面盖了床单。尸体周围的衣柜都被打了个粉碎，床垫也被撕开了，但还是没找到照片。

里奥泄气了，盯着血水中的尼古拉。

突然里奥灵光一闪，没有先脱衬衫，就把手伸进了浴缸。里奥摸到了尼古拉的手，他的手周围有一个厚信封，尼古拉死的时候一定紧紧攥住了这个信封。信封已经变软，里奥一碰就散开了，碎片漂散在水面上。帖木儿和帕宁也加入了里奥的行列，看着男人女人的脸从充满血水的浴缸底部一个一个地浮起来。然后浮上来的是一叠一叠的照片，成百上千个面孔重叠在一起，轻轻地上下摇晃。里奥的视线从老妇人移到年轻男子身上，从母亲移到父亲身上，从儿子移到女儿身上。他一个也不认得。这时有张脸引起了里奥的注意，他把那张照片从水里捞了起来。帖木儿问道：

——你认识这男的？

是的，里奥认识。这名男子叫拉扎尔。

同一天

信封外面画了个十字架，是精工细作的十字架。这幅画很小，差不多只有他手掌大。有人费了些功夫来画画：比例正确，用墨精当。画这幅画，是把他当成盗尸人或者恶魔，用来制造恐惧吧？也许更有可能是在挖苦他，指责他的信仰。若真是如此，这种做法可就失算了——对心理学不精通啊。

克拉西科夫打开密封条，把信封里的东西倒在桌上。好多照片……他本想把这些照片和其他垃圾一样烧掉，但好奇心阻止了他。克拉西科夫戴上眼镜，聚精会神地研究起这些陌生的面孔。匆匆一瞥得不出什么结论，就在他准备把这些照片扔到一边的时候，有个面孔引起了他的注意。克拉西科夫冥思苦想，努力回忆这名有着热切眼神的男子的名字。

拉扎尔

这些人是他曾经告发的神父。

克拉西科夫一个个数着。三十张脸，他真的出卖了这么多人吗？他在担任莫斯科和全俄罗斯大牧首，成为整个国家宗教首脑的时间里，又不是所有宗教人士都被逮捕了。每次告发之后他就得到了升迁，这种情况持续了很多年。现在他七十五岁了，对一辈子来说，告发三十人实在不算多。他巧妙地在政府面前保持顺从态度，让教会免于灭顶之灾——也许这是肮脏的联盟，但这三十名神父的牺牲是有必要的。因为克拉西科夫本身的懈怠，他记不住每个人的名字。他本该每晚都为这些人祈祷，但恰恰相反，他把这些人抛诸脑后，仿佛雨水滑过玻璃一般。克拉西科夫发现，忘记过往比请求宽恕更容易做到。

所以就算手里拿着照片，克拉西科夫也丝毫不懊悔。这种恐吓没用，他从不做噩梦，精神上也没有受过折磨。是的，他看过赫鲁晓夫的秘密报告，那份报告是同一个人连着照片一起送过来的。他在报告里看到了对斯大林暴政的批判，克拉西科夫支持过这种暴政，他曾要求神父在布道的时候歌颂斯大林。毫无疑问以前有着对独裁者的狂热崇拜，而他就是忠诚的信徒。这又怎么样？就算这份报告的意思是在未来要进行毫无意义的反省，好吧——这又不是他的未来。在共产主义的头几十年里，克拉西科夫需要为教会遭到的迫害负责任吗？当然不。他只不过是根据自身和热爱的教会所处的环境，做出了需要的改变而已。他一直都被迫改变，做出牺牲同事的决定固然令人不快，却也并不困难。总有人认为他们可以随心所欲地说话做事，因为这是天赋人权。他们太天真了，克拉西科夫觉得他们渴望成为殉道者，令人讨厌。从这种意义来说，克拉西科夫只不过给了他们想要的，给了他们为信仰而死的机会。

宗教和其他事情一样，都必须妥协。主教理事会精明地把他推到大牧首这个位置上，是因为他们需要懂政治又长袖善舞的精明人。所以他的任命才得到了政府的赞同，所以政府才会同意选举，同意在他操纵下的选举。当时有人认为他的选举亵渎了教会法：教会的领袖不应该由世俗权力机构来授予。根据克拉西科夫的意见，当时兴起了一股不太受注意的争论：教堂的数量该不该从两万座压缩到一千座以下。难道这些教堂应该一起消失？大家倔强地坚持自己的信仰，就像船长一样紧紧抱着桅杆，看着船逐渐沉没吗？克拉西科夫的打算是阻止教堂数量的下降，减少他们的损失。他成功了。新教堂建立起来了，神父接受了训练而非子弹。克拉西科夫做了应该做的事情，仅此而已。他的行为也并无深谋远虑，但是教会幸存下来了。

克拉西科夫站起来，回忆过往让他疲倦。他拿起这叠照片扔进火炉里，看着照片发卷、变黑、燃烧。如果有人想报复，他可以理解。管理像教会这种复杂的组织，又要和政府处好关系，想不树敌是不可能的。克拉西科夫是个小心谨慎的人，他采取了一系列步骤来保护自己。他老了，身体虚弱，只是名义上的大牧首，再也没有参与教会的日常事务运转。他现在把大把时间都花在自己建立的儿童避难所上，避难所就在离圣安娜圣母教堂不远的地方。有人认为他这个避难所是将死之人用来赎罪的。随他们怎么想吧，克拉西科夫不在乎。他喜欢这份工作：没有什么工作比这份工作更神秘。繁重的工作由年轻员工完成，他只要为一百多个小孩儿提供精神上的指导就可以了。这里能让他们不再沉溺于茶叶中提炼出来的麻醉剂，转而虔诚地信仰上帝。克拉西科夫把自己的一生都献给了上帝，所以他没有自己的孩子，创办儿童避难所也算是一种补偿。

克拉西科夫关上办公室的门，锁住，走下楼梯来到避难所的大厅。大厅里孩子们已经吃了饭上了课。这儿有四间宿舍，两间给女孩儿用，两间给男孩儿用。这里还有一间祈祷室，里面有十字架、圣像和蜡烛——克拉西科夫就在这个房间里讲解信仰。一个孩子如果不能对上帝敞开心扉，那他就不能继续待在这里。如果他们抵触、拒绝信仰上帝，他们就会被驱逐。这里并不缺乏可供挑选的街头流浪儿。就他所知，根据政府私底下估计的数目，大约有八十万无家可归的儿童分散在全国各地，大多数集中在主要城市里——寄居于火车站，或是在小巷子里过夜。有的流浪儿是从孤儿院里跑出来的，有的是从苦工营里跑出来的。大多数流浪儿已经从乡间来到城市，像一群野狗一样——觅食偷窃。克拉西科夫不会感情用事，他知道这些孩子有潜在的危险，并不值得信赖。所以他才聘请了退休的红军战士来维持秩序。保卫系统是复杂的，没有他的许可，任何人都不能进出避难所。避难所有内部巡视的警卫，大门口还安排了两个警卫一直守着。表面上这些人是在维持几百个孩子的秩序，但他们还有第二项工作：保卫克拉西科夫的安全。

克拉西科夫纵览整个大厅，在那些感恩戴德的面孔中搜索新加入的人。那是个小男孩儿，也许只有十三四岁。他没有报上自己的年龄，寡言少语。这男孩儿有严重的口吃，长着一副大人的脸，仿佛地球上的一年用在他身上变成了三年似的。现在是让这男孩儿入会的时候了，看看他是不是下定决心把自己真诚地献给上帝。

克拉西科夫示意一个警卫把那男孩儿带上来。男孩儿很害羞，像一只被虐待的小狗，小心翼翼地应对人类的接触。他是在避难所不远的地方被发现的，那时他衣衫褴褛地蜷缩在一户人家门口，手里抓着一个瓷器雕塑。瓷器上有个人坐在一头猪背上，像骑马一样驱赶着猪。这个瓷器玩具揭露了男孩儿的乡下出身，瓷器曾经油光铿亮，现在却黯然褪色。不过令人注意的是，瓷器一点儿没坏，只是猪的左耳有缺口。男孩儿肌肉发达、强壮有力，从不让这个瓷器离开他的视线，也从不让别人碰这瓷器。也许瓷器可以寄托他的思绪，是证明他过往的物品。

克拉西科夫对着警卫笑了，礼貌地让警卫退下。他打开祈祷室的门，等着男孩儿跟在他身后进来。男孩儿没动，只是紧紧攥住瓷器，仿佛瓷器里面装满了金子。

——你不用做自己不想做的事情。但是，如果你不能让上帝走进你的内心，你就不能继续待在这儿。

男孩儿看了一眼其他孩子。他们都停下自己在做的事情，看他会做出怎样的决定。之前没有人拒绝过。男孩儿犹豫不决地走进祈祷室，他经过克拉西科夫身边的时候，克拉西科夫问道：

——跟我说一下你的名字。

男孩儿结结巴巴地说道：

——塞……奇。

克拉西科夫关上他们身后的门。房间已经布置好了，蜡烛也点燃了。午后的阳光正在消退，克拉西科夫跪在十字架面前，没有给塞奇任何指示，等待塞奇也和他一样做。这是个简单的测试，看这男孩儿以前有没有接触过宗教。有过宗教体验的人就会和他一起跪下，没有宗教体验的人就会站在门口不动。塞奇就没有动，一直站在门口。

——很多孩子来这儿的时候，都一无所知。不知者无罪，你会学着明白的。我希望有一天，上帝能取代你那个爱不释手的玩具所处的位置。

让克拉西科夫惊讶的是，男孩儿的回应竟然是把门锁住。

但他来不及质问，男孩儿就大步上前，从猪有缺口的耳朵里抽出一根金属丝，同时他把瓷器举到头顶，用全身力量把瓷器扔出去。克拉西科夫料到瓷器要砸中他，便本能地侧身躲避。但男孩儿的目标不是他，瓷器只是砸在他脚边，摔成了好几个大而不规则的碎片。克拉西科夫震惊了，他看着这些陶瓷碎片，原来瓷器里面还有东西——黑色的圆柱体。克拉西科夫弯腰捡起来，是个手电筒。

克拉西科夫迷惑了，他试着站起来。但还没来得及，一根绳索就套到了他头上，往下拽住他的脖子——是打了安全结的细钢丝。男孩儿握住钢丝的另一端，把钢丝卷在克拉西科夫头上。克拉西科夫喘着气，肺里的空气仿佛都被挤压出去了。他的脸变得通红，血液也凝固了。他的手指拽着钢丝，却没办法挣脱。男孩儿又拉了一下钢丝，用冷静沉着的语气说了句话，之前口吃的痕迹荡然无存。

——老实回答问题，就可以活命。

在儿童避难所的门口，里奥和帖木儿被两个警卫拦了下来。时间被耽误了，里奥有些沮丧，他给警卫看拉扎尔的照片，解释道：

——和逮捕这男人的行动有关的任何人都有可能成为受害目标。有两个人已经死了。如果我们是对的，那么大牧首也有危险。

警卫不为所动。

——我们会把消息带进去的。

——我们要和大牧首谈话。

——我管你们是不是民警，大牧首给我们下了命令，不让任何人进去。

楼上有骚动：是尖叫的声音。一瞬间警卫的傲慢神色就转变为了恐惧。他们离开自己的岗位，爬上楼梯，里奥和帖木儿也跟在后面一起冲进大厅。大厅里全是孩子，围在祈祷室门口挤作一团，拼命摇门，却没办法进去。警卫也加入进去，一边抓住门把手，一边听孩子们杂七杂八的解释：

——他进去祈祷。

——和那个男孩儿一起。

——克拉西科夫没有回话。

——有东西摔碎了。

里奥打断了这些话。

——把门撞开。

他们都转头盯着里奥，不确定是不是该这么做。

——快!

最重最强壮的警卫冲上前用肩膀撞门，然后又撞了一次，把门撞裂了。

里奥和帖木儿从撞出的裂口里爬进房间，这时一个权威而自信的年轻声音响起。

——站住别动!

警卫停下脚步，眼前的场景让这些勇猛的人陷入了绝望中。

克拉西科夫跪在地上，面向他们，他的脸红得像血，嘴巴张开——他的舌头伸出，模样猥琐，活像扭在一起的鼻涕虫。克拉西科夫的脖子被勒住了，男孩儿抓住了细钢丝的另一头。男孩儿双手都裹上了破布，外面缠了一圈又一圈的钢丝。这场景就像主人用皮带拴着狗一样。男孩儿训练有素，控制着克拉西科夫的生死：他只要多用一点儿劲，钢丝就会让克拉西科夫窒息，或是割进他的皮肤。

男孩儿谨慎地后退，几乎要走到窗户边上。他保持钢丝绷紧，毫不松懈。那些因工作失败而变得呆若木鸡的警卫站在一起，里奥从他们当中走了出来，他和克拉西科夫之间大概有十米的距离，所以他不敢贸然跑上去。就算他跑到克拉西科夫身边，也没办法把手伸进钢丝套里。男孩儿注意到里奥，知道他在盘算什么，便说道：

——再走近的话，他就没命了。

男孩儿打开小窗户，爬上窗台。他们在二楼，离地面太高了，不可能从这里跳下去。里奥问道：

——你想要什么?

——我要这个人的忏悔，为那些信任他却被他出卖的神父忏悔。他本该保护那些神父。

男孩儿说这些话的时候，像是在念稿子。里奥看了一眼克拉西科夫，死亡的威胁让克拉西科夫不得不顺从。男孩儿需要一个忏悔，如果他需要这个，那么里奥会顺从，里奥也只能做到这个。

——他会忏悔的。松开钢丝吧，让他说话。你马上就会听到他的忏悔。

克拉西科夫点点头，表示他会老老实实地照做。男孩儿考虑了一下，然后缓缓地松开钢丝。克拉西科夫喘着气，在依旧被勒住的情况下呼吸。

克拉西科夫眼睛里恢复了至高无上的神采，里奥意识到他做了错误的决定。克拉西科夫用尽全身力气，一个字一个字地狠狠说道：

——告诉派你来的人……我还会出卖他！

除了克拉西科夫之外，大家都把视线投向那男孩。但男孩儿已经不见了，从窗口跳下去了。

钢丝被拉了起来，男孩儿全身的重量都作用在克拉西科夫的脖子上，这股强劲的力道把克拉西科夫拉了起来，像木偶被绳子操纵一样。然后克拉西科夫的后背摔在地上，他在地板上被钢丝拖动，把小窗户都撞裂了。他的身体卡在窗框上，里奥冲上去抓住克拉西科夫脖子上的钢丝，想缓解钢丝的拉力。但是钢丝已经割进皮肤，割断了肌肉。里奥也无能为力。

里奥看向窗外，男孩儿已经来到下面的街道上了。他和帖木儿一句话没说，就冲出房间，不管那些惊慌失措的警卫，直接穿过大厅，从孩子堆里冲出，跑下楼去。那男孩儿训练有素、灵活机智，但他毕竟小，不可能跑得过里奥和帖木儿。

他们来到街上的时候，男孩儿已经无影无踪了。这里没有小巷，一定距离内也没有拐弯，在他们跑出避难所的短暂时间内，男孩儿不可能跑过这么长的街道。里奥急忙冲向吊着钢丝的窗户，他在雪地里找到了男孩儿的脚印，一直跟到下水道井盖，井盖上的雪被扫到了一边。帖木儿把井盖揭开。井很深——有个钢梯可以通到下面的下水道。男孩儿已经快爬到底部了，他手上还缠着破布。察觉到头顶上的光亮，男孩儿往上看了一眼，结果自己的脸暴露在了阳光下。一看到里奥，他就从梯子上跳下来，结束最后的行程，消失在黑暗中了。

里奥转头对帖木儿说道：

——去拿车上的手电筒。

一刻也不耽误，里奥抓住梯子就爬了下去。梯子的横杆冷得像冰，里奥没戴手套就直接握住。他每放开横杆一次，手上的皮肤都会撕裂一下。车上本来有手套，但里奥没时间去拿了。下水道是由隧道组成的迷宫，男孩儿可能消失在任意一条隧道里，一到看不见的拐弯的地方，他就获得自由了。里奥咬牙忍住疼痛，他的手开始流血，有几块皮肤也脱落了。里奥的眼睛在流泪，他低头看看还剩下多少路程。还是太高了，没办法跳下去。他必须继续爬下去，强迫自己的血肉之躯和冰冷的钢梯接触。里奥大叫一声，放开钢梯跳了下去。

很不巧里奥落在了一个狭窄的岩架上，脚一打滑，他差点儿栽进下面污浊的急流中。里奥稳住脚跟，检查周围的环境——这里是砖石垒砌的大隧道，差不多和地铁隧道一般大。一孔阳光从头上井盖处照射下来，照亮了里奥身旁的一小块范围，但只有这么一点儿。里奥前方漆黑一片，只能见到闪烁的亮光，像萤火虫一样在前面五十米处的地方。男孩儿在那里，他有手电筒，早就为这次逃跑做好了准备。

手电筒的光亮消失了。男孩儿要么是关掉了手电筒，要么是跑进了另一条下水道。看不见下水道的墙壁，里奥没办法在黑暗中追踪。他抬头望着下水道出口，等着帖木儿过来——每秒钟都生死攸关。

——快……

帖木儿的脸出现在头顶。里奥喊道：

——丢下来！

如果里奥没接住这个手电筒，手电筒就会摔在混凝土地面上，摔得粉碎，他就不得不推迟追踪，只能一直等到帖木儿爬下来。帖木儿后退一步，免得挡住阳光。然后入口处出现了帖木儿伸出来的手，他将握着手电筒的手放在入口正中的位置，然后松手丢下手电筒。

里奥的视线锁定了手电筒。手电筒翻转，撞在墙壁上又被弹出去，整个路线完全不可预测。里奥上前一步抓住手电筒，血肉模糊的手掌像是被刺了一下。克服了想放手的本能意识，他打开了手电筒开关，手电筒还能用。他把手电筒照向男孩儿消失的地方，发现那里是一处岩架，下面是沿着下水道缓缓流动的污水。里奥出发了，冰和稀泥限制了他的速度，他笨重的靴子在凹凸不平的地面上打滑。严寒的天气让下水道的气味没那么难闻，但里奥只能让自己小口小口地呼吸。

男孩儿消失的地方是岩架的终点。这儿有另外一条更小的下水道，只有一米宽。那条下水道的底部有到肩膀那么高，这条支渠流入下方的溪流里，墙壁上布满了粪便的痕迹。男孩儿一定从这里爬进去了，因为没有其他路可走。里奥也只能爬进这条支渠。

他先把手电筒放进去，然后撑起身体，抓住满是稀泥的墙壁，裂开的伤口疼痛难忍，血肉和稀泥、粪便混杂在一起。疼痛让里奥有些眩晕，他努力把身子往上挪，他知道如果没抓稳的话，就会掉进下面的流水中。但这里没有什么地方可以抓牢，为了让身体更进一步——里奥伸出手。他的手打在光滑的弧面上，溅起水花。靴尖抵在砖头上，这样里奥才把自己撑起来，钻进了支渠。进去后里奥躺了一下，试着把双手的污秽抹去。在这个受限制的空间里，臭味让人难以忍受。里奥想呕吐，他努力克服这种冲动，拿起手电筒照亮这条支渠，然后蜷起身子，用手肘来移动身体。

前面的路被几根栅栏挡住了，相邻两根栅栏之间的距离还不如里奥的手掌宽。男孩儿一定从其他路上逃跑了。正打算掉头的时候，里奥停住了。他很确定：这里没有其他路。里奥擦去污垢，检查栅栏。有两根栅栏松了，里奥抓着这两根栅栏摇晃。应该能摇下来的。男孩儿肯定侦察过这条通道，所以他才会带着手电筒，才会把破布缠在手上——他一开始就打算从下水道里逃走。两根栅栏被摇掉了，但就算如此，里奥也很难爬进当中的缝隙。他不得不脱去外套，才钻进了洞穴中。

里奥放下双脚，地面好像在移动。他把手电筒往下照，原来是老鼠，三五成群，混作一团。里奥的好奇心缓和了自己的厌恶——这些老鼠都朝着一个方向移动。他把光亮转向老鼠逃跑的方向，引发一阵骚动。那里有条大一些的下水道。里奥在那条下水道里面看到了那个男孩儿，他已经爬到一百米高的地方了。男孩儿没有逃跑：他站在墙边，手扶着墙。里奥觉得不对劲，小心翼翼地向前移动。

男孩儿转了个身，看到里奥就又出发了。里奥用一根绳子把手电筒挂在脖子上，这样两只手都腾出来了。他爬了上来，手按在下水道墙壁上。刺骨的冰凉让他手指都颤抖了。

男孩儿拼命跑着，脚踝把水溅了起来。里奥用手电筒发出的光线追踪男孩的移动。男孩儿灵活得像只猫，他在弯曲的墙壁上跳来跳去，逐渐上升。男孩儿头上有个竖直的下水道，他的目标是那里钢梯底部的横杆。但是男孩儿没抓住最底部的横杆，跌到了地面上。里奥跑了上去，他听到帖木儿在身后发出厌恶的叫声，肯定是那群老鼠惹的祸。男孩儿站了起来，准备再跳一次抓住钢梯。

突然原本停滞的细流又开始奔涌，水位也上升了。巨大的隆隆声响彻整个下水道，里奥把手电筒往上照，看到了白色的泡沫，那是浪花破碎的浪尖。一堵水墙朝他们奔涌而来，距离不到两百米。

只剩下几秒钟的时间，男孩儿又朝钢梯跳了一次，他跳到墙上去抓钢梯底部的横杆，这一次他抓到了，两只手都抓住了。男孩儿把身子往上拉，爬进那条竖直的下水道，那里漫不到水。里奥转身一看，水快要涌过来了，帖木儿才刚刚走到主渠。

里奥来到钢梯下面的地方，他咬住手电筒，往上一跳抓住钢梯。他把身子往上拉的时候，双手刺得发痛。他看到男孩儿在他头上往上爬，于是自己忍着疼痛，迅速赶上男孩儿，抓住了男孩儿的脚踝。男孩儿用脚踢里奥想获得自由，但里奥一边抓牢不放，一边把手电筒往下照。光束照到最下方，紧张不安的帖木儿扔掉了他的手电筒，纵身一跃双手抓住了底部的横杆。这时潮水刚好冲到这里，泛着白色的泡沫的水涌进了竖直的支渠中。

男孩儿笑了。

——你想救你朋友的话，就得把我放了。

男孩儿说得对，里奥只有把男孩儿放开，才能爬下去救帖木儿。

——他要死了！

帖木儿喘着气从水中冒出来，他用一只手抓住上一级横杆，抬起身子想把自己从水里拉起来。虽然帖木儿大半个身子都还在水中，但他已经抓牢了。

里奥松了一口气，一动没动，不管男孩儿怎么踢，他都一直抓住男孩儿的脚踝。帖木儿也爬到了里奥的位置，从里奥嘴里拿下手电筒，照亮男孩儿的脸。

——再踢就把你的腿打断。

男孩儿不动了，帖木儿无疑是认真的。里奥说道：

——我们一起爬上去，动作慢点儿，爬到上面的下水道。明白了吧？

男孩儿点点头。三人慢慢往上爬，他们的动作很笨拙，几个人的手脚看起来像是变了形的蜘蛛。

到了钢梯顶端，里奥还是抓着男孩儿的脚踝，而帖木儿从他们身上爬了上去，第一个来到上面的过道。

——让他上来。

里奥放手爬了上来，帖木儿已经抓住了男孩儿的胳膊。里奥用指尖拿起手电筒，免得手电筒碰到他流血的手掌。里奥用手电筒照着男孩儿的脸。

——只有老实交代，你才能活下来。你杀死了一位非常重要的人物，很多人会因此被判刑。

帖木儿摇摇头。

——你在浪费时间。看看他的脖子。

男孩儿脖子上有个文身，是个十字架。帖木儿解释道：

——他是黑手党的一员，宁死不屈。

男孩儿笑了。

——你们跑到这儿来的时候……你妻子……瑞莎……

里奥立即反应过来，上前一步抓住男孩儿的衬衫，把他从帖木儿那儿拉过来，然后举起来。男孩儿抓住了这个必须的机会，他像鳝鱼一样从衬衫下面溜出来，衬衫掉在地板上，男孩儿迅速跑到一边。里奥把衬衫一扔，把手电筒一转，看到男孩儿正蹲在竖直下水道入口的旁边。男孩儿上前一步跳进水中。里奥猛冲过去但已经太迟了，向下一看已经看不到男孩儿的影子了——他跳进了湍急的水流中，被带走了。

里奥要发疯了，他环顾四周：这是个封闭的混凝土下水道。瑞莎随时都有危险，而且这里没有出去的路。

同一天

瑞莎坐在校长卡尔·叶努基泽对面——他是个长着灰胡须的和蔼男子。他们旁边还有尤利娅·佩什科娃，她是左娅的老师。卡尔的手抵在下巴上，他一边用手指上下挠痒，一边看看瑞莎，又看看尤利娅。大多数时候尤利娅都避免和卡尔视线相对，只是咬着嘴唇，希望自己赶快离开这里。瑞莎知道他们在担心什么。左娅撕碎了斯大林的画像，可能会让她遭到克格勃的调查。但事情没那么简单，罪名可能会被重新定义：他们该把罪名加在孩子头上，还是那些影响孩子的大人头上呢？卡尔本该教育学生要热爱祖国，但他是不是在学生面前发表了颠覆煽动的言论呢？或者说尤利娅的课程表现出了苏联人民的缺陷？问题还会扩大，比如瑞莎是怎么监护左娅的？他们正在盘算可能造成的后果。瑞莎打破了沉默，说道：

——我们表现得好像斯大林还活着一样。时代已经变了，现在没人有兴趣去告发一个十四岁的女孩儿。你们也看过这份报告了：赫鲁晓夫承认逮捕的人太多了。我们没必要把学校内部的问题上报给政府，我们能处理好。让我们来看看这件事的真实面目：就是一个问题女孩儿，一个我要照顾的女孩儿。我们帮帮她吧。

两人沉默的反应让瑞莎感觉到，不管是谁，不管报告的内容是什么，他们一生的谨慎都不会因为一次单独的报告而抹去。瑞莎调整了自己策略的重心，指出：

——我们不报告会更好。

尤利娅抬起头，卡尔安稳地坐在椅子上。新一轮的盘算开始了：瑞莎想息事宁人。她的提议会成为反对她的武器。尤利娅回答道：

——不仅我们知道这事，我班上的学生什么都看到了。他们有三十多人。到现在为止，他们把事情告诉了他们的朋友，知道的人就越来越多。等到明天，如果整个校园没有讨论这事的话，我才会惊讶呢。消息还会传到校园外，学生的父母会得知，他们肯定很想知道为什么我们什么都不做。到时候我们怎么说？我们觉得这事无关紧要？这不是我们能决定的，相信政府吧。人们会知道这事的，瑞莎，就算我们不说，也有人会说的。

尤利娅说得对，保密是不可能的。瑞莎为了维护自己的观点，说道：

——如果左娅马上离开学校呢？我会跟里奥说，他会跟他的同事说。我们会另外给左娅找一所学校。更不用说我也会离开了。

左娅没办法再在这所学校上学了。学生都会避开她，大多数人肯定不愿坐在她旁边。老师上课的时候也会抵触她。她会如同在背上画着十字架的罪人一般被世人孤立。

——卡尔·叶努基泽，我恳请你不要对我们的离开发表什么评论。我们只是离开而已：不会做出解释。

这样其他学生和老师就会以为这事已经被妥善处理了。突然的消失会被当成罪犯已得到惩处。到时候就没人想谈论这事，除非他们想承担更严重的后果。这个话题会就此打住，这件事会就此结束——一艘船沉入海中，同时另一艘船驶过的时候，所有乘客都看着相反的方向。

卡尔在心里权衡这个提议。最后他说道：

——你会把一切都安排好？

——是的。

——包括和有关部门解释这事？在教育部里，你们有关系吗？

——里奥有，我保证。

——我用不着跟左娅谈话？我用不着对她进行任何处理？

瑞莎摇摇头。

——我会带着我女儿离开。你们一如既往就好，当我从来没存在过。明天我和左娅都不会来学校。

卡尔看着尤利娅，他热切的眼神宣告他已经赞同了这个计划，现在就看尤利娅的意见了。瑞莎转向尤利娅。

——尤利娅？

她们认识三年了，很多事情上她们都相互帮助，她们是朋友。尤利娅点点头，说道：

——那样就再好不过了。

她们再也不会相互交谈了。

左娅站在办公室外的走廊里，她靠着墙——满不在乎的样子，好像她只是家庭作业没做好而已。她的双手用绷带包扎了：伤口已经流了很多血。瑞莎协商完毕之后，关上办公室的门，她已经筋疲力尽了。大多数事情还要靠里奥来搞定。瑞莎走到左娅身边，蹲下。

——我们回家吧。

——那不是我的家。

一点儿感激都没有，只有轻蔑。瑞莎什么都说不出。

离开学校大楼，瑞莎在校门口被拦了下来。她这么快就被出卖了？两个穿着制服的民警朝瑞莎走来。

——瑞莎·杰米多娃？

年长的那人继续说道：

——你丈夫派我们来护送你们回家。

他们不是冲着左娅来的。瑞莎松了一口气，问道：

——出什么事了？

——你丈夫希望保证你们的安全。我们不能说得太细，只能说这是因为一连串的事故。我们在这里是为了以防万一。

瑞莎检查了他们的身份证，是有效的。她问道：

——你们是我丈夫的同事？

——我们隶属于谋杀案部门。

这个部门的存在是个秘密，就算只提到这个部门，多少也减轻了瑞莎的怀疑。她把身份证还给两人，说道：

——我们还要去接埃蕾娜。

他们走向轿车，左娅用力拉瑞莎的手。瑞莎低下头，左娅在她耳边说悄悄话。

——我不相信他们。

卡尔一个人待在办公室里，看着窗外的景象。

时代已经变了。

也许这话是对的，他也想相信这句话，就像他们商量好的那样，把整件事完全忽略。卡尔一直都喜欢瑞莎，她聪明美丽，卡尔很爱慕她。但卡尔还是拿起电话，搜肠刮肚地思考该怎么来告发左娅。

同一天

左娅坐在轿车后座上，盯着前面的两个民警，注视着他们的一举一动，仿佛自己和两条毒蛇一起被关在监狱里。尽管坐在副驾驶上的那个民警匆忙中想展示友好，转身对这两个女孩儿笑了笑，但他的笑容却吃了个闭门羹。左娅讨厌这两个人，讨厌他们的制服和徽章，讨厌他们的皮带和钢头靴子，这两个民警看起来和克格勃的特工没什么区别。

瑞莎看向车窗外，大致估计她们现在身处莫斯科的哪个地方。暮色已至，街灯闪烁，瑞莎不太适应坐车回家，所以她缓慢地把经过的地点拼凑在一起。这不是回她们公寓的路。瑞莎倾身，试着控制自己声音中的焦虑，问道：

——我们要去哪儿？

坐在副驾驶上的民警转过头来，他脸上毫无表情，后背压在皮椅上发出嘎吱嘎吱的声音。

——我们要去你家。

——不是这条路。

左娅突然从座位上弹起来。

——让我们出去！

民警神色一紧。

——什么？

左娅没有回答也没有再问，轿车还没停下来，还在路中间的时候，她就打开门闩，把车门推得很开。一辆卡车迎面冲来，车头大灯照到了窗户上。卡车突然一转，避免了一场车祸。

瑞莎抓住左娅的手腕，在卡车撞到车门，把车门撞关上的那一刹那把她拉了回来。撞击把车门压皱了，车窗也粉碎了，玻璃洒落在车里。两个民警惊叫一声，埃蕾娜也吓哭了，轿车撞到路边的石头，一路开到人行道上，在路边滑行一段后才停下。

目瞪口呆的震惊之后，两个民警转过身来，脸色苍白，气喘吁吁。

——她怎么了？

司机敲敲他的太阳穴：

——她脑袋有些问题。

瑞莎无视他们的话，检查左娅的情况。左娅没有受伤，她的眼睛像在燃烧。她浑身散发出野性：像是被狼养大，然后再被人类夺回的孩子，拒绝驯服和开化，散发出原始的能量。

司机下车检查那扇撞坏的门，一边挠头一边摇头。

——我们在送你们回家，有问题吗？

——不是这条路。

司机掏出一页纸，从窗户的缺口中递给瑞莎。那是里奥的笔迹，瑞莎认出了地址，茫然了，怒气也消散了。

——这是里奥父母住的地方。

——我不知道谁住那公寓，我只是奉命行事。

左娅挣脱了瑞莎的手，从她妹妹身上爬过，跑到车外。瑞莎在左娅身后喊道：

——左娅，没事了！

左娅无动于衷，没有回来。司机朝左娅跑去，看到左娅快被司机抓住了，瑞莎喊道：

——别碰她！离开她！剩下的路我们自己走。

司机摇摇头。

——我们要和你们待在一起，直到里奥回来。

——那你们跟在后面吧。

埃蕾娜还坐在轿车后座上哭泣，瑞莎伸出一只胳膊抱住她。

——左娅没事，她没受伤。

埃蕾娜好像明白了这些话，检查了她姐姐之后，发现左娅没有受伤，埃蕾娜才止住哭泣。瑞莎把她残留的泪水擦去了。

——我们走回去吧，不远了。你能走路吗？

埃蕾娜点点头。

——我不喜欢坐车回家。

瑞莎笑了。

——我也不喜欢。

瑞莎帮助埃蕾娜从车里出来。司机挥舞双手，对那些作鸟兽散的围观群众发火。

里奥的父母住在莫斯科北边一个现代化社区里的低层住宅里。这里住着许许多多政府官员年迈的父母，是给特权人士修建的养老院。冬天他们可以在客厅里玩纸牌，夏天他们可以在户外的草地上玩纸牌，他们一起购物，一起做饭，这个社区只有一条规矩——从不谈起自己的孩子在做什么工作。

瑞莎走进大楼，带着两个女孩儿进了电梯。两个民警赶到的时候，电梯刚好关上，他们只好走楼梯，左娅不可能在封闭的空间里同这两个人待在一起。电梯到了八楼，瑞莎带着两个女孩儿来到走廊上，走到走廊尽头的一套公寓。史蒂芬——里奥的父亲——来开了门，见到她们史蒂芬很吃惊，不过他的惊讶之情很快就转变为担心。

——出什么事了？

里奥的母亲安娜从客厅里走出来，她也很担心她们是不是出了什么事。瑞莎对他们说道

——里奥希望我们待在这儿。

瑞莎指了指从楼梯那边走来的两个民警，又说道：

——有人护送我们过来。

安娜的声音中有一丝惊恐。

——里奥在哪里？发生什么事了？

——我不知道。

民警来到门口。两人当中地位较高的那个，就是那个司机，因为爬了楼梯而气喘吁吁，他问道：

——还有其他通道可以进入公寓吗？

安娜回答道：

——没有。

——那我们留在这儿。

但是安娜想知道更多。

——你们能解释一下吗？

——有人要报复里奥。我能说的就是这些。

瑞莎关上门，安娜的疑虑并没有消除。

——里奥没事的，对吧？

左娅咬牙切齿地听安娜说话，看到安娜说话的时候下巴上松弛的皮肤在颤动。安娜整天没什么事做，又因为她儿子的关系她可以吃到富含营养的特供食物，所以她发胖了。她极度担心里奥的安危，声音中全是对他那个杀人犯儿子

的关切，令人窒息：

里奥没事吧？里奥没事的，对吧？

里奥逮捕的那些人，他摧毁的那些家庭——他们没事吗？里奥的父母太溺爱他了，把他当成小孩子一样。比关切更糟糕的是他们身为父母的自豪感，他们会为每件事激动，对里奥不得不说出的每个字都紧抓不放。这种展现出来的喜爱是病态的：亲吻、拥抱、开玩笑。史蒂芬和安娜两人都迫切希望加入里奥的阴谋中，他们扮成普通家庭，策划着日常旅行，每天去商店买东西。他们去的是特供商店，而不是要排一长串队，还限制供应的商店。每件事都很好，每件事都让人很舒服，每件事都设计过，用来隐藏杀害她父母的罪行。他们爱里奥，但左娅却因此而恨他们。

安娜问道：

——报复？

安娜重复了这个词，仿佛这是个意思不明、令人困惑的概念，仿佛世上没人有理由讨厌她的儿子。左娅忍不住了，插入这场讨论中，直接对安娜开火：

——那些被逮捕的无辜者的报复！你以为你儿子这些年都在做什么？你没读过那份报告吗？

史蒂芬和安娜一起转头看着她，对提到的报告感到惊讶。他们不知道这事，也没读过。左娅觉得自己占了先机，于是做出讥笑的表情。史蒂芬问道：

——什么报告？

——有关你儿子怎么折磨无辜的人，怎么让他们屈打成招，怎么殴打他们，怎么把他们送到古拉格，而罪大恶极的人却住在这种公寓里的报告。

瑞莎在左娅面前俯下身子，努力阻止左娅说话。

——我要你停下，我要你马上停下。

——为什么？这是事实。这些话又不是我写的。我是在受教育的时候听到这份报告的，我只是把别人对我说的话说了出来而已。你们没资格评论赫鲁晓夫的话，他一定希望我们讨论这份报告，否则他没必要让我们看到这份报告。这不是秘密，所有人都知道了，所有人都知道里奥做过什么。

——左娅，听我说……

但是左娅正在兴头上，根本停不下来：

——你觉得他们不应该知道他们优秀儿子的真相？他们的优秀儿子给他们弄了这么舒适的公寓，让他们可以去特供商店买东西——他们优秀的杀人犯儿子。

史蒂芬的脸变得苍白，他的声音因激动而颤抖。

——你这是一派胡言。

——你不相信？问问瑞莎吧：报告是真的。我说的每件事都是真的。这下所有人都知道你们的儿子是个杀人犯了。

安娜低声问道：

——那是什么报告？

瑞莎摇摇头。

——现在不要说这个。

左娅没有放弃，她很享受自己新获得的权利。

——报告是赫鲁晓夫写的，在二十大上发表。报告上说你儿子，还有像你儿子这样的每一个特工都是杀人犯。他们的行动是非法的，他们不是警察！他们是罪犯！问问瑞莎吧，问问她这是不是真的。问她！

史蒂芬和安娜转向瑞莎。

——是有这份报告，里面对斯大林做了一些批判。

——不仅仅是斯大林，还有那些服从斯大林命令的人，包括你们的儿子，你们的杀人犯儿子。

史蒂芬走向左娅。

——别说这个了。

——别说什么？谋杀吗？里奥这个杀人犯？除去我父母之外，你们觉得他还应该为多少条人命负责？

——够了！

——你们一直心知肚明！你们知道里奥过的是什么样的生活，但你们一点儿都不在乎，因为你们喜欢住在高级公寓里。你们和他一样罪大恶极！至少里奥宁愿亲手去做那些沾血的事情！

安娜打了左娅一耳光，狠狠的一下。

——小女孩儿，你在胡说八道。你会这么说话，是因为你被惯坏了。三年来不管你做错什么事都能得到原谅，你想做什么就做什么，想有什么就有什么。你从没挨过骂，我们看着这一切，却什么都没说。里奥和瑞莎想给你一切。看看你现在的样子吧，看看你变成了什么样子——所有人都在努力爱你，但你却忘恩负义、面目可憎。

左娅感觉到自己被打的地方的皮肤像是在燃烧，这种感觉扩散到全身，从指尖到后背到脖子都被刺痛了。左娅伸出手去抓安娜，用全身力气把指甲刺进去，尽可能地撕下多的皮肤。

——去你妈的爱！

安娜后退一步，尖叫起来。但是左娅不肯罢休，猛冲过去，手指弯曲像兽爪一般。瑞莎抓住了左娅的手腕，把她扭了回来。无法控制自己的愤怒，于是她转向了新的目标——瑞莎。左娅咬瑞莎的胳膊，尽全力咬得很深。

剧烈的疼痛让瑞莎快要晕过去了，她的腿快撑不住，就要倒下去了。史蒂芬抓住左娅的下巴，强行把她的嘴巴张开，仿佛他面对的是一条野蛮而疯狂的狗。血从深深的牙印处冒出来。左娅浑身扭动，挥手打史蒂芬，史蒂芬把她扔在地板上，她张开了嘴，牙齿露了出来，上面流着血。

有人在敲门，是两个民警听到了喧闹的声音。他们想进来。瑞莎检查了被咬的伤口——流血更严重了。左娅还躺在地板上，眼睛仍然散发出野性，但没有再起来打人。史蒂芬急忙冲到浴室里拿出一条毛巾，盖在瑞莎的胳膊上。他们又敲了一次门，瑞莎转向安娜，安娜差不多还站在她遭到袭击的地方，吓得发蒙，脸上还有四道被抓出来的血痕。

——安娜，摆脱那些民警，跟他们说用不着他们干涉。

安娜没有反应，瑞莎不得不提高声音。

——安娜！

安娜打开门，把她受伤的那半边脸扭到一边，准备让民警放心。本以为看到的会是两个民警，结果安娜吃惊地发现民警仿佛细菌一样分裂生殖了，变成了四个。新出现的两个人穿的是不同的制服，他们是克格勃的特工。

克格勃的特工走进公寓，打量了一下身前的景象。躺在地上的女孩儿牙齿和嘴唇都流着血，女人的胳膊在流血，老妇人的脸上有抓痕。

——瑞莎·杰米多娃？

尽管现在的场面有些滑稽，但瑞莎还是努力让自己的声音平稳下来，按在牙印上的毛巾开始变红。

——什么事？

——你女儿得跟我们走。

他们的注意力锁定在左娅身上。瑞莎的计划失败了。尤利娅，或者校长背叛了他们。尽管瑞莎受伤了，尽管刚刚才发生了那样的事情，但瑞莎还是本能地跑到左娅面前保护她。

——你女儿撕毁了斯大林的画像。

——这件事已经妥善处理了。

——她必须跟我们走。

——你们要逮捕她？

看到两个克格勃的特工决心要执行命令，瑞莎指了指那两个胆小的民警，他们是里奥派来保护瑞莎她们的。

——在我丈夫回来之前，我们必须待在这儿，难道不是吗？

那两个克格勃的特工摇摇头。

——我们接到的命令是带你女儿回去讯问，和你丈夫无关。

——他们两个接到的命令是让我们待在这儿，一起待在这儿，直到里奥回来。

两个民警走上前来。瑞莎的心一沉。

——他们是克格勃的官员……

——里奥很快就回来了。我们一起待在这儿，等着他回来——他能处理好的。左娅只是个十四岁的小女孩儿，没必要这么急着把她带走。我们可以等。

那个克格勃的特工走近一步，提高音量：

——她得马上跟我们走。

他们不耐烦了，像是出了什么问题。这两个特工的气场不对。一直都是年纪大的特工在说话，另外一个只是站在那里，一言不发，忧心忡忡，眼睛从一个人身上飘到另一个人身上，仿佛别人要攻击他似的。他们穿着制服的感觉很不协调。他们怎么会这么快就来这儿？克格勃制订计划，实施一次抓捕行动，需要几小时的时间。就算是特别任务，他们又怎么知道这里的地址？他们怎么知道瑞莎不在家？肚子里装满了疑问，瑞莎的视线集中在特工的脖子上。那人衬衫衣领后面有个记号：是文身的一角。

这两个人不是克格勃。

瑞莎瞥了一眼那两个民警，想把这个危险状况传递给他们，但是那两个民警被特工的外表给吓住了，一说起克格勃就吓得不轻。瑞莎在努力引起他们注意的时候，和那个骗子的视线碰撞在一起。两个民警没理解她的求救信号，但那个骗子明白了。瑞莎还来不及伸手提醒民警那个有文身的骗子正在拿枪出来，骗子就转身开了两枪，给每个民警的额头上各送了一颗子弹。两个民警倒在地板上，那骗子转身把枪口对准瑞莎。

——我要带走你女儿。

瑞莎朝枪口更进一步，左娅还是蜷缩在地板上。

——不行。

枪口转向埃蕾娜。

——把左娅给我，否则我就杀死埃蕾娜。

枪声响起。

子弹没有打到埃蕾娜，而是射入了公寓墙上，这是一次警告。瑞莎看着骗子的眼睛，毫不怀疑他会像杀死那两个民警一样杀死这个七岁的小女孩儿。瑞莎必须选择，她让开一步，允许他们带走左娅。

那骗子用胳膊抱起左娅。

——敢动的话我就把你打晕。

他把左娅扛到肩上，一边驮着她朝门口走去，一边大喊：

——待在公寓里！

钥匙被拿走了，公寓大门被关上，反锁了。

瑞莎跑向埃蕾娜，扑倒在她身边。埃蕾娜双膝跪地，盯着地板，身体颤抖，眼神空洞。瑞莎抱着埃蕾娜的头，让她的眼睛往上看，努力抚慰她：

——埃蕾娜？

但是埃蕾娜好像什么都没听到一样，没有回答。

——埃蕾娜？

她还是没回答，没有直觉，没有意识，身子软了下来。

瑞莎把埃蕾娜交给安娜照顾，自己站起来去拉大门的把手，却没有打开。瑞莎后退，来到两个民警的尸体旁拿了他们的一支枪，插在裤子后面。瑞莎急忙走进卧室，打开通往小阳台的门。史蒂芬抓住了她。

——你要做什么？

——照顾好埃蕾娜。

她走进小阳台，关上身后的门。

这里是八楼，离地面大概有二十米高。从这里往下是一模一样的阳台。这些阳台可以作为一级一级的台阶来用，瑞莎只需要从一个阳台爬到下一个阳台就可以了。如果她跳下去的话，薄薄的雪堆没办法减缓下落的冲击。

踢掉她那双光滑的胶底鞋，瑞莎爬上了阳台栏杆。她没有考虑胳膊上的咬伤，胳膊仍然在流血。瑞莎感觉手臂无力，抓不牢。不确定她是否能支撑自己的体重，瑞莎放低身子爬到阳台外缘。她抓住结冰的混凝土边缘，全靠手指的力量来支撑自己，血流到了肩膀上。就算把身体伸直，她的脚尖还是没办法踩在七楼的阳台栏杆上。瑞莎猜想这段距离应该不过几厘米而已，她别无选择，只能放手。

落下的那一瞬间，瑞莎的脚就踩在了栏杆上。她努力保持平衡，左摇右晃。这时她听到了左娅的声音，瑞莎回头一看，看到那两人正离开大楼门口，其中一个扛着左娅，另一个用枪指着她。瑞莎在狭窄的栏杆上掌握好平衡，感到彷徨无助。

那男人开枪了。瑞莎听到玻璃碎裂的声音，然后她一头栽到了雪堆上。

同一天

里奥把油门加到最大，他没有清洗，身上还留着下水道的臭味。但这辆车又笨重又慢，和里奥的焦急形成鲜明对比。他和帖木儿一征用到车就开过来了，他们从下水道出来后，发现自己在最开始的地方的南面一公里左右。里奥手上血肉模糊，他拒绝了帖木儿的驾驶提议，套了一副手套，用手指来操纵方向盘，每次换挡的时候眼睛都忍不住流出泪来。他开车到父母住的公寓，却发现这一带已经被民警封锁了。瑞莎和他父母被带到了医院，埃蕾娜因为休克在接受治疗，瑞莎正在生死关头，而左娅不见了。

到达市第三十一急救中心，里奥踩了刹车，把车扔在路边就走下车了——门开着，钥匙还插在点火器上。他跑进医院里面，帖木儿跟在身后。每个人都盯着他，里奥的模样和散发的味道让他们惊讶万分。里奥冷眼以对众人围观的场景，不断问路，最后来到手术室，瑞莎正在里面挣扎求生。

手术室外面有个医生正在解释，说瑞莎从很高的地方摔了下来，造成了体内出血。

——她有救吗?

医生没法确定。

走进埃蕾娜接受治疗的私人病房，里奥看到他父母正站在床边。安娜的脸用绷带包扎了，史蒂芬好像没受伤。埃蕾娜在睡觉，她小小的身躯在医院的白色病床上沉睡。当埃蕾娜得知左娅被带走之后，就变得歇斯底里，所以医生给她打了一针中效镇静剂。里奥脱下他沾血的手套，握住埃蕾娜的手，怜爱地将其贴到脸上，想告诉埃蕾娜他是多么抱歉。

帖木儿把一只手放在里奥肩上。

——弗洛尔·帕宁来了。

里奥跟着帖木儿来到办公室，这是帕宁和他全副武装的手下征用的。办公室的门锁着，必须要先报上名字才能进去。办公室里面还有两个全副武装的警卫。尽管帕宁镇定自若，衣着整洁如往常，但增派警卫的做法还是证明了帕宁心中的害怕。帕宁察觉到了里奥的眼神。

——每个人都很害怕，里奥，至少每个有权力的人都很害怕。

——你和拉扎尔的抓捕行动没有关系。

——事情已经远远不是你当初推测的那样了。如果这次行动触发了一系列报复行动呢？如果每个受冤枉的人都要寻求报复呢？里奥，以前没发生过这种事：对我们国家安全部门的工作人员进行报复迫害。我们还不知道接下来会发生什么。

里奥仍旧沉默，他注意到帕宁的注意力并没放在瑞莎、埃蕾娜和左娅的安危上，他考虑的是更深远的推论。他是精于此道的政客，处理的是国家、军队、边境和各行政区的事务，没有和单独的个人事务打过交道。帕宁富有魅力、幽默风趣，但他也有冷静客观的时候，比方说在这种普通人都会说上一两句安慰话的时候。

有人在敲门。警卫拿起枪。门外有个声音传来：

——我找里奥·德米多夫。有封信需要让他签收。

帕宁对警卫点点头，警卫小心谨慎地打开门，手里的枪一直举着。一个警卫拿过那封信，另一个警卫对送信人搜身，结果一无所获。信封送到了里奥手里。

信封外面画了个精致的十字架，里奥撕开信封，掏出里面的一张信纸。

圣索菲亚大教堂

半夜

独自前来

3月15日

午夜十二点三十分，里奥等在圣索菲亚大教堂曾经存在的地方。圆顶和礼拜堂都不存在了，那里现在是一块巨大的土坑，十米深、二十米宽、七十米长。四周有一面墙坍塌了，形成一个不平坦的斜坡，一直通到下面泥泞的地坑，地坑里的雪是褐色的，冰是黑色的，水也带着淤泥。剩下的几面墙朝坑内侧倾斜，也快坍塌了，感觉像是一张嘴包裹着一条巨大的黑色舌头。从1950年开始，这里就没有再施工了：这里是没有施工的工地，早已关闭密封起来。铁栅栏周围是褪色的指示牌，警告人们不要靠近。最开始拙劣的爆破行动弄死了一位爆破专家，伤了几个围观群众，之后教堂成功地被拆除了，废弃的瓦砾用卡车拉走清理掉，倾倒在城外，和野草做伴。然后开始计划的预备工作，这里要建成全国最大的水上运动中心，包括五十米长的游泳池，以及一系列的桑拿浴室，一间给男人用，一间给女人用，还有一间用大理石修建，给政府官员用。

媒体的集中宣传在力度上可谓疯狂。水上运动中心的设计图一再在《真理报》上刊登，影院里播放的电影中也加入了一段宣传片，在粗糙的浴室画像上附上了真人的影像。正当宣传机器全力开动的时候，建设工作却戛然而止。这块地就在河边，地质条件不稳定，容易滑坡。这块地的地基已经开始移动撕裂，高层后悔没有事先检查这些古老的地基，就把教堂给推倒，搁置不管。国家的顶尖专家都被召集到一起，经过仔细商量之后，他们宣布这块地不适合修建运动中心，除非铺设更深的管道和排水渠的网络，必须在教堂原有基础上挖掘更深。这些专家被解雇了，高层换了一些更长袖善舞的专家，他们从不同的角度仔细考虑后，宣布问题解决了，只是需要多一点儿的时间。这就是政府想听到的答案，他们不想承认错误。这些专家最后住在奢华的公寓里，在那里他们画图纸、抽雪茄、随随便便地计算。同时，挖出的深坑在秋天灌满雨水，在冬天堆满雪花，在夏天飞满蚊子。影院的宣传片被撤下，精明的公民意识到忘记这项工程是最好的选择，而粗心大意的公民则挖苦说三百年的教堂最后变成了一个大水坑。1951年夏天，里奥就逮捕过一个说这种挖苦话的人。

里奥看了看表，他已经等了一个多小时了。他浑身发抖，筋疲力尽，快要失去耐心，几近发疯。他不知道瑞莎是不是在手术中挺了过来，现在没法联系，他什么都不知道。毫无疑问，离开瑞莎来见拉扎尔的决定是正确的。里奥待在医院也做不了什么。不管左娅多么恨他，不管左娅表现得怎么样，不管左娅多么希望他死，里奥都对左娅负有责任，他承诺过要履行的责任，这和左娅是否爱他无关。为了准备这次会面，里奥回家洗澡，把下水道的味道洗掉了，然后脱下制服。里奥的双手在医院的时候就包扎了，他拒绝打止痛药，担心止痛药会让自己变得迟钝。出门的时候里奥换上了一套便服，因为他意识到权力机关的痕迹有可能会刺激到这位报仇心切的神父。

里奥听到一阵声音，他转身搜寻黑暗中的对手。从栅栏围墙中可以隐约看到附近大楼的灯光，那些贵重的机械——起重机、挖掘机——就被丢弃在这里直到生锈，没人敢承认错误，重新把这些机械调配到可以发挥作用的地方。里奥又听到一阵声音：是金属撞击石头的声音。声音不是从建筑物内部传出来的，而是从河那边传过来的。

里奥小心翼翼地来到石墙边，犹豫不决地探头看水里有没有什么东西。离里奥不远的地方，有只手从水里伸了出来。接着一个男人机敏地浮了起来，在石级上坐了坐，然后跳到下面的建筑工地上。他旁边还有一个男人也爬了上来。他们从下水道出口爬上来，翻过石墙，他们的动作像受到惊扰的一群蚂蚁对威胁做出的反应一样。里奥认出了那个小男孩儿，他就是杀死大牧首的凶手。男孩儿爬了上来，熟练地用手指和脚趾在石墙的砖上攀登。看到男孩儿敏捷的动作，就不会惊讶他为什么能从湍急的水流里逃生了。

这伙歹徒检查了里奥身上有没有武器。这里有七个男人，外加那个男孩儿，脖子和手上都有文身。他们身上的衣服有的很简洁，而有的就破破烂烂的，很不搭配，好像他们的衣服是从一百个人的衣柜里挑选组合起来的。他们的外表没有疑问了。他们是黑手党的成员，在古拉格里面建立起了兄弟般的友谊。就算里奥工作多年，他也极少碰到黑手党。黑手党认为自己不受政府控制。

黑手党的成员散开检查了周围的环境，确保安全。最后男孩儿吹了声口哨，宣布警报解除。这时两只手出现在石墙上，拉扎尔爬了上来，他的身形屹立在黑手党成员之上，显现于河对岸的灯光之下。不，这不是拉扎尔，这是个女人——阿尼西娅，拉扎尔的妻子。

阿尼西娅的头发已经剪短了，她现在神色坚毅，面孔和身体曾有的柔软成分已经荡然无存。尽管如此，她现在看起来比以前更具活力，更有斗志，形象更鲜明，身上好像也散发出强大的能量。阿尼西娅穿着宽松的裤子、开襟衬衫，还有一件厚厚的短外套——着装上非常像她丈夫。她像土匪一样，在皮带上别了一支枪。从她扬扬得意的位置上，她可以俯视里奥。阿尼西娅为自己的到来吓到了里奥而得意。里奥只能挤出一个词，她的名字。

——阿尼西娅?

阿尼西娅笑了。她的声音沙哑低沉，之前的优美声调不见了，那个之前在丈夫的唱诗班里放声高歌的女声，已经不在了。

——那已经不是我的名字了。我的人都叫我弗瑞拉。

她从石墙上跳到离里奥不远的地方。她笔直地站着，专心研究起眼前的这张脸。

——马克西姆……

她用里奥当年的化名来称呼他。

——回答我的问题，别撒谎。你多久想起我一次？每天吗？

——老实说，不是。

——每周想起我一次？

——不是。

——每个月……

——我不知道……

弗瑞拉任由里奥的声音逐渐变小，直到变成尴尬的沉默。然后她才说道：

——我保证，你的受害者每天、每个早晨、每个晚上都会想起你。他们记得你的气味，记得你的声音——他们会清楚地记得你的样子，就像我现在这样。

弗瑞拉抬起右手。

——当时你跟我提议要我离开丈夫的时候，碰的就是这只手。难道那些话不是你说的？我应该让他死在古拉格，而自己溜到你的床上？

——我那时还年轻。

——是的，你年轻过。很年轻，但仍然用权力来压迫我和我的丈夫。你是个被宠坏的男孩儿，比十几岁的小屁孩儿好不了多少。你以为自己做了件高尚的事，把我拯救了。

这是她演练了上千次的谈话，每个字都被七年的仇恨削得尖锐无比。

——我运气好，逃了出来。如果我当时害怕了，犹豫了，我最后就会成为你的妻子，一个MGB特工的妻子，成为你犯罪的帮凶，一起承担你的罪行。

——不管怎么说，你都有理由恨我。

——我恨你的理由比你想象的更多。

——瑞莎、左娅、埃蕾娜，她们和我的错误没有关系。

——你的意思是她们是无辜的？对你这样的特工来说，什么时候她们变得这么重要了？你逮捕过多少无辜的人？

——你打算把所有伤害过你们的人都杀死？

——我没有杀死苏伦，我没有杀死你以前的领导尼古拉。

——他的两个女儿都死了。

弗瑞拉摇摇头。

——马克西姆，我可是铁石心肠的人，不会流泪。尼古拉又懦弱又自负，我本来猜想他应该会在深切的悲痛中死去。但他现在的情况，在给政府的报告中，肯定比自己上吊自杀的情形要严重得多。

就像圣索菲亚大教堂被摧毁，由漆黑深邃的地坑取而代之一般，里奥想知道她是不是也有同样的变化。她的道德基础也被摧毁了，取而代之的是黑暗的地狱。

弗瑞拉问道：

——我想你已经明白了这些人之间的联系了吧，印刷社主任苏伦、尼古拉、大牧首和你？你认识尼古拉：他是你以前的领导。大牧首是让你渗透到我们教堂的人。

——苏伦以前也在MGB工作，但我不认识他。

——我被审讯的时候，他是警卫。我想起了他以前踮着脚朝牢房里看的情景。我想起了他的头，他用那双好奇的眼睛窥视牢房，像是偷偷溜进了电影院一般。

里奥问道：

——这话是什么意思？

——无辜的人生活在地下，生活在城市的阴暗面中，而同时那帮恶棍却住在温暖的公寓里。这个世界颠倒了：我只是要把世界摆正罢了。

里奥大声说道：

——那么左娅呢？你要杀她，杀一个不喜欢我的女孩儿？你要杀死一个和我生活在一起只为了不让妹妹在孤儿院受折磨的女孩儿？

——你想打动我同情心的方法不对。阿尼西娅已经死了，她的孩子被政府夺走的时候她就死了。

里奥不太明白，为了解答里奥的疑惑，弗瑞拉又说道：

——马克西姆，你逮捕我的时候，我已经怀孕了。

像是在外科医生的精确操作下，弗瑞拉撕裂了这个新的伤口，并将其暴露出来，看着伤口流血。

——你根本没花时间来调查拉扎尔身上发生了什么事，你根本没花时间来调查我身上发生了什么事。如果你看过记录的话，你就能发现我入狱八个月之后生了个小孩儿。我被获准养育自己的孩子到三个月，然后他们就把孩子夺走了。他们跟我说忘了这个孩子吧，我永远也见不到他了。后来我出狱了，斯大林死后我得到了赦免，然后我就去找我的孩子。他被送到孤儿院里，但是改了名字，所有关于我这个妈妈的记录都被抹去了。他们跟我说，程序就是这样。失去孩子是一件事，还有一件事就是知道你们还活着，活在某个地方，却毫不在意我的存在。

——弗瑞拉，我不能违抗国家，必须服从命令。我错了，那些命令也错了，国家也错了。但是我改了。

——我知道你做的改变。你没在克格勃里面工作，现在是民警了。你处理的是真正的犯罪，而不是政治上的犯罪。你还收养了两个美丽的女孩儿。你觉得这就是赎罪，对吧？这些对我有什么意义？你欠我的债又怎么算？你欠那些你逮捕的男男女女的债又怎么算？又该如何补偿？你打算造一座朴素的石雕像来纪念死去的人吗？你打算把我们的名字刻在一块黄铜饰板上，还得用很小的字来写才能写下，是这样打算的吗？这样就够了？

——你想杀我报仇？

——我想过很多次。

——那就杀了我，放了左娅，放过我妻子。

——你的死能够救她们的话，你会很高兴的。这会让你变得光荣，以前的罪行也可以一笔勾销了。你还以为你可以像个英雄一样继续生活？脱掉衣服。

里奥保持沉默，不确定自己听清楚没有。弗瑞拉重复了一遍指令。

——马克西姆，脱掉衣服。

里奥脱去帽子、手套、外套，把它们扔在地上。他解开衬衫扣子，身子在寒风中打战。里奥把衬衫放在面前的衣服堆上，弗瑞拉抬起手。

——够了。

里奥站在那儿，浑身发抖，双手放在身旁。

——你也感觉到晚上的严寒了，马克西姆？这里的严寒完全没办法和科力马地区的严寒相比，那里是全国最冰冷的角落，是你把我丈夫发配去的地方。

让里奥吃惊的是，弗瑞拉也开始脱衣服，脱去了外套、衬衫、露出了她的胴体。她皮肤上全是文身：左乳房下面有一个、肚子上有一个，胳膊、手、指头上都有文身。弗瑞拉向里奥走近。

——你想知道我这些年是怎么过的吗？你想知道一个女人，神父的妻子，是怎么执掌黑手党的吗？答案写在我的皮肤上。

弗瑞拉的裸体看起来很自然。她托着乳房举了起来，让里奥注意到上面的文身，是一头狮子。

——这意味着我会向所有对我们有罪的人报仇，从律师到法官，从监狱警卫到人民警察。

弗瑞拉的胸膛中央，双乳之间的地方有个十字架文身。

——这个十字架和我丈夫没有关系，马克西姆——这代表了我作为黑手党首领的权威。也许你明白这个文身的意思。

弗瑞拉碰了碰肚子上的文身。上面是一个怀孕的妇女——她伸出来的肚子上画了个横切面，里面不是胎儿，而是有刺的铁丝网，一圈圈地缠在一起，像一根锯齿状的长脐带。

——马克西姆，你的皮肤像婴儿一样白啊。对我，对我的人来说，白皙的皮肤代表背叛。你的罪行在哪儿？我一点儿痕迹都看不到，我没在你身上看到记号，我没看到罪行写在你身上。

弗瑞拉又走近一步，她的身体几乎要碰到里奥了。

——我可以碰你，马克西姆。但是如果你动我一根手指头，你就死定了。我的皮肤就是我的权威。你碰我就是在攻击我，侵犯我的权威。

弗瑞拉按着里奥，低声说道：

——七年后，轮到我来给你提供机会了。拉扎尔还在科力马地区，在一座金矿里工作。他们不肯释放拉扎尔，因为他是神父。神父又被人仇恨了，现在没有战争，国家也不需要他们来帮忙宣传。他们对拉扎尔说，他必须服完全部刑期——二十五年。我要你把他弄出来。我要你改正这个错误。

——我没有这种权力。

——你有关系。

——弗瑞拉，你把大牧首给杀了。他们还把尼古拉和莫斯克温两个特工的死算到你头上。他们不会和你谈判，也不会释放拉扎尔。

——那你就得另外想办法把他弄出来。

——弗瑞拉，行行好，你要是一周前问我的话，也许这事还行得通。但在你杀了这么多人后，已经没可能了。听我说，我会为左娅做任何事情，只要在我的能力范围内。但是，我不能释放拉扎尔。

弗瑞拉倾身低语道：

——记住，我能碰你，但你绝不能碰我。

警告之后，弗瑞拉便亲吻里奥的脸颊。一开始她的牙齿轻轻地咬着里奥的皮肤，然后慢慢变重，逐渐增加力道——咬出血来了。疼痛是剧烈的，里奥想把弗瑞拉推开，但如果他碰到弗瑞拉的话，她就会杀死里奥。里奥什么都做不了，只能承受疼痛。最后弗瑞拉张开嘴，后退一步，欣赏起里奥脸上的咬痕。

——马克西姆，你有了第一个文身。

弗瑞拉的嘴角还带着血，她最后说道：

——放了我丈夫，否则我就杀了你女儿。

三——周——后

苏联西太平洋领海，鄂霍茨克海，老布尔什维克号监狱船

1956年4月7日

格里科·杜瓦金军官站在甲板上，正在用牙齿扯下粗糙的手套。他的手指已经冻僵了，反应不灵。他对着手掌哈了一口气，又摩擦双手，想恢复血液循环。暴露在刺骨的寒风中，格里科的脸已经没什么知觉——他的嘴唇没有血色，而是被冻成了青色。他最外面的鼻毛结冰了，一捏鼻孔，脆弱的鼻毛就像细冰柱一样粉碎了。格里科能忍受这种不适，是因为他帽子保暖的效果好极了。帽子是用驯鹿皮缝制的，缝制的人对此认识深刻：穿戴者的寿命取决于自己的手艺。三个长长的帽边包裹住了他的耳朵和后颈。连帽耳罩紧紧地系在下巴上，让他看起来像是为了抵御寒风而裹得严严实实的孩子，他那柔美又带有稚气的外表更加重了这种印象。满含咸味的海风猛吹过来，也没能摧毁他光滑的皮肤。就算饮食糟糕，睡觉不足，他丰满的脸颊也可以保持弹性。格里科二十七岁了，别人常常觉得他比实际年龄年轻，但这种身体上的年轻并没有给他带来多少好处。在这艘臭名昭著的老布尔什维克号监狱船上，格里科本该威严凶恶，但他却是个空想家，一点儿也不像个警卫。

老布尔什维克号是一艘服役多年的船只，大小差不多像一艘工业用的驳船。它曾经是一艘被海水侵蚀的荷兰蒸汽轮船，二十世纪三十年代的时候苏联购买了这艘船，由苏联秘密警察部门重新改造，还改了名字。这艘船本来是荷兰用于殖民地出口商品的——象牙、辛香和外国水果——现在他们却用这艘船来运送人到古拉格里面的死亡劳改营里。船上有一座四层高的中央舰塔，里面

是警卫和船员使用的宿舍。舰塔最高处是舰桥，是船长和船员操纵船的地方。他们是独立于警卫的一小群紧密团体，对船上的事情固执地选择无视，假装这些事情和他们毫无关系。

船长打开门，从船舱里走出来，望着身后延绵无际的海面。他对甲板上的格里科打了个招呼，点点头然后宣布道：

——解除警报！

他们穿过了拉彼鲁兹海峡[1]，那里是整个旅程中最靠近日本岛屿的地方，最有可能引发国际纠纷。他们预先做了准备，让这艘船看起来顶多是艘民用货船。中央甲板上的重机枪被拆了下来，警卫也在制服外面穿了长大衣。格里科一直没完全搞明白，他们为什么要费这么大功夫在日本渔民偶尔投来的视线中隐藏自己的真面目。无所事事的时候，格里科甚至想知道日本是不是也有同样的监狱船，船上也有和他一样的人。

格里科重新装配好重机枪，他把枪筒对准加固的钢质舱口盖。舱口盖下面一片黑暗，里面有像火柴盒一样的床位，挤了五百人——这是他们第一次把罪犯从南边太平洋沿岸的纳霍德卡港口递解到北边的科力马地区。尽管两个港口处在同一片沿海区域，但两者之间的航线非常长。从陆地上没法到达科力马地区，只能坐飞机或者坐船。马加丹州的北部是古拉格的入口，他们像孢子一样沿着科力马地区的公路蔓延，深入山脉、森林和矿脉之间。

五百人是格里科管理过的最少装载人数。斯大林统治的那些年里，装满罪犯的火车会持续不断地往为了过冬而建立的临时营地里送人，但在冬天轮船无法出海，所以每年的这个时候这艘船经常会装载四倍于五百的人数，才能减少临时营地里积压的犯人。鄂霍茨克海只有等浮冰融化之后才能通航，一到十月海面又结冰了。出海的时机不当，就会让船陷在冰里。格里科听说过有的船在冬天起航太晚或是在春天出海太早的事情，那些船没法掉头，也没法到达目的地，上面的警卫只能准备逃亡，拖着装满肉罐头和面包的雪橇，长途跋涉穿过冰面。而那些犯人就被丢弃在船上，要么饿死，要么冻死，看哪个先来。

现在不允许让犯人挨饿受冻，也不允许草菅人命，把尸体扔到海里。格里

① 俄罗斯库页岛与日本北海道之间的国际水道。日本称宗谷海峡。

科没读过赫鲁晓夫谴责斯大林和古拉格制度被滥用的秘密报告，但他非常害怕，有流言说这份报告是想把那些反革命分子给钓出来，这种花招是要人们放松警惕，加入批判当中，最后政府再逮捕他们。格里科不相信这种理论：好像真的改变了。长久练习而成的暴力和没有责任感的冷漠现在被一团糨糊的同情心代替。在这个递解船里的犯人都已经被重新审核过。几千个本来判决要去科力马地区的人突然获得了自由，回归文明地区，速度和他们当初被带走的时候一样快。那些被释放的人——其中大多数女人在1953年大赦的时候就获得了自由——坐在海边，望着海面，手里攥着释放的时候发放的定额口粮：五百克的黑麦面包，让他们撑到回家。对大多数人来说，家都在千里之外，没有资产，没有现金，身上只有破烂的衣服和获得自由时发放的面包。他们盯着海面，无法想象他们没有被枪决，反而可以自行离开的情景。格里科以前在海岸线上驱赶过这些人，仿佛他们是烦人的鸟儿一般。他叫这些人回家去，却没办法跟他们说怎样回家。

格里科的领导害怕了好几周时间，他担心他们会在审判之前就被带走。为了表现自己已经洗心革面，他们对大量案件进行了复审，彻底检查了规章制度，紧张不安地向莫斯科表示：他们紧跟步伐，追上了公平的新潮流。格里科早已磨平了棱角，服从命令，不问为什么，也不发表自己的观点。领导要求他严厉他就严厉，领导要求他宽和他就宽和。不过因为他长着娃娃脸，所以他更擅长于保持宽和而不是严厉。

根据第58号命令，几千名政治犯被判刑，那些男男女女说错了话、做错了事、出现在错的地方或者认识错的人。老布尔什维克号运送过这么多人之后，现在有了新的使命——运送严格挑选的犯人，而且只运送那些最暴力、最危险的犯人。每个人都同意这点：这些人绝无被释放的可能。

老布尔什维克号漆黑而臭气冲天的船腹里装满了五百个杀人犯、强奸犯和小偷。里奥正躺在狭窄而摇晃的顶层铺位上休息。他的肩膀抵在船壳上，船壳外面就是广阔无垠的大海，冰冷的海水被一片钢板挡在外面，而这片钢板还没他大拇指甲那么厚。

同一天

空气中散发出腐臭的味道，蒸汽发动机牢固地放置在隔壁舱室里，正发出沸腾的声音，引发一阵颤抖。犯人没法接近蒸汽机，但蒸汽机散发出的热量却能穿透木墙，这是在这艘船最初设计上的粗陋补充。刚出航的时候船舱温度接近零度，犯人都拼了命地争夺最靠近蒸汽发动机的铺位；过了一些日子，温度升高之后，还是那些犯人，他们又开始争夺远离蒸汽发动机的铺位。这里的船舱被狭窄的走廊划分为一个个格子，走廊两边都设有高高的木头铺位，辅助货舱被改装为蜂巢一样的宿舍，上面挤满了犯人。里奥分到的是顶层的铺位，这是他斗争抵抗之后得到的奖赏，这个高度可以让他远离地板上四溅的呕吐物和粪便。越弱的人铺位越低——仿佛他们在过滤中摇晃，被分成了几层。上一周，煤油灯还在满满的油灰中照射出微弱的光芒，宛如穿透城市浓雾的星光。但现在煤油都耗尽了，只剩一片漆黑，就算里奥挠脸他也看不见自己的双手。

今晚是出海的第七晚。里奥尽可能地数着日子，尽可能地把少而又少的厕所之旅当成重拾时间概念的机会。甲板上架了一挺机关枪，直对着他们。犯人排队使用船身上本该安装锚的洞来上厕所，直接拉到海里。为了在波涛起伏的海上、冰冷肆虐的风中保持平衡，他们只得用蹲着的姿势移来移去，整个过程仿佛一出糟糕的哑剧。有的犯人没法起身去排队，内急的时候忍不住了，就拉在自己身上。他们睡在自己的排泄物上面，一直等到排泄物变得硬邦邦的，才挪挪身子。干净对人心理上的重要性不言而喻。一个人在这里待上七天之后就有可能失去理智。里奥安慰自己，这种环境只是暂时的，他主要关心的是如何维持自己的体力。很多犯人在几个月的押送途中体质变弱，肌肉因为缺乏运动以及糟糕的饮食而变软，精神因为在矿山里劳改十年的前景而崩溃。里奥有规律地锻炼身体，让肌肉保持绷紧状态，把精神集中在手头的任务上。

里奥和弗瑞拉在圣索菲亚大教堂的工地上见面之后，返回医院发现瑞莎手术成功，医生有信心让瑞莎完全康复。瑞莎醒来后，第一件事就是问左娅和埃蕾娜的下落。看到她苍白虚弱的神色，里奥保证他会全力寻找被绑架的左娅。他把弗瑞拉的要求跟瑞莎解释了，瑞莎只说了一句话：

——不惜一切代价去做。

弗瑞拉统治着一个黑手党。里奥能够分辨出来，弗瑞拉不是小兵——而是党魁。黑手党成员通常歧视女人，他们可以写歌来歌颂对母亲的热爱，杀死侮辱他们母亲的人，但他们从未建立起男女平等的信念。某种程度上，神父的妻子活在丈夫的阴影下，本该协助丈夫的事业，但弗瑞拉竟然打入了黑手党之中，更令人震惊的是她还爬到了党魁的位置。弗瑞拉和她的仪式合为一体：身上文满了文身，本名也扔到一边，换上了黑手党用的绰号。黑手党的高度保密性庇护了弗瑞拉，让她的复仇行动隐藏在小偷和黑市交易当中。如果说一开始她的目的就是复仇，那么她选对了自己的盟友。这种黑手党是政府唯一不能控制的组织，没有办法渗透进他们的高层，花费的时间太长了——需要派特工卧底很多年，还得用杀人强奸的罪名来当投名状。政府不是找不到合适的卧底，但他们觉得与其这样做还不如眼不见心不烦。这些罪犯被他们自己内部封闭系统的忠诚和荣耀激励，没人对政治感兴趣，直到弗瑞拉的出现。

如果弗瑞拉释放她丈夫的要求在这些命案出现之前提出，那还有转圜的余地。赫鲁晓夫的报告发表后，刑罚制度出现了剧变，对拉扎尔二十五年的徒刑，里奥可以申请特别豁免权，让他免除刑罚或者早点儿释放。可能出现的难点在于赫鲁晓夫又发起了反宗教运动，但在发生了这些命案之后，根本没办法释放拉扎尔，没办法达成协议。弗瑞拉是恐怖分子，就算她没绑架左娅，她都要被通缉处决。弗瑞拉的黑手党被定性为反革命组织，更糟糕的是她从不收敛杀戮的欲望。在绑架左娅之后的几天里，弗瑞拉的手下谋杀了好些政府官员——这些人都在斯大林时代当过官。当中有的人还遭受了折磨，就像他们之前折磨别人一样。反思了自己的罪行，权力高层害怕了，他们要求处决弗瑞拉黑手党的每个成员，以及所有协助黑手党的人。

幸运的是，里奥的领导弗洛尔·帕宁是个雄心勃勃的人。尽管克格勃和民警在莫斯科发动了最大规模的搜捕行动，但他们还是找不到弗瑞拉和她手下的一丝踪迹，要求将其抓捕归案的呼声只得到了行动失败的回答。报社对这些事情只字未提，只选择性地报道了这些命案之后一段时间里的工业统计数据，似乎这些数据可以扑灭大街小巷蔓延的流言。政府官员把家搬到了城外，大家纷纷递交了休假的申请，事态变得无法控制。帕宁觊觎着将弗瑞拉抓捕归案的荣耀感，这种荣耀感是英雄降妖除魔的披风。所以帕宁把拉扎尔当作诱饵，在政府没打算赎罪之前，他们不能通过正常渠道释放拉扎尔，唯一的选择是越狱。帕宁暗示他们的计划有强大的盟友，大权在握的人会默许计划的进行。

拉扎尔是科力马地区第57号古拉格的囚犯。在这里逃跑全无可能，没人成功过。古拉格的安全措施比他们的居住地好不了多少：围场外面没有生路。徒步横穿广阔无情的土地，生还的希望微乎其微。拉扎尔一旦失踪，就会被宣布死亡。有了帕宁帮忙，进入古拉格就是件简单的事，伪造必要的书面文件，把里奥变成一名罪犯就能做到。但是，离开古拉格就没那么容易了。

船身传来一阵颤抖，船首转了方向。里奥马上坐了起来，他们撞到冰山上了。

同一天

格里科冲了出来，看着舷侧。一大块沉入海面的冰山缓缓漂过，露出水面的部分还没有一辆轿车大，大部分冰山都在水下，看起来仿佛巨大的暗蓝色阴影。船身好像完好无损，下面的犯人还没有大声呼叫。海水没有渗透进来，格里科察觉到驯鹿皮帽下面渗出了汗水，他向船长打了个手势，危险已经过去了。

今年最开始的几次航行中，船首偶尔会撞上残余的冰山，让老迈的船身发出不祥的声音。过去这些碰撞会让格里科胆战心惊，老布尔什维克号是一艘病痛缠身的船：不运送用于商贸的货物，只适合押送犯人——连在海中划出一条道都很勉强，更不用说和冰山碰撞了。船的设计时速为十一节，但烧煤的蒸汽机仿佛喘着粗气的老骡子，没办法让船速高于八节。唯一的烟囱安置在船尾，多年来煤烟都从这里排出，变得越来越黑、越来越浓，船也行驶得越来越慢，嘎吱声也越来越响。但尽管船的健康每况愈下，格里科还是渐渐克服了对海洋的恐惧。他能在暴风雨中入眠，在刀叉、碟子在桌子两边撞来撞去的时候吃饭。这不是因为他变得勇敢，而是因为他的恐惧被另一样东西深深地占据了——对他警卫同事的恐惧。

格里科第一次出海的时候犯了个没法弥补的错误，让他的同事一直都没原谅他。在斯大林时代，警卫常常和惯犯串通一气。他们会把一两个女犯人带到男犯人的牢房，有时女犯人会因为给予食物的虚假许诺而合作，有时她们被打了麻醉药，有时她们被强拖过去，一路挣扎、大吼大叫——这取决于罪犯的口味，很多罪犯像喜欢性交一样喜欢扼杀女人的反抗。而作为交易，警卫得到了有关政治的信息——坐实反政府罪行的证词。罪犯会报告谈话内容，诉说偷听来的事情，警卫在船靠岸的时候，就已经把这些信息编译成了有价值的书面揭发材料。作为小小的奖励，警卫最后会蹂躏那些不省人事的女人，这种效忠仪式从古拉格制度建立以来就存在了。格里科礼貌地拒绝参与，他没有威胁说要告发他们，或是表现出任何不满，他只是轻轻一笑，说道：

这不适合我。

这句话让格里科无比后悔，从那时开始他就被排挤，过了一周他才意识到这点。这种状况持续了七年，有时候，格里科困在甲板上，周围都是大海，他会因孤独而发狂。并不是所有警卫都一直参与了强奸，但所有警卫都在部分时间参与过。只不过格里科没机会纠正自己的过失，一开始的错误立场带有侮辱意味，别人听起来的意思并不是我今天不想做这事，而是这种事是错误的。有时格里科在夜色中的甲板上散步，想找人说说话时，转身一看却看到其他警卫都聚在离他很远的地方。漆黑中格里科只能看到他们燃烧的香烟，红色的烟头在格里科眼里看来，宛如充满仇恨的眼睛。

格里科不再担心大海会将这艘船吞没，或是冰山会把船壳撞裂的事情。他的恐惧变成了这样的场景：某天晚上他从睡梦中惊醒，双手双脚被其他警卫紧紧抓住，像那些女人一样被拖出去，格里科一路挣扎，大吼大叫，然后被他们从船侧扔进黝黑冰冷的大海里，格里科只能绝望地挣扎一两分钟，看着船上的灯光渐行渐远。

七年来他第一次不被这种恐惧困扰。船上整个警卫队都换掉了，也许他们的消失和最近对劳改营兴起的改良之风有些关系。格里科不知道，这无关紧要：他们消失了，都消失了，除了格里科。格里科一个人被抛下，幸运地排除在这种变化之外。排挤第一次给格里科带来好运。他发现自己处在一堆新警卫中，没人讨厌他，没人了解他。他又成了新来的，匿名的感觉太棒了，格里科仿佛在病入膏肓之际又起死回生。眼前就是个重新开始的机会，他打算全力以赴，确保自己成为整个队伍的一分子。

格里科转头看着甲板那边，有个新来的警卫正在那儿，一边吸烟一边凝视黄昏的天空。毫无疑问，这人是被碰撞的噪声引到外面来的。这是个身材魁梧的男人，快四十岁了，身上透露出领导的气度。这个人——雅科夫·梅辛——在航程中很少说话，他不爱说自己的事情，格里科也不知道雅科夫会不会继续在船上工作，或者说这只是他到另一个劳改营的例行航程。他对犯人粗暴，在其他警卫面前讳莫如深，打牌技巧高超，运动神经发达。毫无疑问，如果要像上一艘船的警卫那样形成圈子，那这个圈子会以雅科夫为中心。

格里科穿过甲板，向雅科夫点头示意，指了指雅科夫手上的廉价香烟盒。

——能给一根吗？

雅科夫递过香烟盒和打火机。格里科紧张地抽出一支烟点燃，深深地吸了一口。烟味让喉咙难受，格里科很少吸烟，但他努力表现出很享受的感觉，想和雅科夫一起分享快乐。格里科得赶紧给人留下好印象，但他一句话都没说出口。雅科夫都快要吸完了，他马上就要回船舱里，这种机会不会再有了。就他们两个人——此刻便是说话的时机。

——这次航行蛮平静的。

雅科夫什么都没说。格里科往海里抖抖烟灰，继续说道：

——你是第一次？我是说，第一次出海？我知道你是第一次到这艘船上来，但我想知道，说不定，你以前……在其他船上干过，类似于这样的差事。

雅科夫以问代答：

——你在船上干了多少年了？

格里科笑了，雅科夫的回答让他如释重负。

——七年。时过境迁，我不知道是不是变得更好，这种航行以前是……

——怎么说？

——你知道的……各种……美好时光。你明白我的意思？

格里科笑了笑，强调话中的讽刺意味。雅科夫却不为所动。

——不，你的意思是？

格里科不得不解释。他压低声音，低声细语地想把雅科夫诱导进自己的阴谋中。

——通常，每隔两三天，那些警卫——

——那些警卫？你就是警卫。

无心之失：格里科心底里觉得他不属于这个圈子，但现在他被问到这件事，于是他澄清道：

——我是说我，我们。

他强调了这个词——我们——然后又大说特说起来。

——我们跟那些犯人说，如果他们想跟我们合作，提供一份名单，一份政治犯的名单，看看哪些人说了傻话，那我们就根据这些信息给他们提供回报：酒精、烟草……女人。

——女人？

——你听说过"搭火车"吗？

——详细说说。

——男人排成一队轮流和女犯人搞。这样说吧，我总是在最后一节车厢，你懂的，就是由男人组成的火车，轮流排队。

格里科笑了。

——最后总好过没有，我觉得。

格里科停顿了一下，看看海面，双手放在臀部，仔细打量着雅科夫的反应。格里科紧张地重复道：

——总好过没有。

帖木儿·内斯特洛夫瞥了一眼黄昏的微光，研究这个年轻人的神情。格里科在吹嘘他的强奸史，他想得到表扬与鼓励，确信那个年代是美好时光。为了掩人耳目，帖木儿乔装为狱警，化名为雅科夫·梅辛。他不能站出来，他不能制造事端，他来这儿不是为了审判这个年轻人，不是为了替那些妇女报仇。但帖木儿很难不去想象，如果自己的妻子以罪犯的身份待在这艘船上，那会怎么样？以前她差点儿就被逮捕过。她很美，最终她也会被这个年轻人的欲望所支配。

帖木儿把烟头扔到海里，朝舱门走去。等到格里科在他身后大声喊他的时候，帖木儿已经快走到中央船舱的舱门了。

——谢谢你的烟！

帖木儿停下脚步，对这种礼貌和野蛮的杂糅状态感到好奇。在他眼中，格里科更像个孩子而不是男人，他像个孩子一样想给大人留下印象。格里科指了指天空。

——要下暴雨了。

夜色将至，远方的闪电勾勒出乌云的轮廓——宛如巨人拳头上的指关节。

同一天

里奥躺在黑暗中，聆听大雨撞击在甲板上的声音。船开始上下翻滚，笨拙地左摇右晃。里奥在脑海里勾勒出船的形状，想象在暴风雨中船要怎样才能稳住身子。这艘船又矮又胖，仿佛巨大的钢化拇指，又大又慢又牢固。除去蒸汽烟囱之外，唯一伸出甲板的部分就是中央船舱，那里是警卫和全体船员住的地方。这艘船的年龄让里奥放心了：在它服役的日子里，必定挺过了许多大风大浪。

一道大浪打在船侧，摇动里奥的铺位。浪花飞溅的场面仿佛就在眼前，甲板短暂地没入了海水中。里奥坐了起来，暴风雨越来越强，船猛烈倾斜的时候，他不得不抓紧铺位两侧。被摇出铺位的犯人开始大喊大叫，哭喊声回荡在黑暗中。睡得这么高似乎也有不好的方面，木头支架没那么结实。相比船壳，木头支架没有那么安全，铺位有可能倒塌，把上面的人都扔到地板上。里奥正准备爬下去，这时一只手抓住了他的脸。

风浪和骚动让里奥没注意到有人接近。这人呼吸的味道像腐叶一样，声音则很粗哑。

——你是谁？

声音中透露出威严，他应该是一伙歹徒的头目。里奥确定这人还有同伙：他的手下就在附近的铺位上，就在旁边，就在下面。没法打斗：里奥都看不清他要打的人。

——我的名字是——

那人打断了里奥的话。

——你叫什么我不感兴趣。我想知道你的身份，你为什么来这儿，来我们中间？你不是歹徒。但我看到你坐了起来，我看到你在锻炼，我知道你不是政治犯。政治犯藏在角落里，像婴儿一样哭喊着再也见不到家人了。你不是那种人，你让我们紧张，不知道你心里装了些什么。杀人越货之类的我倒是不在乎，我也不在乎你心里装的是圣歌、祷告或是美德之类的玩意。我再问一次，你是谁？

船在暴风雨中像玩具一样摇晃，但这男人似乎无动于衷。整个铺位都在晃动：唯一让其保持稳定的是铺位上面人的重量。犯人纷纷跳到甲板上，堆在别人身上。里奥试着和那人理论。

——暴风雨过去之后我们再来谈如何？

——为什么？你要做什么事吗？

——我得从这个铺位下去。

——你觉得呢？

刀尖抵住了里奥的腹部。

突然船身一抬，晃动非常猛烈，仿佛海神在船下伸出一只手，把他们推出海面，推向天空。但突然之间动作又停了下来，船不再向上冲，海洋之手四散开来，老布尔什维克号开始下落，跌进海中。

船首砸进水面，碰撞的力量让船出现了裂缝。像是约好了一般，所有铺位都裂开崩塌了。一时间里奥悬在黑暗的半空中，向下跌落，不知道自己会落在什么地方。他转身让脸朝下，伸出双手去撑地板。骨头咔嚓一声，里奥不确定自己是不是受伤了，骨头不知道有没有折断。他就这样静静地躺着，屏住呼吸，精神恍惚。他感觉不到任何痛苦，拍拍身下的地面，里奥意识到自己躺在另一个犯人身上，正好横压在那人胸口处。刚才的声音是那人肋骨折断的声音。里奥想去摸这人的脉搏，结果只摸到一块木头碎片，碎片刺进了那人的脖子里。

里奥挣扎着爬起来，这时船正在摇来晃去。有人抓住了他的脚踝。里奥担心这人是那个不知姓名面孔的歹徒头目，便用力将这人踢开，后来他才意识到这更可能是拼命想求救的人。可是他没有时间纠正错误了，船又扬了起来，像火箭一般冲向天空，比之前的角度更陡峭。粉碎的木头铺位到处移动，朝里奥滑过来，刺进他的身体。木头尖锐的碎片给他的胳膊和双腿造成了致命的刺痛。那些没法在倾斜的地板上抓稳的犯人滚了下来，木头和死尸仿佛雪崩一般，撞到里奥身上。

里奥被死尸和木头组成的墙压着，他努力在黑暗中拼命地想抓住什么东西来稳住身子。船倾斜成四十五度角的时候，有什么金属东西碰到了里奥的侧脸。里奥摔了下去，打了几个滚，最后撞到后面的墙上，那里是把犯人和蒸汽发动机分割开来的厚木板。墙上躺了四个从床上掉下来的犯人，等到船倒下来的时候，他们肯定会掉下来。这几个人在暗中摸索着，看能不能抓住什么东西，他们害怕又被抛到未知的地方去。里奥紧紧抱住船壳——船壳光滑而冰冷，没处可抓。船不再向上移动，暂时停在浪尖上。

里奥要摔下去了。他没有办法，身后的人都踩在他头上，快要把他压垮了。他什么都看不见，只能努力回想船舱的布局。甲板舱门的台阶是他唯一的机会。船自由下落，加速向下。里奥跳到了他觉得是台阶的地方。他撞到了坚硬的金属——金属台阶——并且成功地抓住了台阶上的栏杆，此时船首正好掉进水中。

第二次爆炸——像是大碰撞一般，势不可当。里奥确信整艘船都被撕开了，仿佛坚果壳被锤子砸碎一般。里奥本来等着水墙涌入，但他却听到木头破裂的声音，仿佛树干从中间断开一般。尖叫声四起，里奥的胳膊缠在台阶栏杆上，被猛地一拉，他确信胳膊已经脱臼了。但是水并没有漫进来。船壳完好无损。

里奥回头一看，看到有地方起火了。他不但能闻到烟味，还能看见火光。火光是从哪儿来的？发动机的噪声变大了，木板隔墙破了。发动机的舱室暴露在他们面前。舱室中间是红色光芒，四周是粉碎的木头碎片，以及扭曲的尸体。

里奥稍稍挪开视线，让自己的眼睛从永恒的黑暗中调节过来。船舱不再安全：犯人——刑罚制度下最危险的人——现在朝着船员的住处和船长的驾驶舱逼近，从机舱就能上去。维持发动机运行的船员身上全是煤灰，他举手投降。一个犯人朝那船员跳过去，把他扔到通红的发动机里。船员惨叫不已，空气中充斥着肉体燃烧的恶臭。他想挣脱发动机，但犯人很快按住他，幸灾乐祸地看着船员被活生生地烤熟，翻出白眼，唾沫横流。乐坏了的犯人喊道：

——占领船！

里奥认出了这个声音。这就是船舱里的那个男人，那个拿着刀子的歹徒头目，那个想置里奥于死地的人。

同一天

帖木儿摇来晃去，在老布尔什维克号狭窄的过道上歪歪扭扭地前进，不时撞到墙上。他正在爬向那两扇通往机舱的门，保证其安全。船从浪尖跌下来的时候，帖木儿正在舰桥上。船像是从海水组成的悬崖上跌落下来一般，从三十米高的地方直接砸到海水的谷底。帖木儿被弹射出去，飞越导航设备，摔在地板上，钢铁地板的回响声说明了这次撞击的强烈程度。帖木儿站起来，看向窗外，只能看到泛着泡沫的海水正朝他汹涌而来——视野中灰色、白色和黑色都混在一起。他知道船正在下落，一直沉到最低点，只有船首又被举起来朝向天空。

为了弄清楚遭受的损失，船长打电话到机舱，但没有反应——没人接。船仍然有动力，发动机也还在工作，船壳不可能破损。船向上的运动已经排出了大量海水，如果外船壳完好无损的话，那么失去联络的唯一解释就是木头隔离墙像嫩树枝一样被折断了。犯人不再安全：他们能进入机舱，爬上楼梯，到达舰塔。如果犯人爬了上来，他们就会杀死所有人，用反共产主义的宣传来做交换，在公海上寻求政治避难。现在的局面是：五百个犯人对五十个船员，这些船员中仅仅有二十人是警卫。

甲板下面的几层已经失去控制了。他们没法重新占领机舱，也不能救出在那里工作的船员。但是，还有可能把舱室封锁，把犯人困在甲板下面。从机舱往上有两个独立的出口。帖木儿正朝着第一个出口过去，另外一队警卫被分配到第二个出口。只要有一扇门打开了，只要有一扇门落入犯人手中，那整艘船就失陷了。

帖木儿左移右移，猛冲下最后一段楼梯，来到舰塔底部。第一扇门就在眼前，一直能看到过道尽头。门没锁，前后摇晃，在钢铁墙上撞出铿锵的声音。

船又向上倾斜，角度很大，帖木儿只能跪在地上撑住身子。沉重的铁门打开，帖木儿看到一大群犯人正从机舱爬上来，有三四十人的样子。他们相互看着对方：门差不多就在他们正中央，他们相互看着对方，中间的门就是自由和俘虏的界限。

犯人先出手。帖木儿马上还以颜色，从地板上爬起来，跑过去，冲到门口，这时犯人正在门那边从反方向用力推门。帖木儿没办法阻挡他们太久：他的腿正在向后滑。犯人快要冲过来了。帖木儿伸手去抓他的枪。

大浪打在船侧，让犯人从门那边掉了下去，而让帖木儿的重量压在门上。门砰的一声关上了，帖木儿把锁旋上夹紧。如果大浪打在船的另一侧，他就会摔到地板上，犯人就会像受惊的马群一样冲出来把他踩扁。门那边的犯人不甘心失去自由，用拳头拼命捶门，砰砰作响，还夹杂着他们的咒骂声。不过他们的声音越发微弱，反抗也趋于绝望。厚厚的钢门固若金汤。

帖木儿的轻松没持续多久，就被船那边传来的机关枪声打断了。犯人肯定通过第二扇门了。

帖木儿挣扎着跑过废弃的船员宿舍，在转角处看到两个船员蹲在地上开火。帖木儿来到他们的位置，掏出枪，朝着相同的方向开火。有很多尸体躺在他们和第二扇门中间的地板上，是被枪打死的犯人。有的人还活着，移动身体想求救。那扇至关重要的门直通到甲板下面，现在成为犯人仅存的突破点。门被中间突出的厚木板抵住，一直开着，就算帖木儿跑到门边，也没法关上门。那些船员很害怕，在漫无目的地射击，子弹在钢板上弹出火花，散布在过道里。帖木儿对船员示意，让他们压低武器射击。

甲板上的水洼宛如大海一般运动，从一边扫荡到另一边。犯人没法冲上来，只能躲在门后确保安全。在这个凶神恶煞的团队中，要找出二十多个甘愿牺牲生命冲出去控制过道的人非常困难。至少在警卫被制伏之前，很多人都会丧命。

帖木儿拿过一挺机关枪，瞄准木板突出的部分射击。他开火把木板打断，同时走了过去。木板被密集的火力打成了碎片，这下门就可以关上锁住，封上最后的突破点。帖木儿向前一跳，但还没抓到门把手，里面就又推出了三块木板。这下没办法关门了。子弹打完了，帖木儿只能后退。

这时又来了四个警卫，他们站在过道尽头，这下一共有七个人了——要阻止五百个犯人，这点儿力量真是少得可怜。因为一开始遭到了损失，所以犯人并没有发起第二次冲击。如果一部分人不打算牺牲生命的话，那这些犯人就没办法冲出来。他们肯定在策划其他的进攻方式。有个警卫低声说道：

——我们把枪举到门缝里射击！他们没有武器！这样他们就会放开木板：我们就能把船关上了。

三个警卫点点头，跑上前。

他们还没跑几步，门就被推开了。警卫一慌，就开火——但是没什么用。最前面的犯人把受伤的船员当肉盾：燃烧的身体像攻城锤一样被举起来，看不到皮肤，脸被烧焦了，传出尖叫声。

前面的警卫想后撤，子弹毫无作用地朝同事身上打去。犯人把肉盾朝那个警卫扔去，把他砸到地上。其他警卫又用枪对着犯人的脚踝射击，好些犯人倒下了，但是他们人太多了，移动又非常快，一个纵队的犯人继续前进，几分钟后他们就可能控制过道，从那一点蔓延到整艘船，这样帖木儿就可能被犯人的私刑处死。他的手不听使唤，没法开枪。六颗子弹要怎样去抵挡五百个犯人？简直是石沉大海。

帖木儿突然灵光一闪，转身冲向外面的门。打开这扇门外面就是甲板。他把门大开着，这样可以直接看到狂野的大海，那是一大片让人眩晕的水域。每个警卫都有安全带，帖木儿用安全带的夹子钩住环绕舰塔的金属线，这套安全系统用来防止人被冲到甲板上去。

他回头看了一眼战场，只剩下两个警卫。死了几十个犯人，但犯人似乎源源不绝，仍然跟在他们后面。帖木儿对着海面大吼一声，挑战大海，重整旗鼓：

——来吧！

船猛地一跌，把帖木儿带入一片汪洋中。然后船慢慢上升。汹涌的海水朝帖木儿冲过来，少许白色的浪花飞溅而上，将天空染出斑点。大浪从船侧打来，冲进了过道。帖木儿也被大浪冲击，没入海中。海水灌满了过道，刺骨的寒意让帖木儿眩晕。他绝望了——没法移动，没法思考，只是被冲到过道上。

安全钩拉住了他，让他停了下来。海浪已经灌注了整艘船。为了对抗海浪，船朝着反方向倾斜，这样海水灌入的速度和排出的速度就一样快了。帖木儿摔在地上，喘着气，望着海浪扫过的景象。犯人的人墙已被摧毁，有人倒在地上，大多数被冲下了台阶。没等到犯人振作起来，帖木儿就解开安全钩，向前面跑去，他的衣服湿透了，变得很重，靴子在吃了子弹的警卫与犯人的尸体上碾过，这些人是冲突的牺牲品。帖木儿把门关上，锁好。甲板下面安全了。

不能浪费时间，通往大海的那扇门还敞开着：另一波海浪会灌进来，掀翻整艘船。帖木儿后退到船舱的外门旁，这时一只手抓住了他，有个犯人还活着，他把帖木儿绊倒了。犯人爬到帖木儿身上，拿着机关枪对准帖木儿的头。这种情况下开枪不可能打偏，于是犯人扣动了扳机。但是枪没响，不知道是没有子弹的原因，还是被海水给冲坏了。

帖木儿逃过一劫，焕发出生命的活力，他一拳砸扁犯人的鼻子，又把犯人翻到面前，将犯人的脸按到水洼里。船又一次倾斜，这一次帖木儿却没占便宜，海水都排走了，所以犯人现在可以呼吸。尸体从过道里滑出来，冲到甲板上。帖木儿和受伤的犯人都朝同一个方向滑出去，他们相互扭斗，再滑几米就要被冲到海里去了。

滑到门口的时候，帖木儿起身抓住了安全绳，他踢开受伤的犯人，将其踢出甲板。第二波海浪冲了过来，帖木儿把自己拉了进去，然后关上门，从小玻璃窗户里面往外看去，正好和犯人的目光对视。海浪打来，船身的震动传到帖木儿手上。等到海浪过去，那名犯人就消失无踪了。

同一天

里奥注视着楼梯底部，因为暴动而新选出的歹徒头子正在猛拉门，想把门拉开。他们困在这里，没有路去舰桥。在突围的过程中他失去了大部分手下。无须多说，他当然在后面发号施令，避开射来的子弹。汹涌的海水把他冲下了楼梯。里奥看了一眼地板——他的脚踝都没入水中，水到处翻涌，让船左摇右晃，但是在这种战斗状态中，他们没办法把水排出。现在也没法和谈，要是进来更多的水，船就要翻，他们都会沉入海底，在黑暗中没法脱逃，只能困死在冰冷的钢铁监狱中。但是船本身的不安全因素并没有引起新头目的重视，这是犯人的革命，他下决心不成功便成仁。

烧煤的引擎开始发出噼啪声，里奥转身估计引擎损坏的程度。引擎必须保持运转，里奥对着剩下的犯人喊话，寻求帮助：

——我们不能让煤沾上水，不能让火熄了。

歹徒头目又走进引擎机舱，狂叫道：

——他们不放人的话，我们就把引擎砸烂。

——如果失去动力，船就没法航行，会沉下去。我们必须要引擎运转，这关系着我们的生命。

——他们也一样。如果我们切断动力，他们就得和我们谈——他们只能谈判。

——他们不会打开这些门。如果我们砸烂了引擎，他们就会弃船。他们有救生筏，足够他们用，但没我们的份。他们宁可让我们淹死。

——你怎么知道？

——他们以前就干过！抛弃了珠尔玛号[①]！犯人闯入财物保管室，偷了食物，把剩下的米袋、木架子付之一炬，希望能吸引警卫冲下来。但警卫没有。他们放任大火燃烧，让所有犯人窒息而死。

里奥拿起铁铲。歹徒头目摇摇头。

——放下！

里奥没管他，把煤铲进蒸汽机里，不顾蒸汽机已经非常冷了。其他人都不来帮忙，等着看打斗的好戏。里奥估量了那个歹徒头目，不认为他能打倒自己。但过了很长时间，也没见歹徒头目出手。里奥握紧手里的铁铲，做好准备。但让他吃惊的是，歹徒头目笑了。

——那你做吧，像奴隶一样铲煤。还有一条路可以出去。

歹徒头目抓起另一把铁铲，爬上犯人船舱破碎的隔离墙。里奥挺直身子，

---

① 1939年，珠尔玛号上发生了这么一件事：盗窃犯们跑出货舱潜入了财物保管室，抢光了东西，放了一把火。这时候船恰好在日本附近。珠尔玛号浓烟滚滚，日本人要来救援，但是船长拒绝了他们。他甚至没有下令打开舱口！离开日本较远以后，被烟呛死者的尸体全扔进了大海，烧焦了的半腐烂食品后来移交给劳改营充当犯人的口粮。——摘自《古拉格群岛》，群众出版社，2006年9月

不知道自己该继续铲煤还是要跟上去。片刻之后铁铲和钢铁撞击的声音传了出来。里奥冲到隔离墙的缺口处，又回到阴暗的犯人船舱。他瞥了一眼，看到歹徒头目正站在楼梯最上方，用铁铲猛敲舱门。对普通人来说，这么做无济于事，但歹徒头目强健有力，舱门在这样的撞击下也变形了，舱门最后会裂开的。里奥喊道：

——把舱门打烂的话，海水会漫进来，就没法再关上舱门了。如果船舱灌满了水，船就沉了！

歹徒头目站在楼梯最上方用煤铲撞门，他对自己的犯人手下发出号召：

——死也要得到自由再死！为自由而死！

他精确瞄准上一次撞击的位置，不知疲倦地把门撞出凹痕。

不知要花多少时间，舱门才会被撞出缺口。可一旦出现缺口，门就没法修补了。里奥不得不马上行动。和歹徒头目单打独斗几乎不可能胜利，里奥需要赢得其他犯人的帮助。里奥转向那群犯人，准备召集他们。

——我们的性命取决于……

他的声音淹没在铿锵有力的打击声和海浪的声音中。没人搭理里奥。

为了让自己不在颠簸的船中摔倒，里奥冲到最下面的台阶，稳住身子。歹徒头目把双腿缠在楼梯的钢铁栏杆上，一边稳住自己，一边继续用雷霆般的力量撞门。歹徒头目看到里奥朝自己爬过来，便亮出了自己破损的铁铲。里奥的对手站得更高，只有抱住他的腿把他摔下来。歹徒头目摆出防御的姿势，握住铁铲靠后。

但里奥还没来得及重新站稳，子弹就从舱门射入，穿透歹徒头目的后背。他嘴里全是血，低着头困惑不解的样子。大浪把他从台阶最上方打下来，摔到地上。里奥躲开，让歹徒头目栽进水中。舱门外面穿入了更多子弹，呼啸着飞过里奥的脸颊。里奥跳到水里，躲开子弹的射击范围。

里奥仔细看了看，歹徒头目死了，趴在地上。这时新的危险袭来。舱门被子弹打出了纵横交错的洞，海水就从洞里漫进来，每次海浪打在甲板上的时候，就会倾注大量水。如果他们不能堵住这些洞，水位就会上升，船就会翻掉。里奥必须爬上台阶堵上这些洞。船继续左右摇晃，水源源不断地涌入舱门。船舱里的水位一直在上升，水飞溅在冷却的引擎上。里奥等不及了，船快摆不正了。他现在必须行动。

里奥撕开死去的歹徒头目身上的衣服，撕成碎片。强烈的水流穿过舱门，打湿他全身。里奥试着把脚放在第一级台阶上，准备往上爬。他的生命掌握在那些看不见的警卫手中，全依赖他们的智慧。

同一天

格里科欢快地抱住炮塔，海浪飞溅到他身边，让他觉得自己像是骑在巨鲸背上。因为他的勇敢，那些犯人的突围企图失败了。他拯救了这艘船。一夜之间他从胆小鬼变成了英雄！最早他在中央船舱里听到警卫和犯人发生冲突的声音，他就躲到船员宿舍里，缩作一团。他看到他的朋友雅科夫跑过去，但格里科什么都没做，还是躲在那儿。直等到他确定犯人不见了，被打败了，船安全了，他才冒出头来，迟缓地意识到自己陷入了另一种危险境地：幸存下来的船员谴责他是逃兵。他们像之前的船员那样憎恨格里科，他又将遭受七年的孤立。就在他满怀绝望的时候，赎罪的机会来了——他听到了钢铁碰撞的铿锵声。他是唯一听到犯人在砸舱门的人。这些犯人想从甲板上来占领整艘船。在持久的撞击下，舱门是挺不住的。通常犯人不敢去碰舱门，因为他们害怕被枪击。但在暴风雨中，炮塔无人值守，所以这就成了格里科证明自己的机会。格里科被充满希望的前景打动，他从炮塔下面跑过甲板，拿起武器开火。他因激动而眩晕，大喊大叫，又朝着舱门打了第二枪、第三枪。只要暴风雨不停，他就一直待在那儿，每个中央船舱的人都感受到了他非凡的勇气，如果有犯人想破门而出，甚至就算有犯人想接近舱门，格里科都会杀掉他们。

帖木儿站在舰桥上，被格里科的愚蠢行为气得不行，不准他再开枪了。这艘船已经处在低水位了，船长几乎没办法把船从海浪里面拔起，再进水的话船就要沉了。暴风雨丝毫没有减弱的迹象，其他人不知道，但帖木儿知道他刚才打开外舱门的时候，船已经进了多少水。在从一群犯人手中拯救这艘船之前，他得先从一个警卫手中拯救这艘船。

帖木儿跑下一段楼梯，撑住身子，打开通往甲板的舱门。风雨抽打在他身上，仿佛是对他当场的羞辱。他关上身后的门，把安全钩挂在安全绳上。从中央船舱底部到炮塔大概有十五米远，中间是笔直的甲板——如果他穿过这片区域的时候被海浪打倒，就算他不被冲进海里，也会被猛冲到甲板边上。安全绳起不了太大作用，他要掉进海里就只会像上钩的鱼一般，被安全绳拉着，直到绳子啪的一声断掉。帖木儿打量着舱门上的弹孔，有件事引起了他的注意：舱门的弹孔上——露出了一团碎布。格里科又打了一梭子弹。

帖木儿冲过甲板，就在这时一道海浪从旁边打过来，打在他身上。帖木儿向前一跳，抓住炮塔侧边，把枪口推向空中。格里科开枪了，海浪打了过来，就在一刹那，帖木儿的双腿被海浪举起来了。

他既然没办法抓稳，那就很可能被冲到海里。海浪过去，帖木儿的双腿又落了下来，他嘴巴和鼻子里全是盐水，他呛住了。缓过气来之后，帖木儿抓住格里科的颈背，发了狂，失去理智地把格里科像布娃娃一样摇来摇去。他把格里科推到后面，取出枪的弹匣扔到海里。

卸掉弹匣之后，帖木儿摇摇晃晃地朝中央船舱走去，边走边检查舱门的情况：弹孔上塞出了更多碎布。他快走到中央船舱的时候，第二道海浪打了过来。帖木儿一转身，看到海水朝他奔涌而来。浪打到他的双脚，帖木儿便摔在甲板上。一时间寂静无声，他只能看到数不清的泡泡。这时海水从甲板退去，他又听到了暴风雨的声音。帖木儿坐起身子，四下张望，发现炮塔消失了：仿佛一颗坏牙被拔掉了一般。炮塔的残骸被冲到船首，格里科被困在扭曲的铁皮中。

帖木儿的安全绳有足够的长度让他抓住格里科。悲惨的格里科试图从铁皮中脱身，他被困在里面了。帖木儿震惊了，如果这团残骸滚进海里，那格里科也掉进海里了。帖木儿可以救格里科，但他没动。他望向海中，又一道海浪涌了过来，很快他们都会被海浪吞没，这股力量会把炮塔的残骸冲下甲板，也有可能把他们冲进海中。

帖木儿转身背对格里科，抓住安全绳把自己朝中央船舱拉去。船身倾斜，猛然下降。帖木儿来到舱门口，爬进去，将门关严。

格里科被海浪举起，平躺着浮在水面上。海水极冷，腰部以下都失去了知觉。他被冲出甲板，铁皮划到他身上的时候，他感到了剧痛。在剧痛和麻木中，格里科觉得冰冷的海水仿佛把他撕成了两半。一瞬间他看到了船上的灯光，然后船就消失了。

莫斯科以北十千米

4月8日

左娅的手腕和脚踝被铁丝绑住，缠得很紧，每次挪动的时候都被铁丝割到皮肤。左娅被蒙住眼睛，塞住嘴巴，侧身躺下。她身下没有毯子——没什么东西来缓冲道路的颠簸。从引擎的声音和周围的空间来判断，左娅是在卡车后面。她能通过钢板感受卡车的加速和震动。每次突然刹车都让她前后翻滚，让她更像一具尸体而非活人。左娅一回过神来，开始猜想这是怎样的旅程。一开始他们频繁转弯，超过其他车辆，肯定是在莫斯科市区里，哪怕左娅不能确定这点。现在他们以常速笔直行驶，肯定是离开城市了。除卡车粗哑的引擎声之外，没有其他声音，也没有过往车辆。左娅肯定正被带往偏僻的地方。考虑到这点，以及这帮人不顾她的死活——他们用破布紧塞住左娅的喉咙，让她快要窒息了，左娅确定，她会很快死去。

左娅被俘虏多久了？她没法知道——流逝的时间难以判定，从公寓里被绑架之后，她就被下了药。被塞进车里的时候，她看到瑞莎掉下楼的情景，这是她醒之前记得的最后一件事。她口干舌燥，头在钢板上不断颠簸。左娅记得后来自己摊开身子躺在一个密不透光的砖窑里。就算左娅不知道自己什么时候被带进来的，她也能敏锐地察觉到自己在地下深处。空气总是凉爽潮湿：砖块就没有热乎过，无法从上面得出日夜的轮回。强烈的臭味暗示这里是下水道，左娅常常听到水声。有时湍急的水声让左娅觉得，好像几条河在冲刷着邻近的沟渠一般。在这里她有吃有睡，绑架她的人也没有刻意掩藏身份，但他们只是简单问几句，下点儿命令，然后就不说话了，除了保证左娅活着之外，他们对她几乎没什么兴趣。尽管随着时间的流逝，左娅隐约感觉到有人在监视她，那帮人藏在她囚房外面，在走廊的阴暗处。一旦左娅靠近，想看看是谁，他们就溜进黑暗中了。

在过去的几周时间里，左娅想到了死亡，她反复想这个问题，好像在吮吸硬糖一般。她究竟为什么而活？她编织着获救的梦想，自由的念头不能给她带来欢乐的泪水，对她这种不受欢迎，又不快乐的学校女孩儿来说，自由是件讨厌的事情。她被囚禁而产生的孤独感，不比在里奥家里多。在这里和以前一样，都让她觉得自己像个犯人，只是场景变换了，绑架她的人也变换了而已，生活还是一样。回想起卧室里的场景，左娅不会哭泣；回想起坐在餐桌旁一起吃热饭的情景，左娅也不会哭泣；甚至回想起她妹妹，左娅也不会哭泣。也许没有她，埃蕾娜会更快乐——也许左娅一直在妨碍埃蕾娜，阻止她过上正常人的生活，逐渐和里奥、瑞莎接近。

为什么我哭不出来？

左娅掐自己。但这没用，她还是哭不出来。

她希望瑞莎能从摔伤中恢复过来，她希望埃蕾娜安全。不过，尽管这些愿望是真诚的，却给人不搭调的感觉，仿佛这些愿望是别人的想法，而对左娅来说，她的感情应该更深沉才对。她体内机器里的那个至关重要的齿轮，无法连接情感和经验，只能漫无目的地空转。左娅应该害怕，但相反她觉得自己漂浮在温热的浴缸中，听之任之。如果他们想杀死左娅，那随便吧；如果他们想放了她，那也没关系。把虚张声势的想法都抛到一边，老实说哪种做法对她而言都一样。

卡车转弯离开马路，颠簸着开进一条土路。过了一会儿，卡车减速行驶，又拐过好几个弯之后，停了下来。车前面的门打开又关上，地上传来嘎吱嘎吱的脚步声，逐渐接近卡车后方。防水布被掀到一边，左娅像货物一样被举起来然后站在地上。她几乎站不住，脚踝上被铁丝割出的伤口让她很难保持平衡。地上满是淤泥和碎石，刚才的旅途让左娅有点儿想吐，她怀疑自己是不是生病了，但她不想让绑架者认为她虚弱胆小。左娅的塞口物被取下，她深深地吸了一口气。然后铁丝被解开，蒙在眼睛上的布也被取了下来，在这个过程中，有个男人开始发笑，那是透露出优越感的笑声。

左娅瞥了一眼太阳，觉得光线太强烈了，仿佛她站在离太阳表面不到一只手的地方。她像离开巢穴的地下食尸鬼一般，转身背对阳光。左娅的眼睛在调整适应，周围的事物慢慢映入眼帘。

她站在溅满淤泥的车辙上。身前的路边开满了白色小花，鲜花怒放，宛如泼洒而出的牛奶。左娅抬头一看，她的眼睛仿佛脱水的海绵重新浸入水中一般，瞳孔放大——吸收着眼前的每种色彩。

想起了自己的俘虏身份，左娅转过身子，看到了两个人——一个粗胳膊粗脖子的矮胖男人，他是特大号的肌肉男，身上只散发出顽强和征服的气息，仿佛他是在很小的盒子里长大的一般。相反，站在这人旁边的是个男孩儿，也许只有十三四岁，和左娅差不多大。男孩儿精瘦而强壮，眼神狡猾。他公开蔑视左娅，仿佛左娅不如他，仿佛他是成年人，而左娅只不过是个小女孩儿。左娅极其讨厌他。

矮胖男人指了指树林。

——走。迈开你的腿。弗瑞拉可不想见到你病恹恹的。

左娅之前听过这个名字——弗瑞拉——那些黑手党喝醉了吵吵嚷嚷的时候，会偶尔提到这个名字。弗瑞拉是他们的头，左娅只见过她一面。那时她威严地走进左娅的牢房，没有介绍自己，也没必要介绍，她身上已经穿了权力的长袍。左娅不害怕其他男性暴徒，那帮人只能靠粗壮的胳膊来彰显力量，但她害怕弗瑞拉。弗瑞拉冷静地看着她，仿佛巨匠在检查一块二流手表。尽管这是提问的机会——你在我身上打什么主意？——但左娅说不出话，只是茫然无声。弗瑞拉只在牢房里待了不到一分钟，然后就离开了，一句话都没说。

左娅获得自由，迈着步伐离开脏兮兮的车辙，走进树林。她的鞋尖陷进潮湿的泥土和草木中。也许在左娅走入树林的途中，他们就会杀死她。也许枪口已经抬起来了。左娅回头一看，那男人在吸烟，男孩儿则一步步跟着她。他误会了左娅回望的含义，喊道：

——跑的话就把你抓回来。

左娅被男孩儿居高临下的态度刺伤了，他一个人哪有这么大胆量。就算左娅什么都做不了，她也能跑啊。

走入森林二十步之后，左娅停了下来，把手按在树干上，渴望感知到和冰冷潮湿而单调的砖块所不同的感觉。尽管有人在监视她，但她还是很快不由自主地蹲下，抓起一把泥土。脏水从她指缝里慢慢流出，仿佛自己又回到了小时候，在农庄里和父母一起劳作的情景。她父亲在耕作土地的时候，时不时地弯腰抓起一把泥土，用手指揉捏，捏碎泥块，像她现在这样压紧泥土。左娅从没问过父亲为什么这样做，这让他有什么感觉呢？或者说只是习惯而已？左娅后悔自己当初没发问。她后悔很多事情：浪费的每一秒钟，生气，玩愚蠢的游戏，不听父亲想说的话，做坏事让父母发火。现在他们都不在了，左娅再也不能和他们说话了。

左娅松开手，匆忙把泥土抖掉。她不想再回忆了，就算她看不到生活的价值，但她肯定能看到死亡的意义。死亡意味着终结所有悲伤回忆，终结所有悔恨。生活比死亡更令人感到空虚，左娅能肯定这一点。她站起来，这片树林像极了基莫夫村农庄旁边的那片树林，比那单调、冰冷、潮湿的砖块好——砖块无法带给左娅任何感触。她准备走了。

左娅转身背对卡车，她吓得跳了起来，肌肉男正站在她身后，但她没察觉到肌肉男的接近。肌肉男低头看着左娅，咧嘴笑了，露出几乎没有牙齿的嘴巴。他把香烟扔到一边，左娅注视着整个过程，看着香烟在潮湿的土地上燃烧。这时肌肉男已把外套脱下，现在他把衬衫袖子卷起来。

——弗瑞拉命令要你得到点儿锻炼，你以前一丁点儿都没锻炼过。

肌肉男伸手碰到左娅的衬衫领子，手指在她脸上摩挲，像在拭去眼泪一般。他的指甲粗糙，上面有牙咬过的痕迹。他压低了声音。

——我们没你们那么温顺，没你们那么礼貌，我们想干就干。

左娅努力维持勇敢的外表，后退一步，但肌肉男又紧跟上来。

——干是我们最擅长的事情，顺从是你们这些年轻女孩儿最擅长的事情。也许你们把这叫作强奸，但我叫作……锻炼。

肌肉男要的就是绝望——恐惧和支配。但左娅一样都不会给肌肉男。

——敢碰我的话，我就踢你。敢抓住我的话，我就挠瞎你的眼睛。就算你折断我的手指，我也会咬你的脸。

肌肉男放声大笑。

——小女孩儿，如果我先把你打到人事不省，你又怎么办？

左娅每走一步，肌肉男就紧跟着行动，他宽大的身体把左娅完全锁住，直到左娅靠在一棵树上，没办法再移动一步。左娅的双手在看不到的地方拍着树干，寻找可以防身的东西。左娅折下一段小树枝，用指头握住一端，这能派上用场。左娅望向男孩儿，他正在卡车附近闲逛。肌肉男顺着左娅的目光看过去，转身对着小男孩儿说道：

——她以为你会来救她！

左娅用全身力量挥动树枝，用参差不齐的那一段狠打肌肉男的脸。她本以为会见血的，但树枝折断，在她手里断了。肌肉男吃了一惊，然后盯着左娅的手，看到树枝的残骸，他明白了刚才发生的事情，笑了。

左娅向前一跳，肌肉男也扑了上去。她躲过肌肉男，朝着卡车的方向尽全力奔跑，她能感觉到肌肉男就在身后很近的地方，那个男孩儿也可能截住她，但左娅没看到那男孩儿。左娅抓住驾驶舱的车门，打开钻了进去。肌肉男就在她身后几米远的地方，他再也不笑了。左娅抓住门把手，猛地把车门关上，这时肌肉男正好撞到车门上。左娅上了锁，希望肌肉男没有卡车钥匙。他的确没有——钥匙在点火装置上。左娅爬到驾驶员座位上，扭动钥匙，发动了引擎。

左娅脑子里只有模糊的念头，她握住变速杆向前一推——响起了金属的刮擦声。没什么动静。肌肉男脱下他的衬衫，裹在拳头上，抡着胳膊砸边上的车窗。驾驶舱里的玻璃像雨点一样砸下来，左娅够不着油门，就从座位上溜下来，踩住油门让引擎旋转。肌肉男打开车门靠在副驾驶位上的时候，卡车向前开动了。左娅尽可能沉下身子，但肌肉男抓住她的头发，把她提了上来。左娅大喊大叫，挠着肌肉男的手。

令人费解的是，肌肉男放手了。

左娅向后倒在驾驶舱的地板上，蜷成一团，急促呼吸。引擎发出突突声，卡车不动了，肌肉男也不见了。车门开着，左娅小心地站起来，望了一眼副驾驶位。她能听到肌肉男的声音，他在咒骂。左娅视线远移，看到肌肉男躺在地上。

左娅迷惑不解，她注意到男孩儿站在肌肉男旁边，手里拿着一把刀子，刀刃上沾了血。肌肉男攥着脚踝，那里流血很严重：手指头都被染红了。男孩儿盯着左娅，什么也没说。肌肉男没法站起来，但他想抓住男孩儿的大腿，幸好男孩儿侧让一步躲开了。肌肉男努力站起来，却又很快跌倒，仰面朝天。他脚踝的肌腱被切断了，左脚无力地垂着。肌肉男的脸挤作一团，大声呼叫，狠狠威胁。当然肌肉男没法伤害他们任何一人，只能在路边摇摆着走路。真是一幅奇怪的景象——充满危险，却又觉得可怜。

男孩儿完全无视肌肉男，转身对左娅说道：

——下车。

左娅走出驾驶舱，还是和肌肉男保持距离。他用衬衫包住受伤的腿，系在脚踝上。男孩儿拭去刀刃上的血迹，把刀子收在衣服的皱褶里。左娅一边注意肌肉男，一边说道：

——谢谢你。

男孩儿蹙眉：

——如果弗瑞拉命令我杀死你，我会照做。

左娅停了一下，然后问道：

——你叫什么名字？

男孩儿犹豫了一下，不确定该不该回答。最后他咕哝道：

——马利什。

左娅重复了一遍这个名字：

——马利什。

左娅低头看着受伤的肌肉男，然后看看卡车。她把卡车开出路面了。肌肉男猛捶地面，喊道：

——等其他人知道你们做的事，就会杀死你们！

左娅看着男孩儿，脸上掠过担忧之情。

——真的吗？

马利什思考了一下。

——这不是你的问题。我们往回走。如果你试着逃跑，我就割断你的喉咙。如果你松开我的手，就算只是用来挖鼻子……

左娅被最后的话逗乐了，她明白了男孩儿的性格，于是接着男孩儿的话说道：

——你也要割断我的喉咙？

马利什把头扬到一边，充满疑惑地打量左娅——肯定是想知道左娅是不是在嘲笑他。为了让马利什放松，左娅伸手握住了他的手。

太平洋海岸科力马地区马加丹港，老布尔什维克号监狱船

同一天

海水涌入，只有站在台阶和楼梯上才能站得高些，所以这里挤满了犯人。他们挤在一起，像乌鸦栖息在高压线上一样。而那些运气不好的犯人则在木头铺位的残骸上挤作一团——破碎的厚木条堆得高高的，可以当作临时的小岛，四周则是拍打着浪花的冰冷海水。死去犯人的尸体也被冲开，在水面上下浮动。里奥是少数运气好能站到水面高处地方的人，他站在钢铁台阶上，这里的台阶通往被子弹打穿又被碎布塞住的舱门。

舱门上的弹孔一被堵住，里奥就马上铲煤保持引擎运转，他的胸膛和面孔被火炉里的火炙烤着，而他的腿、膝盖以下的部分则在水中，因为冰冷的海水而变得麻木——里奥的身体充斥着截然相反的两种感觉，因为劳累，里奥的身体在发抖，几乎举不起铲子，他一个人工作，却没人帮忙。其他犯人坐在潮湿的黑暗中，仿佛穴居生物，一动不动，沉默无声。一辈子都要做苦力，干吗多做一天呢？就算引擎熄火，船没法移动，漂到公海上，也自有警卫来处理这个问题。警卫自己会铲煤，这些犯人不打算在被送到监狱的过程中帮忙。里奥没精力让他们明白，什么都不做会带来危险。他知道如果警卫被迫下到船舱的话，因为犯人之前的暴动，警卫会随意开枪射杀他们。

里奥独自一人，尽可能地继续铲煤。直到满满一铲煤掉了下来，煤铲从手中滑落。这时另一个男人从阴暗中走出，接替了里奥的位置。里奥咕哝着说了声听不见的谢谢，爬上台阶——犯人都为他让开道路——瘫倒在台阶最高

处。如果这是睡觉的话，那么里奥入睡了，他在饥渴中浑身发抖，说着胡话。

里奥睁开眼睛，甲板上有人，他能听到头上的脚步声。船停了下来。里奥试着移动，却发现身体硬邦邦的——四肢僵硬得如同胎儿一般。里奥伸展手指，然后扭扭脖子，发出一连串的嘎吱声。舱门打开，里奥抬头瞥到了明亮的光线。天空耀眼得如同熔化的金属。里奥的眼睛慢慢适应光线的变化，他明白这只是昏暗的阴天罢了。

警卫出现在里奥周围：机关枪也对准了。一个男人对着船舱里喊道：

——敢轻举妄动的话，我们就弃船，把你们锁在里面，淹死你们。

犯人动都不能动，更不用说挑战警卫的权威了。警卫不感谢犯人保持了引擎的运转，也不感激犯人拯救了这艘船，只用机关枪的枪口对着他们。另一个声音喊道：

——到甲板上来！快！

里奥认出了这个声音，是帖木儿。朋友的声音让他复苏了。里奥缓慢移动，坐了起来，像老朽的木偶被丝线猛地拉动一般。里奥从台阶向甲板爬去。

饱受摧残的轮船在海里倾斜得很厉害，炮塔荡然无存，剩下的只是扭曲的钢铁。看到平静光滑的海面，很难想象大海之前的凶猛残暴。里奥的眼神和帖木儿短暂相接又迅速挪开，他注意到帖木儿眼睛周围的黑圈，暴风雨也让帖木儿受尽折磨。日后他们可以一起交流经历。

里奥快速移动，朝着甲板走去。他双手扶住栏杆，向马加丹港投去第一眼。在这个他熟悉而又陌生的国家里，这是通往最偏远地方的入口。里奥以前来过这里，但那时他押送几百名男女来到这儿。他没把这些犯人分配到各个古拉格，这不归他负责。但不可避免的是，很多人会死在船上，否则就是像他现在这样，拖着身体排成一列，等待下船。

考虑到这个地方臭名昭著的程度，里奥本以为这里会有大庭广众之下的作奸犯科。但这座建造于二十多年前的港口又小又安静。连绵的木屋中间点缀着规则的混凝土市政大楼，大楼四周装饰有标语和宣传画，仿佛单调调色板上的尴尬色彩。港口远处的古拉格网格状排列，散布在顶端积雪的群山之间。

靠近海岸线的山脉坡度比较缓和，但往内陆走去，山脉便耸入云端。平静和危险等量共存，这一带没有脆弱的地形，在极寒地带肆虐的风暴会抹平所有薄弱环节。

里奥下到码头上，这里停了很多小渔船。小渔船更具有生活气息，而不像监狱系统的一部分。古拉格还没建立起来的时候，楚科奇人早就在这里生活了。他们渔船上装载的篮子里，装有海象牙和开年来第一次捕获的鲟鱼。楚科奇人只是冷淡地瞥了他们一眼，仿佛这些犯人应该为家乡被改造成监狱帝国的事情负责任。警卫在码头上站好岗位，把新来的犯人赶到一起。警卫穿着厚厚的皮衣，一层一层地裹在制服上面。他们穿的是楚科奇人手工做的制服：剪裁简陋、批量制造、标准款式。

警卫身后聚集的是被释放的犯人，他们耽误了回家的旅程。这些人要么是刑满释放，要么就是撤销了判决。他们是自由人，只有外表和普通人不同——驼背、眼眶深陷，但他们不知道这点。里奥搜寻到胜利的标记，有人怀着恶毒但可以理解的快感，看着别人马上要去他们刚离开的营地。但是里奥看到有些人缺了手指头，皮肤裂开，肌肉上也长了疮。自由让一部分人恢复了活力，让他们变得和以前相似，但自由不能让所有人都恢复过来。里奥以前押送的男女就变成了这个样子。

犯人排队朝仓库走去的时候，帖木儿在甲板上监视，里奥在人群中极为显眼。他们的身份没受到任何影响，尽管有暴风雨，但两人都平安到达。海上的旅程是掩护他们的必要部分。尽管有可能坐飞机到马加丹，但安排这种航班会让他们偷偷溜进古拉格的计划泡汤，哪有犯人是坐飞机来的。幸运的是回去的时候就用不着秘密行动了，有架货运飞机就停在马加丹的临时跑道上。如果计划顺利进行，那两天时间里帖木儿和里奥就能带着拉扎尔返回莫斯科。刚刚结束的船上旅程只是他们计划的开始阶段。

有人把手放在帖木儿肩上。站在帖木儿身后的是老布尔什维克号的船长，还有一个帖木儿没见过的人——从衣服质量来看，是高级军官。可是，这样的领导却瘦得跟犯人一样，实在让人惊讶，他和他监管的犯人倒算是同甘共苦了。帖木儿下意识的反应是领导肯定生病了。领导说话的时候，船长还没等到话说完就谄媚地不住点头。

——我是艾贝尔·普列津特，本地的负责人。格里科军官……

他转向船长。

——叫什么来着？

——格里科·杜瓦金。

——我收到消息，他死了。

一提到这人的名字，帖木儿就觉得心里一紧。他把这个年轻人丢在甲板上，见死不救。

——是的。他掉海里了。

——格里科是常驻船上的警卫。现在船长回程的时候需要警卫。我们的人手长期不足，船长提到你在那些犯人试图叛乱的时候，干得非常出色，所以他个人请求你代替格里科的职责。

船长笑了，期待帖木儿被这些恭维话打动。帖木儿一慌，脸就红了。

——我不太懂。

——回去的路上，你会继续留在老布尔什维克号上。

——但我要按照命令去57号古拉格。我是犯人营的副手。莫斯科那边给了我新的指示要完成。

——我知道。你会依照命令待在57号古拉格。如果天气允许，从这儿到纳霍德卡港口只需七天，然后回来又只需七天，最多两三周之后你就可以回到你的岗位上。

——长官，我坚持执行我的命令，你还是另找他人吧。

普列津特不耐烦了，他血管突出，像在发出警告信号。

——格里科已经死了。船长要求你替代他的位置，我会对你的上级解释我的决定。就这么定了，你就待在船上。

莫斯科

同一天

马利什站在原告里克霍伊旁边，这人的脚筋被马利什割断了。里克霍伊的脚踝用绷带裹得严严实实，他脸色苍白，因失血而变得兴奋。尽管他受伤了，但他还是坚持要把大家召集起来，这是黑手党成员解决争端的调解方式。

——弗瑞拉，我们的规定是什么？黑手党怎能伤害同伙？他伤害我，丢了你的脸，把大家的脸都丢尽了。

里克霍伊拄着拐杖，拒绝坐下，因为这样做会让自己显得弱势。他讲得唾沫横飞，没工夫把嘴角擦干净。

——我想操女人。这有罪吗？根本不是犯罪！

其他黑手党笑了。里克霍伊因他们的支持而自信，他把注意力转到弗瑞拉身上，尊敬地低下头，放低声音。

——我请求处死马利什。

弗瑞拉转向马利什。

——你有什么话说？

马利什看了看周围不友善的面孔，回答道：

——我的任务是要保证她的安全，这是你下的命令，我只是履行命令。

他口齿伶俐，并不是因为死亡的威胁。尽管马利什相信弗瑞拉不想处死他，但他的表现让弗瑞拉几乎没有转圜的余地。不可否认——马利什违反了他们的规定。没得到弗瑞拉的许可，任何黑手党都不能伤害同伙。他们应该彼此保护，把他们的生命捆绑在一起。而马利什的行为明显违反了规定，他行为鲁莽，站在了他们敌人女儿的那边。

马利什注视着弗瑞拉走进她手下围成的圈子里，她在揣摩着这伙黑手党的情绪。大家的意见是反对马利什的。在这种时候，权力就变得模棱两可了。弗瑞拉的权威是否凌驾于大多数人之上？或者她会附和大多数人的意见，以维持她的权威？马利什处在不利立场，因为里克霍伊是个广受欢迎的人物。这男人的绰号——里克霍伊——就是在炫耀他的性能力。相反，马利什这个绰号就低调很多，意思是“小年轻”，让人联想到他没什么经验，无论是在性方面还是犯罪方面。马利什是最近才加入犯罪团队的。其他黑手党都是在劳改营里相遇的，但马利什却是因为偶然的原因才加入的。他五岁的时候在列宁格勒的巴尔迪斯基火车站当扒手。作为一个街头流浪儿，马利什很快就因技术高超而在同行中声名鹊起。弗瑞拉就被他偷过东西，但和其他人不同，弗瑞拉马上就意识到被盗，并开始追他。她的速度和决心让马利什震惊不已，他不得不全力以赴，用上所有技巧，凭着对火车站大楼的了解程度才逃脱，他甚至从比猫大不了多少的窗户里面爬了出去。就算如此，弗瑞拉还是成功抓住了他的一只鞋。马利什本以为事情就此结束，但第二天他又跑到另一个火车站去偷东西，却只发现弗瑞拉在等着他，手里拿着那只鞋。弗瑞拉并没有为难他，而是提供机会让他脱离扒手组织加入她的黑手党。马利什是唯一从弗瑞拉手中逃脱的扒手。

尽管他偷窃技术高超，但他在黑手党里的地位是有争议的。其他人看不起这种无关大雅的犯罪，他似乎很难打入这些黑手党的圈子里。马利什没杀过人，也没在古拉格待过，但弗瑞拉不在乎这些，她似乎偏爱马利什，哪怕马利什一脸严肃，性格孤僻，沉默寡言。其他人勉强接受他作为他们的一分子，他也勉强接受自己成为他们的一分子。事实上，每个人都明白马利什是弗瑞拉的人，弗瑞拉偏爱马利什，所以马利什也投桃报李，像凶猛的斗狗热爱主人一般，时常在主人脚下跑来跑去，猛咬胆敢靠近的人。同样，马利什也并不天真，在弗瑞拉的权威之下，他们的过往一文不值。弗瑞拉从不感情用事，马利什不仅仅是伤害了另一名黑手党，他更是破坏了弗瑞拉的计划。没办法驾驶卡车，马利什和左娅不得不走回城市，全程步行差不多花了八小时。他们很有可能受到阻碍，或者被捕。马利什对左娅解释过，如果她呼喊求救，或者放开马利什的手，马利什就会割断她的喉咙。左娅听从了他的命令，她不喊累，不要求休息，就算是在拥挤的街道中，也没有放开马利什的手，哪怕她可以在那里制造麻烦。

弗瑞拉开口了。

——事实无可争议。根据我们的规定，伤害同伙的人要被处死。

死在这里并不是通常的含义。马利什不会被枪击，也不会受绞刑，死意味着被放逐出黑手党，会强行在身上看得见的地方刺上阴道或者肛门图案的文身，也许是在额头或手背上。对所有黑手党来说，这种文身是个信号：不管他们效忠于谁，文身主人都该遭受物理和性方面的折磨，这是文身主人应得的，其他黑手党人不会伸出援助之手。马利什深爱弗瑞拉，但他不能接受这样的惩罚。他挪了挪腿，一只手准备就绪。他裤子里藏了一把刀。他从裤子里把刀拿出来，手指搁在弹簧上，准备逃跑。

弗瑞拉走了过来，她要做裁决了。

弗瑞拉打量着她手下人的面孔，他们的焦点都集中在她身上，也许这种众星拱月的感觉会让弗瑞拉做出他们想要的裁决。她花费多年心血才赢得他们的忠诚，顺她者昌，逆她者亡。尽管如此，这起小事故上牵扯了太多东西，叛变也需要让人联合起来的理由。里克霍伊受人欢迎却拙于言辞——但他已经把弗瑞拉的手下煽动起来了。他们把里克霍伊当成黑手党的代表，急里克霍伊所急。如果他受到惩罚，那么他们也可能受到惩罚。尽管这事不大，但问题在于，调解没那么简单。在他们看来，他们只能接受这样的判决：弗瑞拉必须处死马利什。

听着他们引用被奉为金科玉律的黑手党法则，弗瑞拉惊讶不已：他们竟然这么缺乏自知之明。弗瑞拉的规定建立在传统黑手党的组织结构上，他们遵守这些规定。但最明显的是，这些黑手党是由女人带领的，这在黑手党史上从没有前例。和其他黑手党的头领相反，弗瑞拉带领这个团伙，并不是要独立于政府之外。她要靠这个团伙来复仇，这些黑手党也是为复仇而服务的。弗瑞拉用他们能够理解的语言来描述复仇大业，宣称政府也只不过是一伙更大的黑手党，她和政府有不共戴天之仇。但打心底里说，弗瑞拉知道这些黑手党是非常传统的人，他们更想要男人来带领，只关心金钱、美女、美酒。他们可以容忍弗瑞拉的复仇计划，就像他们可以容忍她的性别一样——因为她有聪明的头脑，而这些黑手党没有。弗瑞拉养活他们，保护他们，他们依赖弗瑞拉。没有她，黑手党会分崩离析，分裂成好些派系，互相争斗。

这种本不可能形成的联盟是在名为明纳格的古拉格里形成的，这是位于北方的劳改营，在阿尔汉格尔斯克[1]西南面。最开始根据第58号命令，这里有了被判刑的政治犯。就在那个时候，阿尼西娅对这些黑手党不感兴趣。他们活在不同的社会领域，就像水和油一样分出明显的层次。她全副身心都放在新生下来的儿子阿列克西身上，这孩子值得她去爱，去保护。养育了阿列克西三个月之后，阿尼西娅觉得自己对他有了超乎想象的爱，但就在这时她被迫与孩子分离。某天半夜阿尼西娅醒来，就发现孩子不见了。最开始护士声称阿列克西睡觉的时候死了，阿尼西娅抓住她，拼命摇晃，求护士把孩子还给她，直到她被一个警卫打倒。护士朝她吐口水，说根据第58号命令，女犯人不配抚养孩子。

——你再也当不成母亲了。

现在国家就是阿列克西的父母。

阿尼西娅生病了，因悲伤而病。她躺在床上，不想吃饭，胡思乱想认为自己还在怀孕期。她能感受到胎儿在踢她，感受到胎动，感受到胎儿寻求她帮助的呼喊声。护士和军医不耐烦地等她断气，这个世界已经为她的死安排好了各种可能的借口，给她提供了了断自己的所有机会。可是，阿尼西娅内心深处存在抗拒，她像考古学家仔细拂去灰尘一样，认真看待这种抗拒心理，想知道这到底是什么。阿尼西娅没发现他儿子的脸，没发现她丈夫的脸，却发现了里奥，听到了里奥的声音，感受到了里奥的手，还有欺骗、背叛。她像喝下了灵丹妙药，把这些回忆深深地吸了进去。憎恨从边缘处生长，让她恢复了活力。

对千里之外的MGB特工复仇，这个念头要是说出来，别人肯定会笑掉大牙。但她非但没有沮丧，反而让自身的无能为力成为鼓舞自己的源泉——她可以从一无所有开始，白手起家实施她的复仇计划。等到其他病人吃了可待

① 俄罗斯西北部城市。

因[1]，睡着了，她就把药片吐出来攒着。她装病待在医务室里，偷偷恢复体力，攒了一片又一片药。她把药片藏在裤子的衬里中，一旦她收集到足够分量的药片，她就在护士们惊讶的目光中离开医务室，返回营房，谁也想不到她裤子里缝满了药片。

阿尼西娅在被捕之前，只给别人留下了这样的印象：一个男人的女儿，另一个男人的妻子。现在她要重新定义自己。她身上所有弱点都分配给阿尼西娅，而自己的所有长处都集中在一起，组合成新的身份——这就是她想要变成的女人。她无意中偷听到黑手党的对话，熟悉了他们的黑话，她就给自己选了一个新名字，就是弗瑞拉，意思是外面的人。这是个带有蔑视味道的黑手党词汇，她用这个名字来刺激自己，增添力量。她用可待因和黑手党头子做交易，获得黑手党头子的帮助，得到加入他们团伙的许可。那个黑手党头子嘲笑她，说她必须砍下一个有名的告密者的头，才同意她的请求。黑手党头子把她手里的所有可待因都拿走了，说这是分期付款的首付，不可退还。黑手党头子给弗瑞拉设置了他认为超出弗瑞拉能力的挑战，仅仅在三个月之前，弗瑞拉还在哺育她的孩子呢。就算她有胆量攻击告密者，也会被抓住，送到隔离牢房里关起来，或者是被处死。黑手党头子压根没想过履行承诺的事情。过了三天，告密者在吃晚饭的时候突然咳嗽，倒在地上，嘴里全是血。他吃的土豆炖白菜里面塞了光滑的剃刀刀片。黑手党头子没法反悔——黑手党的规定不准他这么做，所以弗瑞拉就成了他团伙里的第一个女性。

弗瑞拉不愿屈居人下，她的计划要求她必须掌控大局。弗瑞拉使用他们教给她的东西来寻求独立，他们教给她的是：她的身体是可以交易的商品，他们可以毫无羞耻地使用这种资源。弗瑞拉开始引诱古拉格的司令官，既然他可以命令任何女人到他办公室来满足他的性欲，那么弗瑞拉就必须让他爱上她。她审视了自己的厌恶感，将其当作要克服的另一个障碍。在五个月的时间里，根据弗瑞拉的要求，这个司令官把整个黑手党都转移到了另一个营地，只留下弗瑞拉开展自己的事业。

既然有自尊心的黑手党不可能接受女人的指挥，那弗瑞拉就转向被驱逐的

① 可待因是从罂粟属植物中分离出来的一种天然阿片类生物碱，有镇痛作用。

人，那些外面的人——在垃圾堆里捡垃圾，吸吮鱼骨头，嚼腐烂蔬菜的人。他们因为意见不合，或者背叛，或者能力不济而被驱逐。有的人已经堕落到了贱民的层次，非常丢脸，其他黑手党连碰都不能碰他们。根据黑手党的法律，丢脸到这种层次的人是没有翻身之日的。但是，在其他黑手党都不屑喊出他们名字的时候，弗瑞拉给了他们第二次机会。有的人有致命的缺陷，要么是精神上的，要么是身体上的。有的人在恢复力量之后，就尝试推翻她的统治，但他们很快就付出了代价。这样大多数人就接受了弗瑞拉的指挥。

斯大林驾崩后，自由很快就到来了——妇女和孩子得到大赦，弗瑞拉手下的刑期也变短了，他们本来就不是政治犯。无论是用刀刺进后背还是在他头上打一枪，弗瑞拉都不想一下杀死里奥。里奥必须遭受她所遭受的待遇。她的野心需要时间和资源来实现。很多黑手党在黑市上交易商品，这个市场带来的机会很有限，因为市场已经瓜分完毕了。弗瑞拉不愿意只做三流的贸易商，从进货商家那里讨点儿温饱生活。但情况一直等到她有渠道弄到珍贵商品的时候才有所改变。

之前教会受到迫害的时候，在反宗教运动的高压下，许多艺术品被藏了起来：圣像、宗教书籍和银器等。否则就算这些东西不会被烧毁，也会被熔解。大多数神父采取行动来挽救教堂的遗产，他们把文物埋在地下，把银器塞入烟囱，甚至用防水皮革来包裹油画，把油画放进废弃生锈的拖拉机里。没人画过藏宝图，只有极少数人知道宝藏的地址，他们口口相传，一般以这样的话开头：

——*若我有不测*……

知晓这些秘密的大多数人都被逮捕、枪击，饿死在古拉格里，或是在做苦力的时候死去。在知道秘密的人里，弗瑞拉是第一个被释放的。她一个接一个地把这些宝藏打开，了解该了解的黑市知识，贿赂该贿赂的人，用船把宝藏运出国家，同西方宗教组织、私人购买者、外国博物馆商谈贸易。有的人对购买其他教堂珍宝的行为犹豫不决，但弗瑞拉的销售技巧非常野蛮有效：如果卖家给的钱达不到她开出的价格，那么商品的安全就得不到保证。有次她给买家运送十七世纪莫扎伊斯克[1]的圣尼古拉斯圣像。圣像以前用蛋彩画法画上了明

---

① 俄罗斯莫斯科州的一个城镇，位于莫斯科以西约110千米处。

亮的色彩，现在褪色了，为了重现鲜艳的色彩，圣像已经覆盖上了金和银的薄片。弗瑞拉能想象那些神父打开包裹，发现圣像变成碎片时哭泣不已的神情，而圣像的面孔也被扯了下来，只有眼睛幸免于难。弗瑞拉不会承认自己对文物的破坏，但为了维持生意关系，她会谴责过分热心的手下。之后，她就能重申自己的价格，把自己描绘成救世主，而不是奸商。

收到了钱财，她就如一直承诺的那样，带领她的黑手党实现了共同富裕。宝藏要一个一个挖，以免有人觉得她的领导是多余的。弗瑞拉小心谨慎，谁也不相信，她第一次花钱，镶了一颗灌了氰化物的牙齿。她骄傲地给她手下人展示，打消了他们的错误观念：她会经受不住折磨而把藏宝地点供出来。她宁愿用死来刁难他们，从这伙黑手党的反应来判断，有两个男人一直都有这种想法。那一周还没结束，弗瑞拉就杀掉了他们。

有个遗留问题，明纳格的司令官想按照他们之前畅想的那样，和弗瑞拉一起生活，并且从弗瑞拉的利润中取得他应有的那份。

——这是你那一份。

一把刀刺进了司令官的肚子，这不公平——弗瑞拉把自己的生命都献给了他。不到一小时，司令官就断气了，他在地上蠕动，想知道他为什么这么愚蠢。直到刀刺进入他肚子之前，他都确定弗瑞拉深爱着他。

房间充满了沉重的期待。弗瑞拉抬起手。

——我们不遵守通常的黑手党法律。你们以前一无所有，连自己都养不活。在黑手党法律说你们应该等死的时候，我拯救了你们，你们生病的时候我给了你们药，你们康复的时候我给了你们鸦片和酒。我唯一的要求是服从，这就是我唯一的法律。从这点来说，里克霍伊辜负了我。

没人移动。他们视线交错，每个人都想知道旁边的人都有什么想法。里克霍伊拄着拐杖，嘴巴扭曲，大吼着说道：

——我们杀了这婊子！让男人来带领我们！而不是这种认为性交是犯罪的女人。

弗瑞拉朝他走近。

——谁来领导新的黑手党，你吗，里克霍伊？你以前只为了一块面包皮，就舔我的靴子，不是吗？你这人非常冲动，只会做蠢事，你会把黑手党带向毁灭。

里克霍伊转向其他黑手党：

——大家一起操她。活得像个爷们儿！

弗瑞拉上前一步，猛击里克霍伊的喉咙，结束了他的挑战。弗瑞拉明白，她需要黑手党们的同意才能赢得这场争论，于是她用这样的话来反击：

——他侮辱了我。

现在要做决定的是她的手下。没人有什么反应。然后有只手抓住里克霍伊，之后另一只手又伸了上来——里克霍伊的拐杖已经被踢开了。他们把里克霍伊推到地上，撕开他身上的衣服。里克霍伊被按住了：每个人蹲下来按住一只手或者脚。剩下的人从炉子里取出烧红的煤炭。弗瑞拉低头看着里克霍伊。

——你不再是我们的一员了。

煤炭按在里克霍伊的文身上，他的皮肤冒起了泡，变得面目全非。这样再也没办法在这块皮肤上印上新文身了。根据规定，里克霍伊要被驱逐。但弗瑞拉知道复仇的力量有多么强大，所以她要让里克霍伊留下无法复原的伤口。她瞥了一眼马利什，传达了自己的命令。马利什掏出刀，迅速打开亮出刀刃。他要把文身切下来。

左娅在牢房里抓住栅栏，聆听外面回荡在走廊上的尖叫声。她的心脏扑通直跳，注意力全集中在这些声音上。这是成年男子而非男孩儿的尖叫声，于是左娅释然了。

科力马，马加丹港以北五十千米，第57号古格拉以南七千米

4月9日

他们并排站着，盯着旁边人的肩膀，随着货运卡车的震动一起摇晃。尽管没有警卫阻止他们坐下，但没有凳子，地板冰冷，所以他们还是不约而同地站着，挤在一起取暖，好像一群被捕获的动物。里奥站在最靠近防水布的地方。防水布松松垮垮，使得隔间里的温度低于零，不过因此而带来的好处是，布掀起来时能够瞥见外面的风景。押送队沿着科力马的公路上山。公路在景色中温和地延伸出去，好像知道自己在入侵荒野一般小心翼翼。押送队总共只有三辆卡车，连一辆跟着车队防止囚犯跳车逃跑的轿车都没有。荒野之中无处逃生。

公路猛然变陡，卡车的后部倾斜，和覆盖着雪的山谷形成了尖锐的角度。里奥不得不抓住铁框，其他囚犯滑下去的时候压在他身上。卡车无法再往上爬了，于是停了下来，摇摇晃晃，像是要倒滑。司机拉上了手刹，熄灭了引擎。警卫打开后部的门，囚犯滚到了路上。

——*走路！*

前面两辆卡车已经顺利翻过山峰，从视野里消失了。减轻了囚犯们的体重后，剩下的这辆也发动引擎加速上山。车后的囚犯们被警卫的枪指着蹒跚而行，像老人一般气喘吁吁。在这种地形下，警卫虚张声势的步伐变得荒谬可笑，宛若虫子般高视阔步。警卫觉得自己像在赶牲口一般，但以囚犯的眼光来看，警卫的自信让里奥非常惊讶。为了让他吓一跳，里奥很想说:

——我是你们的一员。

这个念头一闪而过。他是其中一员吗？为手中的权力感到满足，因国家赋予的重要地位而麻痹：显然他曾经如此。

到了山顶，公路趋于平缓。里奥停下来，一边平顺呼吸，一边审视面前的风景。寒风肆虐，他的眼睛因此泪汪汪的。他面前的土地好像月球表面：一片足有一个城市那么大的平缓高原，表面覆盖着平滑的冻土层和冰层，点缀着坑坑点点。荒凉的公路切开了一条不规律的对角线，朝着视线中最高的一座山延伸前进。这座山在一片高原之中忽然隆起，好像一个硕大怪异的驼峰。在那下面就是第57号古拉格。

囚犯爬回卡车的时候，里奥扫了一眼另外两辆车。他只能面对帖木儿不在警卫中的事实。如果帖木儿就在这些车上，不可能不与他联系，至少也会扫一眼人群，让里奥安心。自从昨天在老布尔什维克号的甲板上见过之后，里奥便没再见过他了。那之后他被赶进马加丹的运输营，驱除了虱子，医生检查后宣布他非常健康。然后里奥被分配到TFT，即重体力工作区（tyazoly fezichesky trud），在那里工作量没有上限。根据流程，里奥在大帐篷里等待。帐篷是为了接应犯人而临时支起来的，上百张床挤在一起，帆布的味道让里奥想起了卫国战争中的临时医疗设备。他们原本约好晚上碰头，但帖木儿没有出现，里奥用各种理由说服了自己：可能是有点儿延迟，他们早上会碰面的。追问帖木儿的下落太过危险，不但有可能暴露他们的掩护，更有可能正好碰上告密者。里奥辗转难眠，便早早起来，期待能看到帖木儿。囚犯们被装进卡车的时候，里奥还回头望了望。要找理由解释帖木儿的失踪，实在是越来越难了。

里奥很快就要见到七年未见的拉扎尔了。他们第一次见面的时候，他们视线相交的那一瞬间，是整个计划最危险的一部分。如果拉扎尔的仇恨已被时间腐蚀，那自然一切顺利。但他有可能直接冲上来杀里奥，还有可能说里奥是个秘密警察，一个审讯者，一个该为数百个无辜人入狱负责的人。周围都是曾被折磨过、审讯过的人，里奥能撑多久呢？所以帖木儿的存在至关重要，他们已经预见了这次重逢会充满暴力。不只如此，他们已将其列入了计划，作为警卫，帖木儿可以涉入调停一切争端。按照规定，里奥和拉扎尔会被拉开，然后被隔离在单人惩戒室。在相邻的单间里，里奥有机会解释自己来这儿是为了让拉扎尔重获自由，他的妻子还活着，但他不可能通过正常渠道获释等事情。拉扎尔要么接受里奥的帮助，要么一直到死都是个奴隶。

里奥一边用冰凉的手指抚摸着自己新剃的头发，一边拼命想着别的方法。只有一个选择——他不得不拖延和拉扎尔见面的时间，直到帖木儿出现。躲藏不太容易，自从斯大林去世后，第57号古拉格在囚犯人数和营地面积上都有所缩水。以前它包括许多分布在山腰的区域，聚集区中又有副聚集区，许多区域地形暴露，在这样贫穷的采矿地，他们这样做只是找死。第57号古拉格已经关闭了全部小棚屋，这个囚犯帝国只缩减到山脚下的主要基地里，这是唯一能养活大家的金矿。依照里奥对古拉格设计方案的估计，就算是中央地带，设施也很基础。第57号古拉格是长方形的，尽管曲线的设计更适应地形，但法律规定必须是方形设计。除了带刺铁丝网之外，古拉格没有圆形的边角。铁丝网由露出地面六米的杆子支撑着，埋入地下两米，围成一圈。这里有几个兵营，一个集体食堂，用铁丝网和管理中心隔开。到处都是隔开的铁丝网，到处都是由铁丝网划出的圆圈。古拉格还有六个警戒塔，大门两侧用原木筑了一排城墙，还有两个牢固的城塔，一边一个，安放了重机枪在大门两边。第57号古拉格的每个转角都有一座小城塔，工作人员可以在城塔上用望远镜观察地上的情况。就算警卫睡觉，或者喝醉，囚犯能获得的自由，也仅限于连绵的山峦，或是纵横几千米、暴露于风雨中的高原。

一来到这里，里奥就被赶进了里面的犯人区域。既然这里有三个兵营，那从理论上来说，在接下来的二十四小时里，里奥很难引人注意。这样帖木儿就有足够的时间赶到这里了。

卡车减速。里奥看到城塔上尽忠职守的狙击手，心头一紧，赶紧把视线挪向群山之间。山峦陡峭，危机四伏，而金矿就在山脉巨大的身躯当中，形成一条条沟壑，还有人力开凿的溪流。毫无意义的泥块被冲刷，被搬移，为的是让金矿露出地表。

两个城塔顶部冒出了人影：警卫正在监视新来的犯人。城塔十五米高，而上面的梯子摇摇晃晃，好像随时都会倒下来一般。城塔之间的大门被人打开了，警卫在雪地上嘎吱嘎吱地推开木头大门，让卡车开了进去。里奥在卡车后部，看着大门在他身后关上。

同一天

里奥从卡车上走下来，警卫引导他们站成一列。犯人挨在一起，浑身颤抖，排成一列等待检查。里奥没有围巾，帽子也不合适，他之前塞了一些破布在外套领子上。尽管他尽力御寒，但牙齿还是止不住地颤抖。里奥四处打量着这片区域，简朴的原木兵营就建在冻土上，下面靠几个短短的木柱支撑着。地平线附近是带刺的铁丝网和雪白的天空，无论是楼房还是其他设施都很简陋。现在像是这种情况：从前有个阔佬大兴土木，用摩天大楼代替了小木屋，而这里是他逮捕的人曾经站立，却又在此死去的地方，他已经忘了这些人的名字。这些人看到的景象就是如此，只是这位阔佬无法感受这些人的感受，这些人没有逃跑计划，也许什么计划都没有。

犯人在沉默中等待，但第57号古拉格的司令官——若列斯·辛亚夫斯基还不见人影。他的名声早已传出了古拉格，幸免于难的人到处传播，整个国家都在诅咒他。辛亚夫斯基五十五岁，是苏联劳动改造营总管理局[1]——就是古拉格的全称——的老兵：他整个的生涯都献给了如何加强奴役。他监督犯人建造工程，这些工程包括开凿费尔干纳运河，以及修建鄂毕河口通往叶尼塞河却半途而废的铁路。铁路长达几百千米，却像陈腐的钢兽一般躺在地上生锈。可是，这项工程的失败、数千人的性命、几十亿卢布的损失都未能动摇他的官职。其他长官都对犯人做出让步，让他们在睡觉、吃饭、休息等方面有所改善。但辛亚夫斯基眼中只有他的功绩。他强迫犯人在严寒酷暑下工作，但他自己一条铁路也没建成，他的名声全建立在别人的白骨之上。枕木不加固没有关系，枕木在七月骄阳下破裂、在一月寒冬中弯曲都没有关系，就算发生安全事故也没有关系。反正从理论上说他完成了工作定额，反正从理论上说他是个值得信赖的人。

之前里奥浏览过他的档案，对辛亚夫斯基来说，这些事情的意义超过了工作本身。他不求权不求钱，每当领导想把他提拔到气候更适宜、离城市更近的古拉格的管理岗位上时，他都选择拒绝。他申请统治最艰苦的移民区，自愿在

---

① Glavnoe upravlenie lagerei.

科力马地区工作。他眼见此地的荒凉，认定这就是适合他的土地。

里奥听到木头发出的嘎吱声，抬头一看，辛亚夫斯基已经走出司令官的营房，走到台阶顶部。他裹着厚厚的驯鹿皮大衣，仿佛让身材又壮硕了一倍。这件大衣是那样实用又美观，他沉静自若地穿在身上，仿佛在暗示他在英勇的斗争中杀死了这些动物。他这演戏一般的外表若是放到其他地方，换成其他人，肯定会被人觉得滑稽可笑。但在这里，在他身上，看起来就很合适。他是此地的王者。

其他犯人在火车和押解营上度过了几个月时间，生存本能早已被磨圆润了。但里奥和他们不同，他冷眼瞧着辛亚夫斯基，缓过神之后才想起他现在不是特工了，所以他侧开身子，低头盯着地面。犯人胆敢和警卫对视的话，有可能被枪毙。尽管这些规定在理论上已经改变了，但没办法知道这些改变是否已经实施。

辛亚夫斯基喊道：

——你们！

里奥还是低着头。辛亚夫斯基从演讲台上走下来的时候，台阶发出嘎吱的声音。他走到地面，脚步在冰雪上发出碎裂的声响。里奥看到辛亚夫斯基穿了一双漂亮的毛毡靴子，是定做的。直到现在里奥还是眉眼低垂，像极了遭到责骂的狗。突然里奥的下巴被人捏住，强迫他抬起头。里奥看到了辛亚夫斯基的脸，那是张饱经风霜的脸，皮肤宛如熏肉一般。辛亚夫斯基的眼睛是黄色的，像被碘酒滴过。里奥犯了个弱智的错误，他站了出来，所以被注意到了。他们通常的技巧是，在新来的犯人中树立一个典型，让其他犯人看好戏。

——你为什么把视线挪开？

里奥保持沉默，他感觉到其他犯人像散发热量一样松了口气。被选出来的人是里奥，而不是他们。辛亚夫斯基的声音格外温柔。

——回答我。

里奥答道：

——我不敢犯上。

辛亚夫斯基放开里奥的下巴，后退一步，手伸进了自己口袋。

预料到辛亚夫斯基会掏出枪，里奥花了几秒钟才让自己适应过来。辛亚夫斯基伸展胳膊——是的——可是他的手掌却对着天空。他手心里放着的是紫色的小花，每朵花不比一颗衬衫纽扣大。里奥想知道这是不是辛亚夫斯基一时的精神错乱，好像他脑袋被打进了子弹一般，图像一片混沌，记忆全碾碎在一起。但时间一过，这些精致的小花便会飘散在风中，这倒是真的。

——拿一瓣。

这是毒药吗？里奥会在众人面前痛苦翻滚吗？里奥一动不动，双臂靠在身体两侧。

——拿一瓣。

里奥无力地顺从，伸出手去。他用拇指和食指颤抖着伸到辛亚夫斯基手心里，仿佛这些指头是醉酒之人的大腿一般。里奥差点儿把那些花碰到地上。他拿了一瓣花，花很干燥，花瓣似乎一碰就碎的样子。

——闻闻。

里奥又沉默了，不明白辛亚夫斯基的意思。所以辛亚夫斯基又说了一遍。

——闻闻。

里奥把花举到鼻子跟前，吸了一口，却什么都没闻到。没有味道了。辛亚夫斯基笑了。

——花很可爱，是吧？

里奥琢磨了一下，不知道这个问题是不是刻意的陷阱。

——是。

——你喜欢吗？

——我喜欢。

辛亚夫斯基拍拍里奥的肩膀。

——你应该去种花。这片土地看起来非常荒芜，但充满了生机。一年当中表层的土融化的时间，只有二十周。在这些日子里，我让所有犯人都耕作，你们想种什么就种什么。大多数人都种蔬菜，但这地方种出来的花因本身的朴素而格外美丽。最朴素的花就是最美丽的花，难道你们不同意吗？

——我同意。

——你想种花吗？我不愿强迫你，你也可以做其他事。

——花……很……好。

——是的，花很好，花很好。最朴素的花最好。

辛亚夫斯基弯腰靠向里奥，低声说道：

——我给你留块好地。这是我们的秘密……

他亲热地挤挤里奥的胳膊。

辛亚夫斯基后退一步，看着整排犯人，伸出手向他们展示紫色的小花。

——拿一瓣。

犯人犹豫了，辛亚夫斯基又说了一遍：

——拿！拿！拿！

犯人迟钝的反应让辛亚夫斯基有了挫败感，于是他把花撒向空中，紫色的花瓣在他们刚剃过毛发的脸上飞舞。辛亚夫斯基又从口袋里掏了一把花扔向空中，一次又一次，让花瓣像雨一样淋在他们身上。有的犯人抬头来看，小小的紫色花瓣就落在他们的眼睫毛上。极少数人还是盯着地面，毫无疑问他们认为这是他们经历过的最狡猾的把戏。

里奥让花瓣在掌心上放稳，他不明白，他没法搞清楚——难道他读错了档案？这个口袋里装满花的人，就是那个任由犯人尸体在一旁腐烂，却驱赶犯人的同伴继续工作的人吗？这人不可能是监督开凿了费尔干纳运河、修建了鄂毕河铁路的人。辛亚夫斯基口袋里的花撒完了，最后一片花瓣打着转落到雪地上，然后辛亚夫斯基继续他的演讲。

——这些花生长在世界上最贫瘠严酷的土地上！美从丑中产生：这就是此地的信念！你们不是来这里受苦的。你们和我一样，是来这里工作的。我们没有什么大的差别，的确，我们做着不同的工作，也许你们的工作更辛苦。但是我们会一起艰苦奋斗，为国家而奋斗。我们会改善自己，我们会变成更好的人，在这里，在这个地方，在这个没人以为会有美德的地方。

这些话听起来真心实意，是用诚恳的感情激发出来的。不管辛亚夫斯基是因内疚而感到痛苦，还是在忏悔，或是害怕在新制度下接受审判，但很明显他失去理智了。

辛亚夫斯基朝警卫招招手，一个警卫匆忙朝着食堂走去，片刻之后他们他们带着几个犯人回来了，每个犯人都抱了一个瓶子，还拿着一个盘子，上面摆满了小小的锡杯。这几人往锡杯里倒入黑色浓稠的液体，递给每位犯人。辛亚

夫斯基解释道:

——这种饮料，松针饮料，是用松针榨出来，再加入玫瑰香水酿成的。两种东西都富含维生素。饮料能让你们保持健康，你们身体健康，才能高效工作，在这里，你们要过比在古拉格外面更高效的生活。我的工作是帮助你们变成更高效的公民。在这种情况下，我也会变成更高效的公民。你们幸福我就幸福，你们改善了我也就改善了。

里奥没动，他的手还伸着，微风拂过，把花瓣吹到地上。里奥弯腰把花瓣拾起，他站起来的时候，拿着松针饮料的犯人已经来到跟前了。里奥去拿小锡杯，手指和犯人的手指短暂相接。这一刻之前，他们还是陌生人，但现在他们认出了对方。

同一天

拉扎尔的眼睛变得大大的，黑色的瞳孔后面燃烧着红色的火焰。他很瘦，原来的身材仿佛被煮沸而浓缩了——他身材僵硬，说得更明白些，除了他左脸部分的下巴和脸颊比较润滑之外，他身上的皮肤都绷得紧紧的，好像皮肤是蜡做的，放在离火很近的地方烤过一般。里奥还没回忆起拉扎尔被逮捕的那晚，就推断拉扎尔肯定得了中风。里奥的拳头本能地紧紧攥着——他以前就是用这只拳头一次又一次地猛揍拉扎尔，直到把拉扎尔的下巴揍得血肉模糊。七年时间过去了，伤口肯定早就愈合了，任何伤口都早就愈合了。但是拉扎尔在卢比扬卡里面好像没得到什么治疗。那些审讯员可能还利用了这些伤口，若是拉扎尔的回答不能令他们满意，他们就扭曲那块裂开的骨头。在古拉格里拉扎尔可能只得到了有限的治疗，没有实施康复疗程——这种想法简直是异想天开。这桩冲动而愚蠢的暴力行为，深深地刻进拉扎尔的骨头里，却在里奥的指关节疼痛减轻的时候，就被里奥抛诸脑后。

对两人的重逢，拉扎尔并没有什么看得见的反应，只有两人视线相交的时候，拉扎尔才怔了一下。他的脸色波澜不惊，左边的嘴巴永远扭曲着。拉扎尔一个字没说，就转身走到那排犯人中，给新来的犯人倒松针饮料。拉扎尔没有回头，仿佛什么差错都没出，仿佛他们又变成了陌生人。

里奥还留在原地，他握着小锡杯，手指紧紧攥住。他手指发抖的时候，杯中的饮料也随之摇晃。里奥没法思考，也没法筹划。这时辛亚夫斯基用幽默的语气喊道：

——大家听着！爱花的人！喝吧！这会让你身体强壮！

里奥举杯到唇边，把杯中的黑色饮料送入咽喉。饮料特别苦，像焦油一样通过里奥的喉咙，让他差点儿咳出来。里奥闭上眼睛，强行把饮料咽下去。

他睁开眼睛的时候，看到拉扎尔已经完成了工作，返回食堂，步伐不紧不慢。拉扎尔走过里奥身边的时候，也没回头看里奥一眼，神情中毫无激动的迹象。辛亚夫斯基又演讲了一会儿，但里奥没听进去，在他平静的拳头里，干燥的紫色花瓣已经被碾得粉碎。这时站在里奥右边的犯人嘘了一声：

——小心点儿！我们要走了！

辛亚夫斯基已经演讲完毕，情况介绍也结束了，犯人也被引导着从管理区域走向犯人区域。里奥差不多在这一排的尾巴上。太阳西沉，在地平线上消失，警戒塔上灯光闪烁，但没有聚光灯来扫荡这一片区域。除去窗户里透出的昏暗亮光，这片区域一团漆黑。

他们穿过了第二道铁丝网。警卫还站在两片区域的分界线处，全副武装，引导犯人朝兵营走去。晚上警卫都不来这片区域，这里太危险了，一个犯人在这里很容易被人打碎脑袋，从人间蒸发。警卫只维持围墙的完好，他们把犯人封锁在里面，让犯人自己折腾。

里奥是最后进入兵营的——和拉扎尔一个兵营。里奥就要在没有帖木儿的情况下，和拉扎尔单独碰面了。里奥要和拉扎尔交谈，对他晓之以情，动之以理。拉扎尔曾是牧师：他会倾听里奥的忏悔，而里奥也有太多的话想说。里奥变了，他花了三年时间来弥补自己的罪行。像一个人走向刑场一般，里奥迈着沉重的双腿爬上台阶，推开门，深深地呼吸，将兵营里拥挤的人群发出的恶臭气味全吸进肺里，然后他看到了所有人满怀憎恨的面孔。

同一天

里奥眼前一黑。回过神来的时候，他发现自己倒在地上，脚踝被人拉住，身子被一群犯人拳打脚踢。里奥用手摸摸头皮，发现头皮上粘着血。他没法集中精神，没法反抗，只是无助地被围攻，这样里奥撑不了多久的。一口唾沫吐进了里奥眼中，一只靴子猛地踢在里奥头上。他的下巴撞在地板上，他的牙齿上下打战。突然，这些拳打脚踢、口吐唾沫、大声叫喊的行为全停止了，暴行像约好了一般都消失了，只留下咳嗽不止的里奥，仿佛被暴风雨洗劫过一般。从咆哮的怨恨到现在的鸦雀无声，肯定有人在插手这事。

里奥还待在原地，害怕他壮着胆子一抬头，这宝贵的平静就会结束。一个声音响起：

——起来。

这不是拉扎尔的声音，是个年轻男人的。里奥伸展开身子，抬头看看这人隐约的模样——是两个人，拉扎尔就站在这年轻男人身边，这个年轻男人也许有三十岁，头发和胡须都是红色的。

里奥擦去脸上的浓痰，还有嘴角和鼻子上的血迹，笨拙地转身坐了起来。周围有两百多个犯人在看着他，有的坐在顶层的床位上，有的站在里奥身旁，好像他们是来剧院看演出的，坐在不同的座位席上。新来的犯人站在角落里，庆幸大家的注意力没落到他们身上。

里奥站起来，弯腰驼背，像个残疾人。拉扎尔走上前，围着里奥转了一圈，检查里奥的身体，然后再回到里奥正前方，和他视线相对。拉扎尔的表情闪烁着巨大的能量，绷紧的皮肤在颤抖。他缓缓地张开嘴，闭上眼睛，很明显这样做给他带来了极大的痛苦。拉扎尔吐出的声音比窃窃私语还小，空气稍稍流动，就把这最轻微的声音传递出来了。

——马克……西姆。

里奥本打算说的每件事，他如何洗心革面、重新做人的故事，他转变的整个希望，仿佛雪碰到燃烧的煤一般，瓦解崩溃了。里奥一直安慰自己，他比他绝大多数特工同事更好，那帮人嘴里镶了一排金牙，而这种风气还是从他们审讯的罪犯身上学来的。里奥不是最差的：远远不是。他属于中等水平吧，也许还不到。杀人的是那群怪兽，而里奥藏在那群怪兽的阴影下。里奥做了错事，做了一定程度的错事——顶多也就是个一般坏的恶棍。听到这个名字，这个他当初选择的化名，里奥顿时痛哭流涕。他努力止住哭泣，但毫无用处。拉扎尔伸手摸了摸一滴眼泪，然后用指尖把眼泪黏住。拉扎尔凝视了眼泪好一会儿，又把这滴眼泪抹回原来的地方——拉扎尔用指尖按在里奥的脸颊上，轻蔑地把眼泪抹在上面，像是在说：

——收起你的眼泪吧，这些眼泪毫无作用。

拉扎尔拿起里奥的手——手掌还留着在下水道追逐行动中造成的伤痕——将其按在自己的左脸上。

他的脸颊崎岖不平，像鹅卵石一般，全是沙砾。拉扎尔又张开嘴，他面部抽搐，痛苦地闭上了眼睛。物理定律在这一刻仿佛逆转了，气味居然比光线传得更快，里奥先闻到一股腐味，然后才看到拉扎尔腐烂坏掉的牙齿。很多牙齿都不见了，牙龈也丑陋不堪，上面有黑色的斑纹，还有歪歪扭扭、充满血腥味的残牙。时过境迁：当年卓越的演说家，演讲过三十年，布道过三十年的人，现在变成了浑身恶臭的犯人。

拉扎尔闭上嘴，退了回去。红发男人歪着头，仿佛他的头是一块马上要作画的画布。拉扎尔俯身过去，嘴唇都快靠到红发男人的耳朵上了。拉扎尔说话的时候，他的嘴唇只是稍稍移动，红发男人传递了拉扎尔的话。

——我把你当儿子对待，敞开家门欢迎你。我信任你，我爱你。

红发男人并没有把第一人称改成第三人称，仿佛他就是拉扎尔一般。里奥回答道：

——拉扎尔，我不为自己辩护。同样，我恳请你听我说。你妻子还活着，她派我来到这里接你回去。

里奥和帖木儿曾猜测过，拉扎尔会不会已经收到了弗瑞拉寄来的密信。但现在拉扎尔的惊讶之情是真实的，他对自己妻子的事情一无所知，也不知道他妻子的变化。拉扎尔生气地朝红发男人挥挥手，红发男人便上前踢里奥的膝盖：

——你撒谎！

里奥看向拉扎尔。

——你妻子还活着，所以我才会来这里。这是真的！

红发男人回头一望，等待指示。拉扎尔摇摇头。得到了指示，红发男人便翻译道：

——你知道什么真实？你是契卡干部！说的全是一派胡言！

——阿尼西娅三年前就从古拉格里释放了。她变了，拉扎尔，她现在变成了黑手党。

几个围观的黑手党笑了，一个牧师、异见人士的妻子居然进入了他们的行列，这概念真可笑。里奥没注意这个。

——她不仅是黑手党，还是头目。她现在没用阿尼西娅这个名字，她的绰号是弗瑞拉。

怀疑的笑声飘扬在空中。人们大叫、相互推搡，女人可以统治他们的念头刺激了他们。里奥提高音量。

——她现在掌控一个黑手党团伙，宣誓复仇。她已经不是你记忆中的那个女人了，拉扎尔。她绑架了我女儿，如果我不能把你安全释放，她就要杀我女儿。但是你没可能被释放，没有我的帮助，你只会死在这里。我们的性命都取决于你能不能逃出去。

围观人群被里奥的故事激怒了，他们站起来，朝里奥走近，准备再打他一次。但是拉扎尔举手示意，让他们回到原位。拉扎尔在这伙犯人中肯定有一些声望，所以犯人都没质疑，而是顺从地回到了他们的床位上。拉扎尔把红发男人招到身边，在他耳边窃窃私语。红发男人点点头，表示赞成。拉扎尔一说完，红发男人便用高傲的语气说道：

——你这种走投无路的人，什么话都说得出来。你是骗子，一直都是。以前你就骗过我，现在你骗不了我了。

如果帖木儿在的话，他就能提供弗瑞拉的信作为证据，证明弗瑞拉还活着。弗瑞拉在信上详细解答了这些疑问，没有这封信，里奥就绝望无助了。里奥孤注一掷地说道：

——拉扎尔，你有儿子。

整个房间沉默了。拉扎尔动摇了，仿佛他体内有什么东西被打破了一般。他张开嘴，做出扭曲的动作，尽管他已经怒火冲天，但他说出的话仍然小声到差点儿听不见。

——不！

他的声音很嘶哑，和他的脸颊一样畸形。吐出一个字而带来的痛苦，也让拉扎尔虚弱不堪。有人给他拿了把椅子让他坐下，他一边坐下一边擦拭苍白脸庞上的汗水。他再也说不出话来，第一次示意红发男人自由说话。

——拉扎尔是我们的神父。我们大多数人都是他的教众，我是他的代言人。在这里，他可以谈论上帝，不用害怕说错话。他已经在监狱里了，政府怎么可能还能再送他进监狱呢。在监狱里，他获得了外面无法给予的自由。我的名字叫格奥尔基·瓦维洛夫。拉扎尔是我的导师，以前他也努力做过你的导师。不仅如此，我宁死也不会背叛拉扎尔。我鄙视你。

——我也可以把你带出去，格奥尔基。

红发男人摇摇头。

——你利用人性的弱点而飞黄腾达。我哪儿都不想去，只想陪在我导师身边。你被人送到拉扎尔身边，他觉得这是天意。你以前审判过别人，现在你也要接受审判。

拉扎尔转身看着站在兵营后方的一个老人，一直到现在，这个老人都没参与进来。拉扎尔示意老人走上前。老人缓缓前行，步履蹒跚。他对里奥说道：

——我三年前见过审讯我的人。像你一样，他曾把很多人送进了监狱，可他也被送进了监狱。我们想了个法子来惩罚他，把以前遭受过的酷刑整理成了一份列表，这份列表上有上百种酷刑。每一晚我们都对他施加一种酷刑，按照列表一种一种地折磨。如果他能挺过所有酷刑，我们就让他活着。我们不想让他死，我们想让他尝尽所有酷刑。为了这个目的，我们阻止他上吊自杀，还给他喂食。我们让他保持强壮的身体，这样他才能承受住更多酷刑。他尝试了三十种，然后故意跑到犯人区域的边界，被警卫开枪打死。他曾经在我身上用的酷刑就是列表上的第一种酷刑。你今晚就会尝试这种。

老人把裤脚卷起露出膝盖，膝盖紫得发黑，扭曲变形。

科力马，马加丹港以北三十千米，第57号古拉格以南十七千米

4月10日

云雾下垂一千米，完全遮掩了人们的视线。镀银的小水滴悬挂在空中——是冰和水用魔力混合而成的雾。土褐色的公路一米接着一米地出现，宛如沉闷的灰色地毯一般在他们眼前缓缓展开。卡车行驶得很慢，帖木儿因意外的延误而气恼，他看了看表，才想起这只表已经坏了，被之前的暴风雨打裂了。表戴在手腕上起不了什么作用，玻璃壳裂开了，里面的机械部分也灌进了盐水。帖木儿想知道表到底损坏到了什么程度，他父亲说这只表是他们家的传家宝。帖木儿怀疑他父亲在说谎，说这话只是为了掩饰在帖木儿十八岁生日的时候，只给了他一块手表而说的。尽管帖木儿不在意这些，但也正是因为这个谎言，这只表成为帖木儿最贵重的宝贝。等到大儿子十八岁的时候，帖木儿也打算把表传给他，哪怕帖木儿还没想好是要解释清楚这个谎言的微妙之处，还是仅仅让神圣的起源传承下去。

尽管有延误，帖木儿还是非常放心，至少他不用被送回去，横穿鄂霍次克海返回纳霍德卡港口了。昨晚他在老布尔什维克号上待了一夜，船都要准备返航了：船舱已修复，水也排出了，新释放的犯人也上了船，他们脸色凝重地思考自由的问题。帖木儿想不到脱困的办法，他站在甲板上，呆若木鸡地望着港口工作人员松开绳索。再过几分钟，船就要出海，接下来的一个月时间里，他都没办法去第57号古拉格了。

帖木儿不顾一切地走到船长室，希望在环境的强迫下，他能想出说得通的

借口。船长转身看着他的时候，帖木儿不经意间脱口而出：

——我有些事情要告诉你。

这是笨拙的谎言，帖木儿记得把真相换种说法要容易些。

——确切地说我不是警卫。我在内务部工作。我到这里来是为了视察赫鲁晓夫发表报告之后，这边的制度是否按照报告里的要求实施了。这艘船的管理方法，我已经看得够多了。

一提到那份报告，船长的脸就白了。

——我是不是做错了什么？

——抱歉，我报告的内容是保密的。

——但这一次的航行，发生的那些事情，不是我的错。帮个忙，如果你要把船失去控制的事情写进报告里……

帖木儿对自己的借口所带来的权力惊叹不已。船长靠近他，声音中充满了恳求：

——我们都没想到隔离墙会倒掉。别让我丢了饭碗，我找不到其他活可干了。在知道我做过什么工作，掌管过一艘监狱船之后，谁还会和我一起工作？我会被人讨厌的。我只能待在这里，我属于这个地方，行行好，我没地方可去。

船长的绝望让帖木儿为难了。他做了让步：

——我告诉你这些，只是因为我不能返航。我需要同艾贝尔·普列津特——地区负责人交谈。你要在没有我的情况下管理好这艘船。至于我的缺席，你可以在船员面前找借口掩饰一下。

船长低着头，谄媚地笑了。

离开船来到港口，帖木儿庆贺自己想出了这么有效的借口。他自信满满地走进犯人处理中心的行政部门，走上楼梯来到部门负责人艾贝尔·普列津特的办公室，这人曾安排帖木儿在老布尔什维克号上工作。普列津特板起了脸。

——有什么问题吗？

——我在船上待得够久了，够写报告了。

像意识到危险的猫一样，普列津特的姿势改变了。

——什么报告？

——我是内务部派来搜集信息的，考察赫鲁晓夫的报告发表后，改革是否实施了。因为这个目的，我隐瞒了身份，这样我才能准确判断古拉格到底是怎么管理的。但是，你又把我安排到老布尔什维克号上，这种安排和我接受的命令有冲突，所以我不得不挺身而出。我不会出示证明，这个不用说了吧？因为我们没考虑到我的工作会受到盘问的情况。但是，如果你需要证明的话，我倒是知道你工作履历中的每个细节。

帖木儿和里奥曾仔细研究过这片区域所有关键人物的档案：

——你曾经在哈萨克斯坦的卡尔拉格[①]工作过五年，在此之前——

普列津特举起一根指头，礼貌地打断了帖木儿的话，他压低了声音，仿佛有只看不见的手正抓着他纤细白皙的脖子：

——好的，我明白了。

他站起来考虑了一下，双手放在背后。

——你是为了写报告才来这儿的？

——没错。

——我之前就担心这种事会发生。

帖木儿点点头，临时编出来的故事竟然这么可靠，这让他很满足。

——莫斯科需要定期的评价。

——评价……这个词太致命了。

帖木儿没去干涉普列津特的沉思和他忧郁的反应，帖木儿试着把隐藏的威胁缓和一些。

——只是收集一些材料而已，没别的。

普列津特回答道：

——我为了国家，我住在别人都不想住的地方，我和全世界最危险的犯人一起工作，我做的是别人都不想做的事情。我学着如何去当一个领导人，但现在有人跟我说，这些事情是错误的。朝令夕改，无伤大雅的事情在下一秒就变成了犯罪。法律一会儿说我该严酷，法律一会儿又说我该宽容。

帖木儿的谎话已经完全把人忽悠住了。只是稍微提到秘密报告，他们就颤

---

① 最大的古拉格之一。

抖不已。和船长不同，普列津特没有请求，或者说乞求在报告中给他美言几句，他好长一段时间都在回忆过往，忘记了自己的位置和意图。帖木儿强调了自己的优势。

——我要马上去第57号古拉格。

普列津特说道：

——那是自然。

——我马上就走。

——晚上没法进山。

——不管危不危险，我都要马上走。

——我明白，我耽误了你的时间，我道歉。但就是不行。明天一早出发吧，一早就走。黑暗中我什么也做不了。

帖木儿转头对司机说道：

——还有多久能到？

——两三小时——雾太大了，三小时吧，我觉着。

司机笑了，然后又说道：

——我从没听说过要急着去古拉格的人。

帖木儿没理这个笑话，忍住不耐烦的躁动，将其转化为重新审视自己计划的能量。要想成功，就得把每个环节都设置好。拉扎尔的合作态度在他们的计划之外，帖木儿身上有弗瑞拉写的信，他们反复阅读了这封信，确定里面没有警告或者秘密的指令。他们没有找到这种暗语，但为了更具说服力，里奥坚持要瞒着弗瑞拉，附上一张七岁小男孩儿的照片。照片中的男孩儿当然不是拉扎尔的儿子，可是，反正拉扎尔也不知道。给他一个直观的印象比给他一个概念要有效得多。这事要搞砸了的话，那帖木儿只能用氯仿来麻醉拉扎尔了。

卡车减速停了下来。前方是一座设计简陋的木桥。桥跨过一段深深的断层，这段断层是群山间的一道裂缝。司机的手猛地抽了一下。

——山上的雪一融化，很快就会流下来……

帖木儿紧张地在座位上坐直，凝视着那座摇晃的桥。桥的那头没入雾中，司机蹙眉道：

——桥是犯人修的，别太信任！

和他们一起来的还有一个睡着了的警卫。从他衣服上透出的味道判断，这警卫昨晚大醉了一场，也许他每天晚上都要喝酒。司机摇摇警卫。

——醒醒！没用的家伙……懒鬼……醒醒！

警卫睁开眼睛，眨眨眼看着这座桥。他揉揉眼睛，爬出驾驶舱，跳到地上。警卫打了个响嗝，招手示意卡车前进。帖木儿摇摇头。

——等等。

帖木儿走出驾驶舱，站在地上，伸展双腿。他关上门，走到桥头。司机的担心是对的：桥比卡车宽不了多少。也许每边只留有三十厘米的空余，没对准的话，轮胎一打滑，谁都拦不住。帖木儿低头一看，身下十多米的地方就是一条河。河岸两边悬垂着光滑的冰柱。这些冰柱正开始融化，水滴快速下落，给狭窄而起伏的河流补充水。一个星期后，雪化了，这里就会形成洪流了。

卡车缓缓向前。那个还没缓过酒劲儿的警卫点了一支烟，撂了担子乐得清闲。帖木儿示意司机操纵卡车往右：卡车都快到边上了。帖木儿又做了手势，这里能见度很差，但帖木儿可以看到司机，司机也应该能看到他。帖木儿喊道：

——向右！

尽管还没做必要的调整，但卡车突然加速了。同时卡车点亮前灯，硫黄色的光线让帖木儿眼瞎了，卡车朝着他冲过来。

帖木儿想躲开但来不及了：保险杠把他撞到半空，然后他落进峡谷中。他的身体短暂地悬浮在空中，头脚颠倒地冲进微微闪烁的天空。帖木儿落了下来，身体旋转着掉入河里，直接砸在冰面上。帖木儿脸先着地，骨头和冰一起碎裂。

帖木儿躺在那里，耳朵贴着冰面，像在抢劫保险箱一般。他手脚都动不了，脖子也没法动，什么疼痛都感觉不到。

有人朝下面喊话：

——叛徒！要调查你自己去调查吧！我们团结一致！我们不怕他们！

帖木儿没法扭头抬头看，但他认出来这声音是司机的。

——这儿将不会有报告，不会有谴责，不会有犯罪——科力马没有这些东西，也许莫斯科有，但这儿没有。我们做的是必须做的事情！我们只是服从命令做事！去他妈的赫鲁晓夫的报告！去他妈的报告！让我们看看你写了些什么东西。

醉酒的警卫讥笑了几声，司机对他招招手。

——下去。

——干吗？

——要不然每个人都会看见他的尸体。

——谁会啊？又没其他人。

——我不知道，但某些像他一样的人会，如果他们又派别人来的话。

——我可不能下去，冰要化了。

——三周后才会化，到那时知道这事的人都找上门来了。你就下去把他推进河里就成。把这事做好。

——我不会游泳。

——他躺在冰上。

——但冰面破了呢？

——那你就会打湿脚。下去吧！没问题的。

警卫看着河面，他的呼吸声凌乱刺耳。勉为其难的刽子手在帖木儿耳中听来，像是懒惰的十几岁少年在发牢骚一般。警卫从陡峭的河岸爬下——逐渐接近的凶手发出了不雅的声音。

帖木儿想起，他最大的恐惧来自于他曾有一位家人死在古拉格里。他从不担心自己，一直认为自己能处理好这事，而且在某种程度上，无论怎样他都能回到家里。

这是帖木儿生命中最后的几分钟。他想起了妻子，他想起了两个儿子。

警卫被人指使做事，他生气了，酒劲儿让他头晕。他被迫滑下溪谷，冒着扭伤脚踝的危险，最终来到河堤上。他用沉重的靴子轻探冰面，看冰面是否结实。警卫尽量把自己的体重分散，他俯身手脚并用，朝帖木儿的尸体爬去。警卫用枪管碰碰帖木儿。帖木儿一动不动。

——死了！

司机喊道：

——搜身。

警卫把手伸进帖木儿的口袋，找到一封信，一点儿钱，还有一把刀子——都是零碎东西。

——没别的了！

——他的表呢？

警卫解下表。

——表坏了！

——把尸体推进河里。

警卫坐在冰面上，用靴子把尸体朝河里踢过去。帖木儿很沉，但他的尸体在光滑的冰面上滑动并没遇到太大困难。在冰床边缘，警卫看到男人的眼睛睁开了。眼睛眨了眨——这个莫斯科来的男人，还活着。

——他还活着！

——活不长了。推进去。我快冷死了。

警卫看着帖木儿又眨了一下眼睛，然后把他从冰床边缘踢进河里。水花溅起，尸体滚了下去，然后被水流带向下游，进入一片荒野之地，在那里没人能找得到帖木儿。

警卫还坐在冰面上研究那块表。这只表是廉价货，还被砸裂了，一文不值。但警卫忍住了把表扔进河里的冲动。不管表上的玻璃碎没碎，扔掉表都是一种可耻的举动。

莫斯科

同一天

埃蕾娜问道：

——左娅什么时候回家？

瑞莎回答道：

——很快。

——我从商店回来的时候吗？

——不，没那么快。

——那要多久？

——里奥回来的时候，会把左娅一块带回来。我不知道准确的时间，但很快了。

——你保证？

——里奥会竭尽全力的，我们多给他一点儿耐心吧。你能看在我分儿上这样做吗？

——如果你保证左娅安全的话。

瑞莎别无他法，只能做出保证。

——我保证。

埃蕾娜每天都在问同样的问题。每次都好像是她第一次问这个问题。她也不是要问最新进展，更像是在和回复一唱一和，倾听几分钟的变奏曲罢了。只要有一点儿不耐烦或是恼怒，只要有一点儿怀疑的迹象，埃蕾娜就会变得神经兮兮，沮丧不已，左娅被绑架之后埃蕾娜就是如此。她拒绝离开房间，痛哭流涕，直到把泪水哭干。里奥拒绝了医生让埃蕾娜服用镇静剂的建议，每晚都坐在埃蕾娜身旁，一坐就是几小时。直到瑞莎从医院康复回家之后，埃蕾娜才开始恢复。里奥离开莫斯科后，事情才有了最戏剧的变化。埃蕾娜倒不是盼望着里奥离开：至少这是左娅能回来的第一项证据。瑞莎一直在脑子里灌输这个概念：里奥回来的时候，也会把左娅带回来。埃蕾娜没必要知道她姐姐在哪里，或是在做什么，只需要知道左娅要回家，而且会很快回来就可以了。

里奥的父母等在大门口。瑞莎虽然康复但身子还很虚弱，需要里奥父母的照顾。他们搬进了周围有栅栏的行政公寓区，做饭、打扫卫生，营造出家庭的感觉。埃蕾娜准备出门的时候，停了下来：

——你要不要和我们一起去玩？我们走慢点儿就是了。

瑞莎笑了。

——我身体还没完全恢复，再过一两天就好了，那时候我们就可以一起出门玩了。

——和左娅一起吗？我们可以去动物园，左娅喜欢那里。她装作不喜欢，但我知道她喜欢。这是她的秘密，我也想让里奥一起去，还有安娜和史蒂芬。

——我们都会去的。

埃蕾娜关上门的时候笑了，很长时间以来，这是瑞莎第一次见到埃蕾娜笑。

瑞莎一个人躺在左娅的床上。她搬进了左娅的房间，只有瑞莎躺在埃蕾娜身旁，埃蕾娜才睡得着。行政公寓的安保措施加强了，整座城市都纷纷效仿。退休或者没退休的特工都在重新检查他们的居住环境，给门加上额外的锁，给窗户装上栅格。尽管政府尽全力封锁消息，但凶杀案太多，流言总会传出。每个曾经告发过朋友或者同事的人，都采取了预防措施。这些投机分子，正如弗瑞拉所许诺的那样，恐惧不已。

瑞莎睁开眼睛，不知道自己睡了多久。尽管她面朝墙壁，看不见身后的情况，但她仍然肯定有人进了房间。她转身抬头，看到有个穿制服的人站在门口，男女莫辨。瑞莎有种朦胧的感觉，既不害怕也不惊讶。这是她们第一次碰面，但两人之间像是有种特殊的熟悉感，立刻就变得亲密起来。

弗瑞拉摘下帽子，露出平头。她进房间，说道：

——你可以大喊大叫，或者我们也可以谈谈。

瑞莎坐起身。

——我不会大叫的。

——对，我也这么认为。

瑞莎听过这种口气很多次：男人觉得自己比女人高人一等的时候就是如此，更何况这种口气出自于比她大不了几岁的女人口中。弗瑞拉注意到了瑞莎的怒气。

——别发火。我必须肯定这点。要进来见你一面可不容易，我试过好多次了。缩短拜访的时间真是令人羞愧的事情。

弗瑞拉坐在另一张床上，那是埃蕾娜的床。她背靠墙壁，双腿交叉，解开制服扣子。瑞莎问道：

——左娅安全吗？

——她很安全。

——她没事吧？

——没事。

瑞莎没理由相信弗瑞拉，但她还是相信了。

弗瑞拉拿起埃蕾娜的枕头，缓缓地抱住。

——这房间很温馨，充满了美好的东西，还有两个可爱的女孩儿，她们还有优秀的父母。这些美好的东西能够补偿杀父之仇吗？这些柔软的床单能够让孩子忘记那桩罪行吗？

——我们从未想过购买她们的感情。

——难以置信啊，看看周围吧。

瑞莎努力抑制自己的愤怒。

——如果我们什么都不给她们买，难道就更像个家吗？

——但你们不是一家人。没错，不了解真相的人可能会错以为你们是一家人。我想知道所谓的普通生活是不是里奥脑子里的幻觉。这不真实，他明白这点，但是他从别人的感觉中得到了享受。里奥擅长相信谎言。两个女孩儿只不过是支撑谎言的柱子，她们穿着华美的衣服，这样里奥就可以扮演父亲的角色。

——女孩儿之前在孤儿院，我们让她们自己选择。

——选择的一项是疾病、贫穷和营养不良，另一项是和杀害父母的凶手生活在一起……这算什么选择啊。

瑞莎怔住了，犹豫不决，无力反驳。

——里奥和我从没觉得收养是简单的事情。

——我提到“杀害父母的凶手”的时候，你没有纠正我。我本以为你会说：里奥没开枪打死他们，他还努力救他们呢。他是坏人当中的好人。你不相信，对吧？

——他以前是MGB的特工，做过很多坏事。

——但你还是爱他？

——我并不一直爱他。

——你现在爱他？

——他已经变了。

弗瑞拉倾身向前。

——怎么不回答了？你爱他吗？

——是的。

——我想听到你说：我爱他。

——我爱他。

弗瑞拉坐回去，陷入沉思中。瑞莎补充解释道：

——他不是逮捕你的人。他不一样的。

——你说得对，不是他。这是关键的差别。过去没人爱他，现在有人爱他了。你爱他。

弗瑞拉解开衬衫衣领的扣子，露出文身的一角。这些遍布她身体的文身就像是古代巫师的符号一般。

——瑞莎，你对他了解多少？你对他的过去了解多少？

——他潜伏进你丈夫的教堂里。他背叛了你们，他背叛了你们的宗教，背叛了拉扎尔。

——就算是这些事情，他也该死。可是，你知道他在背叛之前，还勾引过我吗？就是花前月下那种？

瑞莎低头，点点头。

——是的，他要求你离开拉扎尔。我相信在那个时候他相信你想成为他的妻子。他被你迷住了，他曾被很多事情迷住过，包括爱。尤其是爱。

弗瑞拉好像很失望，想说出一个秘密。她继续说话，但热情明显消失了。

——他以为他在努力拯救我。其实他是在努力拯救他自己。如果我接受了他的要求，他就会愚弄自己，相信自己从内心深处来说是个高尚的人。我可不会这么轻易地原谅他的罪行。我诅咒他，我发誓他不会得到爱。我确定我是对的，这种恶魔怎么会得到爱呢？谁会爱他呢？

在弗瑞拉的凝视下，瑞莎觉得不安了。

——我没有为他做的事情辩护。

——但你必须这么做。你爱他。我看到你们两个人在一起了。我监视过你，像里奥以前调查我一样调查过你，你令他快乐，对他而言，你的爱就是一切。所以我才做这个实验，所以我才会来这儿，我想知道你怎么会和他住在一起，睡在一起。我最开始觉得你很蠢，你是特工的战利品，既美丽又不问是非。我以为你对里奥犯下的罪行满不在乎。

弗瑞拉站起来，穿过两张床之间的空间，坐在瑞莎身旁，两人就像闺密在午夜时分分享隐私一般。

——但你对政府并没有盲目的忠诚，还有流言说你是异见分子。你对里奥的爱，变成了更大的谜团，让我不得不不惜一切代价去解开。我只能调查你的过去。可以分享一下我的发现吗？

——我女儿在你手上，你想怎么做就怎么做吧。

——你的家人在“二战”的时候都被杀了，你是孤儿。

弗瑞拉把这些信息像刀子一样挥舞着，让瑞莎无力动弹。

——那些年当中，你被人强奸过。

瑞莎稍稍张开嘴，这种表情足够证明弗瑞拉说的事是真的。瑞莎不打算否认，感觉弗瑞拉还要说更多事情。

——你怎么知道的？

——你把儿子丢进了孤儿院，我去过那里。

瑞莎不是惊讶，而是震惊。她过往生活中藏得最深的秘密，连自己都小心掩埋的事情，现在却被人挖掘出来在她面前炫耀。弗瑞拉仔细观察了瑞莎的表情，然后握住瑞莎的手。

——里奥不知道吧？

在弗瑞拉充满期待的眼神面前，瑞莎毫不示弱，回答道：

——他知道。

弗瑞拉又一次出现了失望的表情。

——我不信。

——我过了好些年才告诉他这件事，但我还是跟他说了。他知道，弗瑞拉，他全知道。他知道我没办法生孩子，他知道原因，他知道我丢弃了唯一的孩子。他知道我的耻辱，我也知道他的。

弗瑞拉摸摸瑞莎的脸。

——所以你才嫁给里奥？你感觉到了他多么想获得爱。他会很高兴地接受成为你孩子父亲的机会。你也把他看成一个机会。你可以从孤儿院里把孩子接回来。

——不，在我遇见里奥之前，我就知道我的孩子已经死了。我一有能力建立家庭，一有能力当一个母亲的时候，我就去孤儿院找我的孩子。但他们跟我说，我儿子早已死于伤寒。

——这么说你为什么要嫁给里奥呢？出于什么原因你才对他说我愿意？

——既然我可以为了生存放弃自己的孩子，那么嫁给一个恐惧而非爱恋的男人，也不是什么大不了的事情。

弗瑞拉倾身亲吻瑞莎。然后弗瑞拉收回身子，说道：

——我能品尝到你对他的爱，还有你对我的恨……

——你绑架了我女儿。

弗瑞拉起身走向门口，把衬衫重新扣上。

——她不属于你。既然你爱着里奥，那我就别无选择了。你对他的爱是他活下去的原因。里奥承认了很多可怕的罪行，但就算如此，仍然有人爱他。他杀过人，但他仍旧被爱。作为一个男人都会爱慕的女人，连我都会欣赏的女人，你对里奥的爱是在宽恕他的罪行。这是他的赎罪。

弗瑞拉扣紧外套，把帽子戴到头上，恢复了伪装。

——来见你之前我跟左娅谈过，我想听听这种虚伪的家庭过的是怎样的生活。左娅聪明、听话，而且不拘小节。我很喜欢她。她跟我说她给过你机会，离开里奥让她很开心。

瑞莎惊骇不已。左娅应该是人质，但她怎么什么事都跟弗瑞拉说，还谈论起瑞莎，左娅还在弗瑞拉面前把所有家庭隐私和盘托出。弗瑞拉继续说道：

——我奇怪的是，你居然这么冷酷地拒绝了左娅的请求，声明你还爱着里奥。左娅烦躁不安，所以她从你们家厨房里拿了一把刀，等到里奥睡觉的时候站在床边，准备割喉。

瑞莎升起了警戒之心。她不知道弗瑞拉在说什么——什么刀？拿刀对着里奥？在几次尝试之后，弗瑞拉终于击中了瑞莎的弱点——这是谎言，是秘密。弗瑞拉笑了。

——好像有些事里奥没告诉你。真的，左娅曾经拿着一把刀站在里奥的床头。里奥抓住她了。里奥没跟你说过？

一瞬间瑞莎想起了那件可疑的事情。那天她发现里奥坐在餐桌旁，陷入沉思当中，他不是在想尼古拉，他是在想左娅。瑞莎问里奥出了什么事，里奥什么都没说。他对瑞莎撒了谎。弗瑞拉现在掌控局面了。

——我把这事记下了，想了又想我该说些什么。我要回报左娅，我要把左娅完好无损地还给你们。作为交换，你和两个女孩儿不能再见到里奥。爱这两个女孩儿，或者是爱里奥，这是你过去三年以来的生活状态。瑞莎，现在你必须选择了。

科力马，第57号古拉格

同一天

里奥快站不住，更不用说挖土了。在三米深的天然沟道里面工作，锄头敲在冻土层上毫无作用。这儿有很多冒烟的火堆，像是英雄陨落时葬礼上用的火葬柴堆。柴堆在冻土上燃烧缓慢，里奥离柴堆都很远，他这一组的头目故意把他分到金矿中最冷最远的角落。那里是最原始的地貌，就算里奥用尽全力，也没办法达到规范要求，无法采集到最低数目的矿石，这样就没办法获得标准口粮。

里奥累得不行，双腿打战，没办法支撑体重。膝盖骨那块肿胀了，伤口也在冒泡，青一块紫一块。昨晚他被迫跪下，双手系在身后。犯人把里奥的脚踝抬起，和手腕绑在一起，这样全身重量就压在膝盖骨上了。为了不让里奥摔倒，犯人把他靠在床铺的梯子上。接连几小时里奥都没办法释放压力：皮肤绷得紧紧的，骨头碾在木头上，像砂纸在磨着皮肤。每一次移动位置，里奥的叫声都穿透了塞口的脏布，而那些脏布原本都用来包裹犯人化脓的疮。犯人睡觉了，但里奥还是跪着，牙齿咬着脏布，像发疯的马一般咯咯作响。打鼾声在兵营里此起彼伏的时候，还有一个人保持清醒——拉扎尔。他整晚都在监视里奥，每当里奥要呕吐的时候，拉扎尔就把塞口的脏布扯下来，等到里奥吐完，他又把脏布塞回去，充满了亲情，像父亲照顾生病的儿子一样，但这个儿子需要好好上一堂课。

等到破晓时分，一盆冰水浇在里奥头上，他才醒了过来。犯人解开绳索，取下塞口物。里奥瘫了下来，没法站起来，仿佛双腿膝盖以下的部分都被锯掉了一般。里奥痛苦地花了好几分钟的时间才把双腿伸展，又花了好几分钟的时间，才步履蹒跚地站起来——仿佛自己是百岁老人一般。里奥身边的犯人允许里奥吃早饭，坐在桌上吃属于他的那份，但吃饭的时候里奥的手也在发抖。他们想要里奥活着，他们想要里奥尝遍酷刑。身处沙漠的人向往绿洲，里奥把希望都寄托在帖木儿身上。晚上不可能从马加丹赶到这儿来，那么今天傍晚，里奥的朋友——拯救者帖木儿应该能到达。

里奥的双臂因疲劳而打战，他把锄头高高举起，双腿却软了下来，向前一倒，肿胀的膝盖直接摔在地上。一撞到地上，膝盖上面的脓液就飞溅出来，仿佛熟透了的青春痘一般。里奥张开嘴，想喊却喊不出声音，眼睛一阵眩晕。他倒向一侧，躺在沟道底部，想释放膝盖上的压力。筋疲力尽的状态让里奥完全没力气去想怎么保护自己，再过一小会儿，他就会满足地闭上眼睛，陷入睡眠中，在这种温度下，里奥不会再醒过来。

里奥想起了左娅，想起了瑞莎和埃蕾娜，她们是他的家人。里奥坐起来，把手放在地上，慢慢撑起身子。里奥挣扎着站了起来，这时有人抓住他，在他耳边嘘道：

——别休息啊，契卡干部！

不能休息，也没有怜悯——这是拉扎尔的判决。他们精力十足地执行判决，里奥耳边的声音可不是警卫发出的，而是同行的一名犯人发出的。这人是他这一组的头目，他出于个人憎恨，希望里奥每分钟都体验到痛苦、饥饿、劳累，或是全都体验到。里奥没有逮捕过这个人或是他的家人，里奥甚至不知道这人的名字。那没关系，里奥现在变成了每个犯人的护身符，他代表了所有犯人受到的不公正待遇。契卡干部现在是里奥的名字，是他唯一的身份。从这个角度来看，每个犯人都憎恨他。

铃声响起。犯人放下工具，里奥撑过了在矿山里工作的第一天，相比今晚将到来的酷刑，白天的工作还算轻松——里奥拖着脚走上斜坡，走出沟道，跟在其他人身后。他的力量全部来自于帖木儿即将到来的希望。

回到古拉格的时候，阳光被低沉的云团切割得支离破碎，就快消失不见了。在一片黑暗中，里奥看到一辆卡车的头灯出现在高原上。那是两道黄色的亮光，宛若萤火虫一般在远处闪耀。要不是膝盖的关系，里奥肯定会从地上跳起来，含着欣慰的热泪，拜服在仁慈之神面前。里奥被警卫推搡着，那些警卫只敢在他们开明的改革派司令官听不到的地方咒骂他。里奥被推回人群里，但他还在不断回首凝望，看着卡车越来越近。里奥终于控制不了自己的情绪，嘴唇打战，返回了兵营里。不管犯人要对他施加怎样的酷刑，里奥都可以得救了。里奥站在窗边，鼻子和眼睛都紧贴玻璃，像是穷人家的孩子站在糖果店外面一般。卡车驶进古拉格，一名警卫从驾驶舱下来，然后司机也下来了。里奥在等待，指甲深陷窗框。帖木儿肯定在车上，也许他就坐在后面。过了几分钟，还是没有人再从车上下来。里奥还是凝视着，绝望的心情压倒了理性，一直到他最终接受不管注视卡车多久，都不会再有人在车上的事实。

帖木儿没来。

里奥吃不下饭，强烈的失望装满了整个胃，驱散了他的饥饿感。在食堂里，其他犯人都走了很久，里奥还逗留在那里，直到警卫生气地命令他出去。里奥宁可被警卫惩罚，也不愿被犯人同伴惩罚，宁愿在冰冷的隔离室里待上整晚，也不愿意再忍受一次犯人施加的酷刑。毕竟，这些警卫难道不是开明的司令官辛亚夫斯基的手下吗？辛亚夫斯基不是说过公平正义和机会之类的话吗？警卫把里奥推进门的时候，里奥故意挑衅，向警卫挥拳。但里奥动作缓慢，身体虚弱，所以拳头被人抓住了。枪口抵在里奥脸上。

里奥的胳膊被人架着，双腿在雪地上拖曳，他没被带往隔离室。他被扔进了兵营——被扔在房间中央。里奥听到警卫离开的声音。他的视线集中在木头横梁上。鼻子和嘴唇全是血，拉扎尔低头看着他。

里奥被脱光了，胸口被湿毛巾紧紧裹住，系在背后。犯人让里奥无法移动，把他的两只胳膊都钉在身体两侧。里奥感觉不到痛苦。尽管他从没正式当过审讯员，但他对审讯的手法也是知之甚详。他每次都强迫自己去看，但今晚的酷刑是他从没见过的。犯人把里奥举起，让他后背着地。然后犯人就自顾自地做他们的晚间活动了，里奥的腹部裹了毛巾，又冷又湿。但是他太累了，什么都没法注意，也没法抓住机会。他最终闭上了眼睛。

里奥醒了过来，是因为犯人上床睡觉的声音，但更多是因为胸膛的紧绷感。里奥慢慢明白了这种压力是怎么来的。湿毛巾干了，收缩，逐步压住他的肋骨。这种酷刑的微妙之处就在于犯人知道痛苦是要逐渐增加的。等到犯人都准备上床了，拉扎尔便拿了一把椅子坐在里奥身旁，那里是他固定的地方。那个红发男人，拉扎尔的代言人，走了过来。

——要我帮忙吗?

拉扎尔摇摇头，把他赶去睡觉了。红发男人愠怒地瞪了里奥一眼，那是情人间嫉妒的眼神。然后他遵照拉扎尔的命令退下了。

等到犯人都睡着了的时候，里奥身上的痛苦已经极为强烈，若不是他口中有塞口物，里奥早就大喊求饶了。看到里奥的脸慢慢变得扭曲，像螺丝一样慢慢拧紧，拉扎尔便像祈祷者一般跪在里奥身边，低头凑到里奥耳边，说话的时候下唇都能碰到里奥的耳垂。拉扎尔的声音很微弱，宛如秋叶在地上滑落的声音:

——看到一个人受罪是……很痛苦的事情……不管这个人做过什么……这改变了你……不管你有多么正义……你都是罪有应得的……

拉扎尔停顿了，让自己从说话造成的疲劳中恢复过来。他的痛苦从未停止，痛苦仿佛如影随形。拉扎尔知道自己的伤没法好转，他也从未想象过没有痛苦的日子。

——我问了其他人……有没有契卡干部的帮手?有没有好人?……所有人……都说……没有。

拉扎尔又停了下来，擦干眉毛上的汗水，然后又把嘴唇凑到里奥的耳边。

——政府选择了你……来背叛我……因为你有一种热情……我以前识破过没有这种热情的人……那是你的悲剧……马克西姆，我不能宽恕你……不平之事太多……我们必须尽己所能……

痛苦已足够让精神错乱，强烈到令人麻木的程度。里奥再也感觉不到兵营了:木墙融化了，只留下他一个人待在冰原中央——这是块不同的冰原，更白更软更明亮，一点儿都不可怕，一点儿都不冷。天空下起了冻雨，直接朝里奥打来。里奥眨眨眼，摇晃头部，他是在兵营的地板上。原来是一盆水浇到了他头上。塞口物被人取下，毛巾也松开了。就算如此，里奥也只能吸入极少量的空气:他的肺已经逐渐适应了被压迫的状态。里奥坐起来，小口小口地缓慢喘气。现在是黎明，他又熬过了一天。

犯人们去吃早饭的时候，蹒跚地走过里奥身边，鼻子发出不屑的哼声。里奥的喘气开始变缓，呼吸也恢复正常。他一个人待在兵营，怀疑自己以前是不是也有过这种孤独感。里奥站起来，他必须靠在床架上，才能撑住身体的重量。一名警卫在喊里奥，为里奥的拖拉而恼怒。里奥垂着头，向前移动，没法抬起双腿，只能拖着在光滑的木地板上移动，仿佛虚弱的溜冰者一般。

来到管理中心，里奥停下脚步。他无法再忍受第二天的工作，也没法再忍受第三夜的酷刑。一想到马上要面临的种种酷刑，他的想象就碎裂开来。下一种酷刑是什么？对帖木儿的幻想已经太微弱，无法支撑里奥。他们的计划出了问题。附近有个警卫喊道：

——继续走！

里奥只能随机应变了，他得靠自己。他朝着古拉格里司令官办公室的方向喊道：

——司令官！

里奥的喊话违反了规定，几个警卫朝他跑来。拉扎尔从食堂里望向这边，里奥必须赶紧引起司令官的注意。

——司令官！我知道赫鲁晓夫的报告！

警卫跑到里奥身边，里奥还来不及说话，就被人打倒在地，然后第二拳打在里奥肚子上。里奥蜷伏着身子，承受着拳打脚踢。

——住手！

警卫都停手了。里奥松开身体，瞥了一眼管理中心。辛亚夫斯基正站在台阶顶上。

——带他上来。

同一天

警卫推着里奥走上楼梯，走进办公室。司令官已经回到角落里放着的结实火炉旁边，这间木屋里贴了地图，还有裱框的相片，上面是司令官和犯人一起工作的情景——辛亚夫斯基在笑，仿佛和一群朋友在一起，而那些犯人则面无表情。照片四周还留有一些阴影，暗示这里本来挂的是大小形状不同的照片，只是最近被取下来，新照片取代了老照片的位置而已。

里奥穿着破烂的衣服，身体透露出疲惫的样子，他弯腰站着，像街头流浪儿一般衣衫褴褛。辛亚夫斯基让警卫退下。

——我要单独和这个犯人谈话。

警卫面面相觑，其中一个说道：

——这人昨晚袭击了我们。我们要待在你身边。

辛亚夫斯基摇摇头。

——不用。

——你和他在一起不安全。

考虑到这些警卫的军衔，他们的口气并不恰当，像是威胁。很明显司令官的权威已经受到质疑了。辛亚夫斯基对里奥说道：

——你不会袭击我的，对吧?

——不会的，领导。

——不会的，领导！他还这么有礼貌。现在你们听着：我坚持让你们出去。

警卫不情愿地退下了，毫不掩饰对司令官软弱表现的轻蔑之情。

警卫一走，辛亚夫斯基就走到门口，确定他们已经不在外面。警卫走下楼梯的时候，他听着警卫的脚步声，确定这里无人打扰之后，才把门闩放上，转身对着里奥。

——请坐。

里奥坐在桌子前面的一把椅子上。这里很温暖，能闻到木片的气息。里奥想睡觉。辛亚夫斯基笑了：

——你肯定很冷。

没等里奥回答，辛亚夫斯基就走向火炉，他在火炉上面拿了一个锅，然后把琥珀色的液体倒入一个小锡杯中，这杯子和之前用来装松针饮料的杯子是一样的。辛亚夫斯基握住杯子边缘，递给里奥。

——小心。

里奥看着热气腾腾的杯子，举到嘴边。味道很甜，这酒像蜂蜜和野花酿成的，里奥畅快入口，仿佛久旱逢甘露一般，温暖的糖分和酒精马上就被吸收了。血涌上里奥头部，他的脸颊变红了。房间开始旋转，感官开始变化，仿佛他进入了优雅、陶醉的成熟状态中，这是催眠的感觉，里奥在喝美酒的同时也饮入了幸福快乐。

辛亚夫斯基坐在里奥对面，他打开抽屉，拿出厚纸板做成的盒子。他把盒子放在他们面前，盒子顶上盖了个戳：

禁止印刷

辛亚夫斯基敲敲盒子。

——你知道里面是什么？

里奥点点头。

——你是间谍，不是吗？

里奥不该喝那酒的。通常他们会按时给饿极了的嫌疑人喝酒，喝了酒之后嫌疑人就松口了。里奥需要运用机智，在这人仁慈的外表下，里奥犯了个最明显的错误，信任了辛亚夫斯基。一走进这个房间，里奥就打算揭示自己的真实身份，详细描述自己知道的关于司令官职业生涯的各种隐私。这样的说辞可谓直截了当。不过司令官打断了里奥的沉思。

——别想着胡编乱造，我知道真相。你来这儿是报告我们的改革进程的。跟你朋友一样。

里奥的心都快提到嗓子眼了。

——我朋友？

——我可是坚定不移地在改革，这片区域的好多人都没有。

——你知道我朋友？

——他们在找你，有两个军官昨晚来了，他们确信不止一个人在侦察他们。

——我朋友怎么了？

——你朋友？他们把你朋友处死了。

里奥抓着杯子的手一松，但他没让杯子掉到地上。力量从他身后消退：他的脊椎变软了。里奥弯腰垂头，盯着地板。辛亚夫斯基继续说道：

——我也担心他们把我杀了。你大喊秘密报告，这会暴露你的身份。他们不会允许你离开的。你也看见了，就算是和你单独待一会儿，也很困难。

里奥摇摇头。他和帖木儿曾经一起挺过极度危险的环境，他不能这么死去。肯定出了差错。里奥直起身子。

——他不会死的。

——我提到的那人是从老布尔什维克号上来的，他本该来这儿担任我的副手。这故事说得通，他被送到这儿是来写报告的，他也这么承认了。他宣称他来这里调查我们，所以他们就杀了他，他们不想受到审判，他们不会允许这么做的。

为了赶到古拉格来救里奥，帖木儿一定编了这个故事。他真不该让帖木儿来帮忙，他脑子里全是如何营救左娅，很少去考虑帖木儿的安危。里奥觉得他们的安危不重要，过分自信他们的计划和能力。里奥在让一个不幸福的家庭回归幸福的过程中，破坏了一个甜美家庭的幸福；他在寻求左娅的爱的过程中，破坏了极为美好的东西。当里奥意识到他的朋友，他唯一的朋友，被妻子和两个儿子挚爱的人——帖木儿——已经死了的时候，里奥不由得痛哭流涕。

里奥最终抬起头来，他看到若列斯·辛亚夫斯基也在哭。里奥用怀疑的目光打量着这老头子的红眼圈和泪光，还有坚韧的脸颊。他那条未完成的铁路曾经耗费了无数无辜的生命，那时他都没流泪，现在却为了一个陌生人的死而落泪，更何况这人的死并不是他的责任，里奥想知道辛亚夫斯基究竟是什么人。也许他此刻在为之前没恸哭过的每个亡灵，没有为每个牺牲在雪地、烈日、污泥里的死者而哭泣，而那时他叼着一支烟，心满意足地看着他的工作任务被人完成。里奥擦擦眼泪，想起了拉扎尔对他们的蔑视。拉扎尔是对的，眼泪毫无作用。里奥欠帖木儿更多，如果里奥也死在这里，那么帖木儿的妻子和儿子恐怕都不会知道帖木儿是怎么死的，里奥连说声对不起的机会都没有。

那些警卫不打算放里奥回莫斯科，他们要保护他们的地盘。里奥是个间谍，两边的人都讨厌他——犯人和警卫都是如此，除了辛亚夫斯基，似乎他的头脑被内疚感给包裹住了。在最好的情况下，辛亚夫斯基是不可预知的盟友，但他没法控制古拉格了。警卫像狼群一样围住了管理中心，就等着里奥现身。

里奥环顾房间四周，脑子里飞快地想着各种主意，他看到桌上的话筒。话筒连接着古拉格周围的喇叭。

——你能呼叫整个古拉格?

——是的。

里奥站起来，拿起锡杯满上。他把锡杯递给辛亚夫斯基:

——干了这杯。

——可是——

——为我朋友而干杯。

辛亚夫斯基一口干了，里奥又把杯子倒满。

——为死在这里的所有人而干杯。

辛亚夫斯基点点头，干了这一杯。里奥又把杯子倒满。

——为我们国家所有无辜死去的人而干杯。

辛亚夫斯基喝光最后一滴酒，擦擦嘴唇。里奥指着话筒。

——打开。

同一天

拉扎尔正在食堂里盘算，里奥决定把自己交给辛亚夫斯基，寄希望于他的仁慈。考虑到辛亚夫斯基最近变得充满同情心，若列斯·辛亚夫斯基可能会保护里奥，这样其他犯人就会因为正义无法伸张而群情激愤。他们已经准备好了第三种、第四种、第五种酷刑——每个人都期盼里奥在晚上遭受他们曾遭受过的酷刑，那个时候他们可以看到里奥的脸上出现他们曾体验过的痛苦，听着里奥叫喊求饶的声音，这样他们就获得了一直以来梦寐以求的机会，说一声:

——不行。

但里奥谈起她妻子阿尼西娅的事情，却让拉扎尔烦恼了。兵营里的黑手党人向拉扎尔保证，曾经唱圣歌、打扫卫生、做饭的女人不可能掌控一伙黑手党。里奥是骗子，这一次拉扎尔可不会再受愚弄了。

外面的坦诺依喇叭发出了咝咝声。尽管这只不过是底噪，但喇叭的日常播报活动是定死了的，对这样的异常，拉扎尔显得有些畏缩。他站起来，绕过那些吃饭的犯人，打开大门。

这些喇叭安放在高高的木杆上，一个放在犯人的兵营上，还有一个放在管理中心，就在厨房和食堂外面。这些喇叭平时很少使用。一小撮好奇的犯人聚集在拉扎尔身后，其中包括格奥尔基，他一直都没离开拉扎尔身边。他们都盯着最近处那个有点儿问题的喇叭，一条电线蜿蜒缠在木杆上，一直伸到冰冷的地面，从地下通往司令官的办公室。嗞嗞声又响起了，然后变成辛亚夫斯基软弱无力的声音。他的声音显得吞吞吐吐。

——特别报告……

辛亚夫斯基停了一下，然后又开始说话，这一次声音大了很多：

——苏联共产党第一书记尼基塔·谢尔盖耶维奇·赫鲁晓夫，于1956年2月25日，苏共二十大闭幕会议上做的特别报告。

拉扎尔从台阶上走下，朝喇叭走去。警卫也停下了手头的事情，一瞬间的迷惑之后，他们相互窃窃私语，辛亚夫斯基的计划明显没有通知他们。一小撮警卫散开来，朝管理中心走去。这时候辛亚夫斯基还在继续大声朗读。他读得越多，冒出来的警卫也就越多。

——斯大林在世时所犯下的一切过失。斯大林根本不允许实现集体领导和集体工作，他不仅对反对他的人要施加暴力，而且由于他的任性和专横，连被他看成与他的思想相违背的人……

警卫匆忙爬上楼梯，猛敲办公室的门，大声催促辛亚夫斯基开门，想确定他是不是在受人胁迫的情况下才说出这些话。有人大吼一声，话语直接诚恳：

——你被绑架了吗？

门还是关着。在拉扎尔看来，辛亚夫斯基不像是在受人胁迫的情况下说出这些话的。他的声音逐渐进入了角色。

——斯大林首创“人民敌人”这个概念。这一名词可以使犯了思想错误或只卷入争论的人无须证明自己所犯错误的性质，它可以自动给这些人加上这个罪名，可以破坏革命法制的一切准则，对他们实施最残酷的迫害，以对付在某一点上不同意斯大林的人……

拉扎尔抬起头对准喇叭的方向，他的嘴巴惊恐地张着，仿佛天空中正在上演一出奇迹。

整个监狱的人都放下了他们的早餐，或是端着碗就出来了，他们聚在唯一的喇叭周围，一群人都抬起头，被这些噼里啪啦的声音弄得精神恍惚。这些话在批判国家，这些话在批判斯大林。拉扎尔从没听过类似的话，就连恋人之间，上下铺的犯人之间也不会说这些话。可这些话竟然出自他们领袖口中，在代表大会上大声宣扬、记录、印刷、装订下来，分发到国家最远的边疆。

——怎么使一个没有犯罪的人招供自己有罪？只有一个办法，就是采用严刑逼供的办法，严刑拷打，使他失去知觉，失去理智，失去人的尊严……

站在拉扎尔身旁的人突然用手搂着拉扎尔肩膀，那人身旁的犯人也这么做，每个犯人都这么做，他们相互搂着，连在一起。

拉扎尔尽量不吸引警卫的注意，全神贯注听广播，但他还是注意到了警卫进退两难的境地——他们拿不准是该阻止司令官朗读呢，还是制止犯人听广播。警卫觉得阻止一个人比阻止一千人容易，所以他们用拳头猛敲门，命令他们的司令官马上住口。为了应付极地的恶劣气候，那扇门是用厚实的原木制造的，要进去可不容易。警卫别无选择，其中一人用上了机关枪，子弹却在木头上上蹿下跳，毫无作用。子弹没把门轰开，但达到了警卫想要的效果。朗读停下来了。

一安静下来，拉扎尔就有种失落感。并非他一人有这种感觉，因为朗读被打断，左右两边的犯人便开始跺脚，很快其他犯人也加入进来，然后蔓延到所有人。两千条腿都在跺着，撞击冰冷的地面：

——说下去！说下去！说下去！

这股能量势不可当，不久之后拉扎尔的腿也跺着大地。

里奥和辛亚夫斯基听到了外面的骚乱。他们不敢冒险开门，担心警卫会对他们开枪，所以看不到外面的情况。犯人跺脚的震动传到了地板上，他们呼喊的声音也穿过了厚厚的木墙。

——说下去！说下去！说下去！

辛亚夫斯基笑了，把一只手放在胸口，他似乎把犯人的举动当成了对他这个改革派人物的肯定。

整个古拉格都动荡不已，正是里奥想要的状态。之前他把秘密报告缩写校订了，压缩成一系列震惊言论的合集。现在他匆忙扫了一眼文件，递给辛亚夫斯基下一页。辛亚夫斯基摇摇头。

——罢了。

——为什么停下？

——我想说点儿自己的话。我……得到了启发。

——你打算说什么？

里奥撤回了报告。

辛亚夫斯基把话筒凑到嘴边，对准第57号古拉格说道：

——我是若列斯·辛亚夫斯基。你们知道我是这座古拉格的司令官，我在这里工作多年。刚来的人可能觉得我是好人：诚实、公正、慷慨。

里奥怀疑这点，但是他努力表现出相信这种声明的模样。辛亚夫斯基的演讲是认真严肃的。

——来得久一些的人就不会觉得我是好人了。你们刚听赫鲁晓夫承认了政府犯下的错误，承认了斯大林的残暴行为。我也想效仿领袖，承认自己的错误。

听到“效仿”这个词，里奥好奇辛亚夫斯基是出于负罪感，还是出于他绝对服从的性格。这是赎罪，还是模仿？若政府又变回恐怖时期，那他会不会和他现在意外变得宽容一样，再变回残暴的模样呢？

——我做过令自己不光彩的事情，现在我请求你们原谅。

里奥意识到，这样的忏悔可能比赫鲁晓夫的报告更具伟大的力量。犯人都知道辛亚夫斯基，他们都知道被辛亚夫斯基杀死的犯人。吼声和跺脚声都停息了，他们在等待辛亚夫斯基的忏悔。

拉扎尔注意到，就连警卫也不再敲门，而是等着辛亚夫斯基继续。停顿之后，辛亚夫斯基微弱的声音传遍了整座古拉格：

——我第一份工作在阿尔汉格尔斯克[①]，监督犯人在森林里劳动。他们砍伐树木，准备要运输的木料。我是个新手，我很紧张，我收到的命令是每个月交上定量的木料，其余自便。我和你们一样也有标准工作量，工作一周之后，我发现有个犯人为了完成他的标准工作量而进行了欺骗行为。如果我不把他揪

① 俄罗斯西北部城市。

出来，那我的工作量就要减少，而且我还可能因为怠工行为被人控告。所以你们看吧……就是为了生存，没别的。我没的选，必须杀一儆百。他被脱光衣服，绑在树上。那时是夏天，日落的时候他身上黑压压地布满了蚊子。等到早上他就没了知觉，第三天他就死了。我下令让他暴尸森林，以示惩戒。二十年来，我都没再去想过这个犯人，但最近我每天都想起他。我想不起他的名字，我甚至都不知道他的名字。我只记得他当时和我一样年纪，那时我二十一岁。

拉扎尔注意到辛亚夫斯基的温和坦率是有限制的。

我没的选。

就因为这句话，成千上万条生命死去了，不是被子弹打死，而是因为错误的逻辑和精心的推断而死。拉扎尔把注意力回到演讲上面，辛亚夫斯基不再讨论他在阿尔汉格尔斯克森林里的职业生涯，他在讨论他晋升到索利卡姆斯克[1]的盐矿，在那里工作的事情。

——在盐矿里，为了提高效率，我命令犯人睡在地底下。轮班的时候这些人就不用上去再下来了，这样我节省了珍贵的几千工时，为国家造福。

犯人摇着头，想象着地下洞穴里的生活条件。

——我本意是想找到造福国家的新方法！我能说什么呢？如果我不去想这些，那我的领导就会想出这种计划，我就会受到处罚。这些人对阳光的需求会超过国家对盐的需求吗？谁有权威来开展这种争论？谁敢为那些犯人说话？

警卫中走出来一人，是拉扎尔以前没见过的。他朝犯人走来，手里挥着一把刀。他们准备割断电线，中断演讲。这个警卫笑了，为自己想出的主意扬扬自得。

——给我让开。

最前面的犯人向前一步，站在电线上，挡住了警卫。第二个犯人也跟上了，然后是第三个、第四个，他们不让警卫接触电线。警卫冷笑一声，表达了会秋后算账的意思，然后走到另一端暴露在外的电线旁。相应地，犯人也很快

① 俄罗斯乌拉尔山脉中的一座城市。

冲上去保护电线，填补了那段空白。犯人群的形状改变了，最终变成厚实的人线，他们肩并肩站在一起，从挂着喇叭的木杆一直站到管理中心底下。警卫要切断电线，只能爬到兵营底下，但他的自尊不允许他这么做。

——给我让开。

犯人没动。警卫转身看着那两座城塔，从那里正好可以俯视整座古拉格。警卫朝城塔上持枪的士兵招招手，指了指那些犯人，然后匆忙跑开了。

然后开火了。犯人一起跪了下来，拉扎尔四下张望，本以为会看到死伤的犯人，但好像大家都没受伤，士兵一定是朝着他们头顶上开枪的，子弹打在兵营的一侧，只是警告他们。然后犯人慢慢站了起来，后面响起了怒吼声：

——这儿需要帮助！

——叫军医来！

那里在视线之外，拉扎尔看不到那里发生的事情。接着又有人呼唤军医，但军医一个也没来，警卫也什么都没做。过一会儿求救声停止了——再也没人呼叫救援了。解释在人群中蔓延：死了一个犯人。

察觉到犯人的情绪变得阴暗，那个警卫便扔掉刀，掏出枪对着喇叭开火。他射偏了好多次，才把喇叭打得火花四溅支离破碎，最终没了声音。另外四个喇叭在犯人生活的区域，依然在工作，只不过距离较远，所以辛亚夫斯基的声音就基本听不见了，像是模糊的背景声。警卫手里还端着枪，大声说道：

——不想死的话就回你们的兵营去！

但这种威胁用错了。

一个犯人从地上捡起电线，冲上前将其缠在警卫的脖子上，想勒死他。其他犯人围在四周，其余警卫赶紧跑出来调停。有个犯人抢了警卫的枪，对着跑过来的警卫开火。一个警卫因受伤而倒下，其他警卫拿起武器，马上还击。

犯人一哄而散，他们马上明白了，如果警卫重新取得控制权，那警卫的报复必定非常残酷。不管莫斯科再来什么报告，至少现在两座城塔都开火了。

辛亚夫斯基还在讲话，一桩一桩地讲述自己的血腥供状，似乎忘记了外面的枪声。他猛地回头了：在斯大林时代，他的性格被极端力量推动，朝着一个方向前进。而现在他被推向相反的方向。他不反抗，也不知道自己真实的样子，既不是好人，也不是坏人，只是一个懦弱的人。

就在辛亚夫斯基继续讲话的时候，里奥打开百叶窗小心地向外张望。暴动的犯人朝着四面八方跑去，雪地上全是人。计算了两边的人数，里奥估计犯人和警卫的比例大概是四十比一，这个比例太高了，这也可以部分说明古拉格的运营成本为什么这么高——就算强迫犯人劳动，也没办法赚回提供给犯人吃喝、住宿、运输、管束的成本。一项重要的成本是警卫，在这么偏僻的地方工作，必须给警卫提供优渥的待遇。所以这些警卫才会痛下杀手保证自己的权威，他们回不到过去的生活，家人和邻居都不待见，工厂也不会接收他们，这些警卫只有在犯人身上才能找到优越感。所以从双方的拼命程度来说，战斗是平等的。

城塔上有人朝这里开枪——窗户被打碎了。里奥倒地，玻璃在他周围碎了一地，子弹打在地板上。厚实的原木墙保证了他的安全，里奥慢慢站起来，想把百叶窗关上。但接着又是一阵枪声，木墙被打得四分五裂，房间完全暴露在外。桌上的话筒也被子弹打中，飞到空中，旋转着最终摔到地板上。辛亚夫斯基也倒在地上，像球一样滚来滚去。在喧闹的声音中，里奥大喊一声：

——你有枪吗？

辛亚夫斯基的眼睛瞥向一边。里奥顺着他的视线，看到角落里堆着的一个挂了锁的木箱。里奥起身跑到木箱旁，却见辛亚夫斯基跑过来阻止他，把里奥的手推开了。

——不！

里奥把辛亚夫斯基撞到一边，拿起桌上的台灯，用沉重的台灯底座把箱子的锁撞开。撞了两次才把锁撞开，然后里奥把锁扔掉。辛亚夫斯基又扑了上来，压在箱子上。

——求你了……

里奥把辛亚夫斯基拉开，打开箱盖。

里面不过是一些杂七杂八的东西。有镶了相框的照片，上面辛亚夫斯基意气风发地站在一条运河旁边，而憔悴的犯人则在背景里做苦工。里奥猜测这些就是原本挂在办公室墙上的照片。里奥把照片扔到一边，在文件、证书，还有祝贺辛亚夫斯基完成标准工作量信件里面翻来翻去，这些都是辛亚夫斯基伟大事业的碎屑。箱子底部有把猎枪，手柄上有刻有“击杀二十三”的凹痕，显然这些凹痕不是表彰野狼或者野熊的。里奥给猎枪灌上长如手指的大子弹，又回到窗边。

两座城塔建在高高的木桩上，是战略高地。警卫已经把梯子收起，这样犯人就没法爬上去了。他们躲在厚实的原木墙后面，在每座城塔顶上的矮墙架上了机关枪，每分钟可打出几百发子弹。城塔的火力远胜过地面上的火力，里奥不得不把城塔上的火力从犯人身上引开。他瞄准前面的城塔，要准确击穿原木墙，非常不容易。里奥开了两次枪，被猎枪巨大的后坐力震得身体发抖。果然城塔上的警卫不再射击犯人，把他们的子弹一起朝着里奥这边打过来。

里奥迅速低头躲避，蜷伏在地板上。里奥瞥了一眼辛亚夫斯基，他正躲在角落里阅读秘密报告剩下的几页，仿佛他的办公室被炮火攻击也无关紧要。辛亚夫斯基看向里奥，读道：

——当您听到我悲惨的呼声时，请不要置之不理，来保护我吧，请帮助我们除掉那些残酷不堪的审讯吧，揭发错误吧。

辛亚夫斯基站起来。

——这是可怕的错误！这种事情不应该发生！

里奥对他吼道：

——趴下！

一颗子弹打中了辛亚夫斯基的肩膀。里奥不想他死，便跳起来把辛亚夫斯基按倒。倒地的时候里奥碰到了受伤的膝盖，差点儿昏死过去。辛亚夫斯基低声说道：

——这份报告救了我的命。

里奥闻到了烟味。他翻了个身，减轻膝盖上的压力，然后他艰难地站起来，朝窗口走去。没人再朝这里开火了，透过粉碎的窗户，里奥小心地打量着古拉格，看到了烟味的源头。城塔底下着火了，火焰爬上了城塔。好几桶汽油被犯人倒在城塔底部，然后点燃，这样城塔就成了烧烤架上的肉。城塔里面的警卫无路可逃，他们不能从梯子爬下去，这些警卫便试着从原木墙的缝隙中挤出来。但这道缝太窄了：有个警卫堵在那儿，进退不得。只看见火蔓延上来，他开始高声求救。

第二座城塔上的警卫试着让自己免遭同样的命运：他们射击在底下搬运点火材料的犯人。但犯人太多了，四面八方源源不绝。城塔里的警卫什么都做不了，只能等待。犯人又生了一堆火，两座城塔都被犯人攻陷，力量的平衡已经转移，犯人现在控制了整座古拉格。

一把斧头砍进辛亚夫斯基办公室的门，然后是第二下、第三下，斧头尖刺进了原木中。外面的人还来不及破门而入，里奥就把猎枪放下，打开门，后退一步，举起双手，暗示自己投降。一小股犯人冲进了房间，手里挥舞着小刀、枪或是铁杆。领头的犯人打量着这两个俘虏：

——带他们出去。

犯人抓住里奥的胳膊，把他匆忙带下台阶，赶到刚才俘虏的警卫那一堆里——他们的角色掉转了。犯人面色憔悴，身上流血，他们坐在雪地上看着城塔燃烧。烟柱冲天，将天空划出粗犷的斑纹，宣告犯人自由的革命已经传遍了所有地方。

同一天

马利什憋足一股劲研究这份手写的名单，他知道这份名单上面的男男女女都是弗瑞拉准备暗杀的人。但马利什不识字，所以在他眼里，这份名单不过是一堆莫名其妙的符号。他不能读书写字，只认得自己的绰号，最近这个问题才困扰了他。本来他聪明地坚持不在自己身上印上带有文字的文身，免得有些黑手党同伙欺负他无知，在他身上印骂人的单词。尽管在执行死刑的时候禁止印上错误的文身，但这是谎话，这条规定阻止不了黑手党人在马利什身上开玩笑，以前叫他小东西，而现在则叫他小刺头。

马利什非常机灵，这种机灵不需要证书或者文凭来证明。他不需要读书写字，这些技能对他来说有什么好处？他可不能指望一位老师教他开锁或者扔飞刀。对一个小偷来说，读书有什么用呢？当然马利什现在也秉持这种观念，但有些地方起了变化。他内心深处觉得自卑，这种自卑源自左娅牵他手的那一刻，然后逐渐增加。

左娅不知道马利什是文盲。也许左娅把他想得更糟糕，将他视作一个沉溺于麻醉剂的恶棍。马利什不在乎这个，左娅更担心的应该是马利什会不会割断她的喉咙，而不是判断马利什是怎样的人。想到这里，马利什收回思绪，深吸一口气，又把注意力集中到眼前的名字上——这些人都是退休的契卡干部。马利什从弗瑞拉那里听说过，这份名单包括名字、住址，还有每个人犯下的罪行——不论他们是调查员、审讯员还是告密者。马利什用脏兮兮的大拇指指甲划过每一行，他能认得哪一列写的是名字：就是单词最少的那一列。而当中带有数字的那一列则是住址。这样推论下来，最后单词最多的一列就在描述那些人的罪行。他想骗谁呢？这又不是阅读材料。马利什把名单放下，在下水道里走着。这是他的错——那个女孩儿是让马利什觉得自己喜欢阅读的原因。马利什希望自己从没遇见过她。

马利什不知道要做什么，他跑过下水道，走进他们散发着恶臭的小窝。弗瑞拉声称他们居住在古代图书馆的废墟里，这里是伊凡雷帝失落的图书馆，里面曾有拜占庭帝国的无价之宝，以及希伯来的卷轴。文盲藏身在图书馆内——这种讽刺的事情从没在马利什身上出现过，至少在左娅到来之前没出现过。不管是不是古代的图书馆，马利什只把他们的基地看成串联在一起的石窟，又暗又丑。为了不碰到那些整天酗酒的黑手党人，马利什悄悄地直接朝左娅的牢房走去。

他找到脚凳，站在上面，从栅栏里望着左娅。左娅在角落里睡觉，在床垫上蜷成一团。牢房顶上挂了一盏吊灯——伸手是够不着的。吊灯一直点亮，左娅一直都被监视着。马利什的愤怒马上就转移了，他的视线在左娅身上流转，注视她入睡的模样，胸部缓缓起伏的节奏。尽管马利什是黑手党人，但他还是个童子鸡，他杀过人，但还没破处，所以其他人喜欢逗弄他。他们嘲笑他，说如果马利什再不用他的小鸡鸡的话，小鸡鸡就会感染掉落，这样马利什就和女孩儿没区别了。等到马利什开始懂得这些知识的时候，那些黑手党人就把马利什带到妓院，把他推进房间，关上门，命令他必须“长大成人”。女人已经坐在床上，无聊地脱光了衣服，胳膊大腿上都起了鸡皮疙瘩。她一直都在吸烟——过滤嘴前面还留了长长的烟灰——马利什在想滚烫的烟灰会不会掉到她乳房上。女人把烟灰抖在地板上，问马利什还在等什么，朝他的裤裆点点头。马利什摸索到腰带，把裤子脱了，然后又把裤子穿上，对女人说他不想做爱，她可以把这些钱留着，只要她对别人什么都不说。女人耸耸肩，叫马利什坐下，说他们等五分钟，然后马利什就得出去，因为没人会相信马利什能够坚持五分钟以上。他们等了五分钟，这段时间马利什坐在床头，然后才出去的。他走到走廊上，准备撒谎的时候，女人大叫起来，告诉其他黑手党人他们猜对了，马利什果然当了缩头乌龟。其他黑手党人像女巫一样咯咯发笑，就连弗瑞拉好像也对马利什有些失望。

听到身后有人走近的声音，马利什转身挥起小刀。他的手被抓住，手指被人一扭，小刀就被人夺走了。然后那人把小刀折叠起来，还给马利什，原来是弗瑞拉。她越过马利什肩头，望向牢房。

——她很美，不是吗？

马利什没回答。弗瑞拉低头看着他。

——几乎没人能从你手上逃脱，马利什。

——我只是在检查犯人罢了。

——检查？

马利什脸红了。弗瑞拉伸手搂住马利什的肩膀，又说道：

——我打算让她陪着一起进行下一次行动。

马利什抬头看着弗瑞拉。

——那个犯人？

——用她的名字。

——左娅。

——她比大多数人更有理由恨契卡干部。契卡干部杀害了她父母。

——她不能打架，什么用都没有，只是个小丫头罢了。

——我也是个小丫头，曾经是。

——你不一样。

——她也不一样。

——她可能会尝试逃跑，会大叫求救。

——那你干吗不问她呢？她在听呢。

一阵沉默。弗瑞拉朝牢房里面喊道：

——我知道你醒着。

左娅坐起来，转头对着他们。左娅说道：

——我可没说过我不会逃跑。

——你很勇敢。我对勇敢的小女孩儿有个建议，你想不想和马利什一起进行下一步行动?

左娅盯着马利什。

——做什么?

弗瑞拉回答道：

——暗杀一个契卡干部。

科力马，第57号古拉格

同一天

两座城塔已经烧成了冒烟的木堆，大块的木头已经燃烧殆尽，只留下腥红的残渣和偶尔闪烁的火焰。缕缕黑烟飘向夜空，至少带走了八名警卫的骨灰，他们在世上最后的活动只是遮住了一部分星光，然后骨灰便散布到高原上。从高空摔死的警卫，被杀死在城塔外面的警卫，现在正躺在他们死去的地方，像星星一样围绕着古拉格。有具尸体甚至挂在窗户上，尸体的惨状表明这人生前在工作上尤为残暴——他被愤怒的犯人追逐，最后在他绝望地想爬出古拉格的时候被抓、殴打、刺死。他的尸体被挂在窗台上，作为犯人新建帝国的旗帜。

幸存下来的警卫和古拉格的工作人员一共有大概五十人，他们被集中在管理中心那里，大多数人都受伤了。他们没有毛毯，也没有医疗救助，在雪地上挤作一团，但他们的困难只遭到犯人的冷漠对待，冷漠这门课犯人可是学得惟妙惟肖。评估了里奥的暧昧身份之后，他被分到警卫那一拨而不是犯人那一拨。他被迫坐下，冷得发抖，注视着旧权力体系的瓦解和新权力体系的建立。

里奥可以确定，这里有三个未经选举的头目，他们的权威是在他们各自兵营内的微观世界中建立的。毫无疑问，每个人都有一帮手下。拉扎尔是其中一个头目，跟随他的是那些年纪较大的犯人，是被逮捕的知识分子、工匠——甚至有象棋手。第二个头目是个年轻人，运动型的，很帅，也许他以前是工厂工人——就算是完美的苏维埃公民，也一样被投入了监狱。他的手下是年轻而充满行动力的人。第三个头目是个歹徒，他大概四十岁，龇牙咧嘴，贼眉鼠眼。他穿上了司令官的大衣，但大衣对他来说太长了，拖到了地上。他的手下是其他歹徒：小偷和杀人犯。三个派系，每个头目都代表着自己的那一派，都在各自的观点上较劲。观点的冲突马上就产生了，拉扎尔让格奥尔基做他的代言人，发布警告和命令。

——我们必须派人警戒，围墙四周必须有人看守。

在被拉扎尔训练多年之后，格奥尔基现在已能同声传译了。

——更重要的是，我们必须保护我们的食物供应，要定额分配。不能胡乱浪费食物。

那个方下巴的工人表示他不同意。

——我们完全应该大吃大喝，补偿自己，这是我们赢得自由的奖励！

穿着驯鹿大衣的歹徒只提出了一个要求。

——哥儿几个一辈子都被人管，总得让人放松放松。

犯人还有第四派，或者说这根本不能称其为一派。这些人没有人带领，陶醉在自由中，有人像野马一样到处狂奔，从一座兵营跑到另一座兵营，到处翻找，为找到了不知真假的珍宝而欢呼不已；或者是变得疯狂，诉诸暴力，也许他们早就疯了，只是现在才有机会表现出来而已；还有人睡在警卫舒适的床上：自由就是累了的时候可以睡觉；有人吸食吗啡，有人喝着警卫的伏特加。这些犯人大笑着把铁丝网切割下来，把他们最讨厌的带刺铁丝网裹成皇冠一般的装饰物，按在警卫头上，嘲笑他们是上帝之子，还高声大喊：

——在十字架上钉死这些浑蛋！

看到犯人陷入一片混乱中，拉扎尔坚持自己的主张，对格奥尔基轻声说了几句，令其转述道：

——作为紧急措施，我们必须保护我们的食物供应。饿极了的人会饥不择食，吃到撑死。必须停止切割铁丝，敌人始终会来，这些铁丝网可以保护我们。不能放任犯人绝对自由，否则我们会死掉的。

从穿着驯鹿大衣的歹徒沉默的反应来看，大部分战利品都被瓜分完毕了。最有价值的资源都集中到了他这伙人手中。

方下巴的工人表示同意，只要先处理了当务之急——审判被俘的警卫，他们就可以采取一些实际措施了。

——我的人必须获得正义！他们等这一天好多年了！他们受够了！他们再

也等不下去了！

他喊出这几句口号，每句话都用惊叹的语气结尾。尽管拉扎尔不情愿地同意推迟采取实际措施的时间，但他妥协是为了赢得支持。警卫已经在审判台集中好了，里奥即将被审判。

拉扎尔的一个随从以前是个律师，这次他驾轻就熟，在搭建审判里奥和警卫的“法庭”上扮演了重要角色。他依着自己的性子来设计这套系统。卑躬屈膝多年之后，律师很高兴又变成了权威和专家，他觉得这种状态是理所应当的。

——我们提议只有警卫才会受到审判，医护人员和以前是犯人、现今在古拉格里面工作的管理人员免去审判。

这项提议通过了，律师继续说道：

——司令官门前的台阶就作为法庭。你们把警卫带到台阶底部，然后我们这些自由人就把他们的恶行喊出来，只要有一项恶行被确认有效，这个警卫就往上走一步。如果警卫走到台阶顶，就处死他。如果警卫没走到台阶顶，就算走到倒数第二级台阶，只要没发现他更多恶行，这个警卫就可以退回去坐下。

里奥数了数台阶，一共十三级。既然警卫要先站在第一级台阶上，就是说只需十二桩罪行就可以到达台阶顶部：十二即死，十一或者更少则活。

律师顿了顿，用从容不迫的庄严语气喊道：

——司令官若列斯·辛亚夫斯基。

司令官站到第一级台阶上，面对审判他的法庭。他的肩膀被随意包扎，止了血，确保他能活着面对正义。他的胳膊无力地垂着。

尽管如此，辛亚夫斯基还是笑了出来，像校园剧里面的小孩子一样，在一堆犯人中搜索友善的面孔。这里没有推举出代表来进行起诉和辩护的工作：两边辩论都由围观犯人来完成，然后集体得出判决。

犯人几乎一起喊出声来。有的犯人在骂他，有的在列举他的罪状，声音混叠在一起，听不清楚。律师举起手叫他们安静：

——一人说一件！举起手来，我点到你的时候你再说话。每个人都有机会说话的。

他指了一个犯人，一个老头子。见到犯人的手还举着，律师便说道：

——你可以把手放下了，随便说吧。

——我的手就是他的罪状。

他的两只指头从指关节的地方被切下来了，只留下黑色的残桩。

——冻掉的，没有手套。零下五十度呢：你吐的口水没落地就结冰了。但他还赶我们去工作，在这种连吐口水都不适合的环境下！他赶我们去工作！一天一天又一天！两只指头，走两级台阶！

大家都欢呼同意。律师捋直了他在监狱发的皱巴巴的棉花大衣，仿佛这件大衣就是正式的律师服一般。

——台阶不是用来表示你失去的手指数目，你提出的他让你们在非人性的环境下工作的罪行，已经得到一致同意，但这只是一个例子，所以只往上走一步。

人群中响起一个声音：

——我冻掉了一个脚指头！我的脚指头为什么不能算一步呢？

然后冒出来更多残缺的黑色手指和脚趾，人们以此要求辛亚夫斯基走到台阶顶上。律师控制不住场面，没法强调更多的纪律，来阻止骚乱的犯人。

辛亚夫斯基插入到辩论当中，他大声说道：

——你说得对！你受到的伤害算一桩罪行，你受到的每次伤害都算一桩罪行。

辛亚夫斯基又往上走了一步，人群的喧哗声消逝了，犯人不再争论，而是静静地听辛亚夫斯基说话。

——事实是，我承认我的罪行肯定比台阶的级数要多。就算台阶一直延伸到山顶上，我也会走完。

自己设计的审判方法被辛亚夫斯基的供状给无视了，律师觉得愤愤不平，回答道：

——你认为自己罪该万死？

辛亚夫斯基间接地回答了这个问题。

——如果你能往上走一步，那你能往下走一步吗？你能做坏事，难道你就不会做好事吗？我就不能纠正之前犯下的错误吗？

辛亚夫斯基指着那个冻掉了脚趾的犯人。

——你冻掉了脚指头，所以我要往上走一步，但去年你想把你的工资寄给家人，我跟你说因为我们的制度不公平，所以你挣的钱不够你家人用，那时难道我没有从自己工资里给你补足那部分钱吗？难道我没有以个人名义向你的妻子保证她会及时收到钱吗？

犯人望了望，什么也没说。律师问道：

——这是真的？

犯人勉强点点头。

——是真的。

辛亚夫斯基往下走了一步。

——我做了那件好事，难道我就不能往下走一步吗？我知道我做的好事比不上我犯下的罪行，但为什么不能让我活着呢？我可以用余生来弥补错误？难道这不比杀死我更好吗？

——那些被人害死的人呢？

——那些被我救下的人又如何呢？斯大林驾崩后，这座古拉格的死亡率在整个科力马都是最低的，那是因为我的改变。我增加了食物供应，我增加了你们的休息时间，减少了你们的工作时间。我还改善了医疗条件，生病的人不会死！他们康复了。你们知道这是真的！你们有能力打倒警卫，是因为你们有了更好的食物，更好的休息，比以前更强壮了！这次暴动能够成功，都是因为我！

律师上前阻止辛亚夫斯基，自己设计的审判制度被搞砸了，他非常紧张。

——我们可没说下降一步的事情。

律师转向那三个犯人的头目。

——我们要改变审判制度吗？

方下巴的头目转向他的同志。

——司令官想重新做人，我们该同意吗？

一开始是窃窃私语，然后声音越来越大，越来越多的人参与进来。

——绝不同意！绝不同意！绝不同意！

辛亚夫斯基的脸垂了下来，他本来真心认为他做的好事足以让他被赦免。

律师转向辛亚夫斯基，很明显他们没料到会发生这种事，事先没有指定刽子手。辛亚夫斯基从口袋里掏出一小把干燥的紫色小花，攥在手里，他走到台阶最后一级，凝视着夜空。律师开口了，他的声音在压力之下颤抖起来。

——我们收集了判决意见，我们必须执行集体同意的处罚。

枪已架好，律师也让开了。辛亚夫斯基喊道：

——最后一件事情……

手枪、步枪、机关枪一起迸发——辛亚夫斯基向后倒下，仿佛被巨人的手指头弹了一下。就算他生前臭名昭著，但在面对死亡的时候他还是保持了自己的尊严。犯人就恨他这点，他们不允许辛亚夫斯基再开口。

临时法庭从激动回复到庄严，律师清清喉咙，问道：

——怎么处置尸体？

有人说道：

——留在那儿，让下一个人看看。

大家一致同意，尸体就留在那儿。

——下一个是谁？

里奥紧张了。格奥尔基宣布道：

——里奥·斯特帕诺维奇·德米多夫。

律师的目光在警卫中扫荡。

——这人是谁？谁是里奥？

里奥一动不动，律师喊道：

——自己上来，否则我们就跳过你的审讯，马上把你处死！

里奥缓缓站起来，不确定双腿是否撑得住。律师将他引到最下一级台阶，里奥就在这里面对审判他的法庭。律师问道：

——你是警卫？

——不是。

——你是谁？

——我是莫斯科的民警，受派遣秘密来到这里。

格奥尔基喊道：

——他是契卡干部！

审判他的人群爆发出愤怒的吼声。里奥瞥了一眼格奥尔基，格奥尔基说的是自己的意思，因为拉扎尔正在看一张纸，也许上面写满了里奥的罪行。律师问道：

——是真的吗？你是契卡干部？

——以前是，我以前是MGB的特工。

律师喊道：

——说出他的罪行！

格奥尔基回答道：

——他告发了拉扎尔！

人群一阵哄笑。里奥往上走了一级台阶。格奥尔基继续说道：

——他打了拉扎尔！把拉扎尔的下巴打裂了！

里奥又往上走了一步。

——他还逮捕了拉扎尔的妻子！

里奥现在站在第四级台阶上了。

——他逮捕了拉扎尔的教众！

里奥站在第五级台阶上，格奥尔基似乎词穷了。除了他们之外，这堆人里没人认识里奥，也列举不出里奥的罪行。律师宣布道：

——我们需要更多罪行！再来七个！

格奥尔基气急败坏地喊道：

——他是契卡干部！

律师摇摇头。

——这不是一桩罪行。

根据犯人定下的审判制度，没有人熟悉里奥，所以没办法给他定罪。只有里奥才了解他自己。犯人并不满足，他们只是固执地认为，里奥作为一个契卡干部，肯定犯下了很多他们不知道的罪行。里奥感觉到这种审判制度并不能保护他，如果他没有目睹辛亚夫斯基被处决的场面，也许他会爬到台阶顶上承认自己的罪行。但里奥没有辛亚夫斯基那么雄辩的演讲口才，他的生死取决于审判制度，犯人只需要再来七条罪行就可以处死他，但是他们没有。

格奥尔基拒绝失败，他喊道：

——你当了契卡干部多少年?

从军队退役后,里奥又被招进秘密警察部门,他当了五年的契卡干部。

——五年。

格奥尔基对着聚在一起的犯人问道:

——他要是一年不错杀至少两个人的话,那才难以置信吧?相信一个契卡干部的斑斑劣迹有那么困难吗?

犯人同意了:每年算两步。里奥转向律师,希望他能驳回这项修正案。但律师耸耸肩,示意这项提议已经变成了法案。于是律师示意里奥走到台阶顶部,里奥已经被判处了死刑。

里奥一动不动,无法理解一切就这么结束了。一个声音响起:

——走到台阶顶上,否则我们朝你站着的地方开枪!

里奥头轻飘飘的,他走到台阶顶端,站在辛亚夫斯基被子弹打得千疮百孔的尸体旁边,这时一排枪已经瞄准了他。

对里奥恨之入骨的格奥尔基喊道:

——等一下!

里奥望过去,拉扎尔正在格奥尔基耳边说着什么。和往常不同,这一次格奥尔基并未翻译出来。等到拉扎尔说完,格奥尔基还充满疑惑地看着拉扎尔,拉扎尔示意格奥尔基翻译他的话,格奥尔基转向里奥,问道:

——我妻子还活着?

格奥尔基从拉扎尔手中拿起那张纸,走到里奥身边交给他。里奥俯身,认出这是弗瑞拉写的信,里面写了只有她才知道的事情,证明她还活着。帖木儿随身携带了这封信,在害死他之前,警卫肯定对帖木儿搜身了。

——这是从一个警卫的口袋里发现的,你没撒谎。

——对。

——她还活着?

——是的。

拉扎尔示意格奥尔基回去,在他耳边低声说话。格奥尔基不情愿地宣布道:

——我要求释放他。

莫斯科

同一天

左娅和马利什像两只混血猫一般，肩并肩地坐在424街区公寓的大楼顶上。左娅紧靠着马利什，热切地表明自己绝无逃跑之意。他们跋涉好几千米，钻过下水道、爬过梯子、侧身走过厚厚的软泥墙，两个人身上都汗津津的，所以坐在楼顶享受夜晚凉风的吹拂，实在是畅快之事。左娅精神百倍，部分是因为以前白天晚上都坐着，现在却得到了锻炼；更多的则是因为她现在和马利什在一起。仿佛这就是左娅被偷走的童年生活——和合得来的伙伴一起调皮地冒险。

左娅看了一眼马利什用手指夹着的照片。

——她是谁啊？

——玛丽娜·纽丽娜。

左娅从马利什手中拿过照片。纽丽娜三十多岁，穿着制服，表情严峻，一脸严肃。左娅把照片还回去。

——你要杀她？

马利什轻轻点头，好像有人在问他能不能抽支烟一样。左娅不知道自己该不该相信马利什。她亲眼目睹马利什袭击企图强奸她的黑手党人，看到他用得一手好刀。马利什沉默寡言、喜怒无常，不像是那种随口吹牛皮的人。

——为什么？

——她是契卡干部。

——她做了什么？

马利什疑惑地看着她，一脸茫然，于是左娅把问题阐述了一下。

——她逮捕过人吗？她审讯过人吗？

——我不知道。

——你要杀死她，却不知道她做过什么事？

——我跟你说了，她是契卡干部。

左娅怀疑马利什对这个契卡干部究竟了解多少。她小心翼翼地说：

——你不了解他们？你，了解秘密警察吗？我的意思是，你不太了解？

——我知道他们的所作所为。

马利什想了一会儿，然后又说道：

——他们逮捕过人。

——难道你在刺杀他们之前，都不去了解他们是怎样的人，哪怕了解一点儿吗？

——弗瑞拉给我下达了命令，我不需要其他理由。

——那是契卡干部的说法，他们做坏事的时候就是这么说的：他们只是遵守命令。

马利什生气了。

——弗瑞拉说你能帮上忙，那么你就帮忙吧。她可没让你问一堆愚蠢的问题。如果你愿意，我可以带你回牢房。

——别生气。我只是问问为什么，就这样。为什么我们要刺杀这女人？

马利什把照片对折，放进口袋。

左娅把马利什推得太远了。她一直兴致勃勃，她越线了，她的莽撞让她占据了上风。左娅不说话，希望自己没把一切都搞砸。马利什用认错的语气说话，让左娅备感惊讶，她本以为马利什会大发雷霆的。

——她的罪名写在一份名单上，我不想请别人帮忙读出来。

——你不识字？

马利什仔细观察左娅的反应，摇摇头。左娅察觉到马利什的不安，小心翼翼地让自己面不改色。

——你没上过学吗？

——没。

——你父母怎么了?

——他们都死了。我大多数时候是在火车站长大的,直到碰到弗瑞拉。

马利什问道:

——我不识字,这很糟糕吗?

——你一直都没机会学习。

——我没为这个骄傲。

——我明白。

——我喜欢读书,也喜欢写字,总有一天我会去学的。

——你会很快学懂的,我保证。

接下来的一小时里,他们都无声地坐着,看着周围大楼的灯火逐一熄灭,居民进入梦乡。马利什站起来,伸展身体,仿佛一只在别人入睡的时候才出来的夜行动物。马利什从宽松的裤子口袋里掏出一卷硬邦邦的铁丝,将其展开。线的一头系了一小块镜片,上面裹了一层又一层的铁丝,确保镜片不掉。马利什小心地把镜片扭成四十五度角,然后走到楼顶边缘,趴下身子,把铁丝放下去,直到镜子和卧室窗户持平。左娅也趴在马利什身旁往下看,窗帘拉上了,但是留了一条缝,在昏暗的房间里,马利什能看出有个人躺在床上。他把铁丝收起来,取下铁丝缠着的镜子,再把铁丝卷好和镜子一起放入口袋。

——我们从那边进去。

左娅点点头。马利什停了一下,咕哝道:

——你待在这儿。

——我一个人?

——我相信你不会跑。

——马利什,我跟弗瑞拉一样讨厌契卡干部,我和你一起去。

他们脱下鞋,把鞋子整齐地放在楼顶边缘,然后翻过砖墙,抓住排水管来支撑身体。他们要下降的高度很短:只有一米左右。马利什轻易地就爬到窗台上,仿佛那儿有一把梯子似的。左娅小心翼翼地跟在他身后,努力让自己不往下看。他们在七楼,一掉下去的话就完了。马利什亮出小刀,撬开窗锁,打开窗户,进了公寓。左娅进来的时候弄出了声响,马利什察觉到了,就转身想伸手拉左娅一把。左娅把马利什的手推开,小心地低着身子跳到地板上。

他们进入的是客厅，非常大。左娅在马利什耳边轻轻说道：

——她一个人住吗？

马利什轻轻点头，他不喜欢这个问题——任何问题都不喜欢，他要的是安静。公寓非常大，左娅把空白地板的面积加到一起，就可以猜出这个女人曾经犯下的恶行。

通往卧室的门关上了。马利什走到门边，握住把手，示意左娅待在客厅后面，躲在他的视线之外，然后马利什才打开房门。尽管左娅想跟在他身后，但马利什不允许左娅再进一步。左娅点点头，退了回去，等着马利什打开房门。

马利什走进昏暗的房间，玛丽娜·纽丽娜在床上侧身躺着。马利什握紧小刀，走到她身边，停下脚步，仿佛自己正站在悬崖边上。床上的女人比照片上老太多了——头发花白，脸上全是皱纹，少说也有六十岁。马利什犹豫了，想知道他是不是来错了地方。不，地址没错，照片也许是多年前照的。马利什靠得更近，拿出叠在一起的照片进行比对。老妇人的脸隐没在阴影中，让马利什无法辨别确认。睡眠给每个人都染上了无辜的色彩。

突然纽丽娜睁开眼，从被子里举起胳膊。她拿了一把枪，瞄准马利什眉心。她的双腿从被子里伸出来，露出一件缀花的睡袍。

——退后。

马利什服从命令，举起双手，他一只手拿着小刀，另一只手拿着照片，脑子里盘算着他是不是够快，能够让纽丽娜缴械。纽丽娜猜到了马利什的想法，开枪打飞了他手中的小刀，还打掉了马利什的指尖。小刀落到地上的时候，马利什因为手指上的伤大叫起来。纽丽娜说道：

——枪声会把警卫招来。我不想杀你，我会让他们折磨你，我也可能一起来。我要查出你的同伙，然后把他们都杀死。你们真的以为我们会一个接一个地被你们这群乌合之众杀死吗？

马利什退后。纽丽娜站起来离开床边。

——如果你以为你能跑掉的话，那你的小命就不保了，一颗子弹会打在你背上，再想想吧，然后我就会打断你的脚。其实吧，我还不如现在就开枪打断你的脚，以防万一。

左娅的心怦怦直跳，她快要窒息了。她飞快地移动着，不再站在房间中央，而是像笨拙的小孩儿一样被吓得目瞪口呆。纽丽娜不可能看到她，左娅四下看了看，这里没地方藏身，除非躲在写字台下。受伤的马利什从卧室朝着左娅退出来，一只手在滴血。马利什小心地不去看左娅，免得左娅暴露——她是马利什唯一的机会。纽丽娜快到门口了，左娅赶紧冲到写字台底下。

在藏身之处，左娅第一次看到那女人。纽丽娜比照片上老多了，但看得出来是同一个人。纽丽娜的笑容中带着嘲笑的意味，她紧紧跟着马利什，享受手枪的力量。如果左娅什么都不做，还是待在写字台下的话，警卫马上就会来，马利什就会被逮捕——左娅会得救，和埃蕾娜、瑞莎团聚，也和里奥团聚。如果她什么都不做，那她的生活就可以回到正轨。

但左娅大叫着跳出来，扑向那把枪。纽丽娜一惊，把枪口转向左娅。左娅抓住纽丽娜的手腕，用上吃奶的力气狠狠咬了下去。纽丽娜开了一枪，枪声在左娅耳边响起，把她震聋了。子弹打到墙里——左娅感到牙齿在打战。纽丽娜用自己另外一只空出来的手去打左娅，两下就把左娅打倒在地板上。

左娅无能为力地看着纽丽娜拿枪瞄准她。但在纽丽娜开枪之前，马利什跳到她背上，把手指戳进了纽丽娜的眼睛。纽丽娜号叫一声，丢下枪，死死抓住马利什的双手，只为了不让他戳得更狠。马利什低头看着左娅：

——关门！

纽丽娜的号叫声传到四周的时候，左娅正朝门口跑去，她锁上门，刚好挡住从楼梯奔上来的警卫。左娅转身一看，纽丽娜已经跪在地上，双手撑地，而马利什还骑在她身上。马利什撤回双手，纽丽娜的眼睛上只留下一摊血。他把枪捡起，示意左娅跟着他跑到窗户边上。

在他们身后，警卫在拼命敲门。马利什对着门就是一枪，阻止了他们的行动。房间安静下来，马利什扔掉枪，跟着左娅从窗户边上爬出去。然后房间里响起了一连串机关枪声，警卫以牙还牙，子弹扫荡了客厅的每个角落。两人已经爬到外墙，左娅先上了楼顶，然后她听到客厅大门被撞开的声音，警卫看到眼前的惨状，忍不住大叫起来。

左娅俯身把马利什拉上来。两人都爬到楼顶，她拿起自己的鞋，准备逃跑，但马利什抓住她的手腕。

——慢着!

下面的窗户传来警卫的声音，马利什从楼顶上捡起一块石板，做好准备。一个警卫用手抓住了楼顶边缘。一等到警卫抬起身子，马利什就把石板砸到他脸上，警卫一放手，摔在街上。马利什喊道:

——快跑!

他们跑过楼顶，跳到旁边的大楼上。两人低头一看，看到街上冒出一大群特工。马利什说道:

——这是陷阱。他们在监视公寓。

他们料到纽丽娜会被人暗杀。

他们计划的逃亡路线已经被特工挡住了，所以不得不爬进卧室窗户，进入新的公寓。马利什喊道:

——着火了!

这些房子是木制结构的，又非常拥挤，电力设备也不完善，一起火就会马上造成恐慌。马利什抓住左娅的手跑进走廊，两人都大叫起来:

——着火了!

就算没冒烟，走廊很快也挤满了人。恐慌很快就自发蔓延到整栋大楼。在楼梯里左娅和马利什撑在地上，在人的腿之间爬过。

居民走出大楼，拥到街上，和克格勃、民警混杂在一起。左娅抓住一个男人的胳膊，装出惊恐的模样，马利什也这样做了。那个男人很有同情心地带着两人走过特工身旁，特工以为他们是一家人。一等到他们获得自由，两人就撒开男人的胳膊，一溜烟跑了。

来到最近的下水道入口，他们把井盖抬起，爬进下水道。在梯子底端，左娅撕下了自己衬衫的一角，裹住了马利什流血的手指，缠了一层又一层，直到手指包得像个香肠。察觉到彼此的呼吸声，两人都笑了。

科力马，第57号古拉格

4月12日

里奥从未见过如此清澈透亮的晨曦——天色湛蓝，高原浑白。站在管理中心的楼顶上，里奥把烧坏扭曲了的双筒望远镜放在眼前。这是从火堆里抢救出来的残品，只有一个镜头能用。里奥像海盗船长一般搜寻着地平线上的情景，看到远处的高原有些异动。那是卡车、坦克和帐篷——临时军营。昨天燃烧的城塔算是发出了警报，仿佛特立独行的灯塔一般，让这片区域的政府彻夜难眠，连夜建起对抗基地——那里至少有五百名士兵。尽管犯人的数目比士兵多，但大部分犯人都赤手空拳，他们只搜集到两三挺重型机关枪，一些弹匣和参差不齐的手枪和步枪。在大范围的火力之下，第57号古拉格面临绝境，周围的电线网在强悍的装甲车面前无能为力。里奥把悲观的估计想透彻了，放下望远镜，递给拉扎尔。

一群犯人聚集在楼顶。城塔已毁，楼顶自然是整座古拉格的最高点之一。站在拉扎尔和格奥尔基身边的是另外两个头目，还有他们的手下：总共十人。强盗头目问里奥：

——你和他们是一伙的。他们要干什么？会谈判吗？

——会，不过他们说的话你一个字也不要相信。

剩下的那个年轻头目上前一步。

——秘密报告又是怎么回事？我们再也不受斯大林统治了，国家已经变了，我们要为自己做主，我们之前受到了不公正待遇，很多案子应该重新审判，我们应该被释放！

——秘密报告会迫使他们认真和我们谈判。但是，我们离莫斯科太远了，科力马地区的政府肯定会秘密处理这场暴乱，阻止莫斯科的鸽派人物干涉此事。

——他们会杀死我们?

——这场起义会威胁到他们的前途。

地上有个犯人喊道:

——他们在喊话!

急忙爬下梯子的犯人堵作一团，里奥最后才爬下来，他动作快不了，因为两腿只要一弯，受伤的皮肤就会绷紧，膝盖就刺痛不已。等到他爬下梯子，已是满身大汗，气喘吁吁。这时其他人已经围在无线收发机周围了。

无线收发机是马加丹的管理总部和各个古拉格联络的唯一工具。一个懂得一点儿相关基础知识的犯人在管这台机子，他戴着耳机复述自己听到的话:

——地区负责人艾贝尔·普列津特……想和首领谈谈。

未经讨论通过，那个年轻的犯人头目就拿起话筒，噼里啪啦地说了一通。

——第57号古拉格已经是我们犯人的天下！我们起义推翻了警卫的统治！以前他们殴打我们，还随心所欲地杀害我们，现在这些再也没有了……

里奥说道:

——说那些警卫还活着。

头目把里奥挥到一边，他要彰显自己的重要性。

——我们拥护领袖赫鲁晓夫的报告。以他的名义，我们希望每个犯人的案子要重新审判，我们希望应当被释放的人获得自由。我们希望人道地对待那些曾经犯错的人。我们做这样的要求，是以革命先烈的名义，他们的荣光已经被你们犯下的罪行抹杀殆尽，我们才是革命先烈的正统继承人！我们要求你们道歉！送给我们食物，美味的食物，而不是犯人喝的稀粥！

里奥没办法隐藏自己的怀疑，摇摇头说道:

——如果你想害死所有人，那就要求鱼子酱和妓女吧。如果你想大家活下来，那就跟他们说警卫还活着。

年轻头目又急匆匆地说道:

——我还得跟你们说，那些警卫还活着。我们人道地对待他们，比他们以前对待我们要好。只要你们不攻击我们，他们就可以活得好好的。如果你们发动攻击，我们就会采取预防措施，确保所有警卫都死无葬身之地！

收发机那边回复的声音噼噼啪啪的，那个犯人复述道：

——他们要看警卫还活着的证据。一旦看到证据，他们就会仔细考虑我们的要求。

里奥走到拉扎尔身旁，用道理来说服拉扎尔：

——受伤的警卫应该被送走，没有医疗救助他们会死的。

那个强盗头目因为自己被撇在一边而不爽，他插话道：

——什么东西都不能给他们，这是示弱的表现。

里奥针锋相对：

——如果警卫伤重而死，对你们来说就毫无意义了。送他们出去能让你们从警卫身上获得一些价值。

强盗头目嗤笑道：

——你肯定是想坐在卡车上一起出去吧？

他猜中了里奥的想法。里奥点点头。

拉扎尔在格奥尔基耳边说着悄悄话，格奥尔基用自己惊讶的声音宣布道：

——而且我要和他一起走。

每个人都转头看着拉扎尔。拉扎尔继续在格奥尔基耳边低声说道：

——趁着我还没死，我想去看看我的妻儿。里奥把他们从我身边夺走，他是唯一能让我们团圆的人。

货车装满了伤势最重的警卫，一共六人，若得不到治疗，他们将撑不过二十四小时。这几人躺在用厚木板临时组装的担架上，里奥帮着把最后一个重伤的警卫从兵营里抬到卡车上，把他放在卡车后面，然后他们就准备出发了。

临走之前，里奥看了一眼那警卫的手表。手表是便宜货，镀金的，一点儿也不起眼，但这手表是帖木儿的。毫无疑问：里奥看过这表无数次了。他听过帖木儿讲手表的故事，说帖木儿的父亲把这只表作为传家宝，哪怕这只表值不了什么钱。里奥俯身用指尖抚摸碎裂的玻璃，他看着受伤的警卫，警卫眼中满是紧张，这人明白事情的严重性。里奥问道：

——你从我朋友身上拿走的?

警卫什么都没说。

——这只表是我朋友的。

里奥觉得怒火冲天。

——这是他的手表。

警卫开始颤抖，里奥轻敲着手表，说道:

——我要把表拿回来。

里奥解开手表，同时抬腿用膝盖压在警卫受伤流血的胸口上，使劲往下压:

——你看……这是传家宝……现在这属于帖木儿的妻子……和他儿子……他两个儿子……两个优秀的儿子……两个优秀的男孩儿……手表属于他们，因为你杀害了他们的父亲……

警卫的嘴巴鼻子都冒出鲜血，他的胳膊无力地捶打里奥的腿，想把里奥推开。但里奥丝毫不松腿，维持压力，死死压在警卫身上。瘀青的膝盖上传来的痛苦让里奥忍不住落泪，这不是为帖木儿流的，这是憎恶的泪水，复仇的泪水，由此而产生的力量让里奥压得越来越紧。

表带解开了，手表从警卫柔弱无力的手腕上被取下。里奥把手表放进口袋，待在卡车后面的其余五人都恐惧地看着里奥。里奥走过他们身旁，对着地上的犯人喊道:

——有个警卫死了，我们可以再装一人。

他们把警卫的尸体抬下去的时候，没有人质疑。里奥检查手表，随着怒火的渐渐消逝，里奥有种无力感，这并非出自悔恨或是羞愧，而是一种疲倦，复仇这种兴奋剂一旦失效，就会产生这样的疲倦感。弗瑞拉对里奥一定也有这种刻骨铭心的怒火。

里奥看了一眼走向卡车的受伤警卫，他来代替刚被里奥打死的警卫。这人胳膊上缠的绷带染红了，有点儿不对劲。这人神色紧张，也许他也和谋杀帖木儿的事情有关。里奥上前拦住他，捏住绷带揭开。胳膊表面露出了一道长长的伤口，从警卫的肘部一直延伸到手上。这是他自己造成的，这人头上的伤也是如此。警卫低声求道:

——帮个忙……

如果被抓住，他就会被枪杀。如果犯人觉得警卫在利用犯人从未表露出的同情心，那整个行动就危险了。在处决了一个警卫之后，里奥只犹豫片刻，便允许这个警卫走上卡车后面。

拉扎尔正在通过格奥尔基对其他犯人说话，解释自己为什么想离开：

——我并不是贪生怕死，我太虚弱了，没法参加战斗。谢谢你们让我回家。

年轻的头目回答道：

——拉扎尔，你已经帮助了很多人，也帮助过我，这样的要求是理所应当的。

其他犯人也纷纷附和。

里奥走到拉扎尔旁边，打量着他的外表。

——我们需要扮成警卫。

里奥、拉扎尔和格奥尔基脱下三个死去警卫的制服，他们急匆匆地换装，害怕这些犯人反悔。穿上那些很不合身的制服之后，里奥负责方向盘，格奥尔基坐中间，拉扎尔坐另外一边。犯人打开大门。

那个年轻头目突然敲着卡车门。里奥本来准备加速离开，但这人说道：

——他们把送回受伤警卫的做法当作信任的表示。祝你好运，拉扎尔。希望你找到妻子和儿子。

他退离卡车。里奥发动卡车，驶过两座城塔的残骸，把卡车开到公路上，朝着高原另一头的临时军营驶去。

这些犯人看着卡车沿着公路越走越远，这时收发机操作员狂奔到外面的大门，差点儿喘不过气来。他说道：

——他们走了吗？但我们还没有给地区负责人说这事呢。我们还没跟他说我们把伤病的警卫送出去了，要不要我回去告诉他们？

年轻的头目抓住操作员的胳膊，阻止他这么做。

——没必要告诉他们。我们可不能和临阵脱逃的人一起革命。必须用拉扎尔来给他们上一课，让其他人明白我们现在别无选择，只能战斗。如果那些士兵要对受伤的自己人开火的话，那就开火吧。

同一天

里奥缓慢驾驶，让卡车沿着公路朝临时军营开去。还剩下两千米，卡车正在中途，这时里奥的注意力被地平线上的一缕青烟吸引住了。

然后眼前的场景就消失了，卷入了一片尘土中，公路被炸出了一个坑，就在卡车前面几米的地方。尘土和冰碴儿像弹片一样飞起来，撞碎在风挡玻璃上。里奥打方向盘避开了弹坑，卡车右边的轮胎滑出了柏油路面，差点儿让卡车翻车，最后卡车摇晃倾斜地经过那片烟雾，里奥使劲打方向盘，让卡车又滑回到路中央。里奥检查了一下后视镜，从中看到柏油路面上的大坑。

又一缕青烟出现在地平线上，然后是第二缕、第三缕，迫击炮一枚接着一枚发射。里奥猛踩油门，卡车猛冲向前，在炮弹的轨迹下加速，利用从炮弹发射到落下的时间。引擎咆哮，车速缓缓增加。就在这时，拉扎尔和格奥尔基转头对着里奥，想听他解释。但他们还来不及问话，第一发炮弹就直接砸在后面——卡车后面抬了起来，差点儿就砸中了。一时间只有前面的轮胎着地，里奥什么都看不见，只能看见路面。卡车落了下来。里奥确信卡车能回到路面上，所以松了一口气，但当卡车后面传来一阵晃动，差点儿把他们震出座位的时候，里奥又大吃一惊。他努力和方向盘做斗争，试图重新夺回掌控权。第二发炮弹打偏了，没砸在公路上，但砸起了高原上的一大堆土块，像雨滴一样打着侧边的车窗。

里奥转弯，将卡车驶离公路，这时第三发炮弹刚好落下——这一发可谓完美无缺，就在卡车刚才的位置爆炸了。柏油路撕开了一道口子，碎石被炸向天空。

卡车穿梭在崎岖不平的冰原上，上下颠簸，格奥尔基叫道：

——他们为什么开火？

——你们的同伴撒谎了！他们没通报我们的事情！

里奥从侧视镜里看了看受伤的警卫，他们乱作一团、恐惧不已、浑身是血，纷纷从帆布里向外张望，想明白他们为什么会遭到攻击。里奥用手肘敲碎了边窗，探出头对那些警卫喊道：

——拿制服！挥起来！

两个警卫脱下了他们的外套，像旗帜一样挥舞着。

四缕青烟出现在地平线上。

在冰原上卡车没法加速，里奥别无选择，只能怀着希望让卡车平稳行驶。他想象着炮弹划过天空，朝着他们呼啸而下的情景。时间仿佛延长了——一秒钟变成了一分钟——然后爆炸声响起。

卡车依然颠簸前行。里奥看了一眼后视镜，看到卡车后面冒起了四股尘烟。里奥笑了。

——我们在射程之内了！

里奥放松地捶着方向盘。

——靠得太近了！

这种放松的心情马上就消失了。里奥抬头一看，临时军营的边缘冲出两辆坦克，炮筒转动着对准了他们。

较近的坦克开火了，冒出了橙色的火光。里奥的身体下意识地绷紧，深吸了一口气。但卡车没有爆炸——里奥从后视镜里看到炮弹撕开了卡车的帆布，从另一侧飞出去了。坦克手不会再犯同样的错误，下一发炮弹就会瞄准车舱，肯定会炸毁卡车。里奥猛踩刹车，让卡车停下。他打开车门，爬到车顶上脱下外套挥舞，喊道：

——我是你们的人！

两辆坦克同时缓缓开来，履带在冰原上划出痕迹。里奥仍然待在车顶上，来回挥舞制服。坦克在离他们还不到一百米的地方停下，舱盖打开，坦克手钻了出来，拿着机关枪准备行动。坦克手喊道：

——你是谁？

——我是警卫。受伤的警卫都在后面。

——为什么不发电报通知呢？

——犯人对我们说他们发了电报。他们对我们说他们通知了你们。他们骗了我们！也骗了你们！他们希望你们杀自己人。

第二辆坦克绕着卡车尾部转了一圈，炮筒牢牢地瞄准卡车上的人。受伤的警卫指着自己的制服，然后第二辆坦克的舱盖也打开了，坦克手喊道：

——解除警报！

里奥在临时军营外围停下卡车，伤员都运下来送进了医疗帐篷。一等到最后一个人被送进去，里奥就会发动引擎沿着公路返回马加丹港。现在卡车后面已经空了，他们准备出发。但格奥尔基碰了碰他的胳膊，一个士兵正走过来。

——你是领头的？

——是的。

——司令官想跟你谈谈，跟我来。

里奥示意拉扎尔和格奥尔基待在卡车上。

为了伪装需要，指挥中心建在雪白色的帐篷里。高级军官用双眼勘查冰原上的情况，这片区域的详细地图也摊开了，里面的人正在制订计划。一个病恹恹的瘦削男子朝里奥打招呼。

——你是卡车司机？

——是的，领导。

——我是艾贝尔·普列津特。我们以前见过？

里奥确定每个警卫应该都在开大会的时候在主席台上见过普列津特，当然普列津特不太可能认得每个警卫。

——几面之缘，领导。

他们握了手。

——我为对你们开火的事情表示歉意。但在没有通报的情况下，我们不得不把你们视为敌人。

里奥没必要掩饰自己的愤慨。

——犯人撒谎了，他们说他们已经通报了。

——他们很快就会自食恶果。

——如果能帮上什么忙的话，我可以详细描绘犯人的防御分布，我可以指出他们的位置……

其实犯人根本就没做任何防御，但里奥谨慎地认为这样说有好处，但是，普列津特摇摇头。

——不必。

普列津特看看表。

——跟我来。

里奥走不开，只能跟着。

走出帐篷，普列津特望了望天，里奥也随着他视线看去。天空万里无云，片刻之后里奥听到远方传来一阵嗡嗡声。普列津特解释道：

——绝对不能谈判，一旦满足他们的要求，我们就可能陷入混乱状态。每个古拉格都可能自己发生暴动，不管莫斯科的那帮人怎么说，我们不能服软。

嗡嗡声越来越大，一架飞机在冰原上咆哮。飞机降低掠过他们头顶的时候，钢铁机舱腹部的数字清晰可见。飞机笔直地朝着第57号古拉格飞去，这是TU-4重型轰炸机。这种型号的轰炸机可谓年代久远，由美国的B-29超级堡垒轰炸机仿制而成——四叶螺旋桨，翼展四十多米，还有肥大的银色柱形机舱。在笔直飞行的过程中，机舱下面打开了，他们准备扔炸弹炸毁第57号古拉格。

里奥还来不及质疑这个决定，就见一个方形的庞然大物从机舱落下，马上打开了降落伞。TU-4轰炸机转了方向，猛地朝着山峰飞去，同时炸弹在空中摇晃，凭借降落伞完美地朝着古拉格中心飞去。炸弹飘出了视线，落地，降落伞盖在了一座兵营的屋顶上。没有爆炸，也没有火光：似乎出了什么问题，炸弹没有爆炸。里奥松了口气，望向普列津特，以为他会大发雷霆。但相反，普列津特反而扬扬自得。

——他们需要食物。我们给了他们几大箱他们多年没吃过的食物，水果罐头、肉、糖果。他们肯定会像猪一样大吃大喝。不过我们在里面加了一点点东西……

——食物中下了毒？他们肯定会让警卫先尝。

——食物涂了毒，六小时之内他们就会人事不省，十小时之内他们就会死。让警卫先尝也没有关系，症状不会立即生效。八小时内我们就会扫荡古拉格，给我们的警卫注射解毒剂，让那些犯人等死。就算有犯人没吃食物，但大多数人会吃，这样犯人的数目就会严重减少，我们必须在莫斯科派来的间谍出面干涉之前，解决这个问题。

里奥确定了一件事：这就是下令杀死帖木儿的凶手。里奥忍住自己的愤怒，说道：

——真是绝世好计，领导。

普列津特点点头，为自己的谋杀诡计嬉笑起来。他也是这么认为的。

里奥退下，走过指挥中心回到卡车上。他爬进驾驶室，心中狂怒，好像见到帖木儿的手表一样。他透过被打碎的窗户，朝着艾贝尔・普列津特的方向看去。他们现在必须离开，这是他们唯一的机会。所有人都被飞机迷住了，但是他没有——他不能放过普列津特。里奥打开车门，这时格奥尔基抓住里奥的胳膊。

——你干什么？

——我必须处理一点儿事。

格奥尔基摇摇头。

——我们必须走，趁着他们分心的时候。

——花不了多少时间。

——你必须做什么？

——那是我的事。

——也是我们的事。

——那人杀了我的朋友。

里奥挣脱了格奥尔基，但拉扎尔探身出来抓住里奥，示意自己想说话。里奥把耳朵凑过去，拉扎尔低声说道：

——恶有……恶报……

就因为这句微弱的话，里奥的愤怒全都消散了。他低下头，接受了现实。他不是来这儿报仇雪恨的，他是为了左娅而来。帖木儿是为左娅而死。他们必须马上离开。艾贝尔・普列津特一辈子都会背负这个罪名。

同一天

山脉投下的影子笼罩了第57号古拉格，还一直蔓延到冰原上，直达临时军营。艾贝尔・普列津特看了看表：毒药很快会生效，犯人会人事不省地倒下。他们仔细地算好了时间。等到晚上，古拉格里面的每个犯人都不会觉得异样，只是累了而已。犯人还来不及起疑心的时候，军队就先发制人，偷偷地穿过围栏重新控制古拉格。犯人会被杀死，只留下必需的一部分人，免得外界说军队在搞大屠杀。成功的新闻会从这片区域传开，其他的古拉格都会收到明确的信息：暴动已被镇压，古拉格制度还会持续，并没有成为往事——而是未来的一部分，一直是未来的一部分。

——不好意思，领导？

一个脏兮兮的警卫站在普列津特面前。

——我是从第57号古拉格来的卡车上的人，是他们释放的受伤警卫。

警卫的胳膊绑了绷带。艾贝尔·普列津特笑了，和善地问道：

——怎么不待在医疗帐篷里呢？

——我假装自己受了重伤，混上了卡车。其实我伤势不重。医生说我可以来这里报告。

——你不用担心你们的同伴，我们马上就会去救他们。

普列津特准备离开，但那警卫坚持道：

——领导，不是同伴的问题，而是那三个开卡车的人的问题。

同一天

在夜色中沿公路开卡车，只能靠昏暗的前灯来指引方向。里奥倾身紧握方向盘，紧盯着眼前的一片黑暗。没有什么能比肾上腺素可以让人忘却疲倦了。旅途全是单调的下坡路，除了路上狭窄的木桥造成了一点儿困难之外，到达马加丹看起来有可能实现。就在此刻，他们第一次看到了马加丹的灯火，就在山水之间——周围是无垠的黑暗。而机场就在马加丹港的北边，他们离得很近了。

空中传来一阵低鸣声，他们头上出现了橙色的灯光，宛如夜空中的磷火。灯光从小镇边缘冒起，然后又冒出第二道灯光，然后是第三道、第四道——橙色的灯光沿着公路过来，里奥猛地踩了刹车。

——他们在搜索我们。

里奥灭了前灯，身子探出裂开的风挡玻璃向后望。远方是无数点亮前灯的汽车，正沿着山峦蜿蜒而下。

——他们从两个方向来搜索我们，我们不能走公路了。

格奥尔基摇摇头。

——如果我们待在公路上，他们很快就会发现我们。

——就算离开公路，又能撑多久？你需要更多时间。

格奥尔基转向拉扎尔。

——我没机会离开科力马了，多年之前我就接受了这个事实。

拉扎尔摇摇头，但是他一直以来的代言人——格奥尔基，却无比坚定。

——拉扎尔，就听我一次吧。我不能陪你去莫斯科了，让我来当诱饵。

拉扎尔在格奥尔基耳边低语，格奥尔基终于用不着把这些话大声说出来，因为这是只给他说的话。

第二波灯光冒了出来，沿着公路扫荡，越来越近。里奥跳下卡车，拉扎尔也跟着出去了。格奥尔基掌控了方向盘，这时他停下动作，从裂开的玻璃里望着拉扎尔，然后才发动卡车，驶下公路，朝着马加丹开去。拉扎尔失去了生命中的一部分——他失去了自己的声音。

在崎岖不平的黑暗冰原上，里奥和拉扎尔朝着机场的点点灯光蹒跚而行。格奥尔基是对的，地面太崎岖，卡车几分钟内就会陷进去。里奥双腿一阵痉挛，令他摔倒在地。拉扎尔扶着他站起来，两人肩并肩相互扶持，这对最不可能组队的人反而在携手合作。

另一道光芒飞向空中，橙色的火光像独眼巨人的眼睛一般牢牢盯着公路，那是炮火。里奥和拉扎尔停下脚步，回首凝望。卡车被发现了，正在加速冲过路障。在密集的炮火下，卡车左右摇摆，失去控制，但还是沿着公路行驶，只是半边车身偶尔会斜滑出公路。他们很快就会扩大搜索范围。里奥说道：

——时间不多了。

他们来到机场外围，里奥停了下来，打量着机场简陋的布局。只有三架飞机停在机场，唯一能横穿苏联国土的飞机是那架双引擎的伊柳辛Il-12。

——我们走到伊柳辛飞机那里，就是最大的那架——我们走慢点儿，要若无其事，装成机场的人。

他们走到空地上，那里有一小群机工和士兵。没有人巡逻，也没有警戒的气氛。里奥敲敲飞机舱门，他之前得到承诺，只要里奥一通知，飞机就会准备起飞。考虑到逃亡计划有可能延期，帕宁答应里奥，不管他们什么时候到，都会有人在飞机上待命。

里奥又敲了敲舱门，他心中的急躁随着时间剧增。舱门打开了，冒出个年轻人，二十出头的样子。年轻人探出头来，他刚才肯定在打瞌睡，机舱里还传出一丝酒精味。里奥说道：

——是弗洛尔·帕宁让你等在这儿的吗？

年轻人揉揉眼睛。

——是的。

——我们要飞回莫斯科。

——你们应该是三个人。

——计划变了，我们必须马上起飞。

里奥等不及回答就爬进飞机，还帮着拉扎尔爬了进去，然后他关上舱门。那个年轻人困惑不解。

——不能起飞。

——为什么不能？

——驾驶和副驾驶不在这里。

——他们在哪里？

——到镇上吃晚饭去了。三十分钟后就回来。

里奥估摸着他们最多只有五分钟时间。他注视着那个年轻人。

——你叫什么名字？

——康斯坦丁。

——飞机已经做好起飞准备了吗？

——如果我们有飞行员的话。

——你飞过多长时间？

——这架飞机？从没开过。

——但你也是飞行员啊？

——我还在训练中，只开过小飞机。

——不是这架？

——我只看他们开过。

箭在弦上，不得不发。

——康斯坦丁，仔细听我说。他们在追杀我们，也在追杀你，我们必须马上起飞，否则都会死。要么死在这儿，要么试着让这架飞机飞起来。我不是在威胁你，我们只有这些选择。

年轻人盯着机舱。里奥扶着他。

——我相信你，你能行的。准备起飞吧。

里奥坐在副驾驶位子上，面前是一块有着各种仪表和按钮的面板，看起来一头雾水。里奥对飞机的认识很有限，而康斯坦丁的双手在发抖。

——我发动引擎了。

螺旋桨颤动着开始旋转。里奥看了一眼窗外，他们已经引起了其他士兵的注意，工作人员正朝他们走来。

——动作快点儿。

飞机滑到了跑道上。无线电装备发出噼啪声，但机场的指令还没传到这里，里奥就把它关掉了。他不想年轻的飞行员听到什么威胁的话。拉扎尔坐在后面，他拍拍里奥的肩膀，指指窗外。士兵正朝这架飞机跑来，他们拔出了枪。

——康斯坦丁，我们必须马上起飞。

飞机开始加速。

士兵在冲刺，努力追逐飞机，但是飞机加速后，他们就被甩在后面了。士兵开枪，子弹擦过引擎。飞机快要离开地面，意味着他们就要得救了。里奥抬头一看，只见一架TU-4轰炸机正朝他们冲下来。

年轻的飞行员摇摇头，将飞机减速。里奥说道：

——别减速。这是我们的机会！

——哪有机会！

——我们必须起飞！

——要撞上！我们飞不到轰炸机上面的！

——朝TU-4飞过去。他们会拉高的。就这样做！

飞机已到跑道末尾。

伊柳辛I1-12离开地面，航线正处在轰炸机的路线上，恐怕会在半空中撞上。如果TU-4轰炸机不拉高的话，两架飞机必定相撞。康斯坦丁喊道：

——*他们没动！我们必须降落！*

里奥抓住康斯坦丁的手，牢牢地保持航线：他们只要一降落，就会被抓起来枪毙。他们是光脚的，但轰炸机的飞行员则是穿鞋的。

所以TU-4轰炸机转了方向，突然上升，这时伊柳辛Il-12刚好从TU-4轰炸机肚子下面飞过去，尾翼掠过轰炸机的腹部。他们面前第一次出现了蓝天。康斯坦丁笑了，这是大难不死的笑容。

里奥离开座位，和拉扎尔一起坐在后面。马加丹现在不过是黑暗中的一小股灯光，这就是拉扎尔被里奥流放的地方——荒凉之地，却也是拉扎尔过去七年的家。

莫斯科

同一天

瑞莎坐在埃蕾娜床边看着她睡觉。自弗瑞拉拜访后，埃蕾娜的怀疑变得越来越肯定，她似乎感觉到了形势的变化。光是跟埃蕾娜说左娅马上会回来还不行，这种保证对埃蕾娜没用，她只会满足一两小时，之后保证的效力就消失了，埃蕾娜又会陷入深切的不安。

电话响了。瑞莎急忙冲过去拿起话筒。

——你好?

——瑞莎，我是弗洛尔·帕宁。我们和里奥用无线电取得联系了，飞机正在飞回来。用不了五小时，里奥就回莫斯科了。拉扎尔和他一起。

——联络弗瑞拉没有?

——联络了，我们在等交换人质的指令。你想去机场接里奥吗?

——当然。

——飞机快到的时候我已经叫了一辆车出来。我们快到了，瑞莎。我们就要接到她了。

瑞莎挂了电话，她待在电话旁，推敲那几个字。

我们就要接到她了。

帕宁说的是抓弗瑞拉：他对左娅几乎没兴趣。尽管帕宁有相当迷人的外表，但瑞莎还是相信里奥对其性格的论断：帕宁内心冷酷无情。

埃蕾娜站在走廊上。瑞莎招招手，埃蕾娜走了过来。瑞莎引着埃蕾娜走进厨房，两人挨着坐在餐桌边。瑞莎在炉子里热了牛奶，倒入杯中，然后把杯子放在埃蕾娜面前。

——*左娅今晚就会回来？*

——*是的。*

埃蕾娜拿起杯子，心满意足地喝了一口。

现在没时间考虑弗瑞拉的提议，瑞莎也不再相信里奥的计划。和弗瑞拉见面，倾听了弗瑞拉的怒气之后，瑞莎发现，就算将左娅交回到里奥手里，就算里奥因此成为英雄，那也毫无意义。里奥用犯人交换得到的，是弗瑞拉知道他无法拥有的事物——女儿、幸福、家庭团聚。这事一开始就错了，里奥的信念太过天真，左娅处在危险中，而里奥救不了她。

瑞莎打开抽屉，拿出一支高高的红蜡烛。她把蜡烛放在窗台上，从窗台上可以清晰地看见下面的街景。瑞莎划了根火柴，点燃蜡烛芯。埃蕾娜问道：

——*你在做什么？*

——*点亮一支蜡烛，让左娅找到回家的路。*

瑞莎看向外面的街道。蜡烛点亮了，传递出信号。瑞莎接受了弗瑞拉的提议，她会离开里奥。

同一天

马利什坐在岸边，听着下水道里的流水声。两个月前世界豁然开朗，但他现在迷惑了。有人喜欢他，不是因为他会用刀，不是因为他有用，喜欢他是因为……马利什自己也说不清楚。左娅为什么喜欢他？没人这样喜欢过他。这没道理啊，她无由来地就去救他。正好有逃跑的机会，左娅却没转身，而是冒着生命危险来救他。

弗瑞拉走过来坐在他身边。他们的双腿都摆荡着，像朋友坐在河岸边一样。只是脚下并非鱼儿和落叶，而是城市的废水。弗瑞拉问道：

——*怎么躲在这儿？*

马利什想保持沉默，他心烦意乱，但若不回答，那就是对弗瑞拉的大不敬。所以马利什嘀咕道：

——我不太舒服。

让他吃惊的是，弗瑞拉笑了：

——两个月前的话，你会杀死那个女孩儿，什么都不会去想。

弗瑞拉把一只手放在马利什肩上。

——我想知道，你会不会毫不迟疑地执行我的命令。

——我从没违抗过你。

——对我的命令，你从没违背过。

马利什没法反驳——这是真的，直到现在，他也从没表达过不满。弗瑞拉把左娅推到他身边，是为了测试他。弗瑞拉利用他和左娅的关系来衡量他和自己的关系。

——马利什，我还在监狱里的时候听过一个故事，是车臣的一个犯人讲的。故事源自高加索人的史诗，讲的是英雄索斯兰的故事。对纳茨人来说，他们不仅要为自己的不公平复仇，还要为家庭和祖先的屈辱复仇，不管屈辱在多久之前。争斗持续了数百年。索斯兰一辈子都在复仇。等你到了年纪，马利什，你会有个新的名字，我希望这个名字是索斯兰。

尽管弗瑞拉语调不改，但马利什还是察觉到了危险。弗瑞拉站起来。

——跟我来。

马利什跟着她穿过隧道和洞窟，来到左娅的房间。左娅没有锁门，她正站在角落里，听到了他们过来的声音。左娅从马利什的眼神中得知大事不妙，弗瑞拉拉着左娅的手腕，一直拉出房间。马利什迷惑不解，不知道是该服从还是反对。他还没拿定主意，弗瑞拉就嘭地把门关上，将马利什锁在房间里。

同一天

从太平洋岸边横跨苏联飞到莫斯科的旅程，让伊柳辛飞机的油箱快空了。他们只有一次降落机会，但一场风暴逼近了他们，飞机穿进了狂怒的乌云中。拉扎尔坐在后面，用牙齿完好的那一侧吃饼干。里奥坐在副驾驶位子上，系好了安全带，想尽力维持康斯坦丁的信心。他们朝着莫斯科郊区的斯图皮诺军事机场飞去，飞机正在做最后的下降。康斯坦丁的声音中透着恐惧，他宣布道：

——现在我应该看到那些灯光的！

他们穿过云层底部，远方的地面不见灯光，飞机还是飞得太高了。康斯坦丁连忙让飞机猛地下降：这种倾斜太可怕了。康斯坦丁赶紧调整过来，将飞机调整为水平飞行，然后飞机底部猛地冲向跑道。飞机轮胎压碎了，轮胎只转了几圈起落架就折断了，钢铁支架的残桩在跑道上刮过，让飞机像极了逐渐拉开的拉链。飞机的翼尖撞到地面，令开膛破肚的飞机围着裂开的底部转了一百八十度，像弹弓一样冲出跑道边缘，螺旋桨都陷入了泥泞中。

里奥昏头转向，他前额出血了。里奥解开安全带站起来，打开驾驶舱的门，眼前是撕裂成两半的机舱。拉扎尔还活着，他在残骸的另一边，一圈完好无损的机舱保护了他。康斯坦丁还坐在自己座位上，他笑了起来，大喊大叫来表达自己的兴奋之情——像发疯了一般。雨透过裂开的窗户打到他脸上。

里奥怀疑飞机会不会着火：但油箱已经耗尽，雨又这么大，把冒烟的引擎都淋湿了。里奥想到就算把康斯坦丁留在这里也足够安全，就先帮助拉扎尔从裂开的机舱中爬了出来，两人一起爬出飞机残骸，踩着碎裂的机翼走进泥泞中。救护车冲向他们，医生来了。里奥示意救护人员不必管他们。

——我们没事。

现在他是拉扎尔的代言人了。弗洛尔·帕宁走出他的吉尔轿车，一个警卫恰到好处地走上去，为帕宁撑开伞。帕宁和拉扎尔握了手。

——我是弗洛尔·帕宁。很抱歉我没办法让你更方便地获得自由。你妻子的行为让政府不可能公开释放你。走吧，我们时间很紧，到车里再谈。

坐在轿车后座，拉扎尔像婴儿一样兴致勃勃地研究起软皮座椅和胡桃木的木盘。木盘上的小银壶里装了一些冰块，还有一个碗里放了些新鲜水果。拉扎尔拿起一个橙子，用双手使劲压出橙汁。帕宁礼貌地忽略了拉扎尔的举动：犯人身处奢华之地，总会有头晕目眩之感。帕宁递给里奥一张莫斯科地图。

——弗瑞拉就给了这些。

里奥检查地图，地图中央用墨水标了个十字架。

——这儿找到了什么？

——一无所获。

轿车开动了。

——瑞莎人呢?

——我之前跟她说了。本来她会等着轿车到了就一起过来。可是车到她那儿的时候，只看见伯父伯母在照顾埃蕾娜，瑞莎不见了。

里奥吃了一惊，坐直了身子。

——你们应该派人保护她的。

——我们没法保护那些不想受到保护的人。

——你不知道她在哪儿?

——我很遗憾，里奥。

里奥坐了回去。毫无疑问，里奥认为弗瑞拉同瑞莎的消失脱不了干系。

他们到市中心的时候，已经是凌晨两点了。科力马的无际荒凉已经在里奥心里生了根，在市区里他反而迷失了，之前缺乏睡眠，自己又忧心忡忡，更加剧了迷失感。车子停在莫斯科沃瑞茨卡亚·纳贝瑞扎纳亚（Moskvoretskaya Naberezhnaya）街中央，这条街是通往莫斯科的主干道。这里就是地图上标的地方。司机下了车，帕宁的保镖也下了车。两个特工检查了这片区域，然后又回到车上。

——这儿没人。

里奥下了车。外面暴雨如注：顷刻之间里奥就被淋了个落汤鸡。他能听到雨水流入下水道的声音。里奥蹲下来，井盖就在车正下方。

——往前开!

轿车往前动了动，露出了井盖。里奥搬起井盖，推到一边。保镖站在里奥对面，拿好了枪。暴雨倾盆，下水道梯子上一个人都没有。

里奥回到车里。

——你有手电筒吗?

——后备厢有。

里奥打开后备厢，检查了一下手电筒亮不亮，然后递了一支给拉扎尔。

里奥走前头，先抓着梯子爬下去，之前皮肤撕裂的记忆和现在实实在在的疼痛糅合在一起，让膝盖疼痛不已。雨水像瀑布一般从下水道边缘倾泻而下，

飞溅在他的双手、脖子和脸上。拉扎尔也跟了下来。帕宁低头喊道:

——一切小心。

等到两人都在地面上消失，井盖就又被合上，将雨水和街灯阻隔在外。在黝黑中，两人停顿了一下，打开手电筒，然后又继续往下爬。

爬到梯子底端，里奥看了看主渠道。这里有一股绕着漩涡、泛起白色泡沫的急流。大雨泛滥，原本缓慢的污水在城市的下水道里汹涌澎湃。里奥不知道能不能前进，只得逼着自己去推想哪里存在可供落脚的岩架。为了证明自己的念头，里奥一只脚悬在空中，用靴子去试探落脚点。可狭窄的岩架已经没入水中了。

里奥的声音穿透了周围的噪声，他对拉扎尔喊道:

——紧靠着墙!

拉扎尔爬下来，里奥帮着他把身子紧贴在墙上，两人交叉着用手电筒照亮每个角度，想看看有没有什么线索。远处，就在下游一百米开外的地方，有一道光。

他们沿着岩架朝着那道光芒前进的时候，下水道里的水面又上升了，飞溅的水花打在他们膝盖周围。

真是步步惊心。就在前方几米处，里奥看到墙上挂了一个灯笼，照出一扇门的轮廓。里奥抹去墙上厚厚的软泥，然后推开门。水一下涌了进去，沿着一段混凝土楼梯冲到更低的地方。两人急忙关上身后的门，把水阻隔开——他们终于摆脱了危险的岩架。

狭窄的回旋楼梯里潮湿闷热。他们沉默地往下走，呼吸声在封闭空间内回荡。走了五十多步之后，他们来到第二扇门面前。里奥使劲推开铁门的时候，铁链咯吱作响。这里没有下水道的臭味，也没有流动的污水，只是一片静谧。里奥转身对拉扎尔说道:

——待在这儿。

里奥走进另外一条下水道中，用手电筒查看里面的情景:这些墙都是干燥的。里奥的脚碰到了一条铁轨——他们走到地铁线上了。

一道柔和的黄色光芒缓缓升起，仿佛旭日初升。原来是一盏采矿提灯发出的灯光，灯火摇曳，拿着提灯的是一个男人。他是一个人来的，身材异常强壮，双手和脖子上满是文身。

——别动。

那黑手党人对里奥和拉扎尔搜身。然后他关上通向上面下水道的铁门，锁好。黑手党转过身子，指了个方向。于是三人出发，里奥在前，拉扎尔紧跟着，黑手党人在最后。一边走黑手党人一边讲解道：

——这条地铁地图上没标。地铁建完之后，工人就都被处决了，所以这条地铁的存在还是个秘密。它的名字叫斯佩茨隧道，从克里姆林宫一直通往拉明斯克，那是五十千米外的地下之城。一旦西方入侵，我们的领袖就会退到地下，等到莫斯科付之一炬的时候，他们就坐在丝绸坐垫上离开。

走了一段路，黑手党停下脚步。

——就这儿。

墙上有一扇铁门。里奥打开铁门，用手电筒照照里面的混凝土楼梯，幸好这是朝上走的。走进去之后黑手党关上门，片刻之后传来一阵咝咝声：他往锁上倒了强酸，把锁废了。这样没人能跟踪他们了。

他们顶着湿气和汗水走到楼梯顶端，那里的门没锁，一进去他们发现自己走进了塔甘地铁站。里奥走过车站来到中间的塔甘广场，恼怒不已，想知道接下来要做什么。拉扎尔举起手指着两百米远的一条河。那里有个女人站在波修瓦·莫斯柯弗奈斯基桥中央。

里奥连忙冲过去，拉扎尔紧跟在他身边。他们跑到河边，这里没有建筑物的遮蔽，风势更显猛烈。桥是坚硬的混凝土拱桥，河水在桥下打着漩涡，莫斯科在入夜的倾盆大雨中显得格外嘈杂。那女人一直站在桥中央等着他们，雨水冲刷在她的外套上。里奥走近，认出了这件外套，这是他的外套。

瑞莎揭开了兜帽。

里奥跑上去握住瑞莎的双手，心中万千思绪涌作一团——既是关切也是释怀。但瑞莎却挣开了里奥的手。

——为什么不告诉我左娅的事？她曾对你拔刀相向。你跟我说不会再做错事，但你撒谎了，在这种事上？你当初怎么跟我承诺的？再也不说谎！再也没有秘密！我们承诺过的，里奥！

——瑞莎，我很害怕。我希望有个机会把事情都搞定，然后再告诉你。你从医院出来后，我就要准备去科力马，而你身子还很弱。

——里奥，我身子不弱。你才是！这不是逞什么英雄的问题，而是对左娅和埃蕾娜来说，什么才最适合她们的问题。我见了弗瑞拉，她来找过我。她绝不会把左娅还给你，这事绝不可能发生。

桥南边闪过一束轿车头灯的灯光，在倾盆大雨中显得模糊难辨。轿车朝他们加速驶来，让里奥不得不伸手挡住眼睛，来避开刺眼的灯光。轿车刹车，车门打开，司机是个黑手党，弗瑞拉从副驾驶那边走下来，对大雨熟视无睹。她瞥了一眼里奥，又看看瑞莎，然后才把注意力集中到他的丈夫——拉扎尔身上。

拉扎尔朝她走去，犹豫不决，明显震惊万分，哪怕里奥之前提醒过他弗瑞拉已经变了。他们面对面站着，弗瑞拉打量着拉扎尔的外表，用手去摸他的脸，抚摸着他受伤的下巴。拉扎尔缩了一下，但是没有避开。弗瑞拉说道：

——你受苦了。

拉扎尔开口说话的时候，里奥一直看着他：

——我们有个……儿子？

——我们的儿子死了，你妻子也死了。

一声枪响，一道闪光——拉扎尔跪在地上，紧捂着肚子。

里奥跑过去，扶住了要倒下的拉扎尔。拉扎尔嘴里全是血，出其不意的枪杀震惊了里奥，他转头看向弗瑞拉。

——为什么？

弗瑞拉没回答，朝他走过来，一句解释都没有。里奥低头看着怀里的拉扎尔，这是他曾经背叛又援救过的人。里奥把拉扎尔的尸体放下，让拉扎尔躺在路上。

弗瑞拉一把抓住里奥的衬衫。

——坐进车子前面。

她用枪对瑞莎示意。

——你也是！

里奥站起来，爬进驾驶座，瑞莎则坐进了副驾驶座。左娅在车后座，双手双脚都被捆了起来，嘴巴也被堵住——眼神里满是恐惧。这辆车被改装过，前座和后座之间有栅栏。瑞莎和里奥马上抓住栅栏。

——左娅！

左娅把脸按在栅栏上，想让他们帮忙取下堵口物。瑞莎和里奥的手指碰在一起，里奥想把栅栏摇下来，但是栅栏太紧了。

车后门打开了：弗瑞拉探身进来，抓住左娅把她推出去，又提起来。里奥转身想打开车门，但是车门锁上了。瑞莎试了她那边的车门，也没用。弗瑞拉和那个黑手党人搬着左娅朝轿车后备厢走去，黑手党人拿出一个麻袋打开，然后弗瑞拉把左娅装了进去。

里奥转动身子，用靴子踢车窗，像骡子一样踢了一次又一次。但靴子每次都被弹回来，车窗还是完好无损。瑞莎喊道：

——里奥！

里奥爬到瑞莎那边，那一侧更靠近河。黑手党人和弗瑞拉搬着麻袋，左娅在麻袋里拼命挣扎扭动，极力求生。黑手党人扇了左娅一巴掌，打消了左娅反抗的力量，让她安分地待在麻袋里。两人一起抬着沉重的麻袋，失去知觉的左娅被抬到桥边，然后麻袋被扔进河里。这时里奥的脸紧贴在车窗上，他眼睁睁地看着左娅掉进河里。

弗瑞拉靠在轿车的引擎盖上，俯下身子，脸靠近风挡玻璃，眼神中透出兴奋的光芒，像猫咪舔冰激凌一样享受着他们的痛苦。里奥狂怒难耐，用拳头捶打风挡玻璃，却在加固的玻璃面前徒劳无功。弗瑞拉看着这一切，为里奥的绝望而欣喜，然后她跳下来，骑上后面的一辆摩托车。里奥一直没注意到有两辆摩托车已经被推到他们旁边。

里奥被困在轿车里，他踢坏点火器，扯出电线，然后他把电线接在一起，让其冒出火花，再用脚去踩油门，发动引擎，开车追赶弗瑞拉。瑞莎喊道：

——里奥！左娅！

里奥并不想去追弗瑞拉，他把车子开到最高速，然后粗暴地让轿车左转，朝桥栏杆撞去。轿车撞在桥栏杆上，把一边的车身撞坏了，裂了个口子。轿车引擎冒烟，轮胎在路缘上打转。里奥转身看瑞莎的情况，瑞莎的头被割伤了，但她已经从座位上起身，从轿车撞坏的那侧爬了出去。里奥也摇摇晃晃地跟着瑞莎出去，左娅就在那里被扔了下去。

瑞莎先跳下去，里奥紧随其后，他看到瑞莎落水，紧接着里奥的双腿也砸到水面上。落水之后，河水把他们推往下游。里奥喝了一大口水，忍住了想要浮出水面的冲动，借着水流的力量一蹬腿，往河底游去，左娅很可能就掉在河底。里奥不知道这条河有多深，只是使劲蹬腿再蹬腿——他的肺像在燃烧，阻碍他潜得更深。里奥的手摸到了河底厚厚的淤泥，他往四周看了看，却什么都看不见，水是黑色的。里奥上浮一点儿，转着身子想搜索一下，但情况不容乐观——还是什么都看不见。里奥快憋不住气了，只好浮出水面，大口大口地呼吸。他四下张望，看见桥已经在身后很远的地方了。

里奥深吸一口气，准备再潜下去。他听到瑞莎的喊声：

——*左娅！*

这是绝望的喊声。

六——个——月——后

莫斯科

10月20日

菲利普扯开尚温的面包，研究面团撕裂的过程：先稍稍伸展，然后裂成参差不齐的带状物。他撕了一块放进嘴里，慢慢咀嚼。面包极为完美，那就是说这一炉的面包都极为完美。菲利普想让自己大快朵颐，便在面包上洒了一层厚厚的奶油，柔软得快要化开一般。但他连一点点奶油都不能咽下，站在烤箱旁的他，只能把这团黏糊糊的面包一口吐出。浪费食物的行为让他害怕，但他没办法。尽管他是莫斯科的顶级面包师，但四十岁的菲利普只能吃流质食物，因为他一直患有没法治愈的胃溃疡，过去十年这种病一直困扰着他。他的肠子上满是刻薄的凹痕——这是斯大林统治时期留下的隐痛。他彻夜难眠，担忧自己对手下人是不是太过严厉。菲利普是个完美主义者，别人一犯错误他就会大发雷霆。不满的工人也许会写份报告检举他，把他列为资本家、大买办。就算是今天，一想到这些事，菲利普的肚子就疼得不行。他急忙冲到桌旁，调了一杯白垩水，喝下这种难闻的白色溶液。他提醒自己，已经没必要担忧了。再也不会有深夜的逮捕行动，他的家庭是安全的，他没告发过别人，对得起自己的良心。他的胃已经为过往付出了代价。就算把所有事情都算上，对一个面包师和热爱面包的人来说，这样的代价也不算高。

白垩水抚慰了他的肠子，他自责了自己对过往的沉溺，未来是光明的，政府认识到了他的才华，面包房扩张了，整栋楼都是。先前他一直局限在两层楼，再上面的一层楼是纽扣厂，是政府的一个秘密部门的伪装。菲利普一直不明白这个部门为什么要设置在面包房上面：那些房间充满了面包屑和烤炉传上来的热量。其实，菲利普希望他们搬走，倒不是因为他需要这点儿空间，而是菲利普不喜欢那部门工作人员的表情。他们的制服和谨慎的做派都让菲利普更加胃疼。

菲利普走到公共楼梯上，看了看上面一层。以前在上面工作的办公人员前两天都忙着搬书柜和家具。走到那层楼，菲利普在大门口停了下来，注意到门上沉甸甸的锁。菲利普握了握把手，门咔嚓一声开了。他走进房中，打量着这片阴暗的区域。房间空空如也，但现在这里是他的新基业。菲利普摸索着打开电灯，却看到一个男人瘫坐在对面墙边。

里奥坐起来，头上的电灯晃到了他的眼睛。然后他看到了面包师，一个瘦得像电线杆的男人。里奥口干舌燥，他咳嗽一声，站起来拍拍身上的灰尘，看着令他伤心的办公室——曾经的谋杀案部门。帖木儿曾经解决过的案件，那些分门别类的文件已经被搬走，过去三年来他的工作成果都已荡然无存。里奥不知道这个面包师的名字，现在面包师尴尬地站在那里——这是有同情心的人看到不幸者的尴尬。里奥说道：

——三年来在楼梯间和你擦肩而过，我都没问过你的名字。我不想……

——让我担心？

——有吗？

——老实说，有。

——我叫里奥。

面包师和里奥握手。

——我叫菲利普。三年了，我都没送过面包给你吃。

里奥最后一次离开谋杀案部门，关门之前他回首凝望了一下。觉得自己有种头晕的难受感觉，他跟着菲利普下了楼，菲利普给了他一块圆面包——金黄色的，还热乎着。里奥撕开面包，嚼了嚼。菲利普仔细地打量着里奥的反应。里奥意识到菲利普需要自己发表意见，就把嘴巴里的面包咽下去，说道：

——从没吃过这么美味的面包。

确实如此。菲利普笑了，他问道：

——你以前在上面做什么？怎么一直都神神秘秘的？

里奥还来不及回答，菲利普就撤回了这个问题。

——当我没说吧。我该做自己的事了。

里奥吃着面包，没理会菲利普的退缩。

——我主管一个特殊的警察部门，谋杀案部门。

菲利普一声不吭，他不明白是怎么回事。里奥补充道：

——我们调查凶杀案。

——有那么多凶杀案？

里奥稍稍点头。

——比你想象的多。

里奥快吃完这块面包的时候，菲利普又送给里奥一块面包让他带回家吃。里奥转身准备离开的时候，菲利普叫了他一声，想给这场谈话加上积极的结尾。

——这儿夏天蛮热的。换了个地方，你一定很高兴吧？

里奥低头看着踩在面粉上的脚印。

——部门没有搬迁，而是关门大吉了。

——那你呢？

里奥抬起头。

——我去克格勃。

同一天

谢尔布斯基研究所在一座大小适中的楼房里，楼房顶层窗户外装饰有钢铁栏杆，看起来更像是住宅楼而不是医院。瑞莎像以往一样，走到这里的时候总要停一停。就在五十米远的地方，她总要问自己是不是做了正确的事情。她低头看了一眼埃蕾娜，埃蕾娜站在她旁边，牵着她的手。埃蕾娜皮肤惨白，仿佛身体正在衰老一般。她体重大减，身子一直不舒服，生病已是常态。瑞莎注意到埃蕾娜的围巾松了，就蹲下去给她理围巾。

——我们可以回家了，想什么时候回就什么时候回。

埃蕾娜保持沉默，她脸色苍白，不像真人，倒像薄纸糊成的复制品，镶上了绿油油的圆眼睛，却连一点儿生气都没有。但问题是不是该从另外的角度来看呢？瑞莎才是复制品，一直庸人自扰，在模仿真正的母亲？

瑞莎亲了亲埃蕾娜的脸颊，却没得到埃蕾娜任何回应。瑞莎心头一紧，她已无法承受这种从她蹲下的时候就开始的冷漠，现在她眼里噙着泪水，她凑到埃蕾娜耳朵边上，突然发出悲恸欲绝的声音：

左娅死了。

埃蕾娜没有反应。五个月后，她还是没有反应，连通常的反应都没有。

瑞莎起身看看路上的车流，然后过了马路，走到研究所大门口。去谢尔布斯基研究所是个绝望的选择，但瑞莎已经绝望了。爱拯救不了她们，光有爱是不够的。

研究所里面铺了石地板，墙上光秃秃的。穿着干净护士服的护士正推着推车。里面的门都闩上了，窗户也被堵住，毫无疑问，谢尔布斯基研究所是莫斯科最重要的精神病治疗中心，但得到这种称号更像是贬低而非赞誉。在这里，异见分子、反对派会接受胰岛素昏迷疗法，不过最近用的是休克疗法。对七岁小女孩儿来说，她不可能在这里得到什么帮助。

他们之前讨论过，里奥一再坚持他的观点：不同意精神治疗。毕竟他以前逮捕的大多数政治犯都被送进了这类精神病院。里奥当然同意这点：残酷制度下也可能存在好医生。但就算是冒着风险找到这样的好医生，里奥也不相信医生的专业知识能让埃蕾娜受益。宣布你身体不适就相当于把你流放到社会边缘，流放到任何父母和监护人都不愿意自己孩子去的地方。不过里奥这样认为，并不是出于小心谨慎，而更像是偏执——他盲目地下决心想修复被他亲手破坏的家庭。瑞莎不是医生，但她明白埃蕾娜心理的病和身体上的病一样可怕。埃蕾娜正在走向绝路，这不是简单许个愿就能解决的问题。

前台后的女人抬头瞥了一眼，因为瑞莎之前来过，所以这女人认出了她们。

——*我来见斯达夫斯基医生。*

瑞莎之前背着里奥向同事朋友打听过这人。尽管他处理异见分子的职业拖累了他的名声，但他把精神治疗的价值放置于政治立场之上，反对过分的惩罚性治疗。他同意治疗是出于治病救人的目的，所以他答应给埃蕾娜做检查，但不做任何正式记录。瑞莎相信他，正如一个人落海之后，会把所有希望都寄托在一块漂流的厚木板上。她几乎没有选择。

走上楼，斯达夫斯基医生招呼她们进了办公室，他蹲在埃蕾娜面前。

——埃蕾娜？感觉如何？

埃蕾娜没说话。

——你记得我的名字吗？

埃蕾娜没说话。斯达夫斯基站起来，招手让瑞莎过来，对她悄声说道：

——这周情况怎样？

——一点儿没变，还是一句话都不说。

斯达夫斯基指着体重计对埃蕾娜说道：

——请把鞋脱了。

埃蕾娜还是没反应。瑞莎跪下来帮她脱鞋，然后扶着埃蕾娜走上体重计，斯达夫斯基看了一眼表盘，记下了埃蕾娜的体重。斯达夫斯基用笔敲着本子，眼神在过去几周里逐渐增加的一串数字上游走。他退后一步，靠在办公桌上。瑞莎上前帮着埃蕾娜从体重计上走下来，但斯达夫斯基拦住了瑞莎。他们静静等待，埃蕾娜还是待在体重计上，脸看着墙壁，一动不动。两分钟过去了，五分钟过去了，十分钟过去了，埃蕾娜还是一动不动。最后，斯达夫斯基示意瑞莎去帮忙，这样才让埃蕾娜走下体重计。

瑞莎忍住泪水，终于把埃蕾娜的鞋带系好。她站起来准备问斯达夫斯基的时候，却看到他正在打电话。斯达夫斯基挂了电话，把本子放到办公桌上。瑞莎不知道这是怎么回事，也不知道为什么会变成这样，但她知道她遭到了背叛。瑞莎还没来得及开口，斯达夫斯基就说道：

——你们过来帮我的忙。我的观点是，埃蕾娜需要全日制的职业治疗。

两个男性士兵走进房间，关上身后的门，就像是关上了陷阱笼一样。瑞莎双臂抱住埃蕾娜。斯达夫斯基慢慢走近。

——我已经安排好了，她可以被送往喀山的医院。那里的医生我都认识。

瑞莎用摇头来揭露斯达夫斯基的企图，她不相信斯达夫斯基的话。

——现在由不得你了，瑞莎。做这个决定是因为这个小女孩儿的关系。你不是她妈妈，政府安排你当她的监护人，但现在政府收回监护权。

——败类……

瑞莎轻蔑地说出这句话。

——你们不能带走她。

斯达夫斯基靠得更近，他低声说道：

——我要跟埃蕾娜说她和护士一起去喀山，我要跟埃蕾娜说她再也不会见你。我很肯定她一点儿反应都没有，她会和两个陌生人一起走出这个房间，甚至都不会回头看一眼。如果她这样做了，你还相信你能帮助她吗？

——我拒绝接受这个测试。

斯达夫斯基无视瑞莎的话，蹲下来缓慢而清晰地说道：

——埃蕾娜，我们要把你送到一所特殊医院。那里的人会治好你，不过你有可能再也见不到瑞莎了。但是，我保证你去了以后会变得更好。那里的人会帮助你，如果你不愿意去，如果你想待在这儿，如果你想留在这里和瑞莎一起，你说一声不去就可以。你说一声不去就可以。埃蕾娜？你听得到我说的话吗？你说一声不去就可以。

埃蕾娜毫无反应。

同一天

帖木儿的遗孀伊内莎打开门，让里奥进了公寓。从科力马回来有几个月了，里奥都想着帖木儿可能会从厨房走出来，解释他没死，他活下来了，找到了回家的路。这个家少了帖木儿，光是想想就觉得不可能。他曾经在家人的陪伴中度过了最快乐的时光，但关于住宿的命令是强制的。帖木儿的死意味着这个家庭只需更少的住宅空间。更确切地说，这套现代化的公寓算是帖木儿工作上的福利，伊内莎在纺织厂工作，她的同事都住在很远的普通公寓里。里奥用他的影响力，四处游说，请求弗洛尔・帕宁干涉，终于让这一家人免于搬迁。也许是觉得自己对帖木儿的死负有责任，所以帕宁才颔首同意。但让里奥惊讶的是伊内莎打算搬家，因为这里的每个房间都流淌着关于帖木儿的记忆，这些记忆非常痛苦，让伊内莎无法呼吸，无法摆脱。一直等到里奥给她展示了她可能会被安排住进去的公寓时，伊内莎才回心转意，因为那套公寓只有一个房间，生活设施是公用的，墙壁也很薄。伊内莎决定不搬家只是为了两个儿子罢了，一旦她一个人住，她就会搬出去。

里奥和伊内莎拥抱。分开后，伊内莎接过了里奥送来的面包。

——这是哪儿来的？

——我们办公室下面的面包店。

——帖木儿从没往家里带过面包。

——面包店的人很害怕，没和我们说过话。

——但现在不害怕了？

——不害怕了。

悲伤如阴影一般浮现在伊内莎脸上。谋杀案部门也是帖木儿工作的地方。

她的两个儿子，十岁的叶菲姆和八岁的瓦季姆急忙从各自卧室里冲出来跟里奥打招呼。尽管帖木儿在为里奥工作的时候殉职，但他的两个儿子一点儿也不怪里奥，相反他们非常欢迎里奥来看他们。他们非常清楚，里奥深爱着帖木儿，帖木儿也深爱着里奥。对里奥来说，他们的好感也是非常脆弱的，总有一天会破裂。他们还不知道事情的细节，他们还不知道他们的父亲献出生命，是为了弥补里奥之前犯下的错误。

叶菲姆眉飞色舞地说起家庭作业和正在参加的运动队时，伊内莎抚摸着他的头发。叶菲姆是帖木儿的长子，那块表应该等他满十八岁的时候给他。里奥已经换下了碎裂的表盘玻璃和里面的零件，他自己保管了换下的零件，没扔，只是偶尔拿出来握在手心。伊内莎还没想好该怎么跟叶菲姆说这只表的渊源，是不是要撒谎说这是富裕的祖先传下来的传家宝？有一天她会做一个决定的。伊内莎看着里奥，说道：

——一起吃饭吧？

里奥在这里感觉轻松自在，不过他摇摇头。

——我得回家。

里奥回到家里，发现瑞莎和埃蕾娜不在。值班的保安说她们两人一早就去了学校，没发现什么异常。里奥一无所知，他无法想象这么晚了瑞莎还能带着埃蕾娜在外面做什么。衣服没打包，包裹也还在。里奥给他父母打了电话，他们也不清楚怎么回事。里奥担心这事和弗瑞拉有关，杀死左娅是她对国家安全部门的最后一次报复行动，之后销声匿迹了五个月。里奥怀疑弗瑞拉是不是又出山了。但是没必要啊，里奥已经像弗瑞拉所期望的那样身心受创了。

听到有人走来的声音，里奥匆忙跑到走廊上打开门。瑞莎摇摇晃晃地走了过来，抓住门框撑住身子，像是喝醉了一般。里奥扶着瑞莎，看了看走廊。走廊上空无一人。

——埃蕾娜呢？

——她……走了。

瑞莎眼珠一翻，头垂了下来。里奥把她扶到浴室，打开了淋浴喷头，直接放冷水。

——你怎么喝醉了？

瑞莎被冷水刺激，醒了过来，喘着气说道：

——没喝酒……我被下药了。

里奥把淋浴喷头关掉，拨开瑞莎眼睛上的头发，扶她坐到浴缸边上。瑞莎充血的眼睛再也合不上了，她盯着鞋边形成的水洼，语调再也不含糊了。

——我知道你不会同意的。

——你带她去看医生了？

——里奥，你深爱的人生病了，你就会寻求帮助。他说治疗是非正式的，不会做记录。

——在哪儿？

——谢尔布斯基。

里奥一听到这个名字，就惊呆了，因为他逮捕过的很多人都会被送到这地方治疗。瑞莎哭了起来。

——里奥，他把埃蕾娜带走了。

一时间里奥没反应过来，然后他怒不可遏。

——那医生是谁？

——你救不了她的，里奥。

——叫什么名字！

——你救不了她的！

里奥仰头想一拳打在瑞莎脸上，但电光火石之间，里奥转移了自己的怒火，他从墙上抓下镜子，在浴缸上砸得粉碎。碎片割伤了里奥的皮肤，红色的鲜血从里奥手腕和手臂上流下，里奥让血滴到地上，他身旁都是染血的碎片。

瑞莎坐在他身边，拿了条毛巾按在他伤口上。

——你以为我没反抗？你以为我没拼命阻止他们？他们给我打了镇静剂，等我醒来的时候，埃蕾娜已经不见了。

里奥脑子里有股挫败感。全完了，他对家庭的期望已经荡然无存。他救不了左娅的命，也没办法劝住埃蕾娜：生活是值得过下去的。他和瑞莎三年间坦诚相待、相互信任的生活现在烟消云散了。他对瑞莎撒了谎，而这个谎言引发了灾难。瑞莎接受了弗瑞拉要求她们离开里奥的提议，但里奥一点儿都不怪罪瑞莎，瑞莎说这只是一种策略，没别的了，因为她不顾一切地想救回左娅。瑞莎一手创建了这个家庭的幸福生活，但她犯下的唯一错误是：这样的幸福生活来得太晚了。

三年的假象终于终结。里奥不是父亲，不是丈夫，当然也不是英雄。他会加入克格勃，瑞莎会离开他。为什么她不会？两人之间只充斥着失落感。里奥每天都感觉到弗瑞拉评价他的话是正确的：他是国家的人。里奥曾经改变过，但更重要的是，他现在又成了国家的人。里奥说道：

——有时，我以为我们曾经有机会。

瑞莎点点头。

——我也这么觉得。

同一天

里奥不知道过了多少时间。两人都一动不动——瑞莎在他身旁，坐在地上，背靠浴缸，任由身后水龙头滴滴答答。里奥听到大门打开的声音，但他没有站起来。史蒂芬和安娜出现在浴室门口。毫无疑问里奥之前的电话让他们担心了，所以他们才赶了过来。他们走进浴室看到了血和破碎的镜片：

——出什么事了？

瑞莎紧握着里奥的手。里奥回答道：

——他们把埃蕾娜带走了。

史蒂芬和安娜都没说话。史蒂芬扶着瑞莎站起来，往她身上裹了条毛巾带着她去了厨房。安娜则把里奥扶到卧室，检查他的伤口。安娜包扎了伤口，就像里奥年幼时把自己弄伤的时候那样。包扎完成后，安娜坐在里奥身边，里奥亲了安娜的脸颊，然后站起来走到厨房，朝瑞莎伸出手。

——我需要你的帮助。

弗洛尔·帕宁是里奥最有权势的盟友，但出了莫斯科帕宁就无能为力了。格拉乔夫少校并不是里奥的朋友，但三年前他支持里奥成立独立的谋杀案部门，而且开头两年里奥都直接跟格拉乔夫汇报，直到格拉乔夫给帕宁让路。从那时起，里奥就很少见到格拉乔夫了。不过格拉乔夫提倡改革，相信维持统治的唯一方法就是承认政府犯下的错误，缓和矛盾，做出变革。

里奥和瑞莎并肩站着，里奥敲格拉乔夫公寓门的时候，下意识地看了看公共走廊。现在夜色已深，但他们等不及明天早上，他们害怕自己一过了这个势头，失望之情就会卷土重来，将他们碾碎。门开了。里奥本来习惯了穿素净制服的格拉乔夫，这一次看到穿着邋遢衣服的格拉乔夫，里奥着实吃了一惊。格拉乔夫的眼镜脏兮兮的，头发也乱糟糟的。格拉乔夫克制住自己，正常地和里奥深情拥抱，仿佛失散多年的兄弟再度重逢一般。然后他对着瑞莎诚挚地弯腰。

——请进！

公寓地板上全是箱子，里面装满了东西。里奥问道：

——你要搬家？

——不，我已经搬家了。在城外很远的地方，我说不出在哪儿，因为我也搞不清楚。他们倒是跟我说过，但是我从没听过那地方。我想是北边的一个地方吧，北边，又冷又黑，好像明白点儿了。

他语无伦次。里奥想抓住问题所在：

——出什么事了？

——我不再是有权力的人了，不再拥有这份工作。不管下份工作看起来像什么，只不过是在小地方里坐办公室的。你记得这种惩罚吧，里奥？瑞莎？放逐，你们都经历过。

瑞莎问道：

——你妻子呢？

——把我抛弃了。

预料到两人会安慰自己，格拉乔夫又补充道：

——其实是我们一致同意的。我们有个儿子，他颇想建功立业，我被贬职的事情会毁掉他的机会。我们得面对现实。

格拉乔夫把双手塞进口袋里。

——如果你们是来找我帮忙的，那很遗憾我现在的处境已经今非昔比了。

瑞莎瞥了里奥一眼，她用眼神询问该不该解释他们的困境。格拉乔夫察觉到了瑞莎的反应。

——跟我说说吧，我帮不上忙，不过就当是跟老朋友聊聊天吧。

瑞莎觉得尴尬，脸红了。

——抱歉。

——别想这些。

瑞莎飞快地解释道：

——我们的养女埃蕾娜被人夺走了，要被送到喀山的精神病院去。她一直都没从她姐姐的死中恢复过来，所以我之前给她找了个医生，做非官方的治疗。

格拉乔夫摇摇头，插话道：

——没有什么是非官方的。

瑞莎紧张了。

——医生答应我不会在埃蕾娜的病历上做任何记录。我相信了他。不过埃蕾娜对医生的治疗毫无反应……

——他供出埃蕾娜是为了自保？

瑞莎点点头。格拉乔夫沉吟半晌，然后补充道：

——我害怕我们都没办法从左娅的死中恢复过来。

格拉乔夫的话让里奥震惊，他想要个解释：

——我们？我不明白。

——不好意思，我不该把这事造成的后果和你承受的悲痛相提并论。

——什么后果？

——你们没必要卷进去，你们来这儿是为了帮助埃蕾娜……

里奥打断他的话：

——不，告诉我，什么后果？

格拉乔夫坐在一个箱子上。他看看瑞莎，又看看里奥。

——左娅的死改变了一切。

里奥茫然地盯着他，格拉乔夫继续说道：

——谋杀小女孩儿来惩罚前特工人员之后，又有十五个左右的退休特工遭到袭击或是谋杀，好几个还被严刑拷打。这些事情震惊了当局，他们居然把女黑手党头目从古拉格里放了出来。她叫什么名字来着？

里奥和瑞莎异口同声：

——弗瑞拉。

——他们还释放了什么人？成千上万的罪犯回到家里，如果当中有一小撮人像弗瑞拉一样，那我们的统治怎么办？弗瑞拉的复仇行动，难道不会引发连锁反应，让社会秩序崩溃吗？又会引发一次内战，国家就这样分崩离析。这种忧虑是最近才有的，不过已经采取措施了。

——什么措施？

——社会上蔓延着放任主义的倾向。你认识那些写讽刺文章的作家吧？杜金采夫写了本小说——《不单为了面包》[①]。这本小说公开嘲笑政府和官僚，却能公开出版。接下来呢？我们允许人民批评，我们允许人民反抗我们的规定，我们允许人民复仇。政府曾经孔武有力，现在却脆弱不堪。

——全国还有其他类似的复仇行动吗？

——我刚才说造成的后果，并不仅仅是指我们国家发生的类似事件。复仇行动在我们统治的所有土地上此起彼伏。看看波兰发生了什么事吧。赫鲁晓夫的秘密报告引发了暴动，反苏的情绪蔓延到了整个东欧，包括匈牙利、捷克斯洛伐克、南斯拉夫……

里奥震惊了。

——报告泄露了？

——美国人都知道了。他们把报告印在了他们的报纸上，结果报告成了他们对付我们的武器。似乎我们自己引发了一场可怕的风暴。如果我们承认了杀害自己人民的这些行为，那我们还怎么继续在全球推行革命？谁愿意加入我们

① 小说描写主人公（中学物理教师）搞了一项发明，与官僚主义者、学术权威进行了艰苦的斗争。作品在读者中引起强烈反响，但受到批评界的严厉批判，被认为是“诬蔑性的作品”。

的阵营？谁会成为我们的同志？

格拉乔夫停顿了一下，擦擦眉毛上的汗水。里奥和瑞莎现在坐在他身边，像听故事的孩子一样。格拉乔夫继续说道：

——左娅被杀后，每个支持改革的人都噤声了，包括我。就连赫鲁晓夫也被迫撤回了他在报告里提到的很多指责。

——我不知道这事。

——你太伤心了，里奥。你一手葬送了你的女儿，一手葬送了你的朋友，没去注意身边的世界。就在你伤心的那段时间，上面起草了一份修改后的报告。

——怎么修改的？

——承认刑讯逼供的部分被删减了。这份文件在左娅死后一个月发表，我不认为弗瑞拉的复仇行动是唯一的原因，但也至关重要。她们给保守主义者上了一堂生动的课，赫鲁晓夫别无选择：中央委员会决定重写他的报告。斯大林不再是刽子手：他只是犯了一些错误而已。这个制度没有错，一些小过失不是斯大林一个人的责任。这就是没有秘密的秘密报告。

里奥咀嚼着这些话，说道：

——我的部门没能阻止这些报复行动，所以他们把这个部门撤掉了。

——不，那只是借口。他们从来都不赞成谋杀案部门。他们从来都不喜欢我在部门创立上出力。你的部门就是放任主义思潮的一种表现。包括我在内，期盼改革的力量走得太远了。我们过于自傲，行事出格。

——他们命令我重返克格勃。

——那就是明显的象征。改过自新的前MGB特工重返传统权力体系，他们在利用你，你必须让自己有利用价值。如果我是你，里奥，我会谨慎万分。别以为他们会比斯大林心善，斯大林的影响没有浓缩在一个人身上，而是扩散给许多人。很难辨认但确定无疑：就在那里。

在公寓外里奥握住瑞莎的双手。

——我一直以来都被骗了。

莫斯科以西二十千米，昆采沃区，布利扎亚近郊别墅

10月21日

这是弗洛尔・帕宁第二次来到布利扎亚（Blizhnya）别墅。这里以前是斯大林的近郊别墅，现在政府下了决定，这栋别墅不会关闭，也不会改建为博物馆，而是开放给高层人士当会所。别墅里仍然有孩子在玩，有厨师在烹饪，有权力高层懒洋洋地坐在皮椅上觥筹交错。斯大林驾崩后，他们发现酒柜里塞满了假酒，劣质的茶水代替了苏格兰威士忌，水代替了伏特加，这么一来，就算斯大林仆人的舌头都喝麻了，斯大林也能保持清醒。不过这些都不需要了，假酒都倒掉了。时代不同了。

帕宁谨慎地吃了份五道菜的晚餐，尝了尝三种带血的肉，却对桌上的三样美酒碰都没碰。这样帕宁晚上的社交活动就完成了。他爬上楼梯，聆听了一会儿骤雨声，然后松了松衬衫，进了卧室。女仆在隔壁帮着他年幼的儿子睡觉，帕宁的妻子服饰粗鄙，在吃晚餐的时候就找借口先撤退了。那些官太太只是丈夫们谈论国家大事时的点缀，整个过程非常折磨人，大多数时候都在喝酒，他和官太太们之间也没什么话说。帕宁走进客厅，关上门，觉得放松了。这一晚上终于结束了，他讨厌来这里，尤其是和孩子一起来这里。帕宁觉得这座近郊别墅住满了死人的灵魂。不管有多少孩子在庭院里玩耍，不管他们的笑声多么洪亮——那些鬼魂仍然存在。

帕宁打开客厅的灯，一边走向卧室，一边喊他妻子。

他妻子尼娜就坐在床边，但她身边坐着里奥。里奥是淋着雨来的，裤子上

溅了泥，扎了绷带的手也被打湿了。污浊的雨水从他衣服上滴落，在床单上染出一片圆形的湿印。从里奥的脸上，帕宁看出了隐藏在平静之下的巨大力量，那是在一片薄玻璃之下沸腾的无尽怒火。

帕宁飞快地盘算着：

——你干吗不和我坐在一起，而要坐在我妻子旁边呢？

没等里奥回话，帕宁就示意尼娜走过来。尼娜战战兢兢地起身，慢慢移动。里奥也没有阻止她。尼娜对帕宁悄悄说道：

——该怎么办？

帕宁用里奥能听见的声音回答道：

——你该明白里奥遭到了巨大的打击，他伤心欲绝，脑子可能一时没想明白。闯入近郊别墅的事会给他带来杀身之祸，当然我会努力让他平安无事。

帕宁停顿了一下，然后对着里奥说道：

——那我妻子能去看看我的孩子吗？

里奥眼珠一闪。

——你的孩子很安全，你问我这个问题，有点儿神经过敏了。

——你说对了，里奥，我向你道歉。

——你妻子就待在这儿吧。

——好极了。

尼娜在角落里的一把椅子上坐下。帕宁继续说道：

——和埃蕾娜有关吧，我猜想？你完全可以来我办公室，我们找个时间谈谈，我自然会安排释放她。她被送入医院的事，和我一点儿关系都没有。听到消息的时候，我也大吃了一惊。不过其实完全没必要，那医生也只是履行职责而已。他觉得那样做才是正确的。

帕宁又停顿了一下。

——为什么我们不喝上两口呢？

里奥拍拍空口袋。

——我不想威胁你，我也没带枪。如果你叫警卫的话，警卫就会逮捕我。

尼娜站起来想去叫人。帕宁示意她保持镇静。帕宁问道：

——那么打开天窗说亮话吧，你想要什么？

——弗瑞拉是在为你卖命吧?

——不。我们各取所需。

帕宁坐在了里奥旁边。

里奥本以为帕宁会否认，不过帕宁没理由撒谎。里奥毫无权力，就算得知真相也做不了什么，所以帕宁没必要否认。帕宁站起来脱下外套，松开几颗衬衫扣子。

——弗瑞拉来找我，我不知道她是谁，我对莫斯科的黑手党也一无所知。这些事情不在我关心的范围内。她闯入我的公寓等我，她知道你的一切事情。不但如此，她还知道党内保守派和改革派钩心斗角的事，她提议我们合作，说我们有共同的目标。她可以放手刺杀当年逮捕她的人，报仇雪恨，作为交换，我们策划一连串的刺杀案，来实现我们共同的目标——制造恐慌。

——她一点儿也不在乎拉扎尔?

帕宁摇摇头。

——拉扎尔已经是她的过去时了，仅此而已。他只是个借口，弗瑞拉让你回古拉格，是想惩罚你，让你看看你把那么多人送进了什么地方。从我们的计划来看，我们也需要你这么做。谋杀案部门是调查刺杀案中唯一中立的力量。弗瑞拉不想束手束脚，你和帖木儿一走，她就可以随心所欲了。

——克格勃的人都找不到她?

——我们让克格勃不插手这些事。

——我不在的时候，那些你安排来负责谋杀案部门的特工是……?

——是我们的人，他们忠实地执行了命令，你几乎要救下大牧首了。那次刺杀是我们计划中极为关键的一环。他的死震动了整个宗教界。如果你还在莫斯科，那弗瑞拉就不得不杀死你。从她自己的想法来说，她不愿意这么做。她更喜欢把你打发得远远的，让你饱受痛苦。

——于是你同意了?

对这个显而易见的结论，帕宁反而迟疑了。

——是，我同意了。我调动了格拉乔夫少校的职位，亲自当你的顶头上司，为的就是帮助你做出正确的决定，我们想要你做出的决定。我在档案上做了些手脚，让你能进第57号古拉格。

——这都是你和弗瑞拉策划的？

——我们在等待正确的时机。当我听到赫鲁晓夫的秘密报告的时候，我就知道时候到了。我们必须行动，只是变化超出了我们的预料。

里奥起身朝尼娜走去。帕宁也忧心忡忡地站起来，神情紧张。里奥把手放在尼娜肩膀上。

——我们以前不就是这样审讯嫌犯的吗？让嫌犯挚爱的人坐在旁边，这样的暗示再清楚不过了：如果嫌犯说不出正确的答案，他挚爱的人就会遭到折磨。

——我回答了你的问题，里奥。

——你策划刺杀了那些为政府服务的人？

——很多人自己就是刽子手。如果他们在我这个位置，他们也会做同样的事情。

——什么位置？

——里奥，比起斯大林犯下的罪行和西方人的敌视，匆忙的改革会让国家遭受更为巨大的威胁。弗瑞拉的刺杀就是关于未来状况的一个例子。我们是执政党，那些因我们犯过错误的人会暴动，就像老布尔什维克号的暴动、古拉格的暴动一样。每座城市、每个州都会重复这样的暴动。你可能没注意，为了保卫国家，我们一直进行着一场无声的战争。这场战争，和斯大林的错误没有关系，当然他有错，他的确有错。但我们改变不了过去，我们不太可能一直受到爱戴，所以我们必须防患于未然。

里奥把手从尼娜肩膀上拿开。

——你如愿以偿了。秘密报告撤回了，你也不再需要弗瑞拉了。把她交给我吧。让我自己报仇，就像你让她报仇那样。背叛她你也不用遭受良心的谴责，之前你已经背叛过别人了。

——里奥，我明白，你没理由相信我。但我的建议是这样的：忘掉弗瑞拉吧。忘掉她的存在，我们一起好好安排一下把埃蕾娜从医院释放出来的事情。你和瑞莎可以搬出莫斯科，远离一切。我给你另外找份工作，你想做什么就做什么。

里奥转头看着帕宁。

——她还在为你卖命?

——是的。

——做什么事?

——秘密报告在国内国外都引发了负面影响。作为回应，我们必须清晰地展现我们的力量。因此，我们必须在国外制造暴动，在苏联势力范围内制造具有象征意义的小股暴动。克格勃已经建立了一系列基层组织，用来策划席卷整个东欧的暴动。弗瑞拉就是一个基层组织的头目。

——在哪里?

——听我的话吧，里奥，这是你打不赢的战斗。

——她在哪里?

——你没法打败她。

——她还能伤我更深吗?

——里奥，因为你的女儿左娅，还活着。

苏联控制下的东欧，匈牙利布达佩斯

10月22日

左娅用最快的步伐走向匈牙利国家歌剧院，那里是她交易非法货物的接头点。左娅口袋里装满了子弹，大概有一百发，每颗子弹头都蚀刻了十字，确保子弹一分为四之后进入人体。尽管这是寒冷的冬夜，但左娅仍然脸红燥热。她穿着束腰的及膝长大衣，头上歪戴着一顶贝雷帽，看起来比十四岁要大，更像是一个匈牙利学生而不是俄罗斯的孤儿。左娅神情紧张，保持平静却流着冷汗。她一把摘下贝雷帽，塞进口袋，盖在子弹上，遮掩子弹的哐当声。

来到主干道斯大林大街[①]，左娅停顿了一下，这里离歌剧院不远。左娅确定没人跟踪，但令她吃惊的是，有人抓住了她的肩膀。左娅回头一看，发现一群男人围住了她。这些人搞不好是匈牙利的秘密警察，有个男人亲了左娅一下，往她手里塞了一张纸，大概是海报吧。这些人语速很快，尽管左娅已经在布达佩斯待了四个月，但她只会为数不多的匈牙利语。不过从这些男人的衣着来看，他们要么是学生，要么是手工艺人，并非特工。左娅松了口气，但就算如此，她还是必须谨慎：如果他们认出来她是俄国人，那就不知道他们会采取什么行动了。左娅温柔地笑了，希望他们觉得她很害羞，放她离开。幸好这些人几乎对她没兴趣，又散发了一张传单，塞进一家商店的窗户里。左娅离开他们，急忙赶往目的地。

来到歌剧院，左娅爬上石台阶，藏在柱子后面，躲开了街上行人的视线。

---

① 即安德拉什大街。

她看了看弗瑞拉送给她的手表，她来早了。左娅回到阴影中，紧张地等待接头人的出现。这是她第一次单独执行任务，通常她都是和马利什一起。他们是一个小分队——五个月前在莫斯科就组成了。

弗瑞拉把左娅从牢房里拖出来的那晚，左娅以为弗瑞拉是要处决她，以此来报复里奥。和一段日子前面临死亡的场景不同，左娅发现自己无法对死亡无动于衷。她喊道：

——马利什！

弗瑞拉把她放回地面。

——为什么要叫这个名字？

——因为我……喜欢他。

弗瑞拉微微一笑，旋即放声大笑，笑声从迟缓到洪亮。弗瑞拉身边的随从也笑了，汇成一曲轻蔑之歌。左娅因羞愧而脸红，她觉得很丢脸，便跑向弗瑞拉，扬起胳膊攥紧拳头。但她还来不及打弗瑞拉，弗瑞拉就抓住了左娅的手。

——我会给你机会，一个机会。如果你失败了，我就杀死你。如果你成功了，你就可以加入我们。你和马利什就可以在一起。

前往波修瓦·莫斯柯弗奈斯基桥桥中央的那个夜晚，计划正如弗瑞拉预料的那样展开。里奥和瑞莎等在那里。他们俩身上湿透了，爬进轿车之后，就被铁栅栏隔开。左娅看到了瑞莎痛苦的脸，那时左娅开始动摇，但已经来不及回心转意了。她抓住铁栅栏，向过往不快乐的生活告别：做出这个决定，就意味着必须离开妹妹。被拉出轿车的时候，左娅装出抗拒的样子，但一离开里奥和瑞莎的视线，左娅就主动爬进了麻袋。马利什已经在麻袋里等她了。

麻袋被抬到桥边，左娅还在稍稍挣扎，直到黑手党打了她一下。这个倒是完全没计划过的。左娅一下子被打晕了，麻袋也用拉链拉上了。两人被扔下去的时候，马利什在黑暗中抱着左娅。两人相互抱着对方，在黑暗中飞向半空——然后落入水中。

铁块的重量让麻袋直接下沉，防水帆布让他们有一点儿时间来呼吸空气。铁块坠入河床，把马利什和左娅拖到水底。马利什在黑暗中摸索着掏出小刀割开麻袋，冰冷的河水立刻涌入，马上就充满了麻袋。马利什帮助左娅从麻袋中挣脱，他们手拉着手朝河面拼命游去。朝河岸游去的时候，他们刚好看到里奥和瑞莎纵身跃入河里的场面，里奥和瑞莎还以为能够救出左娅呢。

左娅和马利什和湍急的流水做斗争，终于游到了岸边的石堤上。

两人来到和弗瑞拉事先约定好的码头。就在这时，远方传来瑞莎和里奥绝望的吼声。他们以为左娅已死，正沉浸在绵绵不绝的悲痛中。

有个男人在歌剧院台阶下面久久徘徊。左娅从藏身之处走出，那男人四下察看了一番，然后朝左娅走来。左娅从口袋里把所有定制的子弹拿出来放进男人带来的小背包里，那男人掏出手枪，放入子弹，刚好合适。左娅把其他口袋里的子弹都掏出来放进男人背包里的时候，男人也把枪膛装满了子弹。接头完成后，男人收起枪，点点头表示谢意然后匆忙走下台阶。左娅数到二十，然后也动身朝家里走去。

把这座城市当成家，真是奇怪的想法。五个月前，左娅还对匈牙利知之甚少，只知道匈牙利是苏联的忠实盟友、兄弟国家、全球革命的前哨国家。弗瑞拉纠正了这种课堂上的宣传，解释匈牙利是因为别无选择才这样做的。自从匈牙利从法西斯主义的统治下解放出来以后，就被苏联统治，所以匈牙利是一个没有主权的主权国家。他们的领导人拉科西·马加什是由斯大林指派的，但拉科西却像他的主子一样折磨、处决公民。拉科西模仿苏联的做法，创建了AVH——匈牙利的秘密警察。尽管语言不同，地区有别，但制造的恐怖是一样的。斯大林死后，改革的斗争开始兴起，独立的梦想开始点燃。对这里的人来说，左娅是个外国人、旁观者。但她并不是因为父母已去世，而是觉得这个国家和她同病相怜——都违背了自己的意志而被别人收养，所以她觉得这里更有家的感觉。

左娅松了一口气，今晚的工作结束了，她再也不用运送子弹，便闲逛着走到纳吉美卓（Nagymezo）大街。在街中央她看到了之前撞上的那群男人，他们一个接一个地坐在别人肩膀上，这样才够着了街灯的高度，好在上面挂上海报。这群人中有个妇女看到左娅走近，这妇女三十多岁，矮胖健壮，一副醉醺醺的样子——因为她脸颊通红。她身上披的匈牙利国旗像是一条巨大无比的毛巾。左娅瞥了一眼街灯，然后从口袋里掏出揉皱了的海报，意思是说——我知道了！我知道了！不过那妇人并未满足，还把左娅拉进人群中，温和地对她说话。但是左娅一点儿都听不懂，其他人也加了进来，他们都能听懂妇人说的话，只有左娅不懂。左娅只能保持笑容，希望他们最后放她离开。左娅急着在他们没发现她不会匈牙利语之前离开，她想从这群热切的陌生人中脱身而出。但是妇人高兴的神色收敛了，一辆面包车在这条大街上巡逻，正朝他们加速开过来。面包车突然刹车，两个AVH的特工跳了下来。

这群人仅仅围在街灯四周，仿佛这里是防御工事一般。一个特工扯下了左娅身上包裹的国旗，满不在乎地拿在手上。左娅这才注意到国旗中央代表共产主义的锤子和镰刀被剪掉了，国旗中央只留下一个洞。左娅听不懂那个AVH特工说的话，只觉得他说话的样子像是一只乱叫的狗。他搜了左娅的身，被左娅的沉默激怒了。不过这个特工在贝雷帽里也没找到什么，于是把帽子还给了左娅。就在这时，一粒子弹却从帽子中落下，掉在地上。

特工拾起子弹，瞪着左娅，特工还没来得及出声，那个妇人就上前一步从地上拾起贝雷帽，骄傲地戴在自己头上。她的样子看起来很滑稽，因为帽子对她来说太小了。不过特工转向那妇人，就算左娅不会匈牙利语，她也明白特工在问那顶贝雷帽是不是那妇人的。特工把子弹在妇人面前扬了扬。子弹也是她的吗，特工肯定是这么问的。作为回答，妇人唾了特工一脸，正当特工去擦脸上的唾沫时，妇人朝左娅使了个眼色：快跑！

左娅走斜线跑过大街，跑到大街中央的时候，她回头望了一眼。那个AVH特工正一拳打在妇人的脸上。这拳头仿佛打在左娅脸上一般，让左娅双腿打战，跌倒在地——双手撑在地上。左娅翻了个身，抬头望去，看到妇人倒在地上。一个男人跳上去抓住特工，接着又有一个人加入打斗中。左娅挣扎着爬起来，又开始跑，这一次她跑到街对面。尽管她已经跑出了人们的视线，但还是不能停，她必须找人帮忙，弗瑞拉应该知道该怎么做。

弗瑞拉和她的手下在拉科齐路后面的一个小院子里占据了几套公寓。出入口是一条狭窄的走廊，这样从街上就看不到公寓的情况。左娅跑到这里停下脚步，没有人跟踪她。她在黝黑的走廊里庆幸自己离开了街道，就在这时，一只手搭在她肩上。是马利什，他们紧紧相拥。马利什问道：

——*没事吧?*

左娅摇摇头。

他们走进院子，这栋公寓有六层楼，弗瑞拉占据的几套公寓，分布在各个楼层，有不同的用途。这里有个小型印刷厂，印刷传单和海报。另一间公寓则存放枪和弹药。还有一间公寓做会议室用，吃饭、睡觉、讨论都可以在这里进行。走到会议室的时候，左娅惊讶地看见了一群人——比平时多多了。一边是匈牙利人，大多数人是二十多岁，男的女的都有，他们正在激烈地讨论问题。而另一边是黑手党，他们站在后面，大多数人是从莫斯科来到布达佩斯的。他们不知道弗瑞拉和帕宁达成的交易，他们也习惯在俄罗斯之外的地方生活，其实他们更喜欢地下的犯罪世界。所以只有弗瑞拉的少数嫡系跟随她来到这里。有部分是出于对弗瑞拉的忠诚，有部分是因为他们知道莫斯科的其他黑手党要追杀他们。一开始他们有十五个人，现在只剩下四个。

弗瑞拉站在两派人马中间，聆听匈牙利人的话语，敏感地注意着他们的肢体语言。她一看到左娅，就发现了左娅的不安。

——出什么事了？

左娅把事情解释了一下。弗瑞拉的眼睛一下亮了，她转身把她的翻译招呼过来，那个翻译是匈牙利的学生，名叫若尔特·波尔格。

——把能找到的匈牙利国旗都找出来，然后把上面的镰刀和锤子剪掉，剪个洞出来。我们等到了这一刻！

弗瑞拉对那个舍身救下左娅的妇人毫无兴趣。左娅忐忑不安地走出公寓，她靠在阳台栏杆上，马利什在她身边。马利什点了一支烟，这是他从其他黑手党那里学来的嗜好。

——你身上的味道臭死了。

说出这话左娅就后悔了。马利什身上的味道很难闻：他身上的味道像其他黑手党一样难闻。左娅并不想让马利什难堪，但马利什听了这话，就离开栏杆，闷闷不乐地回公寓里去了。左娅这才想起马利什不是她妹妹，她不可以对其发号施令。

一想到她妹妹，罪恶感就让左娅揪心。她曾经千百次思考过自己的决定——如果不服从弗瑞拉的话，她就没命了。但事实是她想离开，想逃跑，曾经有一个重获自由的机会，曾经弗瑞拉给过她一个选择：是回家还是跟着弗瑞拉——但左娅选择的是离开她妹妹。

——你生气了?

左娅吃了一惊，她看到了弗瑞拉。尽管她们在一起生活了五个月，但弗瑞拉仍然令人生畏、难以接近，不像活生生的人，更像是一股力量的源泉。左娅定了定神。

——披着国旗的那个妇人救了我，她可能会因此而丧命。

——左娅，你应该做好心理准备……很多无辜的人都做好了牺牲的准备。

同一天

弗瑞拉走下楼梯，离开庭院，确认了一下没人看见她。夜色已深，街道空无一人，也没有左娅说的那些AVH的特工。弗瑞拉动身出发，但经常走走停停，突然转身，确保自己没被跟踪。弗瑞拉谁也信不过：包括她的手下。那些工人、学生和反苏地下运动中各方势力的代表，又任性又不切实际，总是为各种和实际毫不相干的问题而辩论。AVH的特工很容易渗透进他们的组织，他们会主动注意组织动向，让所有人都处于危险当中。尽管弗瑞拉来这里是因为弗洛尔·帕宁的命令，但AVH的人并不知道她。如果弗瑞拉被抓，她就会被枪决。这群离开莫斯科的叛乱者一直都不知道他们的计划是要促发暴动，如果弗瑞拉手下的异见分子发现她同时在为苏联政府工作，那他们一定会杀了她。

弗瑞拉弯腰捡起排水沟上漂着的一张传单——印刷有修订后的十六个要点，十六条改革的要求。这些要求是在昨天下午一场闹哄哄的会议上达成的，地点是布达佩斯理工大学。弗瑞拉扮不成学生的样子，于是在外面闲逛。她听到会议的主题竟然是在讨论学生是否要退出校园党支部，以此来作为对苏联统治者的反抗声明。弗瑞拉谴责他们鼠目寸光，鼓励她熟识的学生把话题转向更加大胆的议题。过去四个月来弗瑞拉都用这样的方式来工作：施加压力、提供物资支持、煽风点火。等到他们升起怒火，弗瑞拉就敏锐地把怒火转移方向。她自己也就只能做这些事情了，她的职业是扮演一名业余的异见分子。昨天达成了最终协议，他们明晰的目标让弗瑞拉吃了一惊，这些学生提炼了他们辩论的要点，浓缩为十六点。

我们要求撤回所有苏联军队，同时声明进行和平谈判。

从大厅里拿出来的手写便条上写了这项要求，排在第四。弗瑞拉急忙回到她的公寓，马上抄写了一份，但做了修改：把撤军的要求放在最前面。几小时之后她手下就开始把修改后的传单散发到每个街角，当中还掺杂了秘密报告里最具煽动性的话语。

除去为数不多的剩余黑手党人，她团伙中的嫡系就是若尔特·波尔格，她的翻译。他们是在一家支持革命的地下酒吧里遇上的，若尔特是工程系的学生。酒吧在一家工厂的地下室里，天花板很低，室内烟雾缭绕，几乎什么都看不清，弗瑞拉发现这里的人都有着雄心壮志。若尔特是匈牙利富有的外交官的儿子，他命中注定该顺从苏联的统治，在这个体系中找到自己的位置。他会说一口流利的俄语和匈牙利语，所以他很快就成为弗瑞拉最有价值的中间人。弗瑞拉和他嬉笑打骂，共度鱼水之欢，用自己残酷无情的故事来诱惑他。弗瑞拉欣赏他的本领，奉承他，说他是自由主义者、革命家。其实，弗瑞拉只把若尔特当作叛逆的年轻人罢了，若尔特把他父亲一脚踢开，认为他父亲只是苏联的走狗。如果不考虑若尔特的动机，那他算得上勇敢，又非常理想主义，很容易操纵。为了支持这十六点要求，若尔特提出可以搞一个示威游行——这就是他灵光一闪的念头。结果示威游行的做法蔓延到整座城市，弗瑞拉猜想这可能是帕宁另外一个部门捣的鬼。话说回来，这样做会让明天有两支游行队伍同时出发，分别从布达佩斯两边前行，在帕尔菲广场会合。之前布达佩斯就有不安的风声，但这些都不算什么，弗瑞拉确定只有等到人们肩并肩站着、彼此鼓励的时候，他们的怒火才会升华。

来到离她公寓几个街区之外的阿斯托利亚宾馆，弗瑞拉花了点儿时间来观察十字路口的情况，然后她才看向宾馆顶层。在最末端角落的一扇窗户里，隐隐看去点了一支红蜡烛，这是弗瑞拉特别设计的信号。这个信号表明她可以上楼。弗瑞拉走到宾馆后面，通过废弃的厨房爬上顶楼，然后走到走廊尽头的房间。她敲敲门，一名持枪的警卫打开门，他身后还有一名警卫。弗瑞拉走进房间，被人搜身，然后才被引到挨着的房间。坐在房间里桌子旁边，像个冥想诗人一般望着窗外的人，便是弗洛尔·帕宁了。

拥有一个像帕宁这样的盟友，本不在弗瑞拉的计划当中。去莫斯科的时候弗瑞拉就明白，如果她不想满足于把刀子刺进里奥后背的话，那她就必须寻求盟友。当然，布达佩斯也不在弗瑞拉的计划中。这是另外的临时计划。等到左娅假死，弗瑞拉最初的目标——毁灭里奥对幸福生活的期望——已经达成。里奥已经遭受了弗瑞拉曾经遭受过的痛苦：她失去儿子，里奥失去女儿。里奥已经悲恸欲绝，义愤无法在弗瑞拉心中继续燃烧，她已经报仇雪恨，面临接下来该做些什么的问题。很明显她没法就此同帕宁分道扬镳，如果她不再帮帕宁办事，帕宁很可能会杀死她；而远走高飞，当个富翁终老一生，又非弗瑞拉所愿。一听到帕宁有在国际上扰乱苏联盟国的计划，弗瑞拉便自告奋勇，充当先锋。帕宁生性多疑，但弗瑞拉指出，相比那些忠心耿耿的克格勃特工来说，她是更让人放心的煽动者。

帕宁伸出手——这是礼貌和正式的礼节。弗瑞拉觉得这实在可笑，但她还是和帕宁握手。帕宁笑道：

——我是来视察进度的。我们的军队已经在边境线上集结了有段时间了。但他们现在还无所事事。

——你会得到你想要的暴动。

——现在就得开始，一年以后的暴动对我来说毫无意义。

——箭在弦上了。

——我其他部门要比你出色多了。比方说，波兰……

——你在波兰发动的暴动根本影响不了赫鲁晓夫。如果你不在布达佩斯掀起风浪的话，根本撼动不了他们。

帕宁点点头，赞赏弗瑞拉精确判断时事的才华。她是对的。赫鲁晓夫裁军的计划依然按部就班，这是他改革纲领的中心部分。他声称苏联不再需要那么多坦克和军队，相反，苏联已经拥有核武器，也有正在建设中的导弹系统，它只需要一小撮工程师和科学家，再也用不着百万雄兵。

帕宁觉得这是危险计划当中最为有勇无谋的那种。除开导弹系统不完善的因素，赫鲁晓夫从根本上就没意识到军队的重要性，就像他根本没意识到秘密报告造成的影响一样。军队的存在不仅仅是为了抵御外来侵略者，其真实目的是要维持苏联和盟国的团结。维系苏联盟国的不是意识形态，而是坦克、军队和飞机。赫鲁晓夫的方案简直是自损实力，再加上他的秘密报告造成的后果，让苏联岌岌可危。帕宁和他的盟友坚持：不但要维持相当数量的常规军队，还要扩大军队规模，重整军备，军队数量应该增加而非减少。布达佩斯的骚乱，或是东欧任何一座城市的骚乱，都会证明整个革命体系倚仗的都是常规军队，而非核武器。几百万拿着枪炮的士兵可以提醒世人，无论在国内还是国外，谁才是统治者。

帕宁说道：

——有什么消息跟我说吗？

弗瑞拉递给他印了十六点要求的传单。

——明天会有示威游行。

帕宁瞥了一眼传单。

——说的是什么？

——第一条是要求苏联军队撤出匈牙利，这是自由的号召。

——这条要求的灵感来源于秘密报告？

——是的。但光有示威游行还不够。

——你还要什么？

——你会对示威人群开火的保证书。

帕宁把传单放到桌上。

——我知道该做什么。

——你必须成功。尽管这里的人被逮捕、被处决，但除非有人点燃他们的怒火，他们是不会……

——我们来点燃？

准备离开的时候，弗瑞拉在门口犹豫了一下，然后回头看着帕宁。

——还有事吗？

帕宁摇摇头。

——不，没事了。

苏联盟国匈牙利的边境小镇，伯瑞格扎茨

10月23日

挤满了苏联士兵的火车车厢嘈杂不堪。调动军队是为了应付计划中的暴动，当然这些士兵是不知情的。这里既不慌张，也不恐惧，快活的士兵同里奥和瑞莎形成了鲜明对比，他们是这辆火车上仅有的平民。

里奥得知左娅还活着的时候，又欣慰又痛苦。他怀疑帕宁给他的解释。帕宁复述了在桥上发生的事情，提到左娅预先就计划好了，而且她还和想对里奥报仇的弗瑞拉合作。左娅还活着，这是一个奇迹，但这个奇迹很残酷，也许是里奥听过的最残酷的好消息。

里奥把事情跟瑞莎解释的时候，瑞莎也经历了从欣慰到痛苦的转变。里奥在瑞莎面前跪下，不断道歉。这一切都是里奥带来的，瑞莎因为深爱里奥才会遭到惩罚。不过瑞莎控制了自己的反应，把注意力集中在事情的细节上，以此来推断左娅的精神状态。对瑞莎来说，她只有一个问题：要怎样才能把他们的女儿带回家？

瑞莎对帕宁背叛他们的事情倒是没什么反应。她理解弗瑞拉要和帕宁合作，是为了在莫斯科报仇雪恨。但是，帕宁想在苏联盟国引发暴动的企图是最恶毒的政治手段，为了巩固克里姆林宫保守派的地位，要成千上万的人死亡。瑞莎不知道这对弗瑞拉来说意味着什么，那些斯大林的手下认为弗瑞拉被投进监狱，失去孩子的事情无足轻重，他们根本不在意谁失去了孩子，但弗瑞拉居然还和他们混在一起。左娅也不过是从一个非正常的家庭换到了另一个不太正常的家庭，要是从这个角度想，瑞莎也就没那么介怀了。很容易想象对一个郁

郁寡欢的十几岁孩子来说，弗瑞拉有着多么迷人的魅力。

里奥没阻止瑞莎和他一起去布达佩斯，相反他需要瑞莎，因为有瑞莎在，就能更好地和左娅沟通。瑞莎问过里奥，如果左娅拒绝回家，逼得里奥只能下狠心绑架自己女儿的时候，要不要动用武力。里奥点头表示他会。

因为里奥和瑞莎都不会匈牙利语，所以帕宁给他们安排了一个四十五岁的陪同翻译卡洛里·泰格拉斯。卡洛里是潜伏在布达佩斯的间谍，他是匈牙利人，"二战"结束后被克格勃招收，让他去当讨厌的拉科西的手下。他最近去莫斯科的一个临时基地，在那里指导别人如何在匈牙利制造政治危机。他同意扮演导游和翻译的身份，陪同里奥和瑞莎一起去匈牙利。

卡洛里从卫生间回来，在裤子上擦擦手，在里奥和瑞莎对面坐下。他肚子肥大，脸颊下垂，戴着一副圆框眼镜，在他身上几乎看不到一根直线，仿佛他的身体就是曲线的收集器，匆匆一瞥的话，他绝不像个特工，完全不会置人于死地。

火车在靠近伯瑞格扎茨的时候减速，这里是苏联重兵把守的边境线。瑞莎坐起身子，对着卡洛里说道：

——为什么帕宁在弗瑞拉还为他效劳的时候，同意我们去布达佩斯？

卡洛里耸耸肩。

——你最好亲自问帕宁，这事我不方便说。你们想回去就回去，我无权干涉你们的行动。

卡洛里看向窗外，继续说道：

——军队不能越过边境线，从现在开始，我们要装扮成平民。我们去的地方，俄罗斯人可不受欢迎。

他转头看着瑞莎。

——他们可不会觉得你和你丈夫有什么不同。你是教师，他是特工，这种事无关紧要，反正你们都会被人讨厌。

瑞莎心里一凛，然后说道：

——我理解这种仇恨。

过边境的时候，卡洛里递交了护照。他回头看见里奥和瑞莎坐在轿车后座窃窃私语——他们小心翼翼地不去看卡洛里，仿佛是在讨论他们到底能信任卡洛里多少的机密问题。完全不信任卡洛里是明智的。卡洛里收到的命令很简单：推迟里奥和瑞莎进入布达佩斯的时间，直到暴动发生。一旦弗瑞拉达到自己的目的，像里奥这种坚忍不拔、热情似火、训练有素的杀手，一定会报仇雪恨。

苏联控制下的东欧，匈牙利布达佩斯

同一天

从四面八方来的人拥在国会广场前，左娅高兴地挽着马利什的手，不想和他走散。过了多年出生入死的生活（也许这是左娅孤独的唯一解释），左娅现在感觉自己活蹦乱跳，仿佛她欠世界一个解释，她真想大叫出来——我还活着！

游行队伍的人数超出了预期。里面不仅有学生和异见分子，好像整座城市的人从公寓、办公室、工厂中倾巢而出，像是没办法抵挡示威活动的吸引力一般集中在广场。随着新人的加入，广场上的队伍越发壮大。左娅明白他们所在的这个位置的重要性。国会是权力中枢，国家大事都在这里决定。但这栋外表宏伟、装饰华丽的大楼和国家大事并不相干，只是苏联权威的代言人罢了，大楼的美丽在某种程度上让这种讽刺更加深刻。

太阳已经下山，但夜色并没减弱人群的兴奋。

越来越多的人违背了谨慎的习惯来到这里，尽管广场都快塞满了，但人数还在持续增加，新来的人让人群变得更加拥挤。拥挤的人群并未给人恐怖的感觉，相反，气氛非常亲切热烈。陌生人谈笑风生，相互拥抱。左娅在集会中从没见过这种场景。她以前被迫参加过莫斯科的五月庆典，但气氛完全不同。这不是一个类型的，这里的集会并无秩序，没有权力的介入，角落里没有工作人员，周围没有坦克巡逻，没有踏正步排成一列走过的军人，也没有手里挥舞着小红旗的孩子。这里只有勇敢的主张、挑战的行动：每个人想做什么就做什么，唱歌、鼓掌、高歌：

俄国佬滚蛋！俄国佬滚蛋！俄国佬滚蛋！

成百上千双脚按照三拍的方式踏脚，左娅也加入进去，攥紧拳头，心中完全被义愤填满。想到自己的国籍，左娅不免觉得有些好笑，但她还是振臂高呼。

——俄国佬滚回家去！

她不在乎自己是不是俄国人。这里就是家，这里的人像她一样遭受了痛苦，像她一样理解所受的压迫。

左娅身边的人都比她高大，她只能踮起脚。突然有人抱住她的腰猛地把她举了起来，原来是弗瑞拉。弗瑞拉让左娅坐在她的肩上，这样左娅就能看到整座广场的情况。人数比左娅预想的要多，从国会大厦一直延伸到后面的河岸。道路、草坪、电车轨道上全是人，连支柱和雕塑上都爬满了人。

突然国会广场上的路灯全都熄灭了，整座广场陷入黑暗，人群中弥漫着混乱的气息，街边出现了警察。灭灯肯定是他们深思熟虑的计划，他们想驱散人群，所以借助黑暗来当武器。欢呼声戛然而止，左娅看到一只燃烧的火把，一张报纸被点燃了。很快地，越来越多的火把出现了，都是人们临时制作的。他们自己制造光！弗瑞拉递给左娅一张卷起来的日报《自由人报》。一个黑手党人倒拿着报纸，直到报纸充分燃烧后才慢慢转过来。左娅把报纸举过头顶，火焰因燃烧了油墨而变成蓝绿色。左娅挥舞着火把，同时广场上有成千上万只火把也在一起挥舞。

等到弗瑞拉把左娅放下来的时候，左娅的脸因激动而变得通红，她倾身去吻弗瑞拉的脸颊，这个动作让弗瑞拉一凛。就算左娅双脚已经着地，但弗瑞拉的双手还是紧紧抱住左娅的腰，一点儿也没松手。左娅屏息等待，害怕她刚刚犯了一个可怕的错误。旁边有个人点燃了一张报纸，左娅才看见弗瑞拉的反应。红光照耀出弗瑞拉的表情，闪烁的画面像一只鬼。

弗瑞拉感觉那个吻还停留在脸颊上，让脸颊发热了。她把左娅推到一边，摸了摸左娅刚才吻过的地方。也许她不该把左娅举到肩头。不知不觉间她又让阿尼西娅回来了，这是她从前的自我，是母亲和妻子的角色，温柔和慈爱这两种她已经摈弃的个性又死而复生。弗瑞拉掏出匕首，用锋利的那面划过脸颊，刮过皮肤，把那个吻留下的痕迹刮去。然后弗瑞拉松了一口气，擦擦刀刃，把匕首放了回去。

弗瑞拉恢复了沉着冷静，望了望周围大楼的楼顶，发现帕宁没有安排狙击手，这让她焦急万分。若尔特·波尔格顺着弗瑞拉的视线看去，问道：

——你在找什么？

——AVH的人在哪里？

——你担心我们的安全？

弗瑞拉忍住想嘲笑若尔特天真的想法，回答道：

——没人想打架。

——在广播局，学生想广播那十六点要求。传言说站长拒绝了，AVH的人在保卫大楼，确保大楼处在苏维埃的控制之下。

弗瑞拉抓住他的肩膀。

——就是那样！那就是我们要战斗的地方！

弗瑞拉在平静的人群中挤出一条道路，他们的消极状态让人窒息。但在远离国会广场的地方，情况有所改变。沿着博物馆环路一直到国家博物馆的地方，人们陷入了混乱状态中，有人尖叫，有人怒吼，有人搬起街道铺的方砖，有人还把铺路石给撬了起来。这帮人的目标是位于布罗迪·桑德尔街的广播局，那是条狭窄的街道，就在博物馆旁边。不管这里发出了什么友好的声明，都免不了激发暴力的举动——广播局的窗户被砸碎了，玻璃碎片散落在街道上，在人们脚下嘎吱作响，像极了结冰的水坑。一辆广播车翻倒在路中央，轮胎还在旋转，车头却已弯曲。广播局大门紧闭着，安然无恙。

若尔特用匈牙利语问了问周围的人，然后回来用俄语向弗瑞拉禀报，语气非常严肃。

——学生要求广播十六点要求，负责广播局的那个女人——

——叫什么名字？

——叫本基，是个死硬的共产党，但她没看起来那么精明。她提出一个妥协方案。学生不能进入广播局，但她可以提供一辆移动广播车，车已经来了，学生要宣读十六点要求。

弗瑞拉想到了若尔特前面。

——骗人的吧?

——广播车根本不能发送广播，相反，广播局一直在播报命令，谴责动乱，要求人们回家。学生把广播车掀翻了，然后猛攻广播局的大门。现在学生只想占领广播局，他们说这是国家的广播局，所以属于他们而不是苏维埃。

弗瑞拉四下张望，估计了一下暴动的规模。

——AVH的人在哪里?

——在里面。

弗瑞拉抬头一看，顶楼的几扇窗户出现了人影——那就是AVH的特工。街上传来一阵咝咝声，缕缕烟雾从邻近的街上传了过来。催泪瓦斯正从钢瓶中释放，仿佛急于复仇的妖魔从瓶中逃脱一般，膨胀上升。弗瑞拉把她的人撤回，确认左娅和马利什已经撤回后，他们爬上栏杆，一边朝博物馆逃离，一边躲开催泪瓦斯的追逐。来到博物馆最顶端的台阶，他们转过身子，看见缕缕白烟正游荡在他们脚踝边，但已无法造成伤害了。催泪瓦斯蔓延在这条街上，还涌入了主干道。街上的人纷纷跪倒在地，不住地呕吐。

等到气体逐渐散去，弗瑞拉便走下去查看空无一人的街道。街上是一片死寂，暴民被打倒，战斗被扑灭。弗瑞拉摇摇头，如果今晚不能造成重大事故，那当局就会重新占据主动，恢复统治。弗瑞拉朝着广播局大步跨去。

——跟我上。

催泪瓦斯还没有完全消散，但弗瑞拉已经等不及了，她爬过栏杆，朝着街中心走去，缕缕白烟笼罩了她，弗瑞拉只得用手捂紧口鼻，但就算如此她也差点儿咳嗽。不过弗瑞拉坚持下去，蹒跚着走向广播局大门，眼神游离。

左娅抓住马利什的胳膊。

——我们必须跟着她!

马利什撕开衬衫，临时为自己和左娅做了一个防毒面具。他们爬过栏杆，走进街道，两人站在弗瑞拉旁边。催泪瓦斯逐渐上升，灌入了广播局破碎的窗户，街上的人呼吸更顺畅，但广播局里的人只好远离窗户。慢慢地人群集中在左娅、马利什和弗瑞拉周围，那些黑手党人也拿着铁棒回来了，他们使劲砸门，想把门砸开。

左娅抬头一看，AVH的特工就在窗边，这一次他们手上拿了来复枪。左娅抓着马利什赶紧跑开，一排子弹扫过的时候，他们正好紧靠在墙上躲过。街上的人一边弯腰躲避，一边看谁被打中了。没人受伤。子弹是朝着他们头上开的，打进了对面大楼的墙上。

AVH的特工信心膨胀，他们上前一步，准备好来复枪，组成了方阵来保卫广播局。这些特工分为两组，一组接一组地行动——一组人马从正面走上街头，另一组人马从侧面把人群切为两半。他们装好刺刀出发了，马利什和左娅被人群推向了博物馆，左娅看到身边有个十八岁左右的女孩儿，一点儿也不害怕，她对左娅露出了骄傲的笑容，和左娅一起手挽着手，站在了一起。

那女孩儿对着特工大声咒骂，这种抗议的举动启发了左娅。于是左娅弯腰捡起一块比自己手掌还大的石头朝一个特工的脸上砸去。等到特工把来复枪对着左娅的时候，左娅仍然保持着得意扬扬的笑容。

特工开枪了。左娅腿一弯，倒在地上。她喘不过气来，不知道自己是不是被子弹打中了。左娅翻了个身，看到了刚才和她一起手挽手的女孩儿。子弹打中了那个女孩儿的脖子。

特工继续前进。左娅动弹不得，但她必须起身，否则特工就会把她踩在脚下。他们会杀了她。但左娅无法抛下那个女孩儿。突然间弗瑞拉蹲下身子一把将那女孩儿抱在怀里，同时马利什扶着左娅起身——然后两人跑开了。在他们身后，继续前进的特工踏过了他们刚才的位置。

弗瑞拉把女孩儿放下，悲鸣不已，仿佛她是女孩儿的妈妈，仿佛她深爱这个孩子。左娅驻足回首，看到人们被弗瑞拉的哭声吸引，纷纷围绕在年轻的死者周围。弗瑞拉的悲伤是假扮出来的吗？左娅还来不及想清楚，弗瑞拉就站了起来，掏出枪对那排特工开火。这是她手下的人等候已久的信号。他们在街道两边掏出自己的抢，对特工开火。特工的编队被打乱，他们只好撤回广播局，再也不敢肯定自己是否能掌控住局势。那帮特工本以为他们是拿着武器的野兽，只是一群乌合之众罢了。遭到了攻击，特工急忙撤回广播局，以保安全。

左娅还待在女孩儿的尸体旁，盯着她无神的眼睛。弗瑞拉把她拉到一边，递给她一把枪。

——现在，我们战斗。

左娅回答道:

——我杀了她。

弗瑞拉打了左娅一耳光。

——不要内疚，只需愤怒。那帮人杀了她，你该做什么？像小屁孩儿一样大哭大叫？你一辈子都哭哭啼啼的！现在需要行动！

左娅拿起枪对着广播局，瞄准窗户上的人影，按下扳机，连开六枪。

10月24日

时至黎明，左娅一夜无眠。她的感官并未因疲劳而迟钝，反而增强了，眼睛捕捉着周围的每点动静。在她身边，破碎的咖啡杯奇怪地堆在排水沟里，几百块碎片堆积如山，仿佛把这里标记成了埋死人的地方。前方是烧尽的火堆，用来燃烧的都是马克思和列宁的著作，是从书店里抢出来的。缕缕青烟升上天空，和从天而降的雪花背道而驰。街道上铺的鹅卵石不见了，好像街道的牙齿出现了缺口一般，它们被人从地上掰下来，当作导弹扔了出去。整座城市似乎陷入了战争中，左娅必须为自己这一方而战。她的衣服散发出焦味，指甲漆黑，舌燥耳鸣。她的手枪藏在衬衫里，紧贴着她的肚子。

广播局在天亮前不久被攻陷了：烟雾从窗户中涌出，木头大门最终被砸开，外面的攻击有源源不断的武器供应，来复枪从军校中获得，开枪的也是军校学生，这样里面的抵抗就变得越来越弱。弗瑞拉看到了左娅和马利什，命令他们不准参与大楼的攻坚战。她不想他们卷入这场阵地战，在烟雾弥漫的走廊和潜伏在门后做殊死搏斗的AVH特工作战。弗瑞拉给了他们另外一项任务:

去找斯大林。

他们来到高尔基街，这条街通往布达佩斯主要的城市公园。在这里马利什和左娅因为没看到地标而吃了一惊。英雄广场中间的斯大林青铜雕像不见了。雕像本来有四个人那么高，一根胡须都和人的胳膊一样粗。方形底座倒是还在，但上面的雕像不见了。马利什和左娅走近被切断的残桩。两只青铜靴子还在：统帅被人从接近膝盖的地方砍断，右边靴子上有一段扭曲的残桩。他的身体和头都不见了，有人砍断了雕像。旁边有两个人正在方形底座旁忙着，他们想把修改后的匈牙利国旗插贴在靴子上。

左娅笑了起来。她指着斯大林雕像曾经站立的地方说道：

——他死了！他死了！这浑蛋死了！

马利什猛扑过来用手捂住左娅的嘴。左娅是用俄语喊出来的，方形底座旁边的两人停下手中的活，转身看着他们。马利什振臂高呼：

——俄国佬滚蛋！

两人半信半疑地点点头，就在这时他们贴的国旗掉了下来，让他们分了心。

马利什拉着左娅赶紧走开，他低声说道：

——别忘了我们的身份。

作为回应，左娅亲了马利什的嘴——冲动而迅速的吻，然后左娅马上缩了回来，马利什还来不及反应，她已经变得若无其事，却指了指街上的一道深深的印记。

——他们从这里拖走了雕像。

左娅追了上去，心脏怦怦直跳，她沿着雕像在鹅卵石上划出的痕迹追踪。

——他们肯定是用货车或者大卡车来拉的。

马利什没回答，左娅再也受不了冷淡的氛围，停下脚步说道：

——你生气了？

马利什缓缓地摇头，他的脸颊在发热。

左娅指着地上的痕迹，转移了话题。

——我要和你比赛，看谁先找到斯大林的雕像！数到三……

但左娅还来不及把话说完，两人就都猛地跑起来，心有灵犀地相互欺骗。

马利什向前狂奔，但到了痕迹消失的地方，就停了下来，然后跑回去寻找线索。他们像猎犬一般，在第一个交叉路口停下，低着头在可能的转角处绕着圈搜索。左娅发现了痕迹，先行一步，现在马利什落在后面了。他们朝南面跑去，转了个角跑向布拉哈鲁扎广场，那里是一个大十字路口，周围的商店鳞次栉比。

他们抬头一看，就看到了那尊青铜雕像。雕像现在平卧在地，和一辆电车的体形差不多。马利什和左娅赶快跑过去，但左娅保留了更多体力，她调整好自己的步伐，趁着马利什一开始对路程估计错误的机会，超过了马利什，但也就那么一点点。左娅向前一探，伸出手臂——手指碰到了斯大林的小腿肚。左娅喘着粗气，笑了笑，看着马利什生气的样子。马利什讨厌失败，他正在想法子来宣告这场比赛无效。

为了确认自己的胜利，左娅爬上了雕像。她的平底鞋在斯大林光滑的青铜大腿上踩着，时不时会陷入大衣的褶皱中，不过她很快又把脚抽出来。站在雕像顶部，左娅发现斯大林的头不见了，脖子那里有参差不齐的切痕。左娅在斯大林背上走来走去，一步一步小心翼翼——像是杂技大师在走钢丝绳一般。马利什还是站在街上，手揣在口袋里。左娅对马利什一笑，本以为马利什会羞愧，但马利什只是回以一笑。左娅突然觉得开心不已，脑子里想的是在斯大林背上翻筋斗庆祝的事情。

左娅走到青铜雕像的脖子处，用手去摸那些参差不齐的切痕，头就是从这里被凿开，然后用焊枪被割了下来。左娅站起来，双手放在身后，像征服者的姿态，又像斩杀巨人的英雄一般睥睨广场。对面靠近约瑟夫环路的地方有一小群人，他们移动的时候左娅看到了斯大林的头。左娅站在斯大林参差不齐的脖子上，感觉斯大林似乎在盯着她，对他所受的屈辱感觉茫然。斯大林额头上被人砸了一个洞，上面插了一块写有“15公里”字样的路牌，路牌被锁链绑在斯大林的发际线上。卡车把雕像拖到了这里，也把头部从雕像身体上拉了下来，雕像的头部还拴着锁链。左娅跳了下来，看了看斯大林黑漆漆的肚子内部——空洞、黑暗、寒冷，跟她想的一样——然后连忙跑向那群人。

马利什跑上来，一把抓住左娅的手。

——我们回去。

——不行。

左娅挣脱马利什，穿过人群，径直朝斯大林的头部走去，朝他巨大光滑的眼睛吐口水。跑了这么久，左娅已经口干舌燥，口水也吐不出多少。但没关系，周围响起了一片笑声。左娅心满意足之后准备离开，但还没来得及撤退，她就被人举起来放在斯大林头上，正好坐在斯大林的刘海上。人们在讨论，七嘴八舌地对左娅说话。左娅不明白他们说什么，只是点点头。有两个人跑到卡车旁，对司机说了些什么，另外有个人递给左娅一张最新修改过的匈牙利国旗。卡车发动引擎，缓缓向前行驶。连接卡车的是斯大林头部的锁链，锁链从街上被拉起来，越来越紧，头部也挪动位置，旋转，仿佛起死回生一般。左娅赶紧抓住突出的“15公里”的路牌，稳住身子。所有人都开口说话，左娅明白他们是在问她有没有事。她点点头，然后那些人就示意司机继续。司机加速，斯大林的头被卡车拖动，在不平坦的道路上颠簸。

为了不摔下去，左娅把脚分开骑在斯大林头发上，双手抓住突出的路牌。但她又充满信心地站了起来。她看到马利什关切的神情，对他报以一笑。示意他爬上来和她一起。但马利什没答应，他只是抱着手站在后面，为左娅的鲁莽而生气。左娅没理会马利什的怒气，而是和围观群众互动，手指前方，仿佛女皇在驱使双轮马车一般。卡车平稳前行，斯大林的头以步行的速度被拖动，所以匈牙利国旗在左娅身后低垂，无法飘扬。左娅示意司机——加速。

卡车再次加速，斯大林的下巴上擦出了火星，左娅的头发都飘起来了。获得了足够的速度，国旗迎风招展，在左娅身后飘扬。就在这一刻，左娅变成了他们挑战的象征，斯大林的头被踩在左娅脚下，新的匈牙利国旗在左娅身后飘扬。左娅环顾四周，希望看到人们羡慕的眼神，希望看到对准此刻的照相机。

但她的观众都消失了。

约瑟夫环路的尽头有一辆坦克，炮筒对准他们，正从街那头加速朝他们冲过来。卡车急刹车，锁链一下掉在地上，斯大林的头也突然刹车，向前翻滚，鼻子撞在地上，左娅也被扔了下去，头晕目眩，四脚朝天地躺在广场中央。

马利什扶着左娅坐起来。左娅摔了个鼻青脸肿，看见坦克正朝他们开过来，距离不到一两百米。左娅靠在马利什身上站起来，两人急忙跑到最近的商店中，然后左娅把门锁上。坦克开火了，冒出黄色的火光和呼啸的声音。炮弹打在他们身后的街道上——轰出一团黑烟，碎石四溅，火光飞舞。左娅和马利什也被轰倒在地。

斯大林的头从黑烟中弹出，像系在锁链末端的皮球一样左右摇摆，朝两人扑过来，仿佛要报之前的羞辱之仇。左娅把马利什推倒在地，斯大林参差不齐的脖子在他们上面几厘米的地方飞过，然后把商店窗户撞个粉碎，让两人淋了一阵玻璃雨。头部飞了出去，卡车也被锁链拖着移动，翻了过来，在地上打转，发出嘎嘎的声响。司机也卡在车里面了。

他们还来不及起身，坦克这架金属怪兽就从黑烟中冲了出来。两人赶紧往后爬，爬到破损的药房窗口旁。现在无路可退，无处可藏。但坦克没有开火，舱盖打开，一个士兵冒了出来，掌控了架在上面的机枪。两人被吓坏了，动也不敢动。士兵转动机枪正好对准他们的时候，突然一颗子弹打中了士兵的下巴。然后更多子弹打中了坦克，广场上四面八方的子弹都朝着坦克打过来。在炮火中，士兵的尸体被人拉进坦克舱内，但里面的人还来不及关闭舱盖，就有两个人跑到坦克旁，一手拿一个塞了碎布的燃烧瓶，朝坦克里面扔进去，顿时坦克内部成了一片火海。

马利什抓住左娅。

——快走。

左娅第一次没表示反对。

苏联控制下的东欧，匈牙利布达佩斯布达山

10月27日

里奥被导游无所谓的表现激怒了。他们的行程延缓了，从匈牙利边境过来的一千千米的路程花了两天，但是剩下到达布达佩斯的三百千米的路程却花了三天时间。要不是卡洛里听到广播里说布达佩斯已经爆发了骚乱，他是决计不肯加快速度的。在里奥的盘问下，卡洛里也只是翻译了广播上的报道——法西斯主义者犯下了少数群体事件。从这些话中根本无法判断群体事件的规模，广播内容被审查过，基本上对这些冲突采取轻描淡写的态度，不过广播中要求肇事者回家的说法暗示局面已经失控。因为消息不足，卡洛里觉得直接进入布达佩斯太过冒险，他开车绕了个大圈，避开了苏维埃军队设置的路障，在布达区的居民区游荡，绕过中心的国会大厦和党总部——那里是群体事件的焦点地区。

拂晓时分，卡洛里把车停在布达山上，这里高出市区几百米，可以俯瞰布达佩斯。相邻的街道都荒无人烟，山脚流淌的多瑙河把城市一分为二——布达和佩斯。布达还大体保持平静，但河对面的佩斯则是硝烟弥漫，好些大楼都冒出黑烟。里奥问道：

——苏联军队攻下了这座城市吗？叛乱被镇压了？

卡洛里耸耸肩：

——我知道得不比你多。

瑞莎对卡洛里说道：

——这是你的家乡，这些人是你的乡亲。怕宁两边都在利用，想制造政治

冲突。你怎么还为他卖命？

卡洛里愤怒了：

——我的乡亲应该放弃自由这种梦想。他们只会葬送我们的生命。如果这些硝烟是叛乱者被消灭的信号，那对我们剩下的人来说，这样更好……你们把我想成什么人都没关系，我只想生活在和平当中。

他们把车丢在那儿，卡洛里带着他们爬山。

——先去我公寓。

公寓就在近处，就在可以俯瞰多瑙河的城堡下方。爬上公寓顶楼的楼梯，里奥问道：

——你一个人住？

——和我儿子一起住。

卡洛里之前没提过他的家人，现在也没说更多，只是走过一个又一个房间。最后他喊道：

——维克多？

瑞莎问道：

——你儿子多大？

——二十三。

——你儿子在哪儿，我确定有个非常简单的解释。

里奥又说道：

——他做什么的？

卡洛里犹豫了一下，然后回答道：

——他最近加入了AVH。

里奥和瑞莎沉默了，对卡洛里的担忧，他们明白得太迟了。卡洛里望着窗外，自言自语，又更像是对里奥和瑞莎说道：

——没什么好担心的。叛乱一开始，AVH就把所有特工都召集到他们的总部，当然也包括他。

公寓堆满了食物、煤油、蜡烛，还有各色武器。他们走过花坛的时候，卡洛里手里一直拿着一把枪。他对里奥和瑞莎建议他们也带枪，就算没有武器，他们也无法被当成非战斗人员。里奥挑了一把TT-33，那是一把精干强健的苏制手枪。瑞莎勉强拿了这把枪。要全力防备危险的弗瑞拉，瑞莎只能强迫自己熟悉这把枪。

他们离开公寓，打算下山穿过多瑙河进入佩斯，左娅很可能就跟在弗瑞拉身边工作，正身处暴乱中心。他们穿过斯珍娜特尔车站，选好路线走过广场上临时筑成的防御工事。年轻人在门口吸烟，做好的汽油弹堆在一旁，被掀翻的电车像围墙一样堵住了街道的入口。狙击手在屋顶上瞄准了他们的行动。为了不引起怀疑，三人缓缓前行，朝着河岸移动。

卡洛里带着他们走过宽阔的玛尔吉特桥，这座桥中间连接着一座岛。快到中间的时候，卡洛里示意他们停下。他蹲下来指着桥对面。有坦克堵在那里。可以看到国会广场周围有重兵把守。苏联军队肯定攻了进来，但从设置的防御工事来看，他们还没完全控制住局势。暴露在四面八方中，卡洛里只好弯腰急速前行。里奥和瑞莎跟在他后面，直面凛冽的冷风，最终到达对岸的时候，他们长长地舒了一口气。

布达佩斯处在分裂的状态中。交战区不正常，什么事都不正常。

左娅不知道在哪儿，里奥带了两张照片，一张是左娅的，他们一家人最近拍的照片。照片上的左娅看起来又可怜又痛苦，脸色苍白，满怀愤恨。还有一张是弗瑞拉被逮捕时拍的照片，但弗瑞拉早已改头换面，所以这张照片完全没用。卡洛里把照片递给路人，但路人也都在寻找家人。毫无疑问，很多家庭都在做这种事，寻找他们失散的家人。两张照片都被退了回来，路人只是歉意地摇摇头。

他们继续向前，走进一条狭窄的街道，这里完全没有遭到战斗的洗礼。现在是上午十点左右，街道旁开了一家小咖啡馆，顾客正在品尝咖啡，仿佛天下太平。唯一有问题的地方是排水沟里面塞了大量传单，里奥弯腰捡了一张，抖掉污垢，传单上盖了一个印章，那是一个徽章——东正教的十字架。下面的文字是匈牙利语，但里奥认得那个名字：*尼基塔·谢尔盖耶维奇·赫鲁晓夫*。这是弗瑞拉的手笔。

卡洛里呆站在那里，眼神望着远方。里奥顺着视线看过去，这条街尽头通往一个小广场，那里有一株光秃秃的树，普照的阳光和他们脚下的阴影形成了鲜明的对比。里奥的眼睛适应了明亮的光线之后，他就盯着那棵树的树干看，树干仿佛在摇摆。

卡洛里突然跑过去，里奥和瑞莎冲上去追他。他们急速穿过咖啡馆的动作引起了窗边顾客的注意。跑到街道尽头充满阳光的地方，他们停了下来。那棵树浓密的枝杈上吊了一个男人。他的双脚被绳子吊着，胳膊恐怖地在空中四处摇摆。他身下点了一堆火，头发已经被火烧光了：脸上的皮肤和肌肉都被烧得认不出来了。这人上半身被剥光了衣服，但身上仅存的裤子和这种野蛮的杀戮并没被卸掉。火烧到了他的肩膀，他的躯体变黑了。还没被烧到的皮肤显示这是个年轻人。他的制服、衬衫和帽子丢在下面的灰烬中。他被处以火刑，只是因为他身上的制服。如果弗瑞拉能在里奥耳边低语的话，里奥一定能听到弗瑞拉这么说：

这就是你的未来。

这名男人是AVH的一个特工。

里奥转头看见卡洛里正在挠头，仿佛他的头发被虱子骚扰一般，他喃喃自语：

——我不……

卡洛里靠过去伸手想摸那张被烧焦的脸，结果被周围的人给推了回来。

——我不知道……

他转头对里奥说道：

——我怎么才能知道这是不是我儿子？

卡洛里双膝跪地，扑倒在地，扬起一阵灰尘。一群人围了上来，里奥转头观察他们的表情——充满敌意。他们充满愤怒，因为这种行为是对敌人的仁慈，这种行为是对他们替天行道行为的指责。里奥蹲在卡洛里身旁，伸手去扶他。

——我们得走了。

——我是他父亲，我应该知道。

——这不是你儿子，你儿子还活着，我们会找到的。我们得走了。

——是的，他还活着，难道不是吗？

里奥扶着卡洛里站起来，但周围的人不准他们离开。

里奥看到瑞莎想伸手去拿别在裤子上的枪。她是对的，这帮人很危险。好几个围观的人开始说话——当中有个脖子上缠着一条子弹链的男人。他们开始责问卡洛里。卡洛里眼中仍然含着泪水，他掏出左娅和弗瑞拉的照片。一看到照片，缠着子弹链的男人就放松了，一只手拍了拍卡洛里的肩膀。他们说了会儿话，然后围观的人就散了。等到这帮人都散去之后，卡洛里才对里奥和瑞莎低声说道：

——你女儿刚才救了我们的命。

——那男的见过她？

——一起在科尔万电影院战斗过。

——那男的还说了什么？

卡洛里迟疑了一下。

——你该为此而骄傲。左娅杀了不少俄罗斯人。

同一天

逼近的苏联运兵卡车在人群中引发恐惧，仿佛他们当中有炸弹爆炸了一般。人们被推向四面八方，绝望地想逃离街道。瑞莎拼命奔跑，和她周围的人不时挤在一起。一个老人跌倒了，身边的妇人去扶他，一把攥住他的大衣，拼全力想把他拉到路边。运载军人的卡车司机没看到这老人，或者说他们熟视无睹：他们准备把这两人当作瓦砾，直接从他们身上踏过去。瑞莎赶紧撤回去，抱起老人就走，刚好躲开驶过的卡车——就差一点点，瑞莎都闻到那股呼啸而过的金属味了。

瑞莎四下看了看街道，到处都没看到里奥和卡洛里，但他们应该就在附近。到处都是卡车制造的混乱场面，瑞莎转身跑到旁边的一条小巷子里——随便选的。她一直跑到筋疲力尽才停下来。瑞莎在原地等候，让自己喘过气来。现在她可以自由地寻找左娅了。

瑞莎在莫斯科听到左娅还活着的时候，差不多就有这想法了。左娅曾经构想过和她一起生活，对，左娅是这么说的。左娅无法忍受有人和里奥生活在一起。这五个月来，瑞莎没法了解左娅的观点是否有了改变，左娅的立场像是更加顽固了。在来匈牙利的火车上，瑞莎看到卡洛里和里奥接触的时候，坚定了自己的决心——两个前特工相互怀疑，像是秘密帮会的成员在接头一般。左娅肯定会问这个问题：来救我的是两个克格勃特工？她肯定会嗤之以鼻。他们一点儿都不懂左娅，而弗瑞拉肯定捕捉到了这种伤感的情绪，所以左娅才会把孤独感转移到弗瑞拉身上。

瑞莎怀疑里奥会不会明白她是故意消失的。卡洛里也许会猜测她的真实用意，但里奥一定会否认。这样一拖延，就让瑞莎有了一丁点儿优势。卡洛里曾经给过她一份布达佩斯的地图，上面标了他的公寓，以免他们走散的时候找不到回去的路。瑞莎估计自己在斯塔利街附近。她必须一路向南，离开那些明显的路线，走到科尔万电影院。有人在那儿见过左娅。

瑞莎慢慢走着，尽力把地图藏好，这样一直走到了尤洛伊街。这里之前发生了激烈的战斗：破碎的坦克外壳碎片和鹅卵石散落一地。这是条主干道，但瑞莎觉得她看到的人太少了，人们只是从一道门出来然后直接冲进另外一道门，仅此而已——主干道上弥漫着怪异的寂静。瑞莎在大楼边缘徘徊，犹豫不决地前进，她拿起一块碎砖，打算躲进一道门，或者是用砖头砸碎窗户然后爬进去，她得找个地方藏身。当瑞莎用手拿着砖头的时候，她注意到地上是湿的。瑞莎疑惑地往地上看了看，发现街上抹了一层黏液。

黏液像地毯一样覆盖了整条街，如珍贵的丝绸一般来回流淌，冒出肥皂泡一般的泡泡。瑞莎觉得困惑，试着往前走，但光滑的鞋底让她差点儿滑倒，只得用一只手扶着墙。但瑞莎仿佛拉响了警报一般，上面的窗户突然传出喧闹的声音。男男女女都从两边冒了出来，窗户、屋顶上到处都是全副武装的人。瑞莎听到轱辘声，感觉到大地的震动，便转身一看。一辆坦克正驶进街道，炮塔转了一圈，探查了两边的情况，然后才对准瑞莎加速驶来。这时窗户和屋顶上的人都消失了，撤回了，不见了。这是个陷阱。瑞莎身陷其中。

瑞莎急着想跑过湿漉漉的黏液，却摔了一跤，手忙脚乱地跑到最近的商店。商店的门锁了，坦克就在她身后。瑞莎挥起砖头打碎窗户——大块玻璃碎片掉在她身上，但瑞莎还是爬了进去，刚好躲过已经开到黏液范围的坦克。瑞莎回头一看，相信坦克能够轻易地克服这种简单的障碍物。谁料坦克歪到一边，履带在黏液上无法抓地着力，一个劲儿地打滑。坦克失去了控制，瑞莎又望望屋顶，看到等待已久的人们聚在一起，纷纷朝着坦克扔汽油弹，造成一片火海。坦克把炮塔对着大楼顶端开了一炮，因为坦克无法控制自己的位置，所以这发炮弹打偏了，直接飞到半空中。

瑞莎赶紧往商店里面躲。墙开始摇晃，瑞莎转身透过破裂的窗户看到坦克正朝她开过来。坦克撞开商店大门的时候，瑞莎刚好扑到在地板上。坦克的炮筒嵌在了瑞莎头上的天花板里，墙壁纷纷剥落，坦克就这样停了下来。

在一片烟尘中，瑞莎起身踉踉跄跄地走向商店后面。她来到楼梯间，只听到民众从屋顶上冲下来的声音。瑞莎前有冲下来的民众，后有坦克，她只能撤回到商店的柜台，握住自己的枪，把头稍稍探出柜台，看到一个苏联士兵从坦克舱盖里钻了出来。

起义者蜂拥而至，瑞莎看到一个戴着贝雷帽的年轻女孩儿扛着一挺机关枪，女孩儿举起枪，枪口往上对准苏联士兵，准备开枪。那个女孩儿就是左娅。

瑞莎站了起来。察觉到瑞莎的动作，左娅转过身子拿枪对着瑞莎。五个月后再度碰面，却在这种尘烟弥漫的环境中。左娅手里的枪垂了下来，仿佛枪有千斤重。她怔怔地站在那里，嘴吃惊地张着。身后是满脸血污的苏联士兵，也许他还不到二十岁。他想抓住机会，用枪对准左娅，瑞莎本能地掏出TT-33，扣动扳机，连发数枪，有一枪打中了苏联士兵的额头，将其打倒在地。

瑞莎不相信自己竟然做了这种事，她盯着士兵的尸体，手枪还对准他。然后瑞莎回过神来，发现时间不多了，她便看看左娅，向前一步，拉起她女儿的手。

——左娅，我们快走。你以前信任过我，再信任我一次。

左娅露出矛盾的神色。瑞莎心头一喜——看来有效果。正打算说服左娅的时候，瑞莎停住了。弗瑞拉从楼梯底下走了上来。

瑞莎把左娅拉到一边，举起枪。弗瑞拉熟视无睹，也没做防御。瑞莎瞄准弗瑞拉，却犹豫了一下。就在这时，瑞莎感觉到有枪口抵住了后背。左娅举枪对准了瑞莎的心脏。

同一天

里奥担心瑞莎负伤，花了好几小时来找她，到最后才明白瑞莎是离开他自己找左娅去了。她不相信左娅会跟着里奥一起回家。里奥希望追上瑞莎，也来到了科尔万电影院，有人在这里见过左娅。科尔万电影院像一座圆形的防御碉堡，通过一条人行道和街道相连。现在人行道被堵住了，筑起了防御工事。里奥逼近这里，卡洛里被远远抛在身后，没法跟上里奥的速度。没有卡洛里当翻译，里奥本该被人怀疑的，但这里来了一辆苏联的T-34坦克，已经落入起义者手里，转移了起义者的注意力。一面匈牙利国旗悬挂在炮塔上，起义者围着坦克欢呼庆祝。里奥挤进人群中，举着左娅的照片。看了照片之后，有个男人指了指林荫大道。

里奥跑过去，林荫大道空无一人。他停步弯腰查看——整条街都涂满了黏液。有些地方的黏液被火焰吞噬掉了，而有的地方还是湿透的。被捕获的坦克转向时撞在商店前面，里奥看着那里，发现四个苏联士兵的尸体堆在地上，都还不到二十岁。

周围一个人都没有。

同一天

瑞莎闭上眼睛，集中注意力聆听周围房间的声音——人们在奔跑咆哮，东西被拖曳，还有人在用俄语和匈牙利语大吼着下达命令。受伤的人因疼痛而叫喊，有个房间用来给伤员做紧急治疗，另一个大厅给弗瑞拉的手下用来做食堂了——所以消毒剂和油炸肉、动物脂肪的味道混合在一起。

被人护送着离开坦克枪口之后，瑞莎没怎么注意自己被送到哪儿，她把精力全放在左娅身上。左娅踏步向前，像士兵一样把枪挂在肩上——就是左娅之前对准瑞莎心脏的那把枪。来到街道后面的公寓，穿过一条走廊之后，瑞莎被带到公寓顶层，被推进一个小房间里。这个房间是临时撤去装饰，改造成监狱的。

墙壁在抖，大部队从附近经过。瑞莎从小窗户向外看去，街上有一些小规模的冲突，瑞莎头顶上传来瓦片摇动的声音，是狙击手在进入战斗位置。瑞莎蜷伏在墙边，尽可能地远离窗户，筋疲力尽，双手捂住耳朵。她想起了左娅。她想起了她杀死了年轻的苏联士兵。最后，她不受控制地哭了起来。

听到外面的脚步声和钥匙插入锁孔的声音，瑞莎站了起来。弗瑞拉走进房间，在莫斯科的时候，弗瑞拉一直给人沉稳干练的形象，但现在也露出疲倦之色，她要应付的事情给她带来了很大压力。

——你这样找到我……

瑞莎的话语因愤怒而发抖：

——我来这儿找左娅。

——里奥呢？

——我一个人来的。

——你撒谎，不过我们很快就能找到他，布达佩斯又不大。

——放左娅走。

——说得好像我绑架了左娅一样。事实是我把左娅从你们手中救了出来。

——不管发生什么事，我们都是一个家庭，我们爱她，但你不爱左娅。

弗瑞拉微微一动。

——左娅想加入我们，所以我同意了。她想做什么就做什么，如果她想跟你们回家，也可以。我不会阻止她。

——赢得一个孩子的好感实在是太容易了，只需告诉他们想怎么做就怎么做，他们想听什么就对他们说什么。给她一把机关枪，对她说她是一个革命者。真是诱人的谎言。我不相信她会因此而喜欢你。

——我对她没有要求，相反，你和里奥才会索求爱。你们都因此而困扰，事实是左娅和你们悲惨地生活在一起，但她和我在一起很开心。

瑞莎望向弗瑞拉身后，走廊尽头有个受伤的男人被抬到厨房桌子上。这里没有医生，更不用说少得可怜的医疗设备了，只有染血的绷带和在锅里烧着的热水。

——如果你待在这儿，你一定会丧命。左娅也会和你一起死的。

弗瑞拉摇摇头。

——关心她的生死并不能说明你是个母亲。事实上，比起我来，你根本就不像个母亲。

瑞莎醒了。房间昏暗阴冷，让她忍不住发抖，把薄薄的被褥裹在身上。现在是夜晚，城市平静下来，本来瑞莎不想睡觉的，但她一躺下，双眼就合上了。地板上有一盘土豆烧肉，应该是瑞莎睡觉的时候放进来的。瑞莎走过去把盘子拉近一点儿，就在时候，瑞莎才注意到门是开着的。

瑞莎站起来往前走，瞥了一眼走廊。走廊上空无一人，若想离开这栋公寓的话，就要从楼梯下去，然后才能逃到街上。是左娅把锁弄坏，把门打开，希望助瑞莎一臂之力，而隐藏了自己意图的吗？这些准备不为人知，手法又很熟练，但却建立在错误的假设上。瑞莎来这儿不是逃跑的，她来这里是要把左娅带回家，左娅应该能明白的。这种做法和左娅的性格不符，这么细心的准备，不像是大胆性急的左娅做出来的。

瑞莎后退一步。就在这时一个人影闪现在门口，是个小男孩儿。他低声说道：

——为什么不走？

——我要和左娅一起走。

他冲上来，用一条腿将瑞莎踢在地上，一只手捂住瑞莎的嘴巴，免得她叫出来。瑞莎被人制伏了，感觉一把刀抵在喉咙上。小男孩儿低声说道：

——你该走的。

瑞莎用被小男孩儿手指捂住的嘴巴说道：

——我要和左娅一起走。

一提到左娅的名字，瑞莎就觉得小男孩儿会紧张。刀刃压在瑞莎脖子上，瑞莎问道：

——你……喜欢她？

小男孩儿动了一下，捂在她嘴巴上的手也松了一点儿。瑞莎是对的，的确是和左娅有关：小男孩儿担心失去左娅。瑞莎说道：

——听我说，左娅有危险，你也来吧，我们一起走。

——她不是你们的！

——你说得对，左娅不是我们的，但我非常关心她。如果你也关心她，你就该帮她找到逃跑的方法。你听出了我和弗瑞拉语气中的不同，不是吗？你听出了我在担心，你明白弗瑞拉一点儿都不担心。

小男孩儿把刀从她脖子上撤回。他似乎反复无常。瑞莎忖度着他的想法。

——跟我们一起走吧，你才是左娅快乐的原因，而不是弗瑞拉。

小男孩儿起身，匆忙跑出去把门关上，然后又把门打开。他想起门锁已经被破坏了，所以他低声说道：

——你要装作想逃跑的样子。如果你不这么做的话，我就死定了。

男孩儿消失了。瑞莎喊道：

——等等！

男孩儿又出现了。

——你叫什么名字？

他犹豫了一下：

——马利什。

10月28日

里奥数了一下，至少有三十辆坦克，排成一列沿着林荫大道驶入布达佩斯。要出动这样规模的部队，早上六点就得动员起来，这说明苏联即将入侵，叛乱很快要被平息。

里奥赶紧往山下跑，回到卡洛里的公寓里。他爬上楼梯，一次两步台阶，冲到最上面，推开房门。卡洛里坐在桌旁，正在看一份传单。里奥解释道：

——苏联部署了三十多辆坦克，正在进城。我们必须马上找到左娅和瑞莎。

卡洛里递给他一张传单，里奥不耐烦地看了一眼，传单一开始就印了一张照片，是里奥的。卡洛里翻译了这段话：

——此人是苏联间谍，乔装成了革命者。请向最近的革命组织报告他的住处。

里奥放下那张传单：

——弗瑞拉在找我，那就说明瑞莎被他们抓住了。

卡洛里说道：

——里奥，现在你出去已经不安全了。

里奥打开门准备出发。

——大街上到处都是苏联坦克的时候，没人会在意一个苏联间谍的。

公寓对面的门微张着，邻居的脸一闪而过，他们四目相交。然后邻居关上了门。

同一天

两名黑手党人进了瑞莎的房间，抓住她的胳膊带她走进走廊，穿过前门一直走到阳台上。下面庭院里挤满了人，弗瑞拉站在中间。她看到瑞莎来了，便挥手让她的人后退。黑手党人都后退几步，露出跪着的里奥和卡洛里，他们的双手都被绑在前面，仿佛待售的奴隶一般。左娅就在人群中，她是一名看客。

里奥站起来，枪口纷纷对准他。弗瑞拉示意黑手党人都退下。

——让他说。

——弗瑞拉，我们没那么多时间了。布达佩斯现在有三十多辆T-34坦克。苏联军队准备摧毁一切抵抗，他们会杀死每个拿枪的人，包括小孩子。你们没有获胜的可能。

——我不同意。

——弗洛尔·帕宁在取笑你，这次起义表演过火，这不是他们想要的匈牙利的未来。你被利用了。

——马克西姆，你恰恰把事情想反了。我没有被利用，相反我在利用帕宁。我从没独自做过这种事，我的复仇在莫斯科已经结束，和对那些漏网之鱼复仇相比，按照我一开始的计划，帕宁要给我一个机会，让我能对毁掉我生活的整个国家复仇。就在这里，我打伤了俄罗斯。

——不，你没有。苏联可以损失一百辆坦克和一千名士兵，这无关紧要。他们不会在乎的。

——帕宁低估了这里的仇恨。

——仇恨是不够的。

弗瑞拉把视线转向卡洛里。

——你是他的翻译？这是弗洛尔·帕宁的安排？

——是的。

——你收到了杀死我的命令？

卡洛里想了一下，然后回答道：

——一旦暴乱发生，里奥或我都想杀了你。

里奥震惊了。弗瑞拉轻蔑地摇摇头。

——里奥，似乎你没明白你的真实目的？你无意中当了个刺客啊。你是为帕宁工作的，不是为我。

——我不知道。

——那就是你对任何事情的回答……你不知道。我来解释一下吧。我没有发动这次起义，我所做的只是推波助澜。你可以杀我，但杀了我也无济于事。

里奥转向左娅。左娅肩上挂了一把枪，皮带上也吊了手榴弹。她的衣服撕破了，双手也满是伤痕。她脸上露出仇恨和坚毅的表情，仿佛恐惧等其他情感都无所遁形一般。杀死了大牧首的男孩儿站在左娅身边，他正牵着左娅的手。

——战斗的话，你一定会死。

弗瑞拉对着左娅说道：

——左娅？你怎么说？里奥在对你说话呢。

左娅对着天空举枪。

——我们战斗！

同一天

尽管瑞莎想说话，但里奥用手势示意不要这么做。被人粗暴地塞进监狱后，里奥就没说过话。房间的另一边是卡洛里，他躺在床上盖了被褥，双眼紧闭。他的腿在被抓的时候受伤了。瑞莎打破了沉默，开口说道：

——里奥，对不起。

里奥抬头看着她。

——我犯了一个错误，瑞莎。我应该告诉你左娅的事，我应该告诉你她拿刀对着我的事。

卡洛里一动没动，双眼也没睁开，就这么插话进来：

——你们拼命要救的那个女孩儿，会站在你面前用刀对着你？

卡洛里睁开一只眼睛看着瑞莎，然后又看看里奥。

里奥压低声音，免得卡洛里又听到然后插嘴。

——想要逃出去，我们就必须彼此信任。

瑞莎点点头。

——信任能让我们逃出这个房间。

里奥问道：

——你有没有想法，我们要怎样才能把左娅从这里带走？

——她谈恋爱了。

里奥惊讶地挺起身子。

——和谁？

——一个黑手党人，很年轻的——和她年纪一般大，名字叫马利什。

——那男孩儿是凶手。我看到他杀了大牧首，用一根长长的铁丝杀死了一个七十多岁的老人。

卡洛里坐起来说道：

——那他们真是天生一对。

瑞莎握住里奥的手。

——也许马利什是我们唯一的希望。

同一天

左娅卧在屋子被损坏的那一侧。这里被炮弹毁坏，前面的墙塌了。左娅卧在地上，来复枪放在她身前，眼睛凑在远视镜上。科苏特桥的入口处有两辆坦克，就在国会大厦不远处，很明显，和里奥设想的一样，他们是在等待进入城市的命令。

左娅没想到还能再见到里奥。她没法直视里奥的脸。现在左娅焦虑万分，她想嘘嘘。看看坦克还是一动不动，左娅便留下来复枪，勘查了一下卧室。房子前面的墙都被毁坏了，所以这个房间完全暴露在外。衣柜是唯一能提供隐私空间，而又不用离开太远的地方。左娅走进衣柜，关上柜门蹲下身子嘘嘘。她用衣袖擦干粘着的尿液，这个举动让她有种怪异的负罪感，她想起了开枪射杀别人的情景。她曾经无数次开枪杀人，尽管她并未亲眼看到人倒下或死去，但她可能已经杀过人了。左娅神不知鬼不觉地抓起身边的鞋子，拿过来穿在脚上。

左娅蹒跚地走出衣柜，关上衣柜门。来复枪还靠着砖，在原来的地方。左娅颤抖着回到原来的位置。一个苏联士兵正朝着两辆坦克摇摇摆摆地走去。左娅在瞄准器里面锁定了这个受伤的士兵。她看不到士兵的脸，只能看到后面——他有一头棕色的头发。其余的士兵也许会过来给他治疗。弗瑞拉教过她，杀死受伤的士兵不算什么，杀死活蹦乱跳的士兵才是真正的英雄。

受伤的士兵没法再朝坦克走去，在还有十步的地方一头栽倒。左娅把瞄准器移向坦克舱盖，等待里面的人上钩。坦克似乎有了生命一般缓缓向前，尽可能地靠近那名受伤的士兵。他们打算救他。舱盖打开了，一个士兵警觉地戴着一个钢盔，探头查看有没有人会开枪打他。停了一下，士兵爬出舱盖，赶紧去救他受伤的同志。左娅看到了那名士兵。如果她不扣动扳机的话，受伤的士兵就会被带回坦克，然后他们会挺进布达佩斯，杀死更多无辜的人。到那个时候左娅又会有怎样的负罪感呢？她为了战斗才来到这里。他们是敌人，他们屠戮妇孺。

她准备扣动扳机的时候，有只手伸出来把枪压低了。是马利什。马利什卧在左娅身边，两人的脸紧贴在一起。左娅在发抖。马利什拿过她手里的来复枪，瞄准坦克。左娅则从砖石中探头望去。坦克又移动了，但他们没有挺进布达佩斯，而是朝着相反的方向移动，回到了桥的另一边。左娅问道：

——他们要去哪儿？

——我不知道。

同一天

里奥检查房间，想找到出去的路。他全神贯注地研究房门、窗户、地板。他注意到现在相对来说比较安静，枪声爆炸声都停了。房间外传来脚步声，房门打开，弗瑞拉大步走进房间。

——听仔细了！

旁边房间的一台收音机调到了最大音量。主持人说的是匈牙利语，里奥转身看着卡洛里，卡洛里听了一会儿，弗瑞拉终于不耐烦地喊道：

——翻译！

卡洛里抬头看着里奥。

——是休战声明。苏联武装正在撤出布达佩斯。

同一天

生性多疑的弗瑞拉坚持要做一次胜利旅行。他们出发了，瑞莎和卡洛里被起义者和弗瑞拉手下的黑手党押着。但是，包括弗瑞拉和马利什在内，里奥只看到四个黑手党人，这比在莫斯科的时候少多了。也许有的黑手党人被杀了，有的抛弃了弗瑞拉的事业：革命者的生活可不是黑手党的生活。弗瑞拉似乎对此并不在乎，只是骄傲地带着他们走到中央大街上的斯大林雕像旁，仿佛自己正从斯大林的坟墓上踏过。瑞莎走在里奥旁边，卡洛里紧跟在后，拖着他那条受伤的腿。尽管周围都是人，但里奥还是看到左娅远远地走在一边。她和马利什走在一起。尽管左娅对里奥的存在熟视无睹，但马利什却时不时地朝他们投来愤恨的视线。瑞莎是对的，他们肯定坠入爱河了。

里奥不觉得匈牙利胜利了，哪怕是理论上的可能性。他看到了手拿砖头和汽油燃烧瓶的起义者。他们无所畏惧地战斗，为了家园，为了他们站立的土地。但里奥以前当过兵，以他的眼光来看，起义者毫无策略。这场起义临时爆发，仓促进行。相反，无论从数量还是科技上来说，苏联红军都是全球无比强大的军队。帕宁和他的同谋者坚持要保持军队的强大，不管冲突会让多少人血流成河，失去匈牙利对他们来说都不可容忍。但走过一条条街道之后，里奥也不得不接受：布达佩斯再也没有苏联军队的踪影。没有坦克，也不见军人。很多匈牙利起义者已经离开了他们的战斗位置。

弗瑞拉停下脚步。他们走进一间中等大小、不起眼的办公楼里。门口有一阵骚动，一大群人正在进进出出。卡洛里拖着伤腿赶到里奥身边。

——这里是AVH的总部。

里奥回答道：

——你儿子在这里？

——他就在这里工作。起义刚爆发的时候，这些特工就作鸟兽散了。

弗瑞拉注意到他们的谈话。她走过她手下那帮人，问道：

——你很熟悉这栋大楼？这里是匈牙利秘密警察部门的总部。他们放弃了这里，不知道藏到什么地方去了，但我们一定会找到他们。

卡洛里努力隐藏他的关切之情。弗瑞拉继续说道：

——现在布达佩斯解放了，这栋大楼开放给了公众，里面的秘密也不再是秘密了。

大多数起义者待在外面。大楼里面太过拥挤，没法容纳所有人。弗瑞拉带着一小队人穿过里面的门，走到大楼内部的庭院。打印并盖上公章的纸多如牛毛，从阳台一直飘到这里，展示出官僚机构的恐怖。时近黄昏，电力供应参差不齐。为了弥补电力的不足，有人点了一些蜡烛，分别放在阳台和地板上。办公室挤满了搜查文件的人，他们就着烛光阅读，翻阅那些储存他们信息的文件。里奥看到很多人在哭，那些文件上也写了告发者的名字——他们的家人和朋友说了他们的坏话。仿佛一百面镜子掉到地板上一般，里奥看看周围，人性中的信任似乎被打碎了。弗瑞拉低声说道：

——下楼去。

尽管办公室里人满为患，但通往地下室的楼梯却空无一人。他们拿了一支蜡烛走下去，这里的空气潮湿阴冷，里奥看过相关文件，知道楼下是什么地方——关押、审讯、折磨嫌疑人的地方。

水滴在裂开的混凝土地板上，所有牢房的房门都打开了。最开始的牢房，里奥只看到一张桌子和两把椅子，第二间牢房，里奥只看到一条排水沟。里奥看着左娅的脸，不顾一切地想把左娅带离此地，但左娅握着马利什的手，里奥只能攥紧拳头。他想知道弗瑞拉到底要他们在这里待多久，但令人惊讶的是，一向看起来无所畏惧的弗瑞拉，到了这里反而在发抖。里奥思忖着，弗瑞拉在被逮捕后必定遭受过残酷的折磨。弗瑞拉叹息了一声：

——让我们开怀畅饮，庆祝这一切的结束吧。

在黑暗中，弗瑞拉又短暂地变成了正常人。

在弗瑞拉公寓的庭院中，她打算尽地主之谊，首先来一次庆祝派对。聚会对所有人开放，弗瑞拉提供各色美酒，有烈酒、利口酒、香槟等——都是社会上流人士收藏的，很多人可能以前根本就没喝过，直到今日才有幸品尝。里奥注意到了这些准备工作：这些是弗瑞拉一直相信胜利可以实现的证据。为了抵御寒冬，人们在庭院中间用和人一样高的木料堆在一起生火，火焰直蹿夜空。木料中还有斯大林和他的匈牙利盟友拉科西的粗糙雕像，有人给雕像穿上了从苏联士兵尸体上剥下来的军服。里奥注意到弗瑞拉在给这些燃烧的雕像拍照，她站在顶楼的阳台上，小心地拍完照后，才收起相机。

燃烧的军服化为灰烬，这时一支从西格尼来的乐队开始演奏。一开始他们很小声，好像是害怕音乐声会招来苏联的炮弹，但过了会儿就慢慢忘掉这种焦虑了。音乐渐响，越发激昂，起义者开始载歌载舞。

里奥和瑞莎坐在派对现场后面，他们在警卫的监视下，只能当观众看着左娅喝香槟脸色变红的样子。弗瑞拉一个人就喝了一瓶酒，没和别人分享。她捕捉到里奥的视线，走了过来。

——想跳舞的话可以去。

里奥问道：

——你现在要怎么处置我们？

——事实上，我还没决定好。

左娅在努力邀请马利什跳舞，但没有成功，她便抓着马利什的手，硬把他拉进火堆周围的人群中。尽管左娅见过马利什像老鼠一样敏捷地爬上排水管的情景，但此刻的他非常笨拙。左娅悄悄说道：

——想着这里只有你我。

世界仿若只剩他们两个人，他们围着火堆旋转起舞，一切化为虚无，火光照映在他们脸上，两人舞步加速，越来越快，直到音乐停歇，众人鼓掌称赞。但对他们来说，这个世界仍然旋转不停，他们能拥有的只是对方。

10月30日

火堆已经熄灭，只剩猩红的灰烬和烧焦的残桩。来自西格尼的乐队也停止了演奏，寻欢作乐的人若还没醉倒，便纷纷归家。马利什和左娅在火堆旁边，蜷缩在一条毛毯下。卡洛里的呻吟声几不可闻，酒精让他腿上的伤失去了感觉。弗瑞拉仍然精神百倍，仿佛她整晚都在休息一样，她高声喊道：

——怎么还睡在狭窄的公寓里啊？

他们被迫参加弗瑞拉的大探险活动，离开庭院，穿过多瑙河，疲倦地朝着目的地——布达区域山上的部长别墅——进发。马利什和左娅也加入进来，还有那些黑手党和弗瑞拉在匈牙利的翻译。他们爬到玫瑰山顶上，饱览城市的日出美景。弗瑞拉评论道：

——十多年来，这座城市第一次为自由而苏醒。

他们到达大门紧闭、高墙环绕的别墅，令人惊讶的是这里还有警卫守在高墙外。弗瑞拉对她的翻译说道：

——叫他们回家，告诉他们别墅现在是人民的财产。

翻译走到门口，用匈牙利语复述弗瑞拉的话。也许警卫也看到了城里冲突的场面，他们大概也做出了相似的决定，不再保卫垮掉政权的财产，而是打开大门，拿上自己的东西离开了。翻译激动地走回来：

——警卫说别墅是拉科西的。

没去理翻译的话，卡洛里对里奥讲道：

——这是我以前领导的游戏场所，他曾是我们国家光荣的领袖。我们以前经常打电话来这里问他：需要我们往嫌犯嘴里撒尿吗，领导？我们撒尿的时候，你想听听吗？是的，他会说，我要全程听完。

他们走进洁净无瑕的庄园。

弗瑞拉正在吸着一支卷烟，从烟味中里奥猜想烟里面含有兴奋剂。也许安非他命可以解释为什么弗瑞拉能维持旺盛的精力。她的眼珠漆黑，像满是充满石油的池塘。以前里奥还在MGB的时候，在彻夜的逮捕行动和审讯中也用过安非他命。安非他命容易让人好斗，让人失去理智，思维倾向于暴力，自信满满地做出所有决定。

拿着从警卫室里得到的钥匙，弗瑞拉跑上台阶，把大门完全敞开。她向马利什和左娅鞠躬。

——新人应当有新家！

马利什脸红了，左娅微笑着走进别墅，看到富丽堂皇的大厅，左娅不由得惊呼：

——还有游泳池！

游泳池上铺了一层塑料布作为保护，上面落了一些枯叶。左娅把手伸到游泳池里。

——好冷啊。

加热器停止了工作，柚木的躺椅叠放在角落，一个干瘪的沙滩球正在随风摇摆。

别墅内部的奢华景象已经衰败，厨房布满尘埃，自从拉科西被迫离开匈牙利之后就没用过，在秘密报告发表后，他就流亡苏联了。厨房的装设都是外国货，精致的水晶饰品和瓷器塞满了食橱，还有没喝过的法国美酒。冰箱里的丰盛食物让人大开眼界，为了确认食物是不是发霉了，里奥和左娅碰巧撞在一起。这是自里奥被弗瑞拉抓住后，他们第一次近距离接触。

——左娅……

但里奥话还没说完，弗瑞拉就喊道：

——左娅！

左娅跑开，顺从了她新主人的命令。

里奥跟在后面走进卧室，里奥一眼就看到了一幅巨大的油画，是斯大林的画像。油画挂在墙上，画中的斯大林眼神低垂，仿佛神祇一般俯视万物。弗瑞拉掏出一把匕首，递给左娅：

——现在没人告发你了。

左娅拿着匕首，踩在椅子上，视线刚好和斯大林的脖子平齐。这是划伤斯大林面孔的完美位置，但左娅什么都没做。弗瑞拉喊道：

——对准他的眼睛！戳瞎他！割掉他的胡子！

——我不喜欢……这么做。

弗瑞拉的得意扬扬变成了怒不可遏。

——你不喜欢这么做？仇恨可不是说来就来，说去就去的。仇恨没那么容易改变，仇恨不是爱恋。这不是你这时候感觉到了，过些时候就消失无踪的事情。仇恨会一直跟随着你。斯大林杀了你父母。

左娅高声回答道：

——我不想一直活在仇恨中！

弗瑞拉打了左娅一耳光。里奥想上前阻止，但弗瑞拉一边拔出枪对准里奥胸口，一边对左娅说道：

——你忘了你父母吗？这么容易就忘了？到底怎么了？马利什亲了你？是那样吗？

弗瑞拉走到马利什身边，抓住他亲了一口。马利什拼命挣扎，但弗瑞拉把他抱得紧紧的。亲完后弗瑞拉才松了手。

——的确不错，但我还是很生气。

弗瑞拉朝斯大林两眼之间开了一枪，然后开了一枪又一枪，直到枪中的子弹全部打光。没了子弹，扳机只能啪啪地撞击枪膛。弗瑞拉把枪扔到地上，发出咣当的声音。她擦擦额头上的汗水，然后笑着说道：

——该睡觉了……

弗瑞拉带着讽刺的味道把左娅和马利什推到一起。

里奥突然惊醒，一个黑手党人把他摇醒了。

——我们要走了。

什么话都没说，里奥、瑞莎和卡洛里都匆忙起床。他们被锁在大理石铺设的浴室中，昨晚用毛巾搭了床才睡下的。但现在他们也没办法再多睡一会儿了，因为弗瑞拉已经站在门口，马利什和左娅分列两侧，每个人都疲惫不堪，只有弗瑞拉因为化学药物的作用而精神百倍。弗瑞拉指着山下的城中心。

——据说他们已经找到了失踪的AVH特工，这帮特工一直藏在社会主义工人党的总部。

卡洛里神色一变，突然来了精神。他们花了一小时的时间下山、过河，来到国会大厦，这里就是工人党总部所在地。这地方正好有武装冲突，工人党总部被人包围，起义者操纵坦克朝总部外墙开炮。两辆坦克着火了，窗户被砸个粉碎，大块混凝土砖石散落一地。

弗瑞拉走进广场，躲在一具雕像后面，躲过了头顶上飞来的一串子弹。几人被交叉的火力阻碍，只能静静等待。突然枪炮声停止，一个男人手里拿着手工白旗走出总部，请求饶命。他吃了一枪。他倒下之后，最前面的起义者冲了进去，席卷了整栋大楼。

在平静的间歇期中，弗瑞拉带着他们从雕像后面穿过广场。一群起义者聚集在一辆冒着黑烟的卡车周围。弗瑞拉也走到那儿，里奥和其他人站在她身边。卡车下面是士兵烧焦的尸体，围观的人还在等着看处决被抓捕的AVH特工。里奥看看围观人群，发现这些人不全是起义者：还有摄影师和国际通讯社的记者，他们脖子上都挂着照相机。里奥转身看了看卡洛里，他由一开始能够找到儿子的期盼之情变成了恐惧，宁愿他儿子亡命天涯，也不要在这里被人发现。

第一个AVH特工被推出来，这是个小伙子。他一举手就被击毙，然后第二个人被推出来。里奥不明白他在说什么，但很明显，第二个人在求他们饶命。他话还没说完就被击毙了。第三个特工疯狂逃命，在路上他看到了死去同伴的尸体，他们都是在想逃回大楼的时候被击毙的。里奥看到卡洛里冲了出去，这个年轻人就是他儿子。

起义者被这个特工想逃脱正义惩罚的行为激怒了，在卡洛里的儿子快要跑到大门口的时候抓住了他，然后狠狠揍他。卡洛里挤开里奥跑过去，在起义者当中挤出一条路，然后用双臂护住他儿子。他儿子没想到父子会在这种情况下团聚，激动地哭了起来，希望卡洛里能保护他。卡洛里对着那群起义者大吼大叫，但这些起义者围了上来，片刻之后卡洛里就被推倒在地，被人按在地上，不得不看着他儿子的制服被扯下，扣子被爆开，衬衫被撕成碎片。他儿子被翻过来，脚踝被鞭子绑住，被人抬向广场里的一棵树。

里奥转头看着弗瑞拉，希望她能救下这个年轻人。但左娅抢先一步抓住弗瑞拉的手，说道：

——让他们住手吧，求求你了。

弗瑞拉对着左娅蹲下，仿佛母亲对孩子解释这个世界一般：

——众怒难犯啊。

说完这话，弗瑞拉掏出了自己的相机。

卡洛里挣脱束缚，踉踉跄跄地去追他儿子，他神情紧张，含泪欲泣，看见自己的儿子被人倒吊在那棵树上，还活着——小伙子脸色通红，静脉贲张。卡洛里抓住他儿子的肩膀，支撑着儿子的重量。结果卡洛里被人用来复枪栓狠狠地砸在脸上，一头栽倒在地。有人往他儿子身上泼汽油。

里奥大步朝一个黑手党走去，那人正全神贯注地看着处决场面。他一拳打在那人喉咙上，制伏他，抢过来复枪。里奥一只膝盖跪地，视线穿过人群，他只有开一枪的机会。汽油被点燃了，卡洛里的儿子身上着火，拼命挣扎，高声尖叫。里奥闭上一只眼睛，等到人群散开的时候开了枪。子弹正中年轻人的头部。他的尸体还在燃烧，但现在他一动不动了。起义者转身注意到里奥的时候，弗瑞拉已经掏枪对着里奥的头。

——放下枪。

里奥放下来复枪。

卡洛里冲上去抓住他儿子的尸体，想扑灭尸体上的火焰，仿佛他儿子还活着一般。火焰蔓延到卡洛里身上，他手上冒起了血泡，衣服渐渐着火，但他都不在乎，仍然抱着他儿子。起义者看着这个悲伤的男人着火，再也没有大仇得报的兴奋感。里奥想叫点儿人来帮忙，得做些什么。最后一个中年男子举枪打中了卡洛里的后脑勺。他的尸体倒在火堆正中，就在他儿子的尸体下面。他们一起燃烧的时候，很多围观的人匆忙撤离了。

同一天

公寓里全是宿醉的黑手党人和兴奋的匈牙利学生。马利什回来之后就想找个安静地方，他来到厨房，在餐桌下搭了个简易床。马利什握着左娅的手，她好像刚从冰冷的海水中被救起一般，不住地颤抖。弗瑞拉走进来的时候，马利什能明显感觉到左娅身体绷紧，仿佛捕食者就在身边一般。弗瑞拉一手拿枪，一手拿了瓶香槟。弗瑞拉蹲下身子，她双眼充血，嘴唇干裂。

——今晚广场上有个派对，成千上万的人都会去。农民会从乡间带来食物，还有烤全猪。

马利什回答道：

——左娅不舒服。

弗瑞拉伸手摸摸左娅的额头。

——这里没有警察，没有政府，只有自由国度的公民，我们都用不着害怕，所有人都必须去参加派对。

等到弗瑞拉离开厨房，左娅又开始颤抖，刚才谈话的时候她遏制了自己的情绪。那些躺在街上的士兵尸体被撒了石灰，他们身上的制服比他们个人更重要，因为那是侵略者的符号。死去的匈牙利人的坟墓上都有人献上花束，这是对他们英勇抵抗行为的表彰。每个人，无论生死，都代表着某种符号。对卡洛里来说，他首先是父亲，那个被吊起来的特工是他儿子。

马利什对左娅说悄悄话：

——今晚我们就跑。我不知道往哪儿跑，但我们得活下来。我很擅长生存呢：这是我唯一擅长的事情，也许杀人也算。

左娅想了一会儿，问道：

——那弗瑞拉呢？

——我们不跟她说。等到大家都去参加派对的时候，我们就走。你觉得怎么样？跟我一起走吗？

左娅半梦半醒。她梦到生活过的地方，那是一个偏远的农场，周围被森林围绕，是一片自由的乐土。农场并不大，他们靠技能养活自己。那里有一条河，不宽不深，水流也不湍急，他们就在这条河里游泳钓鱼。左娅睁开眼睛，公寓黑漆漆的，她不知道自己睡了多久。左娅看到马利什，他竖起一根手指示意她别出声。左娅注意到马利什准备的包裹，她猜想里面是衣服、食物和现金。马利什一定是在左娅睡觉的时候准备好这些的。他们离开厨房，大厅里面空无一人，所有人都去参加派对了。他们赶紧冲出去，下楼走到庭院里。左娅徘徊了一下，她想到里奥和瑞莎还被锁在顶楼的房间里。

黑暗的走廊上传来一个人的声音：

——要是我把你们在逃跑时候还想到他们，因此犹豫的情景告诉他们，他们一定会感动的。

弗瑞拉从阴影中走出来，左娅很快反应道：

——我们是去参加派对。

——那包裹又怎么说？

弗瑞拉摇摇头。马利什站出来说道：

——你不再需要我们了。

左娅跟着说道：

——你天天在谈论自由，那就让我们走吧。

弗瑞拉点点头。

——自由需要争取，我会给你们一个机会。只要你们让我流血，我就放你们两个走——轻微擦伤，割一刀，制造一个缺口，就这样。流一滴血就可以。

马利什犹豫了一下，不确定弗瑞拉说的是不是真的。弗瑞拉朝他们走过来。

——不拿刀的话可没法伤到我啊。

马利什把左娅拉到身后，掏出小刀。弗瑞拉继续朝他们走来。马利什半蹲着准备攻击。

——马利什，我想你应该明白。爱情是脆弱的，看看你们有多紧张。为什么呢？因为要面临的危险太多，她的生命和你的生命——你们梦想着在一起，这个梦让你们恐惧，让你们有了弱点。

马利什发动攻击，弗瑞拉侧身躲过刀锋，抓住马利什的手腕，一拳打在他脸上。马利什被打倒在地，小刀落入弗瑞拉手中。弗瑞拉站在马利什旁边，说道：

——你太让我失望了。

里奥转头看着门口。先进来的是马利什，然后是左娅，一把小刀正搁在左娅脖子上。弗瑞拉放下小刀，把左娅推进房间。

——真是让人兴奋到极点了。我抓住了他们。他们想逃跑，高兴地把你们丢在身后，连一句再见都不说。

瑞莎上前一步。

——不管你说什么，我们对左娅的感情是不会有变化的。

弗瑞拉装作极为真诚的样子反驳道：

——这可不像是真的呀。不管左娅做什么，不管她是不是在你们睡着的时候拿刀对着你们，不管她是不是装死逃跑，你们都相信她会有一天重新接纳你们。这种迷信真让人伤感啊。你们是对的：我没什么可说的。但是，我要说一件关于马利什的事情，也许这会改变你们对马利什的态度。

弗瑞拉停顿了一下。

——瑞莎，他是你儿子。

同一天

里奥等着瑞莎解开心结。在伟大的卫国战争中，瑞莎生了一个儿子，但是这孩子已经死了。瑞莎终于开口说话，她声音微弱：

——我儿子已经死了。

弗瑞拉看着里奥，为自己知道秘密而扬扬得意，她把玩着手中的小刀说道：

——瑞莎生了一个儿子，是战争当中怀上的。士兵冒着生命危险战斗，所以他们可以想搞什么人就搞什么人。那些士兵强奸了瑞莎，一次又一次，这样就有了红军的私生子。

瑞莎的回答显露出筋疲力尽的感觉，但说这些话的时候她坚定而平静：

——我不在乎他父亲是谁。这孩子是我的，不是他的。我发誓我会爱他，尽管他是在最可恨的环境中怀上的。

——但你把孩子扔在了孤儿院里。

——那时我生病了，而且无家可归，我一无所有，连自己都养不活。

瑞莎还没有直视过马利什。弗瑞拉轻蔑地摇摇头。

——我从没抛弃过自己的孩子，不管我活在怎样的悲惨环境中。是他们在我睡觉的时候才把我孩子抢走的。

瑞莎看起来累极了，没法为自己辩护。

——我发誓要回去。一等到我病好，一等到战争结束，一等到我有了家之后，我就会去找他。

——等你回到孤儿院的时候，他们对你说你儿子死了。你像个傻瓜一样就信了他们的话。斑疹伤寒症，他们是这么说的吧？

——是的。

——因为我之前也被孤儿院用这种借口骗过，所以我一再核查他们的说法。斑疹伤寒症的确害死过很多小孩儿，但也有很多小孩儿因为逃跑而得以幸存。这些逃跑的小孩儿都用意外死亡的借口来掩盖。从孤儿院里逃跑的孩子常常会变成火车站里的小偷。

听到自己的故事被人一点点复述，马利什终于有了反应：

——我在火车站偷你钱包的那次？

弗瑞拉点点头。

——我一直在找你，我希望你觉得我们的相遇是偶然的。我的复仇计划中有用到你的地方，需要用你来打击喜欢上我仇人的女人。但我慢慢喜欢上了你，我很快把你当作自己的儿子，所以我放弃了计划，把你视如己出。同样地我也渐渐喜欢上了左娅，决定让她跟在我身边。现在你们两个抛弃了我的爱，只是一点点挑衅，你们就对我掏出小刀。其实，只要你们放下小刀，我就会放你们离开。

弗瑞拉走到门口，停了一下，转身对里奥说道：

——你一直想要个家，里奥。现在你有了，尽情享受家庭温馨吧。他们是我所能想象到的最残酷的报复。

同一天

瑞莎转身看着房间里面，马利什站在她面前，他的胸口和胳膊上都刺了文身。马利什神情紧张，充满戒备，免得自己说出否认和冷漠的话。打破沉默的是左娅。

——就算他是你儿子也没什么，因为他现在不是了。你抛弃了他，就意味着你不再是他母亲。我也不是你女儿，这没什么好谈的。我们不是一家人。

马利什碰碰左娅的胳膊，左娅明白马利什在责备她。

——她又不是你的母亲。

左娅快掉眼泪了。

——我们还是要想办法逃跑。

马利什点点头。

——就跟以前一样。

——你保证？

——我保证。

马利什朝着瑞莎走了一步，他注视着地板。

——不管怎样我都不在乎，我只是想知道。

他突然问出这个问题，孩子气地想隐藏自己的弱点。瑞莎还来不及回答，马利什就又说道：

——孤儿院里他们叫我菲利克斯，但这是孤儿院给起的名字。他们给每个孩子都重新起名，换上他们能记住的名字。所以我不知道自己的真名。

马利什数着小指头。

——我十四岁了，也有可能是十三岁。我不知道我什么时候出生的，这么说来，我是你儿子吗，或者不是？

瑞莎问道：

——你还记得孤儿院的情况吗？

——庭院里有一棵树，我们经常在树下面玩，孤儿院在列宁格勒附近，但没在城中，在乡下。是这个地方吗？庭院里有一棵树吗？你就在那里把儿子送给孤儿院的吗？

瑞莎回答道：

——是的。

她朝马利什走近一步。

——孤儿院是怎么说你父母的事情的？

——他们说我父母都死了，对我来说你们一直都不在人世。

左娅下了结论：

——现在没什么好说的了。

左娅带着马利什回到房间角落，让他坐下。瑞莎和里奥待在窗户旁，里奥也没去追问详细信息，而是让瑞莎自己待一会儿。最终，瑞莎转身背对马利什的视线：

——里奥，我抛弃了自己的孩子。这是我生命中最大的耻辱。我从没跟你提过这事，对谁都没说过。我本以为再也不会提起此事，哪怕我每天都会回想起这件事。

里奥迟疑了一下：

——马利什是……？

瑞莎把声音压得更低：

——弗瑞拉是对的。那地方发了一场斑疹伤寒症，很多孩子都因此丧生。但等到我回去的时候，我儿子还在那里，他快死了，已经认不出我，不知道我是谁。我和他待在一起，一直待到他死去。我跟你说的每件事都是真的。我把我儿子埋葬了。里奥，马利什不是我儿子。

瑞莎叉着胳膊，陷入思绪中。她理清了思路，推测道：

——弗瑞拉获释后一定回去过，寻找1953年到1954年间出生的孩子，那些记录肯定混乱不堪，她没法查到我儿子的真实情况，也不知道我儿子死的时候我在场。弗瑞拉可能是找了个和我儿子年纪差不多大的孩子：也许她计划用来对付我。也许她没这么做是因为她很爱马利什。也许她没这么做是因为她也不确定我是不是会相信她的谎言。

——所以她只想不顾一切地伤害我们？

——还有他。

里奥想了一下。

——为什么不把真相告诉马利什？弗瑞拉也在玩弄他啊。

——真相听起来有什么感觉呢？也许马利什不会相信真相，他可能会觉得我在抵触他，编造一些理由来说明他不是我儿子。如果他希望我疼爱他，如果他正在寻找母亲的话……

弗瑞拉运用自己的独家秘方，做了一大盘热乎乎的炖肉。现在别无选择，大家只好坐在一起，跷起二郎腿，一起吃饭。左娅一开始拒绝吃饭，一个人待着。但等到食物变冷，美味全消失，炖肉只剩下补充热量的意义的时候，左娅才勉强坐在他们旁边一起吃。他们夹起蔬菜和肉的时候，金属刀叉咣当作响。马利什问道：

——左娅跟我说你是老师。

瑞莎点点头。

——我不会读书写字，但是，我很想学。

——如果你愿意的话，我可以教你。

左娅摇摇头，无视瑞莎，对马利什说道：

——我能教你，没必要找她。

盘中的食物快要吃完了，片刻之后他们就会分开回到自己所属的房间角落。抓住这段时间，里奥对左娅说道：

——埃蕾娜希望你回家。

左娅停住吃饭的动作，她什么都没说。里奥继续说道：

——我不想让你不安，但埃蕾娜爱你，她希望你回家。

里奥没再补充细节，让左娅自己消化这些话。

左娅扔掉叉子，站起来走了。她对着墙站着，然后躺在角落里的床上，背对着其他人。马利什跟了上去，坐在左娅旁边，把胳膊放在左娅背上。

里奥醒来，打了个冷战。现在是早晨，他和瑞莎在房间的一边挤作一团，而马利什和左娅在另一边。昨天弗瑞拉没来，食物是由一个匈牙利自由主义战士送来的。里奥注意到了变化：公寓的气氛变得严肃。没有派对，也没有庆祝活动。

里奥站起来走到小窗户边，擦去玻璃上的冷凝水。窗外正下着雪，雪把整座城市笼罩在平静洁净的氛围中，但里奥觉得不对劲。他没看到孩子在玩，没人打雪仗。这是今年的第一场雪，在一个刚解放的城市里，却没有喜庆和兴奋的气息。街上空无一人。

11月4日

公寓上方的天空出现了微弱的噪声，逐渐演变成巨大的隆隆声。一架喷气式飞机正飞过头顶。里奥笔直地坐起，房间一片漆黑，瑞莎也醒了，问道：

——怎么了？

里奥还来不及回答，爆炸声就在整座城市此起彼伏，接连不断，遍布各方。里奥、瑞莎、马利什和左娅马上起床看向窗外。里奥对他们说道：

——他们又来了。

旁边的房间传来恐慌的声音，屋顶上脚步声作响，起义者措手不及，在混乱中进入防御位置。里奥看到街上有辆坦克，炮筒左右旋转，然后瞄准了楼顶上的狙击手。

——快跑！

里奥把房间那边的人赶走，然后是片刻的宁静，紧接着传来爆炸声。几人被震在地上，屋顶崩塌，后面的墙也掉了下去，横梁被破坏了一半。房间只有一小部分保存下来，附近都是歪斜的残骸。里奥拿起衬衫包住脸，一面艰难呼吸，一面查看其他人的情况。

瑞莎抓起一根断裂的横梁，使劲砸门。里奥也上去帮忙，想破门而出。马利什喊道：

——走这边！

通往旁边房间的墙壁裂了一个大口子，他们不得不蹲下身子，冒着楼顶完全崩溃的危险爬过去。他们在一片狼藉中行进，来到走廊。这里没有警卫，也没有黑手党。公寓空无一人。他们打开阳台的门，望向庭院，看到居民四散逃窜，很多人挤作一团，不知道该勇敢地冲向街头还是待在原地。

马利什突然往回跑，里奥叫了一声：

——马利什！

马利什抱了一堆武器回来，有手榴弹，也有枪。瑞莎摇摇头，想让马利什放下武器。

——他们会杀了你。

——不拿武器，他们一样要杀我。

——我不喜欢你拿武器。

——如果我们想离开布达佩斯的话，就需要武器。

瑞莎看向里奥。里奥说道：

——给我那把枪。

马利什不情愿地把枪递给里奥。附近的爆炸声结束了这场争论。

——我们的时间不多了。

里奥抬头望着漆黑的天空，听到轰炸机的引擎声，他赶忙带着他们下楼。一个黑手党都不见了。里奥明白黑手党要么战斗，要么逃跑了。他们走下楼梯，穿过恐慌的人群，朝过道走去。

——马克西姆！

里奥转身，抬头看到了弗瑞拉。她站在楼顶上，手里拿着重机枪。他们被困在庭院中央，没办法去过道，因为弗瑞拉可以随时开枪打他们。里奥喊道：

——结束了，弗瑞拉！你再也赢不了了！

——马克西姆，我已经赢了！

——看看你周围！

——我不是靠枪赢的，我靠的是这个。

她脖子上挂了一个相机。

——帕宁的风格是用上他所有的军队，我正希望他这么做。我希望他扫荡这座城市，让尸体填满大街小巷！我希望全世界看到我们国家的本性。再也没有秘密！没有人会再相信我们的祖国是仁慈的！这就是我的复仇。

——让我们走吧。

——马克西姆，你还是不懂。我有过杀死你一百次的机会，让你活着，是对你更大的惩罚。回莫斯科去吧，你们四个，疼爱充满恨意的女儿，试着组建家庭吧。

里奥从人群中跑出来。

——弗瑞拉，我对你的所作所为，对不起。

——其实吧，马克西姆……我就是个微不足道的人，直到我恨你之后，我才有了意义。

里奥转身面朝过道，本以为背后会中一枪。但是弗瑞拉一枪未开。在街口里奥回首凝望，弗瑞拉却已不见。

同一天

在废弃的咖啡店残骸中，里奥双手裹着桌布，免得被玻璃割伤。他平躺在地上，等待坦克开过。里奥抬头望向破碎的窗户，外面有三辆坦克，炮筒左右移动，检查大楼——看有没有可疑目标。苏联红军再也不是分开作战，使用笨重又容易受到攻击的T-34坦克，而是更大、装甲更强的T-54坦克。根据里奥观察到的情况来看，苏联改变了策略。他们以纵队为单位，一副赶尽杀绝的模样——被一颗子弹打中，就会摧毁整座大楼。只有将前方烧成灰烬之后，坦克才会移动。

他们花了两小时，只前进了不到一千米，因为在每个转角处都必须寻找躲藏的地方。现在天色破晓，他们再也不能用黑暗做掩护，所以行进速度就更慢了。他们陷在了被有计划摧毁的城市中，就算待在家里也得不到任何安全的保证，坦克装备了穿甲弹，这种子弹可以穿透三个房间，然后在房屋中心爆炸，摧毁整座房屋。

看到了苏联红军的表现，里奥只能推测一开始的失败到后来的重新控制局势的路线是他们故意设计的。这样的设计不但阻止了有人想缩减军备的企图，还暴露了这样的问题：老式武器甚至敌不过一小撮乌合之众。现在出现在布达佩斯街头的最新式的武器就是全力开动的军事宣传武器。莫斯科的观众只会得到一个结论：裁撤传统军事力量的计划是有缺陷的。军队需要增加经费而非缩减经费，需要扩充装备——苏联的力量全赖于此。

一道橙色的亮光在里奥眼旁闪过，在灰色的石板和灰蒙蒙的晨光中格外引人注目。三个年轻人穿过街道，准备发射燃烧弹攻击坦克。里奥对他们挥手，想引起他们注意。燃烧弹没起作用，T-54的冷却装置可没有T-34那么脆弱。这几个人的作战对象的武器和他们的相比完全不在一个时代。他们粗糙的武器毫无用处。当中有个人看到里奥，误解了里奥挥手的意思，挑衅着挥了挥拳头。

三个人站起来跑向后面的坦克——他们扔出三枚燃烧弹，都准确击中目标——T-54的尾部猛地燃起了火焰。三人立刻逃窜，逃跑途中却回头张望，本以为会看到的爆炸场面没有出现。坦克尾部燃烧的火焰根本没造成影响。这三人加快脚步冲向掩体，里奥赶紧躲开。这时坦克转过炮筒开炮，咖啡馆摇摇欲坠，窗户上剩下的玻璃全掉在地上，摔个粉碎。尘烟涌入窗户，靠着烟雾的掩护，里奥咳嗽着后撤，跑过一堆粉碎的瓷器，来到厨房。瑞莎、左娅和马利什正躲在钢架后面。

——这条街走不通。

马利什问道：

——从楼顶爬呢？我们可以走楼顶过去。

——如果他们发现我们，或者听到我们的声音，就一定会开炮。在上面更难逃跑，我们会被困住。

瑞莎说道：

——我们已经被困在楼下了。

顶楼的楼梯有两扇窗户，一扇对着主干道，另一扇对着一条狭窄的街道，T-54进不了这条街。里奥打开后面的窗户，研究该怎么爬。这里没有排水管，没有落脚点，要爬到楼顶可不容易。马利什拍拍自己的腿。

——让我看看。

里奥让他来到窗边。马利什迅速估计了一下要跳多高，然后纵身一跃，双手挂在房檐上，双腿在下方摆荡。里奥想去帮他，但马利什说道：

——我没事。

马利什撑起身子，摇晃着让一只脚搭在房檐上，然后另一只脚也踩了上去。他说道：

——接下来是左娅。

瑞莎往下看了一眼，有十五米高。

——等等。

瑞莎拿着里奥绑在手上的桌布，把桌布都绑在一起，然后套在左娅腰上。左娅生气了。

——没有你，我一样活了好几个月。

瑞莎亲吻左娅的脸颊。

——所以要是你现在有什么不测的话，那就太尴尬了。

左娅忍住笑容，硬生生地做出蹙眉的样子。

她站在窗边，里奥把她举上去，左娅抓住了屋檐。

——放手吧，这样我才能摇晃双腿。

里奥勉强放手，看着左娅摇晃双腿。马利什抓住左娅，把她拉上去。桌布做成的安全绳刚好伸到最长。

——我上来了。

瑞莎松开桌布，让左娅解开这临时做成的安全绳。接下来是瑞莎，里奥是最后爬上去的。

屋顶越往上越窄。马利什和左娅两腿跨在屋脊上，瑞莎跟在后面，几人排成一列。爬上去之后，里奥的双脚就不住地打滑，常常撞倒瓦片——在屋顶上发出哐当声，然后瓦片就掉下去了。在瓦片砸到地上之前，有一阵宁静的时刻，四人都在屋顶上一动不动。如果有一片瓦掉在主干道上，那他们的位置就会被巡逻的坦克发现。

里奥眺目远望。整座城市弥漫着股股黑烟，屋顶被摧毁，曾经是大楼的地方现在只留下空荡荡的缺口。米格战斗机低空掠过布达佩斯，冲向攻击地点，扫射目标。就算在屋顶上也不安全。里奥说道：

——我们得赶快。

他们匍匐前行，躲过下面的危险，最终得以成行。

屋顶到前面就没有了：他们已经到达这个街区的尽头。马利什说道：

——我们必须爬下去，穿过街道，然后再爬到另一边的屋顶上。

瓦片发出哐当声。里奥爬到屋檐处，低头观察主干道上的情景。四辆坦克正经过街道，一辆接一辆地离开。让里奥惊慌的是第四辆坦克停了下来，似乎它要守着这个十字路口。他们只能从这辆坦克身边溜过去。

正准备回去报告这个沮丧的消息，里奥就看到下方的窗户有动静。他把头探出屋檐，看到两个妇人正拿着两幅修改后的匈牙利国旗——剪掉了锤子和镰刀。她们把国旗伸出窗外，不巧被那辆坦克看到了。里奥爬上屋顶，对其他人招手：

快跑！快！

几人手忙脚乱地远离主干道。

他们身后的屋顶爆开了，瓦砾如雨一般落下，冲击波让所有瓦片都下滑，最靠近屋檐的马利什一时没站稳，身下的所有东西都塌陷了。左娅把桌布那头给马利什扔过去，在瓦片哗啦啦地下落的时候，马利什恰好抓住了桌布，却把他俩都拖了下去。

马利什一掉下去，左娅也跟着下坠，她想抓住什么东西却没抓到。里奥上前也没抓住左娅的手，只抓住了桌布的末端。里奥想把他们都稳住——左娅正在屋檐上，马利什却已悬挂在半空了。如果坦克看到马利什，就一定会开火，把他们都干掉。里奥拉起桌布，瑞莎也上前帮忙。

——把手给我！

瑞莎抓住马利什的手把他拉上来，两人并肩躺在屋顶上。里奥又爬到屋檐处观察坦克的情况，炮筒正转动着瞄准他们。

——快跑！

他们站起来跑过屋顶，朝公寓已经倒塌的一边跑去。炮弹在他们身后爆炸，刚才马利什滑下去的地方——楼房的一角被击中了。四人都被震到空中，然后四脚着地。他们耳鸣不已，灰尘让他们咳嗽不止。然后他们观察身前身后的毁坏情况：两道口子，仿佛一只怪兽往楼房上啃了两口。

里奥低头看着身前被炮弹击中的公寓楼。第一发炮弹打高了，炸毁了屋顶，瓦片纷纷掉在下面的楼层上。他们可以从裂开的横梁往下爬。里奥先行动，希望坦克里的士兵以为他们已经被炸死。他从被炸裂的天花板下去，看到一只满是灰尘的手，这是拿着匈牙利国旗的那个妇人。里奥寻找可以出去的路，后面有一条楼梯，里奥想推开门的残骸然后出去，但那里塞满了瓦砾。

瑞莎站在公寓被毁坏的前端，看着主干道说道：

——他们到周围来了！

坦克回来了，现在他们困在这里，无处可藏，无处可躲。

里奥加大力量，想清除楼梯上的瓦砾，这是唯一的出路。左娅和瑞莎也来帮里奥，马利什不见了，他跑了，自己逃命去了——黑手党人到死就是这副德行。里奥回头望望，坦克已经在外面占据了战斗位置，瞄准准备第三次开炮。坦克会一直开炮，直到两边的房屋都被毁成瓦砾。他们被困在毁坏的公寓楼里，两边都是砖墙，楼梯又被堵住了，想要逃生，除非直接跳到街上。

里奥抓着左娅和瑞莎的手，朝坦克跑去，在边缘处他们停了下来。马利什已经从公寓楼跳到了街上。他正奔向坦克，手上拿了一枚手榴弹。

马利什拉开雷管，敏捷地跑到坦克前面，爬了上去。坦克朝天空抬起炮筒想阻止马利什接近舱盖。但马利什动作太快太熟练了，他双腿夹住炮筒爬了上去。舱盖打开，冒出一个士兵，打算在马利什扔手榴弹之前开枪打死他。

里奥拔出手枪，对冒出头的士兵射击，子弹在坦克装甲上撞出“砰”的一声。士兵不得不撤退，关上舱盖。马利什来到舱盖附近扔进手榴弹，然后纵身一跃，跳到街上。

手榴弹爆炸了，然后炮塔内部也炸开了，这是一次更大的爆炸——把整辆坦克都炸开了。马利什被冲击波炸到半空，然后扑到地上。烟雾从坦克里升起，却没见一个人。

左娅已经从公寓楼上爬了下来，她赶忙冲过去，扶着马利什站起来。左娅露出了笑容。里奥也爬了下来，他跑过来说道：

——我们要赶快离开这条街……

马利什的衬衫变成了血红色，中间有个红斑。

里奥跪下去撕开马利什的衬衫，他那里有个拇指大小的伤口，像是在肚子上划了一条黑线，又仿佛两片染血的嘴唇。里奥检查了马利什的后背，没发现射口。

同一天

里奥把马利什抱在怀中，冲向第二诊疗所，左娅和瑞莎也跟在身旁。他们冲过数条街道，冒险躲过巡逻的坦克，来到医院。好几次坦克的炮筒都对准了他们，但是没有一辆坦克开炮。医院入口挤满了伤者，有些靠朋友和家人扶着，有些就直接躺在地板上。墙上和地板上都是血。里奥要找医生或者护士，看到一个穿白大褂的人就冲了上去。那医生被一群病人围住，每个病人他只能分出几秒钟时间来诊断，检查伤口，只让最严重的病人入院。剩下的就待在走廊。

里奥绕着医生转了又转，等着医生诊断马利什的病情。最终轮到马利什接受诊治了，医生摸摸马利什的脸，皱了皱眉，马利什的呼吸已经变弱，皮肤变得苍白。里奥已经用马利什的衬衫压在伤口上止血，现在衬衫已经被血浸透了。医生拿开衬衫，凑近了检查，他的手指摸到伤口，掰开看了看——血就渗了出来。医生还检查了马利什的后背，没发现射口。然后医生才看了里奥一眼，什么都没说，只是极轻微地摇摇头。之后医生就走了。

左娅抓住里奥的胳膊。

——为什么他们不救马利什？

里奥以前当过兵，见过这种伤口。血是黑色的：弹片已经刺进了马利什的肝脏。在战场上这样的伤员毫无生还希望。这家医院的条件比战场只好一点点，他们也做不了什么。

——为什么他们不救马利什！

里奥无话可说。

左娅闯入人群中，抓住医生的胳膊，想把他拉到马利什身旁。其他人纷纷呵斥左娅，但左娅死不放手，直到最后她被人斥退推开。左娅倒在地板上，被人踩来踩去。瑞莎走上去扶着左娅站起来。

——为什么他们不救马利什？

左娅号啕大哭，用手抚摸马利什的脸。她盯着里奥，双眼充血，恳求道：

——求求你，里奥，求求你，我什么都愿意做，我愿意做你的女儿，我愿意变得快乐。别让马利什死去。

马利什嘴唇在动，里奥低头听他说道：

——别……在……这里。

里奥背着马利什来到入口，他们穿过一片血迹的入口处，走出大门，远离接待处，找了个可以单独在一起的地方。这里是花园，植物枯萎，土地冻结。里奥坐下，把马利什放在身旁。左娅坐在里奥旁边，她握住马利什的手，瑞莎没坐，她焦躁不安地走来走去：

——也许我可以找点儿东西来止痛？

里奥摇摇头。冲突进行了十二天——医院里估计什么都不剩了。

马利什神色平静，他像是要睡着一般，眼睛闭了又张开。他看着瑞莎。

——我知道……

马利什声音微弱，瑞莎听不见，于是坐在马利什身边。马利什继续说道：

——弗瑞拉在说谎……我知道……你不是……我妈妈。

——我现在只希望自己是你妈妈。

——我也希望……做你的儿子。

马利什闭上眼睛，转过头靠着左娅。左娅在马利什身边躺下，头靠着马利什的头，仿佛两人一起入睡一般。左娅搂着马利什，低声说道：

——我跟你说过我们要一起生活的农场吗?

马利什没有回答，他没有睁开眼睛。

——就在一片森林旁边，里面全是浆果和蘑菇。农场里有条河，夏天我们就可以去游泳……我们会幸福地生活在一起。

同一天

站在屋顶的残骸上，弗瑞拉手里不再拿枪，而是握着一个相机，把被摧毁的景象拍下来：图像很快就会印发到全世界。就算这最后的胶卷没能保存下来，弗瑞拉也不担心，因为她已经积累了成百上千张照片，让异见人士和叛乱分子走私出布达佩斯，送给国际通讯社。她拍下了平民尸体和被摧毁的大楼，但这些照片在刊登的时候，拍摄者一栏只会这么写：匿名。

从弗瑞拉的儿子被夺走之后，七年来她第一次感到孤独，马利什不在她身边，也没人可以使唤。她花费多年心血凝聚而成的黑手党现在已经四分五裂。剩下的几个黑手党人也都逃跑了，那帮叛乱分子也损失惨重，在早上的第一波攻击中，他们很多人都丧命了。弗瑞拉拍下了他们的尸体。若尔特·波尔格，她的翻译，现在还待在她身边。弗瑞拉一直错怪了若尔特，他可以为理想而死。如果若尔特真的不幸丧生，弗瑞拉一定会特别为他拍摄照片。

胶卷只能再拍三张照片，远处有一架战斗机在盘旋，朝弗瑞拉冲来。弗瑞拉举起相机，对准战斗机对焦。米格战斗机进入攻击位置，弗瑞拉周围的砖石在摇晃。她等到战斗机几乎在头顶正上方的时候，才按下快门。楼顶被掀翻，石板的碎片朝她胳膊和脸上打过来，毫无疑问，弗瑞拉拍的最后一张相片，是她最好的相片。

两——周——后

苏联莫斯科

11月19日

这是里奥第一天工作：双手沾满了面粉，脸被面包炉烤得红通通的。他端起一炉新烤出的面包时，听到菲利普喊道：

——里奥，有人找。

弗洛尔·帕宁走进了面包房。他饶有趣味地打量着这里，仿佛自己是屈尊来到这里的。里奥说道：

——我们可以满足您的一切要求：加入黑麦和香菜，或是用蜂蜜替换糖来增加甜味。犹太食品，或是不含油的……

里奥拿起还热乎乎的面包，撕下一块递给帕宁。帕宁接过咬了一口，这个曾经背叛里奥，又和里奥的敌人合作的男人，看起来毫无尴尬之色，一点儿也不愧疚，只是心安理得地咀嚼面包。

——美味可口。

帕宁放下面包，抖抖手指上的面粉，确认菲利普听不到他们说话。

——里奥，谁也不想回到斯大林时代。再也不会有大搜捕了。古拉格会被关闭，审讯室也会被拆除。时代在变革，他们会继续变革，但只会秘密进行，不会承认过去犯下的错误。我们也该向前……不再计较过去。

不管怎么说，里奥还是很欣赏帕宁，他本可以让里奥出不了布达佩斯，但帕宁向来从现实角度来考虑问题，不会掺入个人憎恶的因素。起义被镇压、弗瑞拉身亡之后，里奥变成了无关紧要的人，所以里奥可以活着。

——弗洛尔·帕宁，你想要我做什么？你赢了。

——我得纠正一下，我们所有人都赢了。

——不，很久以前我就失败了，我只是不想输得更惨而已。

——里奥，不管你怎么看我这个人，我做决定向来是——

——为了最高利益？

帕宁点点头，补充道：

——我希望你为我工作，我们需要你这样的人。

——我这样的人。

里奥拖长了音调，然后问道：

——你打算重开谋杀案部门？

——不，我们没这个打算。

——有这打算的时候，我会来的。

——来点儿加了香菜的黑麦面包？

帕宁笑了。

——很好，我希望有一天，我能帮上你一些忙。

这是某种程度的道歉：不为人知的道歉。里奥接受了帕宁的歉意。

——倒真还有件事你能帮上忙。

同一天

在莫斯科音乐学院的接待处，里奥想约见彼得亚雷·奥尔洛夫。他是苏联最富盛名的年轻小提琴家，才二十八九岁。里奥被人带到排练室，奥尔洛夫打开隔音的双扇门，直率地问道：

——什么事？

——我是里奥·德米多夫。弗洛尔·帕宁说你能帮忙。

一听到帕宁的名字，奥尔洛夫就变得更加和蔼可亲了。

排练室很小，里面有一个乐谱架，一架直立式钢琴。奥尔洛夫正把小提琴架在脖子上。琴弓放在乐谱架上，靠着一小截松香。

——有什么我能帮忙的吗？

里奥打开随身携带的文件夹，掏出一张中间被火烧了一个洞的纸。这个洞是七年前在拉扎尔的教堂里用蜡烛烧出来的。纸被烧黑的时候，里奥突然改变了主意。他把纸放在地板上，用脚踩灭了火焰。烧焦的乐谱——被逮捕的作曲家的所有作品都放在了拉扎尔的文件夹中，这是他和反革命分子的联系。

奥尔洛夫走到乐谱架旁，仔细阅读残存的乐谱。里奥说道：

——我不懂音乐，所以我不知道这些残谱能不能组成完整的曲子。我只是想听一听，尽可能地听一听。

奥尔洛夫用小提琴抵住下巴，拿起琴弓开始演奏。里奥对音乐完全一窍不通，他本以为这首曲子是缓慢悲伤的风格，但没想到听起来轻快欢乐，让他非常喜欢。

里奥过了一会儿才意识到，光靠这张残谱奥尔洛夫根本没办法演奏这么长时间。里奥迷惑万分，但他还是礼貌地等待奥尔洛夫演奏完成。最终曲子停了。

——这是非常流行的曲子，是近来名头最响的曲子。

——你一定弄错了，这首曲子一直不见天日，曲作者还没来得及发表作品，就已经死了。

奥尔洛夫迷惑了。

——上周还有人演奏呢，曲作者还在人世。

来到一座独栋公馆的门厅，里奥敲了敲门。等了很长时间，一个中年男仆才打开门，他穿着整洁的黑色制服。

——有什么我能效劳的吗？

——我想见罗伯特·梅席克。

——您有预约吗？

——没有。

——我家主人不见没有预约的人。

里奥递上那张烧焦的乐谱。

——他会见我的。

男仆不情愿地接过乐谱。

——请稍等。

几分钟后男仆回来了，乐谱却没在手上。

——我家主人有请。

里奥跟着男仆走进这栋奢华的公寓，一直走到公寓后面的工作室。作曲家罗伯特·梅席克正站在窗边，手里拿着那张残谱。梅席克对男仆说道：

——你先下去吧。

男仆走了之后，里奥说道：

——您倒是过得逍遥自在。

梅席克一声叹息：

——说起来我倒是解脱了。我等这一天等了好多年了，等着有个人拿着证据出现，告发我是个骗子。

——你认识真正的作曲者？

——基里尔，是的，我们是朋友，我们是最好的朋友。我们在一起练琴。其实我很嫉妒他，他是个天才，而我不是。

——你告发了他？

——不，我没有，我很爱他。这是真的。当然你没有理由相信我的话。他被逮捕的时候，我自然什么都没做，什么都没说。他和他的音乐导师都被送到古拉格去了。等到斯大林驾崩后，我曾经努力去找过他们，但得到的消息是他们都死了。我悲痛万分，想出版基里尔的作品集来纪念他。他的作品都丢失了，但是没有关系，我听他演奏过很多次，这些曲子已经融入了我的血液中。我做了一些小修改，然后这些曲子成功了。

——但是你没有宣布原创者？

——得到世人赞美的诱惑太大，每复制一份我能记得住的曲子，我所做的都只是一些小小的修改，所有赞美都属于基里尔，他享有所有特权。你看，基里尔没有家人，一个也没有，没人相信他，除了导师之外，没人知道他的音乐作品。当然我知道。

——还有一个人。

——谁？

——牧师的妻子。

——你是通过她才找到我的吗？

——可以这么说。

梅席克沉默半晌，问道：

——你是来逮捕我的？

里奥摇摇头。

——我没有逮捕你的权力。

梅席克似乎没听懂。

——那么，明天早上我要做的第一件事，就是把真相告诉全世界。

里奥穿过房间，盯着窗外开始融化的雪。有孩子在那里玩耍。

——你打算说什么？国家杀害了一名音乐天才，而你偷了他的作品？就算你坦白真相，谁又会感谢你？谁希望听到真相？

——那你要我做什么？

雪开始融化了。

——将错就错吧。

同一天

左娅站在里奥公寓的楼顶上，落雪让她浑身打战。自从她回来之后，每天她都要到这儿来，爬上楼顶俯视整座城市。这里的楼顶都完好无损，没有枪炮声，坦克路过的时候大楼瓷砖也不会摇晃。左娅觉得她既不在莫斯科，也不在任何地方，而是身处地狱。左娅在布达佩斯经历的一切，和布达佩斯本身无关，和革命本身无关，一切都只和马利什有关。左娅失去了马利什，她现在正在想念他吗？马利什本来消除了左娅的孤独感，但现在左娅只觉得更加孤独。

他们把马利什葬在布达佩斯城外。左娅不想把马利什的遗体留在医院，和其他死者待在一起，没有家人和朋友为他伤心。里奥背着马利什穿过了苏联的包围圈，在冻土中挖了个洞，把马利什葬在大陆后面一棵树的旁边。路上坦克和卡车穿梭不息，左娅掏出匕首在树干上刻下了马利什的名字，想起马利什不识字，左娅又在名字旁刻上了一颗心。

左娅最开始到楼顶上来的时候，瑞莎还急匆匆地跟在左娅后面——瑞莎当然是害怕左娅跳楼。但后面明白了左娅只不过是想找个地方待一会儿，瑞莎和里奥就不再干涉，几小时内都不去打扰在楼顶上的左娅。

左娅捧了一把雪，看着雪在手里慢慢融化。

吃了晚饭收拾完毕之后，瑞莎转身看到左娅站在门口，浑身发抖，头发上都是雪。瑞莎握住左娅的双手。

——你感冒了。想吃东西吗？我专门给你留了一些。

——埃蕾娜睡了？

——是的。

——里奥呢？

——他还没回来。

埃蕾娜从医院回来了，她看到左娅奇迹般地生还，自己也恢复了活力，左娅一看到妹妹，就愧疚得哭了起来。埃蕾娜瘦得不成人样了，就算别人不说，左娅也明白她妹妹活不了多久了。埃蕾娜没问发生了什么事，她全身心都被高兴的情绪占据，对发生的事情倒是不在乎，也不去问为什么。埃蕾娜只是觉得，她的家人都活着。

瑞莎蹲在左娅面前。

——跟我说说嘛。

大门传来插钥匙的声音。里奥走进来，脸红通通的，神色匆忙。

——抱歉……

瑞莎回答道：

——你刚好来得及给女孩儿们讲故事。

左娅摇摇头。

——我能先跟你们说说话吗？你们两个。

——当然可以。

里奥走进厨房，拿出两把椅子，坐在左娅面前。

——怎么了？

——我一直什么话都没对埃蕾娜说。从我回来之后，埃蕾娜就一直很高兴，我不想破坏这种氛围，我不想告诉她发生了什么事，我不想告诉她真相，我不想告诉她我曾经抛弃过她。

左娅哭了起来。

——如果我实话实说，她还能原谅我吗?

尽管里奥很想拍拍左娅的肩膀，但他还是没这么做，他说道:

——埃蕾娜很爱你。

左娅抬头看着里奥，又看看瑞莎。

——但她会原谅我吗?

三人转向门口，埃蕾娜正穿着睡衣站在那里。她一周前才回到家中，但身体已经有了起色，体重增加了，皮肤也有了光泽。

——怎么了?

左娅朝埃蕾娜走去。

——埃蕾娜，我有话对你说。

里奥站起来。

——在你们说话之前，为什么不让我讲个床头故事呢?

埃蕾娜笑了。

——是你自己编的吗?

里奥点点头。

——是我自己编的。

左娅拭去泪水，握住了里奥的手。

（全文完）